2015

中国年度小小说

杨晓敏 秦俑 主编

中国出版集团

现代出版社

图书在版编目（CIP）数据

2015中国年度小小说 / 杨晓敏，秦俑主编. —北京：现代出版社，2016.1

ISBN 978-7-5143-2487-7

Ⅰ. ①2… Ⅱ. ①杨…②秦… Ⅲ. ①小小说—小说集—中国—当代
Ⅳ. ①I247.8

中国版本图书馆CIP数据核字（2015）第301062号

2015中国年度小小说

编　　者	杨晓敏　秦　俑	
责任编辑	崔晓燕	
出版发行	现代出版社	
通讯地址	北京市安定门外安华里504号	
邮政编码	100011	
电　　话	010-64267325　64245264（传真）	
网　　址	www.1980xd.com	
电子邮箱	xiandai@vip.sina.com	
印　　刷	三河市宏盛印务有限公司	
开　　本	710mm×1000mm　1/16	
印　　张	17.5	
版　　次	2016年1月第1版　2016年1月第1次印刷	
书　　号	ISBN 978-7-5143-2487-7	
定　　价	39.00元	

目　录

黄 金 指

冯骥才

黄金指有能耐,可是小肚鸡肠,容不得别人更强。你要比他强,他就想着法儿治你,而且想尽法子把你弄败弄死。

这种人在旁的地方兴许能成,可到了天津码头上就得栽跟头了。码头藏龙卧虎,能人如林,能人背后有能人,再后边还有更能的人,谁知道自己能碰上嘛人?

黄金指是白将军家打南边请来帮闲的清客。先不说黄金指,先说白将军——

白将军是武夫,官至少将。官做大了,就能看出官场的险恶。解甲之后,选中天津的租界作为安身之处;洋楼里有水有电舒舒服服,又是洋人的天下,地方官府管不到,可以平安无事,这便举家搬来。

白将军手里钱多,却酒色赌一样不沾,只好一样——书画。那年头,人要有钱有势,就一准有人捧。你唱几嗓子戏,他们说你是余叔岩;你写几笔烂字儿,他们称你是华世奎,甚至说华世奎未必如你。于是,白将军就扎进字画退不出身来。经人介绍,结识了一位岭南画家黄金指。

黄金指大名没人问,人家盯着的是他的手指头。因为他作画不用毛笔,用手指头。那时天津人还没人用手指头画画。手指头像个肉棍儿,没毛,怎么画?人家照样画山画水画花画叶画鸟画马画人画脸画眼画眉画樱桃小口一点点儿。这种指头画,看画画比看画更好看。白将军叫他在府中住了下来,做了有吃有喝、悠闲享福的清客,还赐给他一个绰号叫"金指"。这绰号令他得意,他姓黄,连起来就更中听:黄金指。从此,你不叫他黄金指,他不理你。

一天,白将军说:"听说天津画画的,也有奇人。"黄金指说:"我听说天津人画寿桃,是脱下裤子,用屁股蘸色坐的。"

白将军只当笑话而已。可是码头上耳朵连着嘴,嘴连着耳朵。三天内这话传遍津门画坛。不久,有人就把话带到白将军这边,说天津画家要跟这位使"爪子"画画的黄金指会会。白将军笑道:"以文会友啊,找一天到我这里来画画。"跟着派人邀请津门画坛名家。一请便知天津能人太多,还都端着架子,不那么好请。最后应邀的只有两位,还都不是本人。一位是一线赵的徒弟唐二爷,一位是自封黄二南的徒弟钱四爷,据说黄二南先生根本不认识他。

唐二爷的本事是画中必有一条一丈二的长线，而且是一笔画出，均匀流畅，状似游丝；钱四爷的能耐是不用毛笔也不用手作画，而是用舌头画。这功夫是津门黄二南先生开创。

黄金指一听就傻眼了，再一想头冒冷汗。人家一根线一丈二长，自己的指头决干不成；舌画连听也没听过，只要画得好，指头算嘛？

正道干不成，只有想邪道。他先派人打听这两位怎么画，使嘛法嘛招，然后再想出诡秘的招数叫他们当众出丑，破掉他们。很快他就摸清钱唐二人底细，针锋相对，想出奇招，又阴又损，一使必胜。黄金指真不是寻常之辈。

白府以文会友这天，赛似做寿，请来好大一帮宾客，个个有头有脸。大厅中央放一张奇大画案，足有两丈长，文房四宝，件件讲究又值钱。待钱唐二位到，先坐下来饮茶闲说一阵，便起身来到案前准备作画，那阵势好比打擂台，比高低，决生死。

画案已铺好一张丈二匹的夹宣，这次画画预备家伙材料的事，都由黄金指一手操办。看这阵势，明明白白是想先叫钱唐露丑，自己再上场一显身手。

唐二爷一看丈二匹，就明白是叫自己开笔，也不客气，走到案前。唐二爷人瘦臂长，先张开细白手掌把纸从左到右轻轻抚摸一遍，画他这种细线就怕桌子不平纸不平哪儿不平整，心里要有数。这习惯是黄金指没料到的。唐二爷一摸，心里就咯噔一下。他知道黄金指做了手脚，布下陷阱，一丈多长的纸下至少三处放了石子儿。石子儿虽然只有绿豆大小，笔墨一碰就一个疙瘩，必出败笔。他嘴没吭声，面无表情，却都记在心里，只是不叫黄金指知道他已摸出埋伏。

唐二爷这种长线都是先在画纸的两端各画一物，然后以线相连。比方这头画一个童子，那头画一个元宝车，中间再画一根拉车的绳线，便是《童子送宝》；这头画一个举着钓竿的渔翁，那头画一条出水的大红鲤鱼，中间画一根光溜溜的线牵着，就是《年年有余》。今天，唐二爷先使大笔在这头下角画一个扬手举着风车的孩童，那头上角画一只飘飞的风筝，若是再画一条风中的长线，便是《春风得意》了。

只见唐二爷在笔筒中选支长锋羊毫，在砚台里浸足墨，长吸一口气，存在丹田，然后笔落纸上，先在孩童手里的风车上绕几圈，跟着吐出线条，线随笔走，笔随人走，人一步步从左向右，线条乘风而起，既画了风中的线，也画了线上的风；围看的人都屏住气，生怕扰了唐二爷出神入化的线条。这纸下边的小石子在哪儿，也全在唐二爷心里，唐二爷并没叫手中飘飘忽忽的线绕过去，而是每到纸下埋伏石子儿的地方，就提气提笔，顺顺当当不出半点儿磕绊，不露一丝痕迹，直把手里这根细线送到风筝上，才收住笔，换一口气说："献丑了。"立即赢得满堂彩。唐二爷拱手谢答，却没忘了扭头对黄金指说："待会儿，您使您那根金指头也给大伙儿画根线怎样？"

黄金指没答话，好似已经输了一半，只说："等着钱四爷画完再说。"脸上却隐隐透出杀气来。他心里对弄垮使舌头画画的钱四爷更有底儿。

黄金指叫人把唐二爷的《春风得意》撤下，换上一张八尺生宣。

舌画一艺，天津无人不知，可租界里外边来的人，头次见到。胖胖的钱四爷脸皮亮脑门亮眼睛更亮，他把小半碗淡墨像喝汤喝进嘴里，伸出红红舌头一舔砚心的浓墨，俯下身子，整张脸快贴在纸上；吐舌一舔纸面，一个圆圆梅花瓣留在纸上，有浓有淡，鲜活滋润，舔五下，一朵小梅花绽放于纸上；只见他，小红舌尖一闪一闪，朵朵梅花在纸上到处开放，甭说这些看客，就是黄金指也呆了。白将军禁不住叫出声："神了！"这两字叫黄金指差点儿头撅过去。他只盼自己的绝招快快显灵。

钱四爷画得来劲，可愈画愈觉得墨汁里的味道不对，正想着，又觉味道不在嘴里，在鼻子里。画舌画，弯腰伏胸，口中含墨，吸气全靠鼻子，时间一长，喘气就愈得用力，他嗅出这气味是胡椒味；他眼睛又离纸近，已经看见纸上有些白色的末末——白胡椒面。他马上明白有人算计他，赶紧把嘴里含的墨水吞进肚里，刚一直身，鼻子眼里奇痒，赛一堆小虫子在爬。他心想不好，想忍已经忍不住了，跟着一个喷嚏打出来，霎时间喷出不少墨点子，哗地落了下来，糟蹋了一张纸一幅画。眼瞧着这是一场败局和闹剧，黄金指心里开了花。

众人惊呆。可是钱四爷却若无其事，他端起一碗清水，把嘴里的墨漱干净吐了，再饮一口清水，像雾一样喷出口，细细淋在纸上，跟着满纸的墨点渐渐变浅，慢慢洇开，好赛满纸的花儿一点点儿张开。钱四爷又在碟中慢慢调了一些半浓半淡的墨，伸舌蘸墨，俯下腰脊，扭动上身，移动下体，在纸上画出纵横穿插、错落有致的枝干，一株繁花满树的老梅跃然纸上。众人叫好一片，更妙的是钱四爷最后题在画上的诗，借用的正是元代王冕那首梅花诗：

吾家洗砚池边树，
朵朵花开淡墨痕。
不要人夸好颜色，
只留清气满乾坤。

白将军欣喜若狂说："钱四爷，刚才您这喷嚏吓死我了。没想到这张画就是用喷嚏打出来的。"

钱四爷微笑道："这喷嚏在舌画中就是泼墨。"白将军听过"泼墨"这词，连连称绝，扭头再找黄金指，早没影儿了。

从此，白府里再见不到黄金指，却换了两位清客，就是这一瘦一胖一高一矮——钱唐二位了。

皮 大 嘴

冯骥才

一个地界富不富看哪儿？看吃看穿看玩看乐？那都是浮头表面的，要看还得看钱号票庄银楼金店是多是少——顶要紧的是看金店。那些去银行钱号存钱的人未必富，真正的富人是有钱花不了。钱太多了怎么办，存起来藏起来是傻瓜，想一想——要给小偷偷了呢？家里着火烧了呢？受潮烂了呢？虫蛀鼠咬了呢？市面不景气钱毛了呢？顶好的法子还是买金子。金子烂不了、啃不动、烧不坏，金子永远是金子，金子比钱值钱。

买金子的人多金店就多。天津卫金店多，所以天津卫富。可是，开金店的谁不想当头一号，彼此必有一争，于是八仙过海，各显其能；群英打擂，各出奇招。

北门里的义涌金店先出高招，迎大厅摆一个菜篮子大的鎏金元宝，上边刻六个隶书大字"摸元宝，运气好"，引得人们不买金子也要进门去摸一下，沾沾财气运气。做买卖要的就是人气儿，人多火爆，义涌出了名。可是天天不停地摸来摸去，就把上边挺薄的一层鎏金摸掉，露出里边的黄铜。铜一出来，就没人摸了。就像过时的名人，名来得快去得也快，去了就不再来，那滋味反不如没名。

没多久，宫北的宝成金店出了一招，就来得实惠。凡到它店里买金条，送一副真金的眼镜架。这比摸元宝强，摸是空的，金镜架不空，金光闪闪架在脸上，挺气派，有身份。可是人家宝成金店的眼镜架不是白送的，谁想要金眼镜架谁就得买金条，真正得实惠的还是人家金店老板，这叫"买的不如卖的精"。但这一招很快被日租界的物华楼学去。你送金镜架，我送大金牙。物华楼金店还请来一位牙医在柜台前给买金子的"没牙佬"镶金牙。那时镶金牙时髦，有人为了来镶金牙先拔个牙，这种人愈来愈多也麻烦，物华楼金店快成牙店了，店里边到处张嘴龇牙，等着拔牙镶牙。甭说好看不好看，气味也不好闻哪。

更有奇招的是马家口的三义金店，店铺设在租界里，老板脑子活，好新鲜事，常打洋人那里学些洋招。他看出洋人广告的厉害，花钱不多，能做到无人不知无人不晓。他便在租界找人画了一张时髦的广告纸，再找一位肚子里有墨水的先生给他写了一段赛绕口令式的广告词："存地存房子，不如存金子，哪儿金子纯，三义纯金子"。再把这广告纸拿到富华石印局里印了三千张，叫伙计们用十天工夫打租界一直贴到北大关，跟着城里城外河东水西宫南宫北，墙头门柱灯杆树干车皮轿厢，就像光绪二十六年义和拳的揭帖，贴满天津城，在哪儿都能瞧见。可是广告不能总贴，五天旧了，十天破了，半个月晒掉色了，一阵雨不像样了，一阵风刮跑了。这招还是没奇到家。

天津有位说相声的叫皮大嘴，单看模样就可乐。个子高又瘦，手小脚小脑瓜小。圆圆小脑袋像杆子上挂的小灯笼，更怪的是——嘴大。他脑袋小嘴大，远看只剩下一张嘴了，所以绰号皮大嘴。

皮大嘴能说，死人能说活，张口就来，随处"现挂"，妙趣横生，很早就在三不管一带说单口相声出了名。能说的人都能编，凡是皮大嘴编的故事，都能口口相传。原本天津相声一行挺看好他，谁料他天天想发财。天津卫财主多，他看得眼馋。开头，他赚钱的法子是一边说相声一边卖药糖，说一段相声卖一会儿糖；嘴里嚼糖耳朵听相声，两不耽误挺舒服，单用这法儿他就赚不少钱。后来变了法子，说一段相声卖一会儿从租界弄来的洋凳子，洋凳子不单新奇好玩，还松松软软像个猪屁股，坐在凳子上听相声，舒服还有乐子，听完相声就忍不住把洋凳子买走了。皮大嘴脑袋灵活，脑子愈灵的人愈好做买卖。逢到雨天卖洋伞，遇到晴天卖太阳帽。那时候只要是洋货就有人买，他手里渐渐也就有了钱。有了钱，开饭店，饭店赚现钱。吃饭的人一半来吃一半听他说。凭皮大嘴的嘴加上他的脑袋，怎么干怎么来钱。三年过后，他居然在东北角开起一家金店。这时候，天津卫已经有九九八十一家金店，各家金店为了争头抢先，连吃奶的劲儿都使出来了，他能一炮打响？皮大嘴在装潢店面时，就使出了一招绝的，叫作"满堂金"。据说他这店从里到外全是金的。从门把、门锁、门链、灯罩、拉手、栏杆、挂钩、算盘、笔杆、花盆，连茅厕里的水龙头、脸盆，连往里边拉屎撒尿的圆圆的洋便桶也是金的。有人说不是纯金是鎏金，可这些金光闪闪的鎏金也够惊人吓人。

皮大嘴给他的金店起的名字，就是满堂金。金满堂，满堂金。金店没开门，已经是隔着大门吹号——名声在外。有人信，有人摇头不信。

开张这天，门外挂灯悬彩，院子里摆宴，皮大嘴穿一身新，格外精神；还打租界请来洋乐队，洋鼓洋号，折腾得热热闹闹。那圆圆的亮晃晃的大洋号响得震人耳朵。

请来宾客来的比请的多，人人都想看看皮大嘴的"满堂金"是假是真。结果出个笑话。

估衣街上一个绸缎庄的小老板前去祝贺，心里头却是想摸摸满堂金的虚实，到了金楼里里外外一看，傻了，真是哪儿哪儿全是金煌煌，照花了眼，也开了眼。中晌吃饭时，凑到一些熟人堆里一闹一喝，愈闹愈喝，喝得头昏脑涨，脸皮发烧，晃晃悠悠到茅厕里，朝着金马桶里撒泡热尿，出门叫个胶皮车拉他回家。回去进门倒下死了一般睡一大觉，直到转天太阳晒屁股才睁开眼。他老婆问："昨个儿你见到'满堂金'了吗？是真的吗？"

小老板说："一点儿不假！哪儿哪儿全是金子做的，那个洋马桶也是金子做的，我还往里边撒了一泡尿呢！"

他老婆说："你往金子里尿尿？我不信。"

小老板说："不信你自个儿去看去问。"

事后，他老婆还是疑惑，愈疑惑愈不信，就拔腿跑到东北角的满堂金一看，门把果真是金的；推门再看，到处金光照眼。她问店里的小伙计："我当家的说你们店里茅厕的马桶也是金的。我说他唬我，他说他还往里边撒一大泡尿呢！"

这小伙计一听一怔，瞪大眼看她半天，扭身跑去对老板皮大嘴说："掌柜的，昨天中晌往洋乐队那个大洋号里尿尿的人，我知道是谁了。"

这事谁听了都一阵大笑。

这笑话传出去，不胫而走，口口相传，人人知道人人说。这一说，不管是褒是贬，全天津的人没人不知"满堂金"了。笑话帮了皮大嘴的忙。可是圈里的人都能听出这笑话是皮大嘴自己编的。这哪是笑话，纯粹是个相声段子。有铺垫，有包袱，出其不意，还逗乐，真不得不佩服皮大嘴，编个段子，借众人的嘴，给自己扬了大名，肯定还得发财。

钢　琴　梁

刘心武

那家人住着好大一幢别墅，女主人为了某种考虑，要把女儿的钢琴从一楼挪到三楼去。搬家公司都有挪钢琴的业务，但是女主人早就知道，有"要想平安换琴房，必得请来钢琴梁"一说，钢琴梁并非艺名梁梁或梁云迪的钢琴演奏家，他是个搬运工，起先受雇于一家搬家公司，他五短身材，膀大腰圆，络腮胡子，超厚嘴唇，堪称大力士，总是负责搬运体积最大、分量最沉的东西。遇到钢琴，总是以他为主，带着另外三四位师傅一起搬运，从未有过闪失。后来音乐学院大搬迁，需要把几百架钢琴从旧琴房挪到新琴房，他带队把任务完成得极为出色，名声大噪，就脱离那家搬运公司，自己注册了一家专门挪钢琴的小公司。如今城里跨入小康的家庭，多有为独生子女置备钢琴的，富豪家庭更在别墅中摆设三角大钢琴，因此，钢琴梁的生意相当不错。当然，如果不是钢琴，凡特殊的重物，他那个小公司都承揽手工搬运。

那富家太太打通了钢琴梁的电话，说当年钢琴进家，就是请他搬运的，第二天调琴师来调琴，说凡钢琴梁搬运的钢琴，不仅没有纹丝磕碰痕迹，而且调起来一定不会遇到异常情况，说明梁师傅不是仅仅靠力气，更多是用脑子，因地制宜地进行挪移，是把钢琴也当作一个生命来呵护的……钢琴梁还能回忆起那次搬运的情况。问明别墅楼梯的结构尺寸，同意接这个活儿，钢琴梁却提出一个附加条件，就是他儿子这几天放假，媳妇在超市上班，怕他也走了，孩子在租借房那边乱跑，因此，他带三个师傅来的同时，还想捎上他的儿子梁勇，希望能给他儿子提供一个做作业的地方。富家太太问他儿子多大，原来，跟她宝贝女儿一般大，都上小学五年级，她就爽快地同意了："就带他来吧，他们俩还能一起学习，挺好的。"

那天钢琴梁带着三位师傅来了，富家太太忘了那孩子的名字，就笑称他钢琴小梁，又唤过女儿薇薇，安排钢琴小梁和薇薇在一楼大客厅落地窗旁的麻将桌那里写作业。

那边富太太给钢琴梁提要求，钢琴梁拿出卷尺，量楼梯的尺寸，拐弯的地方，量了好几次，精确到微米，量完直嘬牙花子，甚至提出："您干吗非挪楼上去呢？"富太太也不解释，只表示她会多给劳务费。

这边钢琴小梁和薇薇坐在麻将桌边，各自摊开自己的课本作业本，钢琴小梁认真地做算术题，薇薇却尖着耳朵听那边的动静，生怕她妈妈改主意，她就冲那边大声嚷："就搬楼上！就要搬嘛！"她想的是，这一搬，还得请调琴师再调音，也还要再调整从音乐学院特聘的钢琴老师来家教的时间，她可以松快好几天了，啊呀，夜里做梦该不再有那些钢琴谱上的"蝌蚪"乱蹦乱跳变成癞蛤蟆的怕人情景了！

薇薇问钢琴小梁上的哪个学校，小梁道出那借读学校的名字，薇薇撇嘴："连区重点都不是呢！"就告诉小梁自己上的是什么名牌学校，虽然离市中心很远，但每天有雇的司机接送，那车可是宾利啊，听说过吗？小梁不懂什么是宾利，但是也很自豪，他指指窗外："我爸新买的！"那是一辆国产小面包，薇薇笑了："那也算是车？"做完三道题，小梁说："我要玩玩了。"薇薇说："好呀！我们地下室有游泳池，你想游吗？"小梁说："爸爸定的规矩，我做完三道题，可以轻松三分钟。"就从衣兜里掏出个木头削的手捻陀螺，在那麻将桌上玩了起来，薇薇也玩，总不能让陀螺久转，就愤愤地问："你会弹钢琴吗？"小梁摇头，薇薇用手指划脸皮："还钢琴小梁呢！叫你琴盲小梁还差不离！"这时候就听楼梯那边有钢琴梁号令另外三位师傅的声音，小梁就说："你家这台琴是奥地利生产的蓓森朵夫吧？比德国产的斯坦威还贵还重。"薇薇双手一拍："哇噻，你懂钢琴啊！"

那天那时候，薇薇的爷爷先坐在客厅沙发上打瞌睡，后来醒了，招呼薇薇："宝贝儿，小天使，我的报纸呢？"薇薇很不耐烦："不就在茶几上吗？"小梁就过去，从茶几上拿起报纸，双手递过去："爷爷，您看报。"薇薇爷爷接过去，惊讶地望着他，问："你是哪家的孩子？"薇薇就大声说："他是钢琴小梁！"又问小梁："你看他像不像只老了的喜羊羊？"小梁不言语，心想，我爸教我的，对长辈要尊敬。薇薇又告诉他："爷爷平时不住在这儿。他自己也有大单元。他要过生日了，多少岁呀？不告诉你，你自己猜。"小梁问："爷爷过生日，你送他什么礼物呀？"薇薇说："我画张画儿送他，他准特别高兴。"小梁说："我爸下月过生日。我要买个钥匙链送他。现在保密呢。"薇薇说："买什么呀！我有好多钥匙链，外国的，我去拿一堆来，你随便挑。"小梁说："我自己买。"薇薇问："你哪儿来的钱？"小梁说："我捡饮料瓶卖废品，攒十来块了。我要买个他最喜欢的。我知道他最喜欢什么样的。"后来他们又写作业，又玩陀螺。

钢琴挪窝成功了。富太太付了钱，一边往外送钢琴梁一边就给调琴师打电话。那辆小面包车开走了，富太太发现薇薇手里捏着个东西，忙问："那是什么脏东西？扔了洗手去！"那是钢琴小梁送给她的，钢琴梁亲手雕出来的陀螺。薇薇把紧握陀螺的手藏到身后，宣布："我要跟钢琴小梁做朋友。我会邀请他再来跟我一起做作业！"富太太两条眉毛快飞出脑门，张开嘴巴半天合不拢。

夜 香 花 园

刘心武

楼盘一隅，沿着院墙，出现了一长溜花园，花丛中所设的小径弯曲有致，入夏后，墙上的攀缘植物，地上的高矮花木，轮番开出形态、色彩各异的花朵，更令人惊喜的是，香气氤氲，沁人心脾。住户们都赞物业花工苟师傅。

楼盘里居住的人们晚饭后会到庭院绿地散步，到这里放松一下。楼盘别的区域，花草树木的配置，与其他楼盘雷同。但这片花园，在品种选择上，侧重的是从傍晚到夜里陆续开放，而且大多是散发出迷人香气的灌木和草花。紫茉莉又名洗澡花，当人们在家里淋浴的时候，它们就灿烂开放了。往墙上攀的，有月见草，也叫待宵花，顾名思义，应该是当月光初现时纷纷开放，一直开到黎明。还有夜来香、剪秋罗、花烟草、夜丁香、忘忧草、麦瓶草、玉簪花、丝兰、曼陀罗……

这里面许多品种，种活护养都比较麻烦，特别是要想让花香起来，无机肥难以催出那么浓酽持久的香味，需得施用有机肥料。说穿了，就是需要经过处理的粪肥，而粪肥又会散发出不雅的气味，"辩证关系啊，肥不臭花难香"，一位大学副教授边散步边议论。于是旁边的人们不禁抖动鼻翼，只有花香啊，可见荀师傅确实是优秀的花把式，他从哪里弄来有机肥，又如何稀释处理得恰到好处，让人们完全不受不雅气息的困扰？

有位女士，即使在炎热的夏日，也总穿着宽松的长襟外衣，在庭院里活动，傍晚，也会到那香径中散步。她会和荀师傅站在一起，柔声细语地说话。没什么人特别注意她，只是有回有个大婶望见了跟她老公说："这位大妈怕比我还大几岁吧？眉眼还那么清秀，可身子怎么跟怀胎七八个月似的？"那老公就说："文明人不议论人家体形。"那大婶也就笑笑算了。

那位女士，是退休的工程师，丧偶后没有再找伴儿。她的女儿女婿对她都很孝顺。女儿女婿带着外孙子住别处，她独居。她是个非常旷达的人。前年查出结肠癌，及时做了切除手术。切除后，给她安装了人工排泄系统。本来，医生要求她在体力恢复后，再把肠子给接上，她却谢绝了，决心就那么带着人工排泄系统生存。女儿女婿都劝她听医嘱，她心平气和地说："我是深思熟虑过的。我不要二次手术，更不要化疗、放疗。请你们尊重我自主选择的生存方式。你们只要能招之即来，给我送必要的生活用品，陪我去医院复查并更换这套系统，逢年过节来跟我一起享受天伦之乐，我就很满意了。其他亲友们，第一轮关怀慰问一律深谢，但此后我轻易不会接听电话，更不会参加聚会。我会很愉快地打发属于自己的日子。"她确实每天都活得很愉快，把以前来不及细读的书，没听够的音乐，看不腻的老电影光盘，穿插着一一欣赏。她很快能麻利地处理自己身体的问题，自我保洁，怡然自得。她发现，自己那人工排泄系统接收的排泄物，会有一种有别于直肠粪便的气息，虽然也不雅，但作为有机肥料，十分有利于花卉的培植，她将其施加在自己阳台的盆栽植物中，叶茂花艳。于是，她在庭院散步时，就向荀师傅提出，栽种营造出夜香花园的建议，所需的有机肥料，完全由她提供，但对于她的参与，必须保密。

月光如水，曲径芬芳，一个腰部显得臃肿的女士，在晚香玉花丛前伫立，深呼吸着。珍惜光阴，余生有香。

槟榔王

聂鑫森

潭州城的男女老少，最喜欢吃的零食，是槟榔。槟榔是放在口里嚼的，嚼尽此中滋味，便把渣子吐掉。大街小巷的清洁工说："扫来扫去都是槟榔渣，比烟头、纸屑还多。"有民谣唱道："潭州人是个宝，口里嚼把草。"可说是最形象最生动的表述。

槟榔果并不产在潭州，它的产地在海南、广东、云南，以海南所产的最佳，槟榔业只用海南的原料。槟榔果长在高大的树上，春生夏熟，当地人把新鲜的长圆形的果实切成瓣，用枛叶包了放在口里嚼，嚼得红汁浃浃的。苏东坡流放到海南时，就写过"槟榔嚼得满口红"的诗句。槟榔果晒干后便成了中药伏毛，化痰、避疫、健齿、消食。潭州是明、清时三大药都之一（另两处是河北安国和江西樟树），集散着全国各地的药材。清兵入关后，有聪明的商家看到了槟榔果的市场前景，用其鲜嫩者晒干、炮制、切成船形瓣，加入各种作料，制造出一种全国独有的小食品。屈指算来，潭州人嚼槟榔已有三百多年历史了。

在潭州城的金富街，专事批发和零售槟榔的店铺只有一家，名曰：槟榔王百年老店。气派的三层楼格局，一楼是门面和店堂，三开间，又宽敞又明亮，设柜台、货架，还有供人休息、喝茶的案几、圆凳；二楼是洽谈大宗业务的地方，有茶室、会谈室、电脑房；三楼呢，是总经理王娭毑下榻、吃饭的地方，有专门为她服务的女佣人料理日常事务，还专设一间客房，供三个儿子轮流来值夜。王娭毑七十多岁了，有佣人服侍，还得有尽孝道的儿子可随时召唤。

潭州城经营槟榔生意的，有不少店铺，但比不上这家老店名声赫赫。这里只是总店，城里还有几家分店，制作槟榔的车间和科研室、检验室，则设在郊外。这样的大企业，员工有三四百人，真是兵强马壮啊。有人估算，企业一年的销售额应该在两千万元上下，纯利不会少于八百万元。

可惜十年前，王娭毑的丈夫患病辞世，她这幕后的贤内助便成了百年老店的总经理。三个儿子大海、二海、三海，由她任命为副总经理。在她的指挥下，儿子、儿媳各管一行、各司其事，一切都井井有条。

王娭毑姓文名元秀，但她不喜欢别人叫她"文总"或"文娭毑"。她说她是王家人，这份家业和"槟榔王"的品牌只属于王家。

偶尔在店堂巡视，或到金富街上走走，和王娭毑亲切打招呼的人，不知有多少。

"王总，你是现代的佘老太君，行兵布阵，样样在行。"

"哪里哪里，精气神比先前差多了。"

"王娭馳，你命好，儿子、儿媳又孝顺又能干。你团拢一家人干大事，外人休想打歪主意。"

"当然当然。"

入夏了。

这个月轮到长子大海值夜。

大海四十多岁，是第一副总经理，协助母亲管全面的工作，但重点是管人事（招聘和辞退员工）、采买槟榔果和车间的生产。二海管财务，其妻是总会计师；三海管营销兼后勤工作，其妻是出纳。只有大海的妻子没在这里任职，她在一家国营超市当部门负责人。

每到暮色苍茫，大海会自驾一辆小车匆匆赶回总店，陪母亲吃过晚饭，再陪母亲喝茶、聊天。

王娭馳发现大海的脸色很疲惫，声音有些沙哑，便说："大海，你太累了。我知道，你的两个弟弟比你操心少，又很看重养生，长得白白胖胖的。"

"妈，我不怕累，身体吃得消。我是心累，着急上火。"

"着什么急上什么火啊？妈老了，但还硬朗。你只管放开手脚干，出了事有我担着！"

"妈，所有的领导岗位，都是一个家族的人占着，能者、智者无出头之日，怎么想？家族经济与现代企业毕竟是两种模式，后者才是正途。"

"家族经济有什么不好？王家的人说了算，打虎亲兄弟，上阵父子兵。你放心，天塌不下来。"

"那就好……妈，我累了，我得赶快去睡。"

"去吧。"

母子俩的谈话，每晚都在喝茶时进行。一连串不好的消息，断断续续从大海的嘴里传出来：

城中的同行，今年改变了采买槟榔果的方式，把一个个私人的槟榔树园子包下来，按每棵树历年所产果实的平均重量预先付款，别人再无法插手。

几个车间的技术骨干打报告要求辞职，因为任车间主任的是王家的亲戚，颐指气使，瞎指挥生产。

科研室开发新产品的高级工程师，因外厂用高薪聘请，已口头向大海申请准备"跳槽"。

二海巧立名目，把一笔笔钱转了出去。三海管后勤，采买的不少东西，价格莫名其妙地高……

王娛驰听了，又着急又气愤，问大海："你说，我该怎么办？"

大海说："你说怎么办就怎么办，你是总经理、法人代表啊。"

"这样下去，老店只能兵败如山倒，还是槟榔王吗？"

"妈，我不想干了。我只要应得的一份！现金和财产的估算款，你占大头，其余的我们兄弟三家平分。我得去另找一条活路，等到破产那一天，就迟了。你细想一下，让弟弟们权衡权衡，再明明白白开个会。"

王娛驰大吃一惊，满头白发乱颤，然后对大海挥挥手，说："你去睡吧，让我一个人想一想。"

王娛驰整整想了一夜。天快亮时，她心里一亮，忽然明白了是怎么一回事。大海要抽身另干，不是真话，想重新整治企业才是目标。大海是能人，留下和离开都能呼风唤雨，二海、三海远不是他的对手。但大海却把最后的生杀大权，推给了自己的母亲，让母亲去为他扫清障碍，这是最体面最合情合理的"逼宫"。甚至槟榔果的无法采买、员工的辞职、监控弟弟和弟媳的账目……都是大海的精心策划和操作。她要保住百年老店的招牌，只能靠大海，这一点他们是不谋而合的。她最后能做的，是恩威并施让二海、三海及其妻子完全退出企业，只享用他们应得的股份和每年的分红；任命大海为总经理，并成为法人代表；她也要完全退休去安度晚年，连"顾问"的头衔都不要……

天色完全亮了，天边泄出一道一道的霞光。

王娛驰洗漱罢，急急地走向客房，敲响了房门，喊道："大海，我们的槟榔王，你起床了吗？"

大海脆亮地答道："妈，我在等着你哩！"

清 香 楼 主

聂鑫森

在古城湘潭，矮矮胖胖、年届半百的甄仁，称得上儒商。

他读过美术学院的国画系，当过中学的美术教师，后来辞职下海，先开一家专营文房用具的店，发了不小的财。再在雨湖边的文昌街租赁下一家中等规模的三层店铺，悬一横匾，上书"清香楼"三个隶书大字。一楼是门面，右边专卖名酒，除货架之外，漂亮的陈列柜里摆放着轻易不卖的名酒样品，如三十年陈酿的"茅台"、"五粮液"、"酒鬼"、"汾酒"、"杜康"、"北大仓"。左边呢，专卖纸、墨、笔、砚、印石、印泥、画框、镇纸、笔洗、砚滴、墨床……二楼三楼是吃饭喝酒的地方，主打菜是湘菜。一楼门面两边的楹柱上，是甄仁撰稿、由名书家书写、名刻手雕刻的一副对联：美酒佳肴舌尖滋味；宣纸端砚腕底风云。

凡是有些文化情结的人，经过"清香楼"，总会停下来，细看这副对联，内容不错，书法雅逸，刻工精妙！于是忍不住进店去，或买东西，或饱口腹。

甄仁要的就是这个效果，自古及今，酒与文学艺术缠缠绵绵结缘，怎么分得开？尤其是那些书画界的大小名人，酒催灵思，酒拓胸襟，酒壮腕力，佳作便联翩而来。

"清香楼"的总经理当然是甄仁，但许多具体的事却由他的夫人华莹主持，指挥、调理着楼上楼下的各类员工，站柜台、跑堂、司厨、收银、采购。甄仁的主要精力，是奔走于书画界联络感情，尤其是对那些名门大户访之甚勤。此外，凡是有头有脸的人来此设宴，他必自始至终地操持，绝不能出半点儿差错。

那一次，年近古稀的雷默在这里宴请外地的几位友人，幸亏甄仁在场，要不就会闹得不愉快。

雷默为湘潭书画院退休画家，虽退休了却声誉更隆。他是全国少有的书画界全才，诗、书、画、印都让人称赞。诗擅长古风，起承转合，气势宽博；书法诸体皆能，尤以隶书得彩，汉碑为骨，韵承金农、邓石如，敦实凝重，遒丽流妍；治印师法汉宫印，又多有自悟，一刀既下，从不修润，神采奕奕；画风狂野，大写意花鸟色墨淋漓，天骨开张，特别是画松最让人称道，铁干铜枝，龙鳞粗拙，针叶鲜茂。虽每平方尺万元以上，他却不肯轻易出手。

雷默设宴，只点菜，不要酒，他自带三十年陈酿"茅台"两瓶，因为市面上假酒太多。

按礼数，甄仁先在大门外迎客，再引之入雅间，然后亲自沏茶，并记下客人所点的菜名，退下，去厨房细细交代。酒过三巡后，甄仁自备一杯酒，到雅间来敬雷默及客人。雷默很高兴，又向客人介绍甄仁，还说："他与书画界长年交往，亦是名人矣！"

甄仁谦和地笑着说："我只是附名人骥尾，惭愧，惭愧。请雷老和各位先生尽兴，有事只管吩咐，我在三楼的书房专候。"

不到一个小时，一楼的店堂里传来争吵声。接着跑堂的小伙子急匆匆前来告诉甄仁：雷默和客人把酒豪饮一尽，便到店堂去买酒，指名要陈列柜里的两瓶三十年陈酿"茅台"，并说不管多少钱都行，但甄夫人执意不肯。甄仁心里骂了一声"蠢婆娘"，忙去了店堂，把华莹拨到一边，拿出酒来，说："雷老，贱内不懂事，请您海涵。这样的好酒，雷老不喝谁喝？我送给您，算是赔罪。"

雷默仰天大笑，说："酒不能让你送，酒钱、饭钱用不了我的一尺画哩。你的话让我快意，雅间靠墙立着画案，你很有心啊。快把大册页、色、墨、笔等物摆上去，我和朋友边喝酒边轮流为你作画，算是答谢！"

甄仁对华莹说："快去！快去！"

华莹满脸堆笑，说："好的。"

甄仁常备的大册页本，一折一面等于一张四尺斗方。书画家在酒酣耳热时，或遣兴或应甄仁之请泼墨挥毫。这些作品，为甄仁变了不少现钱回来。

这一次，雷默及友人又画了十张，因印章都没带，皆是以笔蘸曙红画上的印章，这就更稀罕了。遗憾的是，雷默没有画松树，画的是一篮荔枝，题识是"大利年年"。

甄仁的母亲快满八十了，老人家和甄仁的弟弟、弟媳住在乡下的青松镇。甄仁的父亲过世早，母亲这一生吃过不少苦，现在生活好了，他要隆重地为母亲贺寿。他备了一个大册页本，题签为"百松多寿图"，自写了序，概说老母生平及儿孙的感恩之心，然后登门求请本地名画家各画一幅松树。

华莹问："怎么不请雷老画松？"

"先让别人画，中间留出连着的两面再请雷老画，他不画就不好意思了。"

"你心眼比筛子眼还多。"

"呸，什么屁话。"

在一个春雨潇潇的午后，甄仁先打电话预约，又打的去了雷默的家。

两人坐在宽大的画室里，喝茶、聊天，气氛很亲和。接着甄仁动情地说明来意，再打开册页本，请雷默观赏一幅幅松画。

雷默说："你的母亲住在青松镇，到处是青松翠柏，定然长寿。你孝心可嘉，以《百松多寿图》贺寿，想法很雅。"

"留下了两面，想请先生赐画，不知行否？"

"大家都画了，我不画则有违常情。早些日子，有个房产老板，说要为一个管城建的领导之母贺寿，愿出十万元购一张松画，我一口回绝了。这个老板和这个领导口碑都不好，我没有兴趣画。"

"雷老，我虽是商人，但还算文雅，也无劣迹，你的画无价，我不能说用钱买画，我是求画，请成全我这份孝心。"

雷默点点头，又说："这本册页，等于是本书，有书名有序言，把贺寿的缘由都说清楚了。我的画只落年号和姓名，你看如何？"

"行，行。"

甄仁把留着的两面摊开来，摆放在画案上，然后用力均匀地磨墨。

雷默拎起一支毛笔蘸上墨，画几株南方的马尾松，再画峭峻的石头。松干、松枝、松针，凸出土的松根，多棱多纹的石块，下笔沉稳快捷，浓淡兼施；再以赭色染干染枝，以绿汁涂松针，生意盎然。

甄仁说："先生画松得南宋李唐之气韵，但他画的是北地之松，而你画南方马尾松，是多年写生所获，透出一个'秀'字，了不得，了不得！"

雷默说："你没有说外行话，我很高兴。"

画完了，雷默题识："松谷云根图。癸巳春应邀，雷默一挥。"

过了些日子，有人告诉雷默，在那位领导干部之母的寿宴大厅里，他看见了那幅《松谷云根图》，画的上边临时夹着一张大红纸条，上写寿者的姓名和贺寿者房产老板的姓名。

雷默马上明白了：他在册页上画的画，被甄仁挖截下来，重新装裱后卖给了那个房产老板，房产老板再送去贺寿！

甄仁的孝心，不是缺失了一大块吗？

"什么东西！"雷默狠狠地骂一句。

柠　檬

陈　毓

这样的天气死的心思都有。敏之站在窗前嘟囔，玻璃窗映出她那张面无表情的脸。就算这样，她身后的阿度对此也视而不见。敏之似乎也不想说给阿度听，不期待获得某种同情。

现在是元月，早八点已过，天依然昏黑，从敏之站立的窗口望出去，那些或高或低的建筑物影影绰绰，散发出莫名的废墟的气息。气象预报说今天有霾，重度污染。这样说的时候气象预报也面无表情。

你总爱说死。阿度说。他的语气听不出不悦，更听不出喜悦。阿度的语气也无表情。

不知从哪天开始，两人似乎同时从用力过猛的对峙中撤退。这之后的日子似乎松了口气，他们就在这种松弛的状态里一泻千里，再也找不回旧时模样。但旧时模样，谁说过要找回了？

他们之间相距千里，这是他们心灵撤退之前很长一段日子身处的现实距离。之所以每隔一月或者两月，就要穿越千里见面，是因为他们之间存在着一个共同的儿子。

他说，儿子是他的命；她说，儿子是她的命。把两人的话联系在一起，你会想象他们两个人像是共用着一个心脏，却是彼此倦怠的连体人。

这样的两个人，就算再多些倦怠，也不能大踏步地撤退，从彼此的生活中消失。在一起，两人会像对待来客那样，保持礼节上的客套，和必须有的隐忍。

敏之把"隐忍"抵进嘴唇，从一种状态里挣脱出来，裹紧袍子冲出卧室冲进洗手间。

她听见阿度在身后哈哈了几声，她来不及用心考量阿度哈哈的本意，她只确信他不是开心。

她想象他就是一个拳击手，在要上场或者战胜了对手的时候需要这么哈哈两声。不，敏之立即否定自己，他们之间的情景和拳击手的情景相似吗？但是这个早上，在阿度终于能够完成任务般地从敏之身上撤退的时候，敏之倒是心中有了一个联想，她联想到一个大力士和一个小男孩在较量臂力。

哈！她听见心中的一声笑，她没有给时间让这笑蔓延，就立即爬起来。如果阿度不起来，那她就一定得起来，这是肯定的。于是敏之就站在了窗前，就发出了那一声"死的心思都有"这样无趣的话。

两人的短暂对话之后敏之说她要出去，顺带把做午饭的一些菜买回来，之后她就穿戴整齐地出了门。

裹紧衣服，从公寓楼低低的门洞走出来，被外面清凉的风一吹，敏之不由更紧地缩紧身体。有一瞬她觉得自己就像那枚忘在冰箱角落的柠檬，半缩水的、冷的、硬巴巴的。

急切地出门，只为了躲避。午饭前即使她不出门，冰箱里的食材也足够她做出丰盛午餐，但她必须找个离开的借口。

外面霾高万丈，空气像用淘米水洗过菠菜之后的颜色，敏之想要拒绝呼吸，但她如何能够拒绝？她浅浅地吸气，滞留在鼻腔的空气却总在提醒她那份黏稠。她努力控制自己不去挖鼻孔，她的手伸到鼻子跟前，又被她强行按压到大衣的口袋里。

红灯暗淡，像鬼之眼。敏之随黑压压的人群走，随人群站定，跟在人群里等绿灯亮。

有一瞬间，她捕捉到了心中的愿望，如果能找到一汪温水跳进去，是不是可以有更顺畅点儿的呼吸使这身体里的拥堵感消失呢？

但拥堵感堵在身体里，让站立在路口的敏之感觉自己的两条腿，一长一短。从腿的感觉敏之无端地联想到中世纪的女人，在和男人欢爱时，为了不怀孕，就把一枚柠檬塞进自己的身体里。

以前看到这样的文字敏之惊诧到坐正身体，这一刻，她分明觉得自己的身体里正塞着一枚柠檬。

她想要跳起来对抗那枚柠檬，但她却坐在了地上。

有那么一刻，她想要这样不顾不管地坐着，但是她不得不起来了，因为一个少年向她俯下他的肩、他的脸，使她不得不抬起头来，做出一个要站起来的姿势。

少年的一只手插进了她的腋下，隔着柔软的衣服，她感觉到他手的形状，以及温度。她抬头，就和他迷蒙着雏菊味道的眼神相遇了。他似乎是鼓励她站起来的，于是她站了起来，他一直把手插在她的腋下。

直到他们相携着走过马路，直到把她送到如河的马路对岸，他才放开她。

他一步一回头地走了，留下她站在原地，看上去有点儿呆，有点儿仓皇，有点儿凌乱。

等她站在不久前离开的门洞下的那刻，她才彻底地清醒过来，她呆了一下，只好向楼上走。

阿度现在坐在沙发上，在看电视，见她此刻空着手回来，也根本不问。

敏之在门廊处脱掉鞋子，把衣服和围巾放在玄关边的小桌上，但是，阿度忽然叫起来了。

阿度分明在哈哈大笑，笑声差点儿把敏之惊吓得坐到地板上，但他的话平淡无奇，他说，你看你的包，你遇见贼了吧？

敏之低头看手上，手提包上细细的祥带整齐地从中间断开，包的开口处怪异地裂开着。

这让她回忆起遥远的少女时代，第一次穿裙子的那个下午，她回家后看见裙子的拉链大大裂开时所表现的震惊和错愕，和此刻的心情居然那么相似。

42 岁的敏之脸上是 30 年前的那个少女的表情，要多吃惊有多吃惊，要多遗憾有多遗憾，要多羞愧有多羞愧。

眼泪在敏之的眼睛里打转，但她把它们隐忍进去了。她只感到身体里的拥堵又上升了一段。

榆 树 下

陈 毓

N36°、E106°。以此为点，向南、向北、向东、向西各摇移 1 度、3 度、1

度、1度，在这样的区域间，榆树生长。鲁子玉用手指在这个区间画着，心里说，这就是一直的故乡，生长榆树的故乡。一直告诉子玉，他老家院墙外，那三棵高茂榆树和他的年纪相仿。鲁子玉说，带我去看看吧。

爱一个人一定得去他家乡。子玉说了又说。这一回，终于成行。芒种已过，榆树结了饱满的榆钱。此前榆钱鲜嫩，女人们采来，撒了面粉，蒸榆钱饭，既取榆钱之形，又恭敬地表达着人对天赐美食的感恩。子玉没吃过榆钱饭，现在行走在一直的故乡，更急于填补记忆、身体、味觉上的空白。子玉伸手，够几枚榆钱在手，在牙齿间嗑出榆子，有点儿油、有点儿面、适度的甜，味道好极了。子玉夸张地递给一直。看一直不置可否的表情，想象自己所述也许未能契合一直的记忆。

时值初夏，子玉惊见沟谷里奔涌来一条白色河流，把手伸向车窗外，浩荡的风扑面来，使她噎住，她大喊，河里结冰了。一直笑，是硝。拐一个弯，又一条白色河流涌来眼前，她说硝河。一直又笑，是盐。一刹那，眼泪蒙住子玉的眼睛。她偏头窗外，掩饰心绪。

那些天，每进酒店，一直都及时把瓶装水倒进烧水器，烧水为两人泡茶，子玉留心到了，也明白一直的用心。而她，每进一个房间都急切告诉他她的发现，说自来水管里的水她尝了，甜。下一次，她说，也不咸涩。下下次，她说，还真的是咸涩的。她总说爱能使盐碱地长玫瑰，她哪能在乎自来水管里的水太硬。她看重他对生命发自本心的豁达，他的通达、朴素以及节俭。他习惯把自来水开到小的极限，轻松用一杯水刷牙，他洗脸是安静无声的。他偶尔会忘了冲厕所。他吃饭看见桌上大量剩饭剩菜会痛惜浪费，却总叮咛她，吃不下就不要勉强自己。他留最后一个包子，说，留余。

她看见他总是心生喜欢，情愿调整自己，偏向他，觉得爱情就该是这个样子。一团火焰靠近另一团火焰，晨昏颠倒，身心相融，是他们在一起的状态。

一直离开老家十年，十年间，野草漫过无人的庭院小径，成群的雉在门前高茂的榆树冠里做巢，在他们到来的这个黄昏，雉群舞于他们头顶，像是完成一场筹划已久的演出，使她惊喜地落下眼泪。前院的狗用响亮的吠声提示他们于此地的陌生，惹起一庄狗叫。

一直带子玉去吃米师傅面、海师傅包子，说那是他小时候关于吃食的最幸福的记忆。他说老米师傅和老海师傅死了，年轻的米师傅和海师傅烹饪出的味道大不如前。他们在深夜的烤肉摊子上吃烤肉，喝啤酒，在酒的微醺里搂抱着穿过无人的大街。他们做爱，身体里有种绝望的贪婪，直到睡眠如黑布蒙上他们的眼睛。

每次见面又分别的时候，子玉都会伤感，说，仿佛见面就是为了分离。见面又分别，这只能是他们的现实。

一个送一个走。这次他们互换了角色。他说，接住，再送走，于双方，都是完满，这世上没有那么多的圆满，能拥有一个是一个的造化。她张张嘴，想要说什么，却只有眼泪流下来。

他们坐在停机坪外等待那趟过路飞机。他慢慢捏手上喝空了的可乐罐儿，他竟然能用一只手使罐儿分裂，仿佛他的手里正捏着一把她看不见的剪刀，在他试图捏扁罐儿的一瞬她就替他担心，担心他会弄伤手指。她紧张地盯着他的手，有片刻忘了分别带来的烦愁，她眼看他手里那个圆滚滚的可乐罐儿裂开，像一朵金属花绽放在他掌心。她见他终于把罐儿放在地上，心里轻松了点儿。趁他松手的一瞬，一股风把那朵奇异的花吹远，金属花跳荡着金属的舞蹈声音，响动着，跑远了。她破涕为笑，他看着她的笑，也笑。

现在她一个人坐在飞机上，小飞机的轰鸣像拖曳在身后的巨大尾巴，使机身振动，使她脸上纵向流的眼泪改了方向，有一滴溅到了窗玻璃上。她呆呆地看着玻璃上的那滴水，不觉伸出食指摁到那滴水上，直到水变成一团印痕，直至印痕消失。她把脸贴在那片印痕上，看下面壮丽的沟壑，想着若是能准确画下那些沟壑的线条给一直看，该有多好。她听见心里一声深长的叹息。

回到自己的城市正是万千灯火闪亮，家门寂静，子玉在门廊处脱掉鞋，看见脚上的白帆布鞋变成了麻灰色。她把鞋子脱下，直接装进那个她离开时打开还未有人合上的鞋盒。扣上。

光　头

谢志强

泥水匠来给释梦师傅的屋子堵漏。屋顶有个天窗，被昨晚的风雨打破。阳光直通通地照进来，地上一片泥泞不堪。

释梦师原在国王身边，专为国王释梦。国王时常被梦纠结、困扰，便封他为专职释梦师。可是，他释梦，漏洞百出，现实也证明了他的解释荒谬。后来，国王便把他驱逐出了王宫。他别无所长，只会释梦，成了都城的笑柄，生活落魄，几乎成了乞丐。

泥水匠担心他付不出工钱。释梦师指指破裂的天窗，自信地说：我不会让你白干。

封住了天窗，泥水匠察觉门一暗，出现了一个人，光头反射着太阳的光亮，犹如点了一盏灯。他以为是释梦师的客户。

释梦师的表情，似乎早已有期待，他的笑像灿烂的阳光。

泥水匠惊奇地看到：释梦师笑着操起一根顶门棍，不由分说，朝光头当头一棒，那光头倒下了，似乎棒击的是铜制的器皿。他还没来得及去阻止，随即，地上闪闪发亮，光头已破碎——一堆金子。

释梦师给了他丰厚的工钱。泥水匠还是没有反应过来。释梦师说：我额外给你酬金，我这漏屋发生的事情，你不能透露出去。

泥水匠曾去过很多人家，可是开天窗的独此一家。他觉得泥水匠的活儿又苦又累，他模仿释梦师，给屋子开了一扇很大的天窗。老婆唠叨他，他便说：女人别多嘴，看我怎么发财，有些事一说出来就办不成了。

泥水匠上街，物色光头。他很失望，偌大的一个都城，光头非常稀缺。难得遇上一个光头，就是碰上个也坑坑洼洼，不如发生奇迹的光头那么饱满、干净。

他恨不得给自己剃个光头。这一点他倒是自信，他的脑袋，确实符合那个形状。但是，敲击了自己的光头，我怎么获得金子？那不就是让别人享受——有了金子，老婆改嫁了，他的老婆就是别人的女人了。

泥水匠过去不信佛。这回他第一次进了寺庙，虔诚地烧香拜佛，但目光却盯住和尚——那么多的光头。他模仿香客，捐了钱，然后，他发出了邀请，请和尚去他家做法事。

方丈看出他是临时抱佛脚。

泥水匠说：从现在起，我皈依佛门。

方丈问：你家发生了什么事？

泥水匠说没发生什么事，他说只是他觉得人生苦短，唯有信佛，方能解脱烦恼。他毕竟做了一些功课，不然怎么打动方丈？

方丈慧眼，看出了他有一颗蒙着凡尘的心，委婉地拒绝了他。

泥水匠已有了经验，他到一个不起眼的小庙，布施了从释梦师那里挣来的金子，请求住持带两个小和尚去他家做一场法事。

泥水匠已预先送老婆孩子去了娘家。三个和尚一进门，他立即关上门。一方阳光从天窗照进屋内，三个和尚的头交相辉映。他笑起来，操起顶门棍，挨个击打了三个光头，发出沉闷的声音。那血像鲜红的花。和尚们抱着头呻吟。

泥水匠失望了，他认为是没敲好，没掌握好轻重。

三个和尚破门而出。

泥水匠被逮捕的时候还在纳闷。他蹲了一年牢狱，还是琢磨不透。那三个光头，像西瓜一样，瓜汁、瓜瓢溅开来，怎么没出现金灿灿的情景？

妻儿也离开了他。一年后，他回到冷冷清清的屋子。天窗已破裂。屋里有麻雀、老鼠。他抱着疑惑，拜访了释梦师。显然，释梦师的日子过得相当滋润。

释梦师说：说说你的梦吧。

泥水匠说：梦是什么？

释梦师说：没有梦，你找我干什么？我的屋子已不漏。

泥水匠从来就不做梦。他说了自己一年前的遭遇，问为什么同样是光头，还增加了两个，却敲不出大师的效果。他请教棍子敲下去怎么掌握轻重。

释梦师说出了屋漏那一夜的梦。梦里闯进一个光头，约他天亮堵漏后，光头一旦出现，就用棍子当头一击，光头就成了实实在在的金子，而且能发出悦耳的声音。

他说：你当时看见的仅仅是表象，本质如同树根，深深地扎在梦的土壤里。

泥水匠表示没有泄露金子的秘密。

释梦师说：你不会做梦，却生硬地寻找光头，梦境是因，现实是果，因果因果，没有因何来的果？

从那一天起，泥水匠修好了天窗，闭门不出，躺在炕上睡觉，等待梦的降临。可能是昼夜颠倒，时睡时醒，弄得他精神恍惚。他似乎看见一片瓜园。阳光里一地的西瓜，又亮又大，他操起棍子，挨个敲打，西瓜破裂，鲜红的瓜汁四溅。他闻到了血腥的气味。他有生以来，做了第一个梦。惊醒后，他一身冷汗。他用手拍了拍脑袋，似乎在试探一个瓜熟不熟，然后，他上街剃了个光头。

中 途 奇 遇

谢志强

我闻到一阵一阵食物的香味儿，我下车，拉着拉杆箱包，仿佛被香味儿无形的绳子牵引着。我突然觉得饿。

前边出现一个大场子，就像一个大蒸笼。它是圆形的小吃广场，正是香味儿的发源地。肚子发出咕噜咕噜的响声，我有点儿迫不及待。都是南北特色的小吃。走过两排摊位，我就饱啦，浓浓的香味儿消除了我的饥饿感。似乎我吃了很多，甚至，我打了一个香喷喷的饱嗝儿。

我绕回入口。入口的栅栏门，约四米宽，我不由得闪让到一边，因为气势汹汹地进来了一帮人。平地起风，那帮人形成一股强劲的气流，像一条舰艇，乘风破浪。我已贴在了洞口的墙壁。

我看见，打头的是孙方友，后面的人群簇拥着他。他像个江湖老大，昂首阔步。我探出脸，做出一个孙方友熟悉的表情，像接站举起的牌子。显然，我纳入了他的视野。

可是，孙方友在我前边两步远的地方经过，目不斜视，大步疾走。我只觉得脸上拂过一股凉风。

相识二十多年的老友，怎么没看到我，还是不认得我了？或者，他跟我一样饿了。这个孙方友，见食忘友。

毕竟有两年没见了，难道我一下子长变样了？很多朋友都说这十多年几乎我没有什么变化，仿佛时间不在我身上起作用了。我望着那长长的人流，他们像是孙方友的追随者，更像是他的乡党，穿着早年的服装，俨然一个旅行团，如一股激流，冲进大场子。

我想艾城的朋友忽悠我了，我的面目一定发生了巨大的变化，现在，我得用另一种方式向他证明我是谁。或者，证明我和他的关系。

我拉开行李箱拉链，取出我准备的发言稿和四卷本的《陈州笔记》。这两件物品，总能说明问题了吧？

我坐下来，翻翻书，等候孙方友出来。我得充当书生的角色，那样别人不会来驱赶我。如果孙方友一时认不出我，我可以复述他的小说，现在怎么可能有我这样"忠实读者"？先确立我和他的小说关系，然后，我可以发泄：你怎么能够忘了朋友，还是来参加你小说研讨会的朋友。

一点儿一点儿，书从我手中跌落，我几乎叫出来——无字书。我接到举行孙方友《陈州笔记》研讨会的请柬后，细读过他的这四卷《陈州笔记》，我做了笔记，还在页面眉批、旁批，然后，撰写了评论。现在，书稿所有的字都消失了，只剩下了眉批和旁批。可是，我在阅读《陈州笔记》时，他曾藏在小说的人物背后——字里行间的深处，朝我怪笑。

不可能存在另一个孙方友。忽然，我感到他身后簇拥的那群人，有些面熟——都来自《陈州笔记》。他率领他小说中的人物出来闯荡。人物由词语表达，那么多人出来，带走了文字，造成了满书空白。

书是人物居住的房子。我把一本一本的书打开，放在地上，它们像鸟儿（或者蝴蝶）展开翅膀。我等候他们吃饱了出来——然后回归。

这时一个戴袖的男人过来，他说："书摊不能摆在这儿。"

我说："我不是……我是……"

他说："随地摆摊，再不离开，就要没收。"

我收起书，装进包，同时还在嘟囔"我不是……我是……"我竟然说不清。手忙脚乱，我没拉上拉链。

突如其来，起风了。像是空穴来风，风穿过我的躯体（多像入口的门洞），分明能听到树叶的喧哗，不，是书页纷乱的翻掀声，仿佛有人在迅疾地检索资料。我呆立在大门处，看见阳光照在入口处，方方的一块阳光，贴着地面，静止不动。我愣过神来，脑子里抽出一根亮晶晶的丝线。我弯下腰，取出书——满书汉字，排列规范，还有我的眉批、旁注。拉上拉链，我前去乘车，只觉得箱包超重，拉起来，路也震颤。

　　附记：

　　从某种意义上来说，梦境与小说有着相同的特质。我把列车上的梦境写成了小说《中途奇遇》。梦有梦的逻辑。如果列车上那么多的旅客也做了梦，而且，梦成了真，那么列车将怎么开？

　　我一直认定，卡夫卡的小说来自他的梦。他的小说充满了梦的特质，但照亮了现实，照得那么辽阔、那么持久。

　　我想，小说存在的重要理由，就是对存在发出质疑；或说，作家用小说的方式颠覆现实；或再说，小说表现的是现实的缺失、丧失、流失。

　　我的那个梦，颠覆了现实。2013 年 7 月 26 日 12 点 20 分，孙方友因突发心脏病，在郑州去世。可是，2015 年 3 月 26 日夜——梦里却是香气弥漫、阳光灿烂，孙方友率领着他小说中的一大群人物，委实气派，前呼后拥，昂首阔步。

　　我在孙方友四卷本《陈州笔记》里也发现了孙方友式的颠覆，他究常识、遵规矩、讲底线。于是半个多世纪前的阳光照亮了当今的现实。

论 琴 帖

张晓林

钱穆父的书法，今天能见到的，包括《致知郡工部尺牍》《书识语尺牍》在内，应是寥寥无几了。以致研究北宋书法的理论家们，几乎无一例外地把他给忘却了，这让人感到遗憾。因为北宋一个时期的许多书家，有的后来成为书法史上的重要人物甚至巨匠的，都或多或少与他扯上一些关系。

米芾和黄庭坚是"宋四家"里的人物，中国书法因他们而灿烂了许多。然而，在黄米的书法面临突围的关键时期，是钱穆父及时点拨了他们，才使他们顺利地攀缘上了书法艺术的巅峰。

时隔多年，黄庭坚依然不能忘记元祐初年的那次宝梵寺之游。那是一个初春的黄昏，苏轼、钱穆父、黄庭坚吃过斋饭，都来了雅兴，在寺院的东厢房挥毫赋诗。黄庭坚写了几张草书，其中两三张写的是苏轼新作的小诗。黄庭坚很虔诚地向苏轼请教笔墨的得失，苏轼微笑着，一连串地说："好，好，鲁直草书当世无人能比。"

钱穆父在一旁咳了一声，接过苏轼的话头，说："鲁直的草书写俗了。"

黄庭坚大感突兀，因为他向来把"俗"列为书法最大的敌人，以往都是他批评王某某的书法俗了，李某某的书法俗了。别人批评他的书法俗，对他来说还是第一次，猛一下子有些接受不了。他不禁问道："哪一点儿俗了？"

钱穆父微笑，说："不是哪一点儿哪一画俗了的事。"他忽然问黄庭坚："你没有看过怀素草书真迹？"

黄庭坚默然。因为给钱穆父说准了，他还真的没有见过怀素的草书墨迹。可他心里到底有挥之不去的疑惑：自己所自负的草书怎么会俗呢？

若干年后，黄庭坚被贬涪陵，在一个姓石的乡绅家里第一次见到了怀素的草书真迹《自叙帖》。一见之下，黄庭坚对自己草书原有的自信犹如疾风中的破屋几乎坍塌。他这才打内心深处佩服钱穆父对于书法的见解和他那绝尘脱俗的品格。他知道，是钱穆父把他从书法的歧途上拉了回来，使他避免了在书法错误的泥沼里越陷越深。

黄庭坚寄宿在石姓乡绅家里，废寝忘食地临摹《自叙帖》，几乎到了入魔的境地。等他自认为已深得草书真谛，抑制不住狂喜修书答谢钱穆父的时候，他得到消息，钱穆父已经过世了。

有关钱穆父与米芾书法上的渊源，后人多有提及，情节和黄庭坚大相类似，在此不多赘言。只是有一个小小的细节，颇能说明钱穆父对米芾书法的引导，辑录于下。米芾四十岁以前，以集古字为能事，所摹前人法帖几能乱真。据考王羲之的《大道帖》、王献之的《中秋帖》、《鹅群帖》等即为米芾所临写。米芾也常常以此为自豪。有一次，米芾去拜访钱穆父，谈论到自己的书法，不由面露自得之色。

钱穆父及时给他泼了一瓢冷水。钱穆父说："你书法里都是别人的东西，要有自己的东西才行！"

米芾立即感到如醍醐灌顶，额头有大粒的汗珠滴落。自此，米芾书风大变。

黄米这两位北宋书坛的巨匠，都这么相似地接受过钱穆父的指点，钱穆父在书法上的修为与参悟，就不需要花费笔墨去渲染了。

早些年，钱穆父任开封府尹时，曾向欧阳修请教书法之事。那一天，欧阳修在书房接见了钱穆父，叫家仆沏一壶蔡襄送来的小龙团招待他。钱穆父说："年轻的时候学书法，极普通的笔，极普通的纸，觉得技法掌握得很快，也感到很有情趣和快乐；现在练习书法，笔是徐堰笔，墨是李廷珪墨，全都是佳制，但觉得在书艺上总是裹足不前，达不到心中所期望的境界。"欧阳修斟上茶，茶的清香很快充溢了书房。欧阳修说："今天不谈书法。"欧阳修又说："我想给你讲个故事。"

于是，欧阳修就给钱穆父讲了一个关于琴的故事。

欧阳修说："我做夷陵令的时候，朋友送我一张琴，那是一张普通的琴。政事之余，携着这张琴，去青山绿水间，弹琴以遣兴。琴虽普通，但琴音清越，超尘脱俗，其乐无穷。"

欧阳修啜了一口茶，接着说："后来，我到京城做了舍人，得了第二张琴，这是一张张粤琴，和第一张比，名贵多了。隔几年，我做了学士，得到了一张雷琴，这可是盛唐四川造琴名家雷氏的作品，属琴中珍品。说也怪，得到张粤琴的时候，还有一点儿弹琴的兴趣，但已经找不到弹第一张琴时的快乐了。到了第三张琴，虽说珍贵无比，可一点儿弹琴的兴致都没有了。"

钱穆父很奇怪，问："什么原因呢？"

欧阳修低叹一声，说："问题就在这里。"

钱穆父告别的时候，欧阳修已把刚才的话抄录下来。他对钱穆父说："送你吧，或许有点儿用处。"

回到府上，钱穆父再三展读欧阳修所送的《论琴帖》。慢慢地，思绪的窗户透进了阳光。欧阳修看似论琴，其实是在论人啊！官越做得大，名利场也就越大，诱惑也就多起来。心静不下来了！乐在于心，心中无乐了，琴再好，又怎么能弹出快乐呢？

钱穆父忽然大悟了。书法何尝不如此！琴法即书法，书法即琴法，自然界万物一理啊！

鱼 的 虚 惊

张晓林

御史台狱卒梁成走过关押苏轼的牢房，透过铁栅栏，看到苏轼戴着枷锁，坐在一捆稻草上，头发蓬松地披散开来。

梁成觉得苏轼今天有点儿异样，他愣愣地盯着面前的饭罐，目光显得呆滞，失去了昔日惯有的光彩。乱蓬蓬的胡须后面，是一张乌青的嘴。此刻，这张嘴正在微微地颤抖。

这个御史台的狱卒想："写几首诗就遭这么大的罪，大宋朝的历史上几曾有过啊？看来这世道变了。"他走上前去，隔着栅栏小声问道："苏公，是否病了？"

苏轼抬起头来，摇了摇。

梁成说："苏公，我去打些热水，给你洗洗头，净净面吧。"

苏轼猛地打了一个寒噤，随即又平静下来，喃喃自语道："也好，这样邋里邋遢的怎好上路！"

梁成转身去了。不一时，端来一瓦盆热水。

梁成打开牢门，走进去。他看见，苏轼跟前的饭罐里，盛着的是两三条油煎的鲫鱼，虽说还散发着诱人的香味儿，但显然已凉多时了。梁成想起来了，苏轼家人送来饭，由他转给苏轼已有两个多时辰了。

"饭都没吃，还说没病？"

苏轼脸色苍白，没有说话。

看着苏轼，梁成心底忽然一阵辛酸。这样一位大书法家、大词人，竟落到这般境地！

梁成极小心地给苏轼洗了头发。又换过一盆水，找来一把剃头刀子，给苏轼刮了胡须。这一切做完，再去看苏轼，陡然透出几分儒雅之气来。

"苏公，我去将饭热一下吧。"

"不用了，已够麻烦你的了。"苏轼想拱手作谢，等抬手时，才不觉哑然失笑。

梁成把沉淀着污垢与胡楂的水倒进狗洞，遽转身把牢门锁上。他一边锁门，一边说："有什么事情，苏公尽管吩咐。"

苏轼迟疑了一下，终于说道："梁公差，能借我纸笔一用吗？"

梁成吃了一惊："苏公，你因诗获罪，还要作诗吗？"

苏轼苦笑一下，说："我想给家人留几句话。"随即又说："若有难处，就不勉强了。"

梁成说："纸笔倒不难，不瞒苏公说，我也是一个书法爱好者，每天都要抽空临写古人法帖五六通，我怕的是苏公狱中作诗，不小心又授人把柄。"

"轼明白，不会再招惹是非。"

纸笔取来，苏轼眼中霎时间焕发了神采，似有火光在燃烧。可是，却很短暂。旋即，火光就熄灭了。

苏轼写了两首诗。这是两首绝命诗。一首是写给弟弟子由的，另一首是写给妻儿的。

梁成读了这两首诗，只觉得凄惨悲切，实在难以卒读，不禁泪流满面。他心下明白了，苏轼神情靡顿，饭也不吃，原来是早已萌生辞世之念。

梁成话语哽咽："苏公，为何写这样的诗？你罪不至此啊！"

苏轼脸色愈加苍白。

梁成又说："太祖时就立下朝训，大宋历朝不杀言官，苏公也只不过作了几首诗填了几阕词啊？"

苏轼颤抖了一下，想起了三天前的那一幕。

三天前，苏轼被捉到御史台，在刑堂上，主审官李定曾问他五代以内有没有"誓书铁券"。不错，有了这个东西，五代以内的子孙就可以赦免死罪了。可苏轼出身寒微，全凭科举进入仕途，祖上哪来的什么"誓书铁券"？这件事却透露出一个信息，李定是把苏轼当作死囚犯看待的啊！虽说本朝有不杀言官的祖训，但朝廷想判你死刑，找个名目还不是很容易的事？

因此，打入狱的那一天起，苏轼就准备了一包青金丹，并偷偷地埋在了囚室的西北墙角，哪一天受辱不过，便吞丹自尽。这些天来，苏轼无时不感到死亡在悄悄地向他逼近。

这不，这一天不终于到来了吗？

苏轼心底藏着一个秘密，是他与长子苏迈约定的一件事。

这件事今天发生了。

苏轼低头沉思一下，终于把这件事告诉了梁成。

苏轼从湖州被捕来京城，长子苏迈也跟着过来了，除了往狱里送送饭，还要奔走打探一些消息。刚进监狱的时候，苏轼与苏迈就私下约定，平日送饭只送一些果蔬与肉类，一旦获得凶讯，就以送鱼为暗号告诉苏轼，也好让他在狱中有个精神准备。

今天送饭送来的，就是几条鱼。

了解到这个情况，梁成一时也没有话说了。沉默了一阵子，梁成忽然叫道："我想起来了，今天来送饭的好像不是苏公子！"

"哦？"苏轼颇感诧异。

"这里面有蹊跷。"梁成说，"苏公，今日后晌我不当差，让我去寻苏公子一问究竟吧。"

苏轼慌忙致谢，满眼感激。

梁成走后，苏轼怎么也坐不住了，在牢房里焦躁地踱着步子，他的整个心都悬在了半空。

在熬煎中,不知过了多长时间,苏轼终于看到了满头大汗的梁成。

事情的原委弄清楚了,的确是虚惊一场。

原来,今天苏迈忽然发现来京时所带的盘缠用尽了,就早早出门筹借盘缠去了。怕误了中午给父亲送饭,他把送饭的事托付给了在汴京做小本生意的一个远门亲戚,而恰巧这个亲戚刚刚买来一些鲜活的鲫鱼,就顺手煎了几条给苏轼送来了。

事情就是这样。

苏轼半晌没有言语。造化给他开了个玩笑。而正是这个玩笑,让他切肤地感受到,在生命面前,一切艺术都是那样的苍白。

生　命

刘建超

他挣扎了几十分钟,觉得只是徒劳,巨大的暗流推得他距离海岸越来越远。他索性平静地浮在海面上,随着海浪漂流,岸渐渐变成了一条线从眼前消失。

天,暗下来,蔚蓝的大海收起炫丽的姿色,变成一抹沉黑。天空如一张灰色的网,罩着他的心。

这次水下摄影的计划,他筹备了好几天,可下水后的捕捉却总不能令他满意。他有些焦急,满脑子都是点线面的交错,却不知不觉游离了设定的区域,海浪暗涌将他推向深海。

他开始并不紧张,也不在意。他在海军陆战队当过兵,海上生存训练总是优秀。他知道,现在最重要的是保存体能。潜水服可以让他保持身体的热量,他尽量减少活动,像一块漂浮在水面的木头。

望着漆黑的夜空,失落失意让他叹了口气。退役后,他进了一家广告公司,认识了做文案的姑娘瑶瑶。瑶瑶清新靓丽,开朗活泼,睁着大大的眼睛听着他讲陆战队的故事,听得一惊一乍,咯咯咯笑起来像清脆的风铃,叮叮当当地敲开了他的心门。

海上起风了,浪大了,气温在下降,阵阵寒意袭来。咆哮的海浪似乎要撕碎他,随时都有可能将他吞噬。他紧张起来,感受到死亡在向自己逼近。他不断地调整着姿势,调整着呼吸,在骇浪中努力让自己平静下来。

想点儿愉快的事情吧，这个夜晚很难熬。愉快的事，愉快的事就是瑶瑶过生日。那次在酒吧，他和瑶瑶两个人拼歌，输了就喝一罐啤酒。他满肚子的军歌，瑶瑶哪里是对手，喝得酩酊大醉。送瑶瑶回住处，瑶瑶不让打车，非要他背她回家。瑶瑶的脸贴在他的脖后，呼出的气息暖暖的痒痒的在他脸旁漫游。

开心的日子总是很短暂。公司里一个搞摄影的白脸喜欢上了瑶瑶，穷追不舍。白脸有自己的特长，摄影拿过全国性的奖项，给瑶瑶拍出的照片就是和别人拍的不一样。白脸带着瑶瑶去采访采风，在一次采风中，白脸钻进了瑶瑶的帐篷。

他结结实实地赏了白脸一拳，离开了公司。白脸捂住红肿的脸哭着喊：瑶瑶喜欢我，有本事，你也拿一个全国性的奖！

他还真的就背起了相机，他不服气，当过陆战队队员的双眼还能寻找不出最美的画面？

他从浪涌中醒来，天已经亮了，四周望望，一片浩瀚汪洋。太阳很刺眼，赤热的阳光炙烤着他，没吃没喝，体力消耗得很快。嘴唇干裂，手也泡得肿胀。他有些绝望，不知道自己还能否坚持下去。打起精神，他又环顾四周，海面漂浮的能入口的植物他都放进嘴里咀嚼，包括一条腐鱼。他拿起挂在脖子上的相机，茫然地望着一片天、一片海，身下一片蓝，眼前一片蓝，有几只海鸟在翱翔。

他的摄影技术提高得很快，他的摄影作品也得过几个大大小小的奖，可就是没有拿到全国性的奖。他不服气，为了这次国家级的摄影大赛，他选了一个不熟悉的海域下水。为了自己的那么点儿自尊，那么点儿面子、虚荣，竟然让自己陷入了命悬一线的窘境。

他的脸上起满了水疱，嘴唇干裂渗着血丝，手背手心的皮肤开始脱落。他处在半昏半醒的状态，觉得自己的灵魂已经游离了身体，开始出现幻觉。落日在海的尽头收回了最后一抹光亮，他又进入了黑暗。还好，今晚的夜空中有星星。

"一闪一闪亮晶晶，满天都是小星星。"想起这首歌，想起瑶瑶那晚和他喝酒，也唱过这首歌，他脸上露出笑容。他从来没有觉得夜空中的星星和他这么亲近，竟然能听到星星密密匝匝的说话声。一颗流星划过天际。人死了能化作一颗流星，给观赏星空的人带来一瞬间的惊喜也是美好的结局。名利、地位、金钱、财物算什么东西，都是身外之物。他觉得死也是很简单的事情，只要把头埋进海水，深深地吸一口气，所有的世间凡俗就随之消失。他艰难地翻过身，把头扎进水里，憋着气望着黑洞洞的深海，突然，眼前出现了战友，出现了瑶瑶，出现了白脸，他们都在鄙视他，嘲笑他是个胆小鬼。生命可贵，怎么能轻易挥霍？生活美好，怎么能遇到挫折就放弃追求？有勇气活着才是高尚。他抬起头跃出海面，深深喘口气，对着夜海一声长吼。

他从昏迷中醒来，又是一个早晨，迷茫的眼前是刚刚升出海面的太阳，海面泛着红鲤般的波浪。忽然，成千上万条不知名的鱼儿跃出海面，迎着朝阳尽情欢舞，那壮观的情景，让他仿佛置身于仙境，置身于海市蜃楼。他本能地举起相机，按下快门……

他在海上漂流的第四天，被过往的船只救起，几乎没有了生命迹象的他竟然顽强地活过来了。

他的摄影作品《生命》获得国家级大赛的金奖。新闻媒体采访时请他谈谈获奖感受，他只说了两句话：敬畏生命，拥抱大海。

他把获奖作品赠给了瑶瑶和白脸，瑶瑶刚刚凸起的肚子里正孕育着两个健康可爱的小生命。

大　印　象

刘建超

老街把给人画像的营生称作印象。

老街，能把画像这门手艺做得精绝的是八角楼下的大印象店。遇到个急事，有人会拿着照片，找到店里，说给印象一张。大印象便按照顾客的要求，把照片上的人像放大绘画到纸版上，装裱好，保证和照片上的人物表情一模一样。

去老街找大印象，老街人都会告诉你，大印象啊，好找。去八角楼，宽脸，短眉，眼睛不大，特有精神。

大印象不只是活儿做得好，为人也正直实诚。大石桥段家老爷子意外去世，家人没有找到老人留下的生前遗照，便找到大印象，央求去家里给老爷子画像。做印象这门生意的，极少上门给人画像的，用照片印象，是要借助一些技术工具的。而登门画像却全凭手上功夫，况且是给故去的人画像，不吉利，晦气生意。大印象二话没说，收拾起家什就到了段家。大印象对躺在棺木中的段老爷子鞠了三个躬，支起画板开始下笔。正是三伏天，屋内闷热，出于对死者的尊重，大印象连续八个小时不吃不喝，在灵棚搭建起前，画完了肖像。大印象谢绝了段家人的优厚酬金，说我能给老爷子画像也是有缘啊，算我送了老爷子一程。

老街有个清扫街道的环卫工，大家都称他韦老头，每天推着架子车，沿街清理垃圾。韦老头闲的时候，就爱坐在大印象的店前，吸着烟，看大印象画像，扯些家长里短。韦老头吧嗒吧嗒有滋有味地吐着烟雾，也不管埋头做着活计的大印象听没听，自己只管说。说他和老婆的恩恩怨怨，说他老婆子因为他没有照顾好妮子，12岁的妮子溺水死了，老婆子也离家走了。我那妮子啊，长得可得劲了，瓜子脸，大眼睛，双眼皮长睫毛，笑起来俩酒窝，学习好着哩！都怨我，都怨我啊。韦老头过足了烟瘾，也叨叨够了，拿起扫把仔细地将店铺前清理干净，推着车子走了。韦老头退休那一天早晨，去找大印象道别，大印象的店铺没开门，门上挂着一幅画像，是个女孩的画像，瓜子脸，大眼睛，双眼皮，长睫毛。天啊，这是我妮子，是我妮子啊。韦老头把画像搂在怀里，老泪如珠，对着大印象的店铺拜了又拜。

大印象生意清闲的时候，端着一杯茶，眯缝着一双小眼看来来往往的行人。有人说大印象的本事是过目不忘。曾经有人打赌，带着四个男女在大印象眼前过了一趟，让大印象把这四个男女画下来。大印象眯缝着眼，一杯茶的工夫，四张画像就出来了。四个男女惊讶地瞪着眼睛，各自拿着画像离去。

老街关于大印象的传说不少，是真是假没人去考证。不过，大印象协助警察抓窃贼的事情却是老街人亲眼所见。

那年冬天，流窜作案的盗窃团伙到了老街一带，派出所警察通知商家注意防范。没过几天，老街的一家珠宝店失窃。警察在走访时，大印象拿出了几张画像，说这几个人在老街转悠几天了。警察按图索骥，果然抓获了三名案犯嫌疑人，只是让团伙的头子逃脱了。老街人把大印象画像擒贼的事都传神乎了。原想这件事情就算过去了，没曾想事件还有后续。春节前夕，逃跑的盗窃头子不甘心，竟然又潜回了老街。节前商家生意旺，店铺关门也晚。天擦黑，大印象起身要去关门，一个黑衣人裹着寒气闯入店里，反手扣上门。大印象正疑惑，一把冰冷的匕首抵住大印象的咽喉。大印象即刻明白了是怎么回事，平静地坐到椅子上。黑衣人匕首向上一划，大印象两眼模糊血如泉涌。

翌日，正在饭馆里喝酒的黑衣人，被警察逮个正着。黑衣人挣扎着又哭又嚷，说警察冤枉人。黑衣人被带到派出所，吵闹着的黑衣人忽然安静了，他看到案桌上放着一张画像，那画像是用血绘出来的，画像上的人分明就是自己啊。我靠！黑衣人瘫倒在案桌前。

大印象眼睛伤了，不能再给人画像了。有人惋惜地说，大印象画了一辈子像，却没能给自己印象一张啊。

老街人提起大印象还是那句话：大印象啊，宽脸，短眉，眼睛不大，特有精神！

朋友范祥

袁炳发

和朋友范祥交往多年，可以说是过从甚密。我们的友谊是从一次到偏远的县城采访开始的。说起来，这事情有十多年了，当时我和范祥供职于一家法制杂志社。

一天杂志社来了四个农民求助。他们说，他们全村人培植的种子卖给县里后，县里结账时把款打给了乡里，而乡里又把这笔种子款占用不给农民。

我们的社长军人出身，听了农民的诉说，来了脾气，他啪地拍下桌子，说，真是无法无天，连农民的血也敢喝！

社长摆手拒绝农民递上来的烟，又问，乡里占用你们多少钱？占用多长时间了？

农民们回答说，一百多万呢！占用有四五年了。

其中一个看上去有点儿文化的农民，对我们社长说，我们此次来，是求助你们派记者到我们那里采访调查一下，在舆论上给予监督。

农民办事爱用条件交换，他们给我们社长的承诺是如果把种子款要回来，他们全体村民每年都订阅我们的杂志，订阅期限五年。

我们的社长听后，笑了笑说，订阅倒不用。这样，农民们回去以后，社长便派我和范祥到农民们所在的县城去采访。

这个县城距省城偏远，不通火车，我和范祥乘坐六七个小时的长途客车到了这个县城。当时是秋天，街上的树叶漫天飞舞，路上黄黑间杂的叶子铺了一地。走在街上，冷飕飕的秋风不住地侵袭着我和范祥的身体。我们不得不把双手插进裤袋里，脚步迅疾地在街上寻找我们要住的旅馆。

走着时我问范祥，这里的风怎么比省城的大？范祥回答我说，楼房少，空旷，没有遮掩体，风当然大了。

我觉得范祥的话有些道理。县城不大，街上的行人也不多，偶尔看到三三两两的人，他们用手推车往家里推着过冬的大白菜。

在街头的一拐角处，有一家私人小旅馆，价格不贵，单间两个床位才四十元。范祥问，床上有没有电褥子？老板娘回答说，有。

我们就住了进来。住进后，也到了晚饭口。范祥说，外面冷，我们不出去吃了，我去外面弄点儿酒菜，拿回来咱俩屋里喝！

我说，这样也好。

范祥出去不一会儿，就买回一只烧鸡和一瓶当地酒。

寂寥的夜晚，窗外刮着冷瑟的秋风，小旅馆里我和范祥开始喝酒。于这样的环境里，身在异乡，两人面对面，推杯碰盏，心无了隔阂，彼此自然走近了一步。

这次采访之后，回到省城我和范祥就成了无话不说的好朋友了。

接触后，觉得范祥是个对朋友特坦诚的人。比如，为了表示诚意，他能和第一次见面喝酒的人，把自己的鼻子喝出血来。还比如，别人请他喝酒，喝到最后他能反客为主把单买了。

再比如，他为朋友的农民亲戚土地纷争的事，可以在那个县城一住就是半个月，以至酒桌上和县里的宣传部长争吵起来。一气之下，宣传部长把电话打到省委宣传部，省委宣传部又把电话打给我们社长，社长就又啪地拍了桌子，走人！范祥被社长给炒了，又去了另一家新闻媒体谋差。

范祥人厚道，被炒走后，每逢年节他都要过来，给我们社长买一条好烟。范祥握着社长的手说，社长，我不怨你，事归事，友情归友情。以上这些应该算是范祥做人义气的优点。人无完人，范祥也有缺点。他的缺点就是朋友太杂，各行各业都有。举个简单的例子说，连馒头店的寡妇都是他的好朋友。

我不明白，范祥干吗要交这么多的朋友？见我疑惑，范祥告诉我说，朋友是财富。朋友多应酬就多。有一段时间，范祥每晚都泡在酒店里，直至后半夜。我劝他说，别总这样喝了，财富是身外之物，身体要紧，悠着点儿。范祥说，没事，我扛得住。

去年的夏天，有几次见到范祥，他都像被霜打的叶子蔫蔫巴巴。

我问，怎么了？这么颓废？他叹一下气说，喝酒喝的，酒场作乐，繁华过后的忧伤。

我便没有再问。

夏末秋初时，我突然听说，范祥被公安局给抓了，罪名是他以记者身份涉及多起诈骗案，累计金额一百多万元。我惊呆了。

我很纳闷，这怎么可能？范祥诈骗一百多万元，为什么有时还和我借钱？甚至连二百元钱也借，那他诈骗来的一百多万元钱都干什么用了呢？这是个谜。

深 水

袁炳发

佟伟是在一次饭局上认识文雯的。

那次饭局上，他们互相留下手机号码后，便有了联系。

这种联系，大都是文雯主动。

遇到阴冷天气，文雯的电话便会打来，说，佟哥，今天中午我们去波特曼西餐厅吃黑椒牛排吧！这天气，黑云压顶，把人的心情弄得很郁闷，我们喝点儿酒，让心宽敞宽敞吧。

阳光明媚时，文雯的电话也会打来，说，佟哥，你看窗外的天儿多好，我们去喝德国黑啤吧，让心爽一下。

总之，只要文雯想请佟伟吃饭，她会有各种理由。

文雯每次有约，佟伟只要没有特殊的事情要办，都会准时赴约。

文雯在省报做外联广告工作，二十七八岁的样子，高挑个儿，人虽不是很漂亮的那种，但言谈举止文静内敛，有不俗的气质。

佟伟喜欢这种不张扬的女孩。

文雯和佟伟第二次见面，便告诉佟伟自己是单身女孩。

当时，佟伟对文雯的话颇费思量，这是一种什么暗示呢？是告诉他，她单身可以去追；抑或她单身，追了就要有责任。

佟伟想，如果文雯真是这种暗示，那她未免有些小人之心度君子之腹了。

佟伟很清楚自己是已婚男人，没有追的权利。尽管每次他和文雯见面，心里都升起一股融融的暖意，但他也仅仅理解为这是来自异性的友情而已。

佟伟四十多岁，正处级，是省财政厅农业项目开发办主任，主管下面各市县农业项目开发的资金调拨。从俗人的眼光和角度讲，这是个肥差。但佟伟不这样认为，他觉得自己一个农村孩子，从大学到研究生直至今天的处长，都是他一步一个脚印踏踏实实走过来的。组织上把自己放到这个重要的位置上，是对自己的信任，所以一定要做好，绝不容出现纰漏。

下面的各市县领导，有项目开发申请立项考察评估时，都要亲自到省城见佟伟。

有一个县长，竟然把一个一百万元的银行卡放到佟伟的办公桌上扭头就走，被佟伟召唤回来，严词拒绝。

佟伟对金钱的态度如此，与女人的交往也更谨小慎微。

所以，无论现在的文雯，还是以往的文雯们，佟伟与她们相处都做到有尺有度，绝不越雷池一步。

佟伟把文雯当成自己的红颜知己，偶有工作不顺或疲倦时，文雯是自己可以停靠的港湾。

有市县的领导来省城请佟伟吃饭时，佟伟总是要把文雯带上。带上文雯的目的是，文雯有酒量，关键时可以替他挡酒。

佟伟和市县领导吃饭有个原则，不许去大馆子玩摆谱、搞铺张浪费那一套。只能去小饭馆、小包房，主要是和这些市县领导在酒桌上沟通感情，掌握了解农村的一些实际情况，即使他埋单也是无所谓的事情。

聚餐时，从市县领导们的眼神中，佟伟判断出他们把文雯当作是自己带去的情人了。

佟伟也不做解释，他知道有些事情越描越黑。

有时，酒桌上领导们拿佟伟和文雯调侃，说，你们俩如果结婚，我送一台大奔。

有的说，我送金屋，没有金屋哪能藏娇。

对于这些调侃，文雯听后不愠不火，只是呵呵地笑着。其实，佟伟此时倒是希望文雯能够站起来，端庄地和酒桌上的领导们解释他俩的关系。文雯根本没有解释的意思，佟伟也就罢了，任领导们把他和文雯当作酒桌上的一道下酒菜品尝吧！

佟伟和文雯就这样来来往往相处着，阴天晴天他们依旧经常去喝酒……

有一段时间，佟伟突然发现下面的各市县申报上来的项目，都是些醉翁之意不在酒的项目，一点儿不靠谱，所以佟伟不能批准立项，他容不得有半点儿虚假的水分，从自己的指缝间流过去。

项目得不到批准，下面的各市县领导便都打电话问佟伟为什么不批准。有的更是直截了当地在电话里对佟伟说，佟处长，你给点儿面子好不？你的面子我可是给足了！

佟伟面露困惑，问对方，我的什么面子？

对方说，上个月文雯到我这里来联系广告，两个通版，我就给批了一百万的广告费，够意思吧？

佟伟听后大为惊讶，急问，这与我有什么关系？

对方说，佟处长，别装糊涂了，谁不知道你和文雯是啥关系？

佟伟愣在那里时，对方挂断了电话。

接下来的几天里，佟伟接到反映文雯去人家那里拿广告费的电话不下十个。

佟伟感觉事情很可怕，再和文雯一起吃饭时，心里的那种融融暖意荡然无存。

佟伟开始渐渐疏远文雯，以至不再往来。

后来，佟伟从别人那里得知，文雯现在今非昔比，买了豪车，还在江北买了幢别墅。

（选自 2015 年第 8 期《鸭绿江》）

假 小 子

申 平

是我的眼花了还是时光倒流了？眼前这个留个小平头的女人，不就是我少时的伙伴张秀琴吗？可是，应该快60岁的人了，怎么还像个20多岁的少女呢！

在火车站，我实在忍不住好奇之心，就凑到了那女孩的面前问：美女你好，请问……你认识一个叫张秀琴的人吗？

"美女"一下睁大了眼睛：当然认识啦——她是我妈。请问你是……

哦，怪不得长得这么像。我是她的小学和中学同学，我姓吴……

噢，你是吴大喇叭吧？我听我妈说过你。

我不由皱了一下眉头：这性格，怎么和她妈年轻时一个样啊！往事立刻像烟雾一样在眼前飘散开来……

我们读小学五年级的时候，那场史无前例的运动开始了。每天看着大人写大字报，开辩论会、批斗会，甚至是武斗，我们的心里也怪痒痒的，恨不能也像大人一样去冲锋陷阵。张秀琴，就是变化最大的一个。

张秀琴本来是一个连跟人说话都害羞的小姑娘，可是忽然有一天，她把自己刚刚留起来的长发剃成了小平头，穿上了一件草绿色的上衣，把下摆扎进腰里，外面束一条宽皮带，袖子高高挽起，她的性格和性别好像一夜之间就发生了巨变。记得她当时手里拿着一个纸做的喇叭，往村中心的一个土台子上一站，开始用尖厉的声音，进行"誓死保卫、横扫一切"的宣传。

张秀琴的举动，引起了许多村民的议论，特别是她的爹妈，连喊"丢人"，要把她拉回去。但是造反派却对她啧啧称赞，并站出来为她撑腰。在这些大人的支持下，"红小兵战斗队"成立，张秀琴成了大队长。我因声音高，嗓门大，成了副大队长。我们20多个孩子在张秀琴的带领下，每天冲冲杀杀，干了不少当时自以为无比正确却是贻害无穷的坏事。

我们曾经以"破四旧"为名，到各家各户去搜查，把人家的古瓷瓶、穿衣镜，还有古书、古画什么的，一律砸毁烧毁。现在看那些东西不知要值多少钱。

我们曾经在村旁的公路上设卡，责令过往的行人车辆背诵毛主席语录，背不出的，坚决不让过，造成车流人流大拥堵。

我们曾经去斗地主，给风烛残年的老头儿戴上纸糊的高帽子游街，那老头儿连羞带气，没过多久就撒手而去……

我们曾经……反正所有事情的指挥都是张秀琴。时代似乎真的把她变成了一个天不怕地不怕的小闯将，她说话像爆豆，走路一阵风，而且嗓门也越来越粗，不知道根底的还真以为她是个男孩子。于是"假小子"的绰号就取代了她的名字。

后来，学校复课了，我们进城去上中学。张秀琴依然是一身男孩打扮，把村里的那套搬进了学校里。但是毕竟是七十年代了，社会秩序开始逐渐恢复，张秀琴的做派渐渐吃不开了。老师多次劝她恢复女儿装，说你上厕所吓坏了不少女生。但是张秀琴不干，和老师大吵大闹，最后索性辍学回家。听说张秀琴回家后依然我行我素，直到二十七八还没嫁出去，这才改穿女儿装……

我打量着眼前的这个女孩，很想问她妈后来到底嫁给了谁，为什么她要像她妈年轻时那样打扮。正在琢磨怎么说，忽然车站内大乱，只见一个疯子般的男人，手里拿一把大砍刀，正嚎叫着追着砍人。所有的人都在拼命逃窜，特别是一些青年男子，跑得比兔子都快。

我的第一反应也是转身逃跑，却见"张秀琴"站着不动，她对周围的人大喊：不要跑，有种的男人，跟他干啊！但是没有一个男人停下来。那疯子大概听见她喊，举刀直冲过来，兜头就是一刀。只见她手抓椅背，嗖地跳到一排椅子后面，那刀咔嚓一下砍在椅子上。说时迟，那时快，她双手抓住椅背一按，将身跃起，腾空两脚，把那家伙仰面踹倒，刀也脱手了。她又扑过去把那家伙压住，大喊：来人帮忙啊！可是除了我上前把刀踢远了，还是没人上前。那疯子拼命反抗，一下把"张秀琴"翻到下面。幸亏这时警察赶来，三下两下把那家伙制伏了。

我把"张秀琴"扶起来，她浑身是土，气喘吁吁。这时警察过来说：小姐，谢谢你。能不能跟我们去做个笔录，另外对你的精神也要向社会宣传啊。"张秀琴"却说：我要上车，没空了。宣传啥，宣传男人都没种吗！这时我站在一旁，觉得脸上有点儿发烧。

分别的时候，"张秀琴"给我留了电话。她说：吴叔叔，我妈现在瘫痪在床了。有空你去看看她。她现在整天都在后悔，我呢，就是要替她重活一回！

癞马传奇

申 平

王成准备救那匹马的时候，南宋的天空残阳如血。

这时他的战友祝星对他喊："你不要命了！金兵就在后面……"

王成往前走了几步，他似乎听见那马低低地悲鸣了一声，他就停下来说：不行，还是救救它吧，咋能见死不救呢！

这马，已经不像一匹马了。它瘦骨嶙峋，全身长癞，屁股上血肉翻出，正有几只乌鸦在上面啄食。看样子，它就要站不住了。

祝星瞪了王成一眼："救这么一匹癞马，值吗？要救你救，我先走了！"

半年以后，王成所在部队多了一匹人见人夸的战马。但是它的名字却很怪：癞马。和它的名字一样怪的还有它的性格：它不肯和其他马匹在一起吃草，下河洗澡，别的战马都由主人骑着下水，只有它要自己下水。

这天，祝星家里有事。偏偏他的马又病了，他就对王成说："把你的癞马借我骑下吧。"王成说，好。祝星费了九牛二虎之力，却无法骑上癞马，十几个人帮忙都不行。那马前扒后踢，吼声如雷，谁也休想靠近。最后王成走过来说："算了，还是我替你跑一趟吧。"只听他打了一声呼哨，癞马立刻安静下来。王成纵身上马，马镫一磕，癞马箭也似的射了出去，几十里山路，转眼打了个来回。

又要和金兵开仗了。王成骑着癞马随部队再次来到边关，再次看到了金人的旗帜。王成的鼻孔里，似乎已经嗅到了几丝死亡的气息。

鼓声震天，杀声遍地，两边的马队开始冲锋了。癞马驮着王成，一马当先冲在前面。王成挥舞长枪，一连刺翻了几个金兵。可是很不幸，他们冲得太靠前了，几个金兵围上来，将王成刺于马下。这一仗，宋军再次败退。

金兵打扫战场的时候，看到了感人的一幕：宋军的一匹战马守着一个战死的士兵刨地悲鸣。金兵在啧啧称赞之余，把它拉回了军营。但是它不吃不喝，更不让人骑。消息传到金兵主帅哈日胡那里，他亲自过来察看。一见那马，他立即喊了一声："好马啊！"他屏退左右，走上前对马说："我知道你是一匹宝马，非常忠于主人。可是你的主人已经战死了。你如果肯为我服务，我就厚葬你的主人，给你最好的待遇……"

说也奇怪，癞马听了哈日胡这番话，仔细看了他几眼，竟然安静下来，而且俯首帖耳地被哈日胡牵走了。哈日胡作战胜利，又得良驹，高兴得手舞足蹈，放言数月之内灭掉宋军。

哈日胡果然说话算数，他厚葬了王成，又把癞马养在最好的马厩里，喂的是煮豆子和煮小米，洗澡用泉水，精心修剪鬃毛，马鞍以金子和玉做成，装扮起来非常漂亮。哈日胡经常骑着它外出视察，前进、倒退、转弯，那马对他的口令心领神会。营中有宋军俘虏，认得这是王成的癞马，纷纷叹息："畜生就是畜生，哪里有半点儿良心啊！"

却说宋军首战失利，挫了锐气，便在山上扎营，多日不敢应战。这天哈日胡骑着他的宝马，耀武扬威来到军前骂阵。他对宋军喊："识时务者快快投降，否则将你等踏为粉末！”

就在这时，谁也想不到的一幕发生了。突听哈日胡坐下的癫马一声长嘶，它奋起四蹄，直朝宋军营寨冲来。它迅疾如风，宛如一道黑色的闪电，就那么驮着金兵主帅冲向宋军鹿砦。哈日胡反应过来，在马上拼命喊叫勒缰，可是那马越跑越快，根本就不理他。哈日胡只好抽出弯刀往马脖子和马头上乱砍，霎时血流如注。但是癫马并不停留，只管向前冲着、冲着……

起初，宋军也没弄清怎么回事，直到守门的祝星大喊：“哎呀，这是王成的马啊，快放它进来！”大家才知道这是癫马在替主人报仇呢。大家赶快移开鹿砦，将这一人一骑放了进来，祝星等人一拥而上，硬是活捉了金兵主帅。宋军主帅立即下令：“全线出击！”大军洪水般杀出，朝金兵冲去。失去主帅的金兵乱作一团，大败而逃……

却说癫马进了宋营，便一头栽倒，奄奄一息。但是它却总有一口气不肯咽下。直到祝星上前说：“癫马，你放心去吧。你死后，我会把你和王成合葬在一起的。”癫马这才停止了呼吸。

战后，宋军从主帅到士兵多人受到嘉奖，祝星更是因活捉金兵主帅而连升三级。可是癫马却无人提起，它默默地被人掩埋了。

南宋的天空残阳如血。

害　怕

刘国芳

那时候才晚上八点多钟，领导和夫人在客厅里看电视。忽然门被敲响了，领导夫人便问了一句：“谁呀？”

外面回答：“楼上的，我们卫生间漏水，看看漏下来了没有。”

领导夫人就去开门，随即，进来一个人，一个看起来贼头贼脑的人。他进来，并没去卫生间，而是一屁股坐在沙发上。领导和夫人很惊讶，他们说：“你是谁？”

回答：“贼。”

这话让领导和夫人更惊讶，他们说：“你是贼？”

贼说：“不错，我就是贼。”

领导说：“光天化日之下，有这样做贼的？”

贼说：“现在不是光天化日，是晚上。”

领导夫人说："你出去。"

贼说："我进来了，怎么会出去呢？"

领导觉得莫名其妙，瞪着贼说："我们家里有人，你也敢说来偷东西？"

夫人说："莫跟他啰唆，打电话报警。"

夫人说着，拿起手机。但贼一点儿都不害怕，贼甚至笑了笑，说："我求之不得，就希望你报警。"

领导说："怎么会有这样的事？我们说报警，你竟然不害怕，还笑，真是匪夷所思。"

贼又笑了一下，说："害怕的应该是你们，我观察你们好久了，你们家门庭若市，天天都有人来，你官当得大，又有权，我知道他们是来给你送钱送卡，当然也会送名人字画、文物古玩等，你一报警，我就说偷了你们现金一千多万，警察到时一查，查到你们满屋子都是值钱的东西，你说谁怕？"

领导夫人这时已打通了派出所的电话，对方问："哪里，有什么事？"

领导夫人沉默了一会儿，回答："哦，对不起，打错了。"

贼当然听到了领导夫人的话，贼说："你还不笨。"

领导接嘴说："你到底想做什么？"

贼说："你这也想不到吗？要钱呀，天天都有人给你送钱，你就不能送一点儿给我？"

领导和夫人这时一起说："门儿都没有，凭什么我们把钱给你？"

贼说："你不给钱，我就不走，除非警察把我抓走。"

领导这时很生气了，拿起了手机，说："你以为我真不敢叫警察吗？"

贼说："你敢，你怎么不敢，但后果你考虑了吗？山西有个白培中，就因为两个保安去偷他家东西，结果牵出了多少人。你官不比白培中小，到时恐怕会引起我们这里的官场地震吧。"

领导夫人当然也看见领导要打电话，挡住领导，然后跟贼说："你要多少？"

贼说："50万。"

领导和夫人又一起说："胡说八道，好好的，我们会给你50万？"

贼说："你不给拉倒，那我就一直坐在这里。"

领导这时把门打开，要把贼拉出去。贼个子大，一把推开领导，说："别拉拉扯扯，别人看到，还不知道出了什么事，如果有人多事报了警，便给你惹麻烦了。"

领导夫人听了，慌忙把门关了。

贼说："还是夫人聪明。"

领导夫人知道不拿些钱出来，是打发不了这个贼的。她拿了两沓钱给贼，但贼没要，贼说："这点儿钱就想打发我？"

领导真的很气，说："我们无缘无故给你几万块钱，你还嫌少，你真的不识好歹。"

贼说："你不高兴，报警呀。"

领导又拿起了手机，说："报就报！你以为我们当真怕你？"

领导夫人制止了领导，夫人说："你跟一个贼斗什么气！"说着，领导夫人又拿出了几沓钱，然后跟贼说："现在总共给了你五万，你应该知足了。"

贼说："最少二十万。"

领导夫人说："哪里拿得出那么多现金？"

贼说："别骗我了，国家能源局一个局长，家里抄出了现金一亿多元，你们家里会没有二十万？"

领导夫人又沉默了一会儿，去拿了一大沓钱来，把钱扔给贼，说："你说话要算数。"

贼不睬领导夫人，只埋头算钱。

领导在边上气得发抖，说："真是岂有此理。"

贼睨了领导一眼说："还领导哩，我看你还没你老婆懂事。"

贼说着，把钱算好了，抱了钱要走，但领导夫人喊住了贼，说："我给你找个包装一下。"说着，领导夫人去拿了个包。贼便一沓一沓把钱放进去。装好，贼说了一声拜拜，然后开了门。

随着哐当一声，贼关门走了，把领导和夫人扔在屋里。

行 为 艺 术

刘国芳

说一件泼墨的事，这里说的泼墨不是指画家作画，在宣纸上泼墨，而是说一个画家往出版社社长身上泼墨。画家和社长积怨已久，无法调和。这天，画家看见自己画的几幅插图被领导无缘无故从一本书上撤了，画家暴跳如雷，在办公室大骂了一通社长后，画家去了社长办公室，画家责问社长："为什么把我的画撤了？"

社长说："你说呢？"

画家说："我知道还来问你？"

社长说："你看看你画的什么画，你在出版社都十几年了，画的画怎么一点儿长进都没有呢？"

画家说："那是你对我有意见，才这么说！"

社长说："你认为我对你有意见，那我就对你有意见，你爱怎么着就怎么着。"

这句话把画家激怒了，画家回到办公室后越想越生气，后来，画家就把一瓶墨倒进碗里，端着碗，又找社长。这回，在走廊上碰见了，画家二话不说，就把墨往社长身上泼。一大碗墨，当即泼得社长头上脸上衣服裤子上全是墨。泼过，画家才说："你好自为之吧。"

说过，画家走了。

社长怎么也没想到有人敢往他身上泼墨，他在画家走后才反应过来，随后社长大叫一声。这一声叫，很多人出来了，也就是说，大家看见社长一身是墨的狼狈相了。社长虽然狼狈，却知道如何处置，他立即打了110，又打了出版总社领导的电话。十几分钟后，110来了，出版总社的领导也来了，看见社长一身是墨，出版总社的领导非常生气，他们大声说："出版社几十年都没出现这种情况，对某某必须严肃处理。"

第二天，画家被拘留了。

画家被拘留了十天，出来了，单位又宣布了对画家的处理结果，一是赔偿社长衣服裤子和精神损失费一万元。二是开除公职，当然，这一条留了一点儿后路，就是留单位察看，以观后效。

毫无疑问，画家因为一时冲动，付出了极大的代价。

在出版社，磕磕碰碰的事经常有。这天，一名编辑辛辛苦苦编的一本书被社长否认了，也就是没有通过。这名编辑是作家，极有个性。作家得知自己编的书没有通过后，十分生气。自然，作家也去找了社长。作家责问社长说："我的书为什么没被通过？"

社长说："我没必要什么都跟你说。"

作家说："你这不是欺负人吗？"

社长说："你说这是欺负人那就是欺负人。"

作家生气了，作家说："我不是某某某，走着瞧。"

社长不屑一顾的样子，社长说："就你？"

作家回到办公室后也是越想越生气，后来，作家就把一瓶墨倒进碗里，端着碗，作家也去找社长。这回，同样在走廊上碰见了，作家二话不说，就把墨往社长身上泼。一大碗墨，当即泼得社长头上脸上衣服裤子上全是墨。社长同样叫了一声。这一声叫，也让很多人出来了，也就是说，大家又一次看见社长一身是墨的狼狈相了。社长又要打110，但作家先开口了，作家说："如果你敢报警，我会让你死得很惨。"

社长说："这次我直接开除你。"

作家说："你敢？"

社长说："这有什么不敢！"

作家没跟社长多说什么，转身走人，但随后，作家给社长发了一条短信说：如果你报警，我就报案，当然，我是去纪检报案。我举一例，你提拔某某为主任，收了他三万块钱，钱是某某从我这里借的。你还有许多贪腐行为，到时，我都会实名举报。

这天，作家一直待在办公室，但直到天黑，也没有公安人员来找作家，出版总社领导也没出现。

的确没人来找作家，因为社长根本就没报警，他回办公室换衣服洗脸，也就是悄无声息地把自己收拾好了。

以后很久，社长也没提这事。

单位的人就很奇怪，他们问作家："你泼了社长一身的墨，他怎么就不吭一声呢？"

作家回答："我那是行为艺术，懂吗？"

扒 火 车

夏 阳

父亲扒过火车，在浙赣线上。

他扒的是拉煤的货车。火车经过车站时，父亲挑着一担米糖，身影如风，和火车进行赛跑。他的脚下，像装了风火轮一样，越跑越快。就在火车驶离站台的一瞬间，父亲纵身一跃，一手稳稳地托住肩上的担子，一手凌空攀上车门边的把手，三下两下，身手敏捷地上去了。彼时，天边夕阳正在缓缓坠落，在这个背景的衬托下，父亲站在火车顶上黝黑的剪影，伟岸，如松。

其实，这是我对父亲的想象，和儿时连环画上的铁道游击队差不多。我承认，这是我理想中的父亲。而现实中，父亲让我颇为失望，他个子瘦小，身单力薄，别说是挑一担米糖追赶火车，就是让他在平地上挑稍微重一点的担子，也是吭哧半天，举步维艰。但是，他确实扒过火车，在浙赣线上。

我老家丰城以产煤而闻名江南，素称煤海，浙赣铁路特意在这里设了一个小站，每天挖出山一样的煤炭，从小站的煤场装运出发，过樟树，过新余，过宜春，过萍乡，一路西行到达湖南株洲，然后换火车头，转京广线南下或者北上。我的家，就在小站二十里地开外的一个小山村。

1977年冬末的黄昏，万物萧条，母亲挑着一对空箩筐，走在去镇子的路上，父亲袖着双手，缩头缩脑，亦步亦趋，跟在母亲的背影里。寒风凛冽，从平原那边一刀一刀割过来，两个人走到镇上时，又冷又饿，几乎要虚脱。母亲娘家的舅舅住在镇上，开一爿铁匠铺。母亲带着父亲在她舅舅的店里，厚着脸皮喝了两碗稀粥，仰仗舅舅担保，在镇子东边的糖坊里赊了六十斤米糖。

和往年一样，母亲摸黑又送了五里路，把担子搁下，紧了紧父亲扎在破棉袄上的腰带，叮嘱道，小心点儿，一家人能不能过个年，就指望你了。黑暗中，父亲点了点头。母亲又从怀里掏出两枚煮熟的鸡蛋，放进父亲里面衬衣的口袋里，说，明天你生日，带上吧。父亲又是点了点头，然后在母亲的注视下，挑着六十斤米糖，一步三颤，嘴边呼呼地冒着白气，像只鸭子一样摇摇晃晃，朝煤矿火车站的方向一路歪下去。

不远处的村落，隐在荒凉的山坳间，灯火稀疏，偶尔几声狗吠，在寒冬的夜空中，空荡荡地响起，空荡荡地落下。父亲走走停停，停停走走，凌晨四点，终于到了煤矿火车站。偌大的车站，空荡无人，几盏昏暗的路灯，亮在半空中，异常冷清。

父亲观望了一阵，然后蹲在铁路脚下，从箩筐里摸出两个用针线缝补起来的大蛇皮袋，将箩筐套在里面扎牢固，还特意在外面留了很长的麻绳。忙完这些，他爬上火车尾部的一节露天车厢，手攥住麻绳的另一头，像用水桶在井里打水一样，站在车顶边沿，将那两个大口袋吃力地拽了上去。

这时，一盏马灯从扳道房里游离出来，灯光昏黄如豆。父亲忙猫腰隐在旮旯里，心里无比恐慌。那盏马灯一路逡巡，从车头到车尾，走走停停，走到父亲这边的车厢停住了，父亲听见脚底下有男人瓮声瓮气的嘀咕声，今天老汉我六十岁生日，高兴哩，每人发六个馒头。紧接着，车下扔上来一个塑料袋，准确无误地砸在父亲头上。父亲瞬间明白了什么，忙站起身去看——一个穿铁路制服的老人，举着马灯，左脚有些跛，已经趔回身，一高一低地朝车头摆去，不时往车厢里扔东西。

原以为神不知鬼不觉，没想到还有一群同路人，更没想大家早已在老人的眼皮底下。父亲看着老人远去的灯光，感到温暖无比，他想说些"寿比南山，福如东海"之类的祝福话，但话到嘴边，还是咽了回去。父亲捏了捏自己衬衣口袋里两枚圆溜溜的熟鸡蛋，踮脚望了望老家小山村的方向，眼泪涌了出来。

火车是在第二天下午才出发的。

火车一声长鸣，浑厚深沉，惊醒了沉睡在煤堆里的父亲。他蓬头垢面，全身黑乎乎的，像一个挖煤工。父亲探出脑壳，警觉地看了看四周。冬天的下午，没有阳光，天幕低垂，病恹恹的，满是阴霾。远处，是枯瘦的山水，空旷的田野，还有一排排光秃秃的直刺向天空的白杨树。火车过樟树，过新余，过宜春，一路呼啸，向西驶去。火车头喷出的一团团白雾，在暗暗的黄昏里，炊烟一样袅袅升起，把父亲看得如痴如醉。

父亲心想，家里该喂猪打潲，做晚饭了。

屋顶上的猫

夏 阳

春天就要来了。猫在不远处叫了起来。只不过那猫的叫声过于悲恸，类似婴儿般号啕大哭，里面夹杂着满腔委屈和无奈，无休无止，昏天暗地，用一种近乎神经质的疯狂，让周庄的午夜烦躁不安。

这对于居住在春来客栈的游客来说，简直是一场灾难。飞机、高铁、大巴，他们千里迢迢，不辞辛苦，无非是想在这静夜安逸中枕水而眠，酣然入梦。可是，他们的美梦全让这猫叫春搅乱了。

第二天一大早，就有两个常住客退房搬走了，其他游客也是瞪着熊猫眼，纷纷向客栈的老板娘春兰表达自己的愤怒。春兰坐不住了，气呼呼地叫醒丈夫春来，去，你去说说你妈，养什么破猫，这客栈还开不开？末了，忍不住嘀咕了一句，想不到人老了老了，心思却不少。春来知道老婆的意思，无非是指前街的王二伯，和娘两人孤男寡女，彼此意思很明显。最匪夷所思的是，王二伯家里也养了一只猫，唉，公的，猫通人性。

春来找到娘时，正是晌午，老人在隔壁自家院子里晒太阳。年关的阳光，饱满壮实，黄澄澄的，笼罩着整个小院。老人窝在椅子上打盹儿，时不时地，睁开眼睛看看猫。猫，灰不溜秋，乖乖地趴在屋顶的黑瓦之上，也在打盹儿，偶尔也睁开一双黄溜溜的圆眼睛，瞅一眼老人。猫的头顶，是天空，白云缱绻。

春来对娘说话的意思很简洁，赶紧把这罪魁祸首的猫撵走，否则游客会跑光了。一家人的吃喝，都指望这客栈嘞。临走，他也和老婆一样，小声嘀咕道，还是多为儿孙的脸皮想想吧。

猫毫不理会这人世间的曲直，到了晚上，依然是午夜，依然号啕不止。开始是在屋顶，看见老人拿竹竿来赶，嗖地一声蹿入夜色茫茫中，毫无踪迹。待老人刚进屋，它又在河边的老树上，远离着人群灯火，于夜幕下继续它长夜难挨的骚动。老人追赶了几次，便垂头丧气地坐在床上，一个劲儿地叹气，前世的老冤家，你把你那猫放出来会死啊？叹完气，关了灯，黑暗里一个人蒙着被子，呜呜地哭。不远处，猫在屋顶上叫得更欢了，严格意义上来说，是更为瘆人。周庄午夜的神经，在这猫叫春的声音里被无限膨胀，膨胀到让人的脑袋快要爆炸了。这次，不仅春来客栈顶不住了，就连住在周边几家客栈的游客也是义愤填膺。

天还未亮透，老人还在床上睡觉，春兰就旋风一般闯了进来，一边用竹竿撵着猫打，一边嘴里骂骂咧咧：叫你骚，我叫你骚！猫躲在衣柜上，泪汪汪地看着老人。老人拦住春兰，郑重地说，我保证，它今晚不再叫了。春兰将竹竿摔在地上，一边走出屋一边回头往地上吐唾沫，呸，不要脸的东西！

又是晌午，老人和猫，一个在院子的椅子上，一个在屋顶，又是在晒太阳，偶尔，彼此对望一眼。老人默默地坐了好一阵，然后站起身，对猫招了招手。喵呜——猫亲昵地应了一声，奔入老人的怀里。

老人抱着猫进了里屋，坐在床上，拥入怀中嗯嗯嗯地哄着，像哄孩子睡觉一样。突然，老人一把扯过被子，捂在猫的头上，死死地勒住猫的颈脖不放。猫四条小腿拼命地乱蹬，蹬着蹬着，越来越慢。老人一迟疑，把手撒开，坐在床边大喘气。猫自个儿从被子里挣扎着爬了出来，一下子蹿上屋顶，缩在屋顶的瓦垄里，委屈地看着老人。老人忍不住泪水涟涟，一边哭一边埋怨不争气的猫：没事你瞎叫什么？没事你瞎叫什么？

傍晚时，老人抱着猫出门了，她站在双桥上，对着河道尽头的一栋房子，愤愤地看了一眼，然后沿着河的另一头，夹杂在熙熙攘攘的游客之中，走进了镇人民医院。

医院里一名年轻的大夫听说老人要给猫找一种哑药，惊得不知所措。他不得不给老人解释，说这里是看人的医院，不看猫。看猫得去宠物医院。

宠物医院？宠物医院在哪里？

周庄没有，得去昆山，或者上海，您还是先去昆山找找吧，应该有的。

按照大夫的提醒，老人抱着猫，坐上了开往昆山的大巴。大巴启动的刹那间，老人扬起头，默默地看着车窗外的周庄。

世界在周庄的上空黑了下来。

高速列车

非 鱼

真的，没有任何预兆。等到我发现的时候，列车已经停在一座大桥上了。

是吗？

瞧你，不要用这种语气，我没撒谎。

好吧，继续说下去。

我没有改签另一趟车。老实说，我是这样想过来着，但最后还是没有。坐的就是我们之前说好的那趟车。谁知道会临时停车呢。

你知道我等了你多长时间？整整两个小时！你不来没关系，不愿意和我见面也没关系，可你给我说一声啊，这么冷的天儿。

我以为只是临时停车，马上就会走。后来，手机就没电了。

呵，这理由多充分啊，高铁上好像是可以充电的。

她似乎无法向他解释清楚昨天发生的一切，时速三百公里的高铁居然半路停车，停在一座大桥上，还停了一个多小时，卡桑德拉大桥啊，怎么没有掉下去？这些诡异的情节连想象也无法自圆其说，她有些疑惑，难道是自己做梦？

原本，她靠在舒适的座位上，反复听着那首《漂洋过海来看你》，想象着即将到来的与他的见面，嘴角上扬，心情如花般绽放。

"停车了？"坐在中间位置的年轻妈妈碰了她一下，她睁开眼，年轻妈妈示意她看窗外。

阳光有些刺眼。她看到远处寂寥的杨树静止不动，田野里混沌一片，车真的停了。"也许是临时让车吧。"她冲年轻妈妈笑了笑，又戴上耳机。这一切都和她无关，她的心中早已经繁花如海，芬芳四溢。

车厢里走动的人慢慢多起来，有去接开水的，有上洗手间的，还有坐累了起来活动活动的，骤停的高速列车并没有让大家感觉紧张。

过了一会儿，列车依然没有开动。她摘了耳机，想询问停车的原因，没有列车员经过，她不知道该问谁。

前排的中年女人在过道里来回走动，她兴奋地告诉同伴："这车一边高一边低，你走一走，感觉可明显了。"另一个中年女人走了一来回，给靠窗的男人说："主任，你去试试，真不平。"被叫作主任的男人嘴里说着不信，但还是去走了几步。三个人在前排展开了热烈的讨论，他们的声音尖利嘹亮，像一把大铲，搅动了车厢平静凝滞的空气，更多的人开始交谈，猜测临时停车的原因。

有人去另一个车厢打探消息，回来说："线路故障，别着急。"他刚说完，车厢里原本亮着的灯突然全灭了。虽然是白天，那些灯作为照明可有可无，但灭掉，就意味着列车绝对不会马上走。

她站起来，装作去洗手间，也试了试过道的地板，还真的是左右不平。她暗自发笑，幼稚啊。

回到座位上，她想应该给他说一声，打开手机屏锁，才发现电量只剩了百分之一，刚按了几个字就彻底没电了。她掏出充电器，站在过道的一个人提醒她："灯都灭了，车上肯定没电。"她不死心，依然把充电器插上，结果真的是毫无反应。

如果说列车暂停她还可以忍受，手机没电就让她有些崩溃了。离开熟悉的城市，到一座陌生的城市，然后再到另一座陌生的城市，唯一熟悉的是他，手机没电，到哪里去找他呢？她慌乱起来，浑身燥热，手里、后背都是汗。

车厢里的空气有些浑浊了，弥漫着焦躁不安。一个五十多岁的男人在喊："谁管啊，这车他妈的啥时候才走，我还赶飞机呢？"

去打探消息的另一个人回来了，告诉他："停电了。着急也没用，估计一时半会走不了。"

他更着急了："他妈的高铁停什么电，还停在这几十米高的大桥上。"

他们的对话彻底点燃了整个车厢的空气，大家纷纷站起来开始毫无对象的指责。有人喊："车窗打开透透气啊。"有人喊："应该把车门打开，让大家走到下面的高速公路上。"有人喊："这么长时间了，也没有人报告？应该再来辆车把我们接走。"另一个人提醒他："老弟，这是在大桥上。"

她看着那些吵吵嚷嚷的人群，心急如焚，想喊，但又不知道喊什么。

列车长来了。赶飞机的男人一把拉住列车长："车啥时候能走，你给个准信。"

列车长说："线路故障停电了，正在抢修。"

男人吼道："我飞机票两千多块，误了谁负责？你给我说谁负责？"

列车长说："抱歉。"

男人的脸憋得通红："抱歉有个屁用。"

一个女人大喊："我怀孕八个月了，我孩子要是缺氧出问题了找你们算账。"

人群哄然大笑。有人劝她："小心，赶紧坐下，坐下。"

无法与他联系，无法预知列车何时开动，甚至连当下准确的时间都不知道，像是突然被风从泥土中拔起的一根草，飘摇在混沌的空中，她不停地站起来，坐下，坐下又站起来。

她头痛欲裂，耳朵里充满锐器撞击的鸣响，车厢里人群的嘈杂暴怒听不到也看不到了。

灯突然亮了。

列车开动，似乎有风微微吹过。她长出一口气，飘在空中的五脏六腑重又回到了身体里。

我说了，电话里说不清楚。

你说得很清楚了。

你信吗？

你说我会信吗？高铁停电，这样的借口你也编得出来，写小说呢？

记住一棵树

非 鱼

跑，继续跑。

那时你还叫刘秀。你的腿已经不听使唤了，汗水湿透了衣服，嗓子里有咸腥的味道。

没有别的选择，身后是嘶喊震天的追兵，你根本没有选择的余地。没日没夜地追杀，活着，成了你最奢侈的希望。

跑，继续跑。

远远地，山坡上有炊烟袅袅升起，你似乎嗅到了小米粥甜糯的味道，你使劲咽了口唾沫。炊烟于你，是一种残忍的诱惑，你既不能摆脱王莽的追兵，又不能进村去讨一碗粥喝，尽管你早已经饥肠辘辘。

跑，继续跑。

嘶喊声似乎小了远了，那些追兵大概开始埋锅造饭了吧？你瘫坐在田埂上，凉的风吹拂着你的衣衫，汗慢慢落了，但肚子却越来越饿，如无数的小鼠探出尖利的细齿咬噬着你的胃壁。

仰头，遮蔽荫凉的是一株硕大的棠梨树，一颗颗棠梨如青核桃般在风里轻轻摇晃。你又咽了一口唾沫，急慌慌地揪下几颗啃起来。呸——你又吐出来，小小的棠梨太酸了，还涩，不能充饥，不能解渴。

"难道，天要灭我刘秀吗？"你扔掉手里的棠梨，环顾四野，长叹一声。

突然，一个妇人从山坡上袅袅向你走来，面若明月，发髻高挽，手提一只黑褐色的陶罐。你有些迷惑，这山野之上，怎么会有如此娴静貌美的妇人出现？

妇人微微一笑，问你："我给夫君送饭归来，见你在摘棠梨，可是饿了？"

你点点头："可是……"

妇人说："我知道。"

你看见妇人敏捷地把陶罐放置在土块之上，摘下十几颗棠梨放进她的陶罐里，找来一把干柴，点燃。不一会儿，罐里居然发出咕嘟咕嘟的响声，热气氤氲中，传来阵阵清香。胃里的小鼠更加用力地咬噬，你口干舌燥，唾沫也没有了。

火熄了，罐凉了，妇人说："吃吧。暂且可充饥。"

端起陶罐，棠梨温暖的汁液流进嘴里、胃里，你吞食着果肉果核，如果可以，你甚至能吞了陶罐。那一刹那，你忘记了汉家天下，忘记了刘氏血脉，酸甜温暖的煮棠梨就是一切。

放下陶罐，你用宽大的袖口擦一擦胡须上的棠梨汁，欲道一声深谢，可眼前早已没有了妇人的踪影。你仰天长啸："哈哈，莫非上天来助我！"

跑，继续跑。此刻的你气力大长，飞一样，在山坡上、塬上奔跑，一路向西。追兵的嘶喊听不到了，伴随你的只有风。

风，不停地吹，吹过黄河两岸，吹过你冕冠上的旒，叮当作响。哦，你已经是汉光武帝了。

锦衣玉食，如今你什么也不缺。美味？普天之下，有什么是你不能吃的？可是，太官精心准备的八珍之味依然让你提不起胃口，你挥一挥宽大的衣袖："拿下去。"太官战战兢兢地退出去。

这不是第一次，太官属下的大官丞已经换了五个，还要怎么样？你本不是苛责之人啊。

棠梨，对，就是棠梨，是那位妇人为你在陶罐里煮出来的棠梨啊。你舔了舔嘴唇，仿佛那酸甜温暖还在。

怪不得太官，他哪里知道你的威仪荣华之下，掩藏着什么，那一路的逃亡，有过多少的生死瞬间，那一罐棠梨，才是永远的美味。

再次来到陕州西南的那座小山村，你要当面拜谢救命的村妇。前去打探的人却回报："村里没有此人。"派了更多的人，再找，依然是没有这个人。

你弃辇登上那座小山，站在山顶上，村庄里鸡犬之声相闻，绿树掩映，细细的炊烟从树梢上升起来。慢慢从山上向下走，你来到了那株棠梨树前，仲春时节，雪白的棠梨花将整棵树笼罩，金黄的连翘在山坡上绽放，麦苗青青，蜂飞蝶舞，热闹非凡。

笑容在你的脸上慢慢绽放，如棠梨花朵般灿烂。作为大汉的天子，子民安居乐业，你能不高兴吗？找不到为你煮棠梨的妇人，但棠梨树在，不能当面感谢妇人，但村里的百姓在。你下诏，赐给这个小村庄一个好听的名字：罐煮梨村，免除村里所有的税赋、丁役。

得知这个消息，村里的老幼妇孺一齐跪在你面前，谢你的宽厚仁心。你一指那株硕大的棠梨树，说："我，是棠梨树上结下的果，你们，也是。棠梨树佑护着召公，也佑护了我，我会永远记得这棵树，记得罐煮梨村。"

后来，有人告诉你，那个美丽的妇人是荷花女的化身，是召公派来的。你沉默不言，良久，冲着罐煮梨村的方向拜了三拜。

当然，这个说法是不是真的，都不重要了。

你是刘秀，你是汉光武帝，你是大汉中兴之主，你是能把一棵树记在心里的人，这就够了。

军　鞋

李立泰

春玲散会后匆匆回家。

嫂子，你慌啥？大香追她。

大香啊，任务紧，十天做五双鞋！全村 200 双啊。

大香说：嫂子，下地、做饭要咱，做鞋就靠晚上了。

春玲说：是啊。区里给麻和面粉。大婶不会拦吧？你就跟她讲，八路军打鬼子，为咱老百姓。没鞋穿，咋杀鬼子？

大香说：对，嫂子，我就照这说。

天蒙蒙亮，春玲就馇好糨糊准备打袼褙（做鞋底子），她掺了榆皮面，特黏。在门板、案板上糊毛头纸，抹一层糨糊粘一层布，粘完四层，面上再抹一层糨糊。晒干，铰鞋底子。

晚上春玲开始纳底子。她把五层袼褙纳一起，油灯下，针锥攘，大针跟进，每纳一针胳膊甩起来拽绳子两次。

大仓搓麻绳，边搓绳子边看她纳底子。媳妇长得好看，高个儿、白净，大眼、双眼叠皮儿、柳叶眉儿，瓜子儿脸，黑黑头发，梳大纂，红头绳。连区上都知道大仓家，妇救会长，长得好人儿哩——她看他一眼，可郗大仓瞪着眼光看媳妇，看得竟忘了搓麻绳。

春玲脸儿呼的红润，说：你看啥？

大仓回过神来，说：看、看俺媳妇啊！俺看不够。

春玲说：还没正形。不小心她大针扎破了手，"哎哟"一声，冒出个红豆豆：看我疼你吧？！扎手了。

大仓抓起春玲的手指把血珠儿吸到嘴里，说：唉，不是疼我，你说给谁做活儿扎了，那就是疼谁。你疼八路军！

春玲扬起鞋底子打他，"咯咯"地笑起来：我疼八路军咋了？八路军不该咱疼吗？！

大仓说：该，该疼八路军！

去年反扫荡，日伪突袭，搜查八路。情况万分危急，春玲家藏着24团的伤员刘班长。他悄悄从后院的小门儿溜出去，钻进青纱帐，躲过一劫。

刘班长的鞋被树挂烂了。春玲新鞋还没做好，刘班长接到命令归队，用绳子把鞋拴在脚上走的。

春玲心里始终装着双鞋。这双鞋就是给刘班长做的。24团在这一带活动，给了刘班长鞋也了却桩心愿。她一针针一线线，麻绳越纳越短，军民情越织越长。鸡叫头遍了，她摸着做好的新鞋，睡了，脸上露出甜甜的微笑。

大仓算了，一双42码鞋，底子要纳25排针脚，每排针脚15个，这就要纳375个针脚，每个针脚，针进出2次，就是750次，这一双鞋底要1500次重复动作。每针要甩开胳膊拽绳子两次，胳膊要甩1500次。胳膊累得酸麻了，她就捶捶捏捏。

春玲跟姐妹们说：纳底子胳膊甩得开，蹬鞋上天台。麻绳拉得长，翻山又过岗。春玲的手勒破了，包包再纳，顶针磨透了换个……

交鞋那天，春玲的鞋一亮，震了。她是五层的"千层底"，比别人多一层。村长表扬：看人家大仓家的，做的鞋多结实，今后大伙儿要向她学习！

二百多双新鞋，她们要熬多少个不眠之夜啊！

24团参加了解放堂邑的战斗。家家男人都参加担架队、运输队支前去了。

春玲请缨：区长，我带十姐妹去前线送鞋，每人背二十双。

她们日夜兼程步行百余里赶往堂邑。她们远远看到围城的部队。她把军鞋交到攻城指挥部，放好收条。

春玲怀里还揣着双鞋，她问参谋：同志，24团刘班长在哪块儿？

参谋说：是刘麻子吧？现在是连长了，就在前边隐蔽哩。

春玲顾不了那么多了，好不容易打听到刘班长的消息。参谋拦她：你不能去，攻城马上开始了。

我必须去！同志，我该刘班长的鞋两三年了，叫他穿上新鞋多杀鬼子。

春玲像个游击队员，猫腰顺战壕往前跑……一阵子弹呼啸而来，她觉得乳房那儿顶了一下，急忙趴下。

恰巧一战士看见她，他掀了掀柳条子帽，就匍匐过来喊她：老乡，老乡危险，下去！

春玲一听这不正是刘班长嘛：刘班长，我可找到你了。

刘班长一惊：呀！嫂子。

她解扣从怀里掏出鞋来：刘班长俺给你做的鞋。她一看瞪眼了！两只鞋底儿都被子弹打了洞。

娘哎，好悬！刘班长这双鞋打坏了。俺再给你做。她把鞋紧紧地捂在心口上。

嫂子，没事，我照样穿。

通讯员？！

到！

送嫂子下去！

是！

巡 抚 救 火

李立泰

巡按晋大人官印丢了。

这事直吓得他毛骨悚然，坐卧不安，如热锅上的蚂蚁。

这还了得！丢官印死罪。急火攻心，晋大人牙疼得半个脸都肿起来了。

晋大人是钦差大臣，此次南巡为江南大旱查赈灾而来。一路巡视的重灾府县几乎颗粒无收，赤地千里，百姓逃荒，卖儿卖女，妻离子散，家破人亡，饿殍遍野。晋大人心情沉重，闷闷不语，身上银两差不多都给了灾民，骨瘦如柴的灾民给晋大人磕头都起不来了，晋大人下轿扶起他们。

青天大老爷呀！

沿途府县官员为晋大人设宴接风洗尘，晋大人落座，眼看满桌的鸡鸭鱼肉、山珍海味，长叹一声："百姓米粒未进，本钦差怎能下咽，撤下给灾民充饥吧，米饭一碗足矣！"

府台知县对晋大人为官有所耳闻，但没想到今天这样。他们便按晋大人吩咐一一落实。晋大人离去到下一府县，府台知县送银子。晋大人收下，命师爷记录在案，然后分送给灾民。

晋大人来到山缝县，鱼知县高接远迎，跪在道旁。晋大人一进县境直觉这儿旱灾最严重。坑塘河流龟裂，秧苗干死，比沿途灾情严重得多。

鱼知县的接风是简单便饭，晋大人夸知县清廉。鱼知县安排晋大人住县衙最好的房子，安插一心腹跟随巡按，一定照顾好晋大人，若有闪失拿你是问！心腹连连点头，是！是！是！

晋大人查灾认真仔细，鱼知县面上点头哈腰，甚至还叩拜，暗地里却想方设法陷害晋大人。

晋大人微服私访，走进百姓中间，调查鱼知县的为政。

"他真该姓鱼，鱼肉乡里！"

"他顿顿好酒好菜，鱼知县嘛。"

"县里人口三万多，现在连一万也不足了，逃荒的、要饭的、饿死的，他赈灾只是个名头，从未做过实事。"

鱼知县怕巡按御史动真的，惶惶不可终日。

正在晋大人下决心查办鱼知县的时候，晋大人的官印丢了。

晋大人分析是知县干的，设计陷害他。偷走官印的人定是知县心腹，阻挠查案进度。

晋大人是内紧外松。苦思冥想怎样从知县手里拿回官印。

巡按跟知县说话依然谈笑风生，淡定自若，毫不紧张。

知县也是藏而不露，脸上嘻嘻哈哈，暗地里却想看看巡按的笑话。

巡按就是巡按，水平比知县高多了，明镜似的看透知县五脏六腑。

急火、急火……巡抚一拍头：有了。火、火，救火！救火呀！

一天晋大人约鱼知县吃顿饭，感谢鱼知县对他鞍前马后伺候。

鱼知县闻听巡按御史请，心里犯嘀咕……

晋大人备下家酿薄酒："鱼知县，谢谢你连日为我劳顿，薄酒一杯略表谢意。请。"

"晋大人您太客气了，见外了。您到小县风尘仆仆，不辞劳苦，是下官的榜样，真叫下官心疼。要说感谢的是我，还望大人美言，给小县再拨些钱粮，救灾民于水火。"

"鱼知县你又客气了！上奏是本官职责，一是一二是二，本官决不隐瞒丝毫！"

鱼知县闻听巡按语似双关，吓得冷汗直流。

酒过三巡，菜却没过五味。

巡按仅备四菜。鱼知县哪吃过这灾民之饭，见巡按御史抻脖瞪眼地吃下，他强咽着巡按劝让的小菜。一碗蒸榆树叶，一盘凉拌马齿苋，一盘咸菜条，最好的是一碟豆粒儿。

二人正酒酣之时，家人忽大喊：着火了！快救火呀！

后院突然起火，巡按呼地站起，急忙进卧室捧出官印盒子，严肃地递给鱼知县，说："这是我的官印。麻烦你快拿走代为保管，明天一早送来，我先去救火！"

巡按说完不容知县有丝毫推辞的机会，跑开救火去了。

鱼知县欲言又止，有苦难言，只好捧着空盒子回家。

鱼知县几乎一夜未眠，眼熬红了。天明若空盒子返回，那就说明自己把巡按御史官印弄丢了，那可是要命的大罪！他思忖再三，还是把从巡按那儿偷来的官印放回盒子。

第二天一早知县捧着巡按官印盒送到晋大人家里。

晋大人看着鱼知县红红的眼珠，接过沉甸甸的官印盒会心地笑了："谢谢鱼知县了！"

鱼知县哭笑不得："哪里，哪里，下官应该的，应该的。"

晋大人的奏折皇上批准。追加赈灾钱粮。鱼知县贪赃枉法、鱼肉乡里、克扣救灾钱粮，置灾民于水火而不顾，秋后问斩……

给我一张烙饼吧

袁省梅

大头刚坐下来，就感觉到不对劲了。

大头把包抱在怀里，跷起左脚簌簌簌簌不停地抖；左脚抖累了，又换右脚。大头一紧张，就抖动腿脚。他想换个座位，抬屁股起来时，邻座男人的瘦腿跟前面座椅的后背挤靠得紧紧的，挡住了路。他拍拍那人，哎哎地喊叫那人让开一点儿。那人似乎睡得死沉，不动一下。过道对面的两个人悄悄地看大头，窃窃地笑。

大头的心咯噔了一下，把怀里的包抱紧了些，同时手指头悄悄地在包上按了按。包里有衣服裤子，有妈烙的十张饼，还有一包钱。大头走时，爸说，带着不怕？妈抹着哭红的眼睛，也说，不如存了。大头不存。存一下，大头问银行了，得五十块钱手续费。五十块钱，够他三天的伙食费了。想着一下省了五十块钱，大头乐了，好像是白赚了那些钱。大头说，我一个大小伙子，怕啥？

大头没想到车上还真有人盯上他的包了。他觉得不仅过道对面的那两个人盯住了他的包，而且前后的人都盯住了他的包，只等他稍一松懈，就会把包拿走。大头的心一下就脱脱脱脱跳得纷乱。他把包的背带紧了紧，挂在脖子上，两胳膊再紧紧地一抱，棕色的人造革包就乖乖地贴在了胸前。

天擦黑时，车进站了。大头下了车，他刚把包拿下来想让脖子休息一下，身旁兀地旋过一股黑风，嗖地一下，大头被刮得一个趔趄，一个黑影子从他身旁擦了过去，转眼，就像一滴水一样跑进了人流。大头举着空空的胳膊，只一瞬，就嗷地嚎叫了一声，闷头追了上去。

大头紧盯着那个瘦小的背影追，一刻也不敢放松。大头头皮发紧。大头两眼发胀。大头脚下生风。大头拼命地追。

黑背影瘦猴一样七拐八拐地跑着，跑一截就要回头看一眼身后。看一眼身后，又七拐八拐地跑。在他回头的一瞬，大头看见了他的包，棕色的包就挂在瘦猴胸前。瘦猴把包挂在胸前，一只手在包下托着。包太沉。瘦猴的脚下越来越慢了。大头追上瘦猴，是瘦猴跑到了一个死胡同。瘦猴呢，也跑不动了。瘦猴停下来，转脸的同时，一只匕首也掏了出来，大口地喘着气，叫大头滚开。

大头看见，瘦猴竟是邻座那个睡了一路的人。可是大头不怕他手里的刀子，要是真打起来，大头想这瘦猴肯定不是他的对手。他一只手能把瘦猴提起来再抡一圈，还有瘦猴那细杆样的脖子胳膊腿，大头想，能比三块青砖硬？工地上，大头一掌下去，能把三块青砖劈开。可大头没有动手。大头的背后还有人。两个，就是过道边看他嘻嘻笑的那两个人。大头不想跟他们纠缠，他想赶快把钱送到医院去。

瘦猴他们却不依。

大头的拳头捏了又捏，狠狠地说，把包给我。

瘦猴嘻嘻地笑，谁说是你的包，你叫它，看它应你不？

大头捏着拳头要冲上去时，背后的人哼了一声，就捏住了他的脖子，用刀子在他的脸上拍了拍。大头觉得脸倏地凉了一下，那凉顺着脖子径自就出溜到了他的腿脚上。大头知道不能轻举妄动。

瘦猴说，快走吧兄弟，天都黑了，你妈叫你回家吃饭呢。说着话，就咯咯地笑，似乎很体贴很友好的样子。

大头一听"你妈叫你回家吃饭呢"，眼泪就哗地流了下来。他流着泪叫瘦猴兄弟，说，包里有钱，两万，我不骗你们，这钱是我爸我妈不知上了多少家门说了多少好话借来给我弟交医疗费的，我弟从架子上摔了下来，腿摔断了还摔断了三根肋骨……你们要是急用，就先拿走……我再去借，包里的衣服也都是新的，他肯定不能穿了，他腿都没了，还穿哪儿呢，是我妈硬要我拿……你们要是能穿，也拿去，就是那几张烙饼，给我弟留下吧……他两年半了没回过家，回家，不是要花路费吗，他不舍得，他说得攒钱给我妈盖两间豁亮亮的北房，我妈一辈子了就住在沟里的窑洞，沟里的人都盖了新房搬出了沟，我妈说她一辈子了就想住几天豁亮亮的北房……躺在病床上，我问我弟吃啥，他说就想吃我妈烙的饼。我妈烙的饼就是好吃，不怪他想，我也想。你们不信，吃上一张，剩下的，求求你们，让我给我弟送去……

胡同里安静，路灯撒下一地黄黄淡淡的光，很忧伤。

熊样，还是男人不！一声吼叫劈脸砸来时，大头就看见包飞了过来。瘦猴不耐烦地叫他拿上包滚。

大头抹了把脸，抱着包要走时，瘦猴喊住了他，说，给我一张烙饼行吗？

农　民

袁省梅

王快春扛着锄头从巷里走过时，羊凹岭的人都纳闷，老独天天去地里锄草、浇水，是他挣那份钱。巷里好多人出去打工，地又不舍得撂荒，就托付给老独，犁耧耙磨，春种秋收，都是老独的事。老独没有出去打工。老独说他喜欢上地里干活儿，眼宽，心畅，高兴了吼一嗓子蒲剧或者乱弹，是再好不过的事了。城里能这样？话是这么说的，可听的人就不这么听了。人们都认为老独老婆死了，他出去打工，谁来照顾他瘫在炕上的老娘？

那王快春为啥呢？

王快春离婚时，张建设给了她一大笔钱，还把羊凹岭的房子院子给了她。王快春不愿跟儿子女儿到城里去。房子院子是她眼看着盖起来的，她不舍得扔下，不舍得扔下的还有她一家四口的土地。

说起种地，王快春欢喜了。

王快春说她就是土命，上辈子是只鸡，就该在土里刨食。

话说得有意思，可是，谁相信呢？人们都说她放着福不享，穷命。

王快春听见了，嘻嘻地笑了，不把这些闲话放在心上。该锄草时，她照常扛着锄头去了地里；该给地里施肥时，也一刻不耽搁地唤上老独开上三轮车帮她送粪。家里的四亩地，她从来不用一滴除草剂。老独看她辛苦，劝她，花不了几个钱。她说，闲着也是闲着，人闲了，只会心里长草嘴上长草，还不如去地里干干活儿，出一身汗，累了，就没力气生闲心了。老独听出了她心里的难过，就告诉她有啥活儿需要帮忙了，唤一声就好。老独说，反正我一天不是家里就是地里。

　　是春上的一天，王快春去锄地。春天一到，地里的野草就疯了般长。去时天还好好的，晴天朗日的，刚锄到半地里，天突然变了，风来了，云也来了，一霎时，又是打雷又是闪电的，雨点石子儿般啪啪地砸了下来。她顶着筐子，抓了锄头就往村里跑，村口老独的院子门开着，她就跑了进去。

　　老独正在屋里烙煎饼。他老娘要吃。老独孝顺是出了名的，老娘要吃啥，他一时半刻也不等地就做。老独看她一身的湿，叫她到屋里坐。

　　王快春不进去，说屋里闷，檐下凉快。

　　老独就把门帘子卷了起来，递她一个板凳，板凳上搭了条毛巾，叫她靠里坐，小心雨水溅着。她接过板凳，把毛巾抓在手上，看了眼老独。老独呢，也正好看她。她赶紧扭过脸，讪讪地看着雨说，春天就下这么大的雨，还打雷闪电，不多见。老独笑笑，说，可不是。

　　他俩一个屋里一个门边聊了起来。聊的话呢，都是庄稼长了短了，春分过了，就是谷雨，该给麦地里施肥了，院子也该种南瓜栽茄子辣椒了。想起这天跟老独闲聊，王快春觉得自己的话太多了。她已经好久没有说过这么多的话了。正说着，王快春闻到一股煳味。老独把煎饼烙煳了。王快春就进了屋子，说，我来吧。其实呢，王快春平日里最不喜欢的就是家务活儿，做饭、收拾家，她一样也不喜欢。她觉得没意思。她说，今天擦干净，明天又脏了。她也不喜欢打扮自己。年轻时就是，现在老了，又离婚了，穿红挂绿地给谁看呢？女儿给她买的化妆品、衣服，落满了尘，她也不动一下。女儿生她的气。女儿说你整天跟土打交道，不老也老了。跟土打交道就老了吗？她不相信。她说，你看地里的庄稼一季是一个样，今年收了，明年接着长。人能行？她知道女儿是嫌她不打扮，爸爸才不喜欢她跟她离婚，可她偏不说这些。她喜欢说她的庄稼。

　　王快春烙得煎饼油旺焦黄，香气四溢。老独给老娘送去一盘，也催王快春吃，说，我偷吃了老娘一张，真好吃。王快春呢，也没想到自己帮老独烙得这么好。从来没有人说过她做的饭好吃。前几天，孩子们回来看她，她也是烙煎饼，凉拌了小菜，还做了酸疙瘩汤。可孩子们都说不好吃，饭菜都端上桌了，要回城里吃饭去。他们叫她一起去。她不去，说晕。吃完了饭，她还要去地里锄草。她说，今年雨水多，草也多，得紧着锄。儿子就笑她是农民，说你比农民还农民。儿子眼里漾着笑，嘴下却狠叨叨的，咬牙切齿的，恨铁不成钢的样子。

　　她呵呵笑着把儿子的话学给老独，说，比农民还农民的是啥呢？

　　老独说，比农民还农民的是真正的农民是最好的农民。

　　王快春回到家里，斜倚在沙发上看电视，想起老独说她是最好的农民，扑哧乐了。你也是最好的农民。她抓起电话，想把这句话说给老独。电话在手里抓了好一会儿，也没拨出去。

雨，下得更大了。

风　月

红　酒

风月是相思镇剧团里的台柱子，扮相俊美，嗓音稍稍带些鼻音儿，听起来反而格外有韵味。剧团有三四十人，旦角演员也不少，却只有风月是科班出身。省戏校毕业后分到团里，一来就挑大梁。

风月扮演过许多角色，《铡美案》中的秦香莲，《断桥》中的白娘子，《龙凤呈祥》里的孙尚香。最拿手的两出戏是《秦雪梅》和《铁弓缘》。

风月考入戏校时年龄还小，选什么行当自己做不了主。

不过这也没关系，注定吃这碗饭了，只要不演媒婆，不演大花脸都成。风月心中暗想。

风月的授业老师姓萧，她深知选一个合适的青衣演员有多难。十几个俊丫头排成两行，萧老师从左往右再从右往左挨个儿相看。

风月站最后一排，萧老师在她面前驻足不前。

这个小丫头柳叶眉，丹凤眼，不用勒头眉眼都向上挑，羞羞看人一眼，就低下头笑，不声不响，安静得像朵栀子花。

萧老师问一句，风月柔柔回一句，嗓音像画眉子叫。萧老师拉着风月的手走到一边，说愿不愿学青衣？风月使劲点点头。

唱念做打，手眼身法步，是做演员最基本的艺术修养。台上一分钟，台下十年功，风月比别人学得都上心。

风月一个"卧鱼"没做到位，萧老师手中的板子就敲过来了。风月"呀"一声，摸着被打痛的胳膊，眼泪成对儿成对儿地掉，宛如梨花带雨，楚楚动人。萧老师后悔自己下手重了。

玉不琢，不成器。梨园行自古以来有陋习，老艺人们爱说"打戏"，出师后即便是红遍天下，学戏时挨打总是难免。萧老师曾是当红的大青衣，也是这么过来的。

萧老师取来一枚新鲜的生鸡蛋，细心地把蛋黄分出，仅留下蛋清，轻轻揽住风月，在她已经青紫的胳膊上涂抹，怜爱不已。

我不怪萧老师，你是为我好呢……风月抽泣着，反过来却安慰萧老师。

即便是哭，也能咬字分明，萧老师仔细端详着风月还挂着泪珠的小脸，心中一动。

萧老师说，一个好演员不能过于单一，梅兰芳梅大师正工青衣，可刀马戏、闺门旦都拿得起放得下。老师没有门户之见，你学学闺门旦吧，《秦雪梅》这样的悲情戏也适合你。风月答应了。

秦雪梅这个剧中人物的行当属于闺门旦。在《哭灵》一折中，有这么一句：秦雪梅见夫灵悲声大放，哭一声商公子我那短命的夫郎……秦雪梅拿着祭文，手抖得如同风中秋叶。可别小看这个抖手，那是个功夫，风月苦练多日，还是不得要领。

风月急得直跺脚。萧老师逗她说，去集市上买条活鱼，把手放松，顺着劲儿，随鱼而动。细细揣摩，反复练习，功夫到了，自然就会。

风月却当真了。那时她是个学员，没钱买鱼。伊茗湖畔经常有人垂钓，风月就趁课余时间跑到这里，静静地蹲在人背后，看见人家钓上一尾活蹦乱跳的鱼，就忙不迭地帮着把鱼钩取下，有意在手中多拿一会儿找感觉。钓鱼人都喜欢这个文文静静不爱说话的小姑娘，鱼一咬钩，就冲风月使眼色打手势招呼她过来捡鱼。后来知道风月是戏校的学生，拿活鱼是为了练习基本功，越发喜欢她了。有个老伯还送她一只红色小水桶，钓了鱼专门送到风月的住处。

手势语言在戏剧中被称为演员的第二张脸，风月一次次抓鱼，一遍遍地找感觉，终于掌握了其中的奥妙。萧老师发现，这丫头双手动起来，表现力极强，尤其听说她真的练抓鱼，惊讶极了。

上了妆的风月一袭白衣，宛如天人。手拿祭文，跪拜在商公子灵前，一声"商——郎——"，凄艳哀绝，荡气回肠，余音袅袅，不绝如缕。尤其是唱到，"商郎夫你莫怨恨莫把我想，咱生不能同衾死也结鸳凰"时，风月藏在水袖里的双手上下抖动，犹如白蝶飞舞，银花翻卷，凄美空灵，令人眼花缭乱。

一下台，萧老师就把风月抱住了，说丫头，你抓了多少条活鱼呀。

在团里挑大梁的风月有过一次失败的婚姻，后来和花脸海椒结合了，事业上顺风顺水，家庭美满幸福，风月依然是剧团的台柱子，青衣、闺门旦甚至刀马旦都拿得起放得下，可谓文武全才，色艺双绝。

真正让风月名声大震的是《铁弓缘》这出戏，花旦、青衣、小生、武生四个行当全在一出戏里集于一人之身，唱念做打缺一不可。风月把青春貌美武艺高超的太原守备之女陈秀英演活了。

就在《铁弓缘》这出戏赴京演出的前夕，风月突然病了。这一倒下，就是小半年。

病愈后的风月基本没有变化，就是手抖动得厉害，连一小杯水也端不牢。风月郁闷地问海椒，我还能不能上台了？海椒说能，《铁弓缘》咱不能演，还演不了《秦雪梅》？风月含着眼泪笑了。

萧老师闻讯，心疼坏了，心急火燎专程赶来探望风月。

师徒俩深情地望着对方，激动地说不出话来。半晌，风月好像想起了什么，就把一双手举到萧老师面前，眨了一下眼，说，萧老师，要是现在练习抖手，我就不用去抓活鱼了吧？

青衣风月话说得很轻松，那神态，像个俏皮的小花旦。

茹 先 生

红 酒

相思古镇只有一个剪头理发的铺子，叫茹先生修面铺。

开修面铺的茹先生是个女的。茹先生年近四十，少言寡语。瘦高个儿，白净脸，长得蛮清爽。在女人眼中，茹先生长得中规中矩，不妖不媚。茹先生本人的发型怎么看都像是三四十年代的明星，镇子上的女人只是在画上见过，眼热得不得了。

修面铺开在镇子东头古槐树旁边，门前是条清澈见底的小河，两边全用青石砌就，留有一级一级的台阶。镇子上人感到奇怪，理发不叫理发叫修面，茹先生不是先生居然还叫茹先生，搞不懂了。越是搞不懂就越想搞懂，相思古镇的人们没少费琢磨。

琢磨归琢磨，可不耽误上门来收拾头发。男人们对修面铺里可以转圈儿的皮椅子最感兴趣，坐上去软软的，像躺在暄乎乎的棉花垛上。女人们三三两两地下河淘菜洗衣，茹先生修面铺的大门正好对着那台阶，女人们洗衣时也能忙中偷闲朝她那里瞄上几眼。

茹先生不苟言笑，只一句"侬来了"就缄口不语了，铺子里多热闹跟她没关系，她只是专心做活儿。若把手头的活计做停当了，就拿面镜子放人身后左照右看，客人没不满意的。这时，茹先生嘴角旁才会浮起一丝笑意，抖抖手中的围布，软软地说：下一个。脸上的笑意便收回酒窝里了。

相思镇的爷们儿来剃光头，茹先生手中那把明光铮亮如月牙般的剃刀就有了灵气，上下翻飞极富节奏。茹先生剃头不像其他人那样搬着你的头摁来摆去，让人憋屈。她给人剃头时，或高或低都是调整自己的姿势，有时还半蹲着做活儿。头剃干净了接着刮脸，全套活儿做下来，不多不少九九八十一刀，有人专门数过。还说剃头这手艺看似"毫末技艺"，却是"头顶功夫"，茹先生手艺精湛，做活儿时不急不躁，颇有高手风范呢。

茹先生微微一笑，轻轻摇头，一句"谢谢侬"就再没话了。手下却不停歇，一条热毛巾捂住头，待头皮捂热，再用十指按压轻拍，那舒坦都沁到骨子缝儿里了。

茹先生给人剃头修面不论价钱，你随便给，钱也行，物也中。有一家子来理发，孩子就抱只鸡过来。

镇上有个叫黑虎的，一脸络腮胡子，常常干些偷鸡摸狗拔蒜苗的勾当，换了钱就去喝酒赌博，谁拿他也没辙。黑虎也是茹先生修面铺的常客，拾掇完了拍拍屁股走人，从不付账。茹先生也不计较，照样认认真真地给他剃头刮脸。有人看不过，出来打抱不平。黑虎就耍横，说怎么着？剃个头算球啥。茹先生儒雅地摆摆手，说乡里乡亲，和气生财。

好像谁也没问过茹先生为什么一人生活，茹先生也从不讲自己的身世。有好事的主儿就去给茹先生做媒，茹先生笑笑，摆摆手：不当真，不当真。也有人说茹先生是见过大世面的人，在上海滩十里洋场混过码头。还说她家先生解放前夕跑台湾去了，她就投靠远房亲戚来到了相思镇。理发时有人搬出传闻来求证，茹先生还是淡然一笑，摆摆手：不当真，不当真。

镇子上的古槐开花时，一场运动也闹腾得如火如荼，黑虎领一帮痞子孩儿胳臂上戴个红箍箍就成了风云人物，他们把茹先生的铺子砸了，说修面修的是修正主义的面子。说茹先生是大军阀的小老婆，挂着牌子游街，还给她剃了阴阳头。

白天游街，晚上，茹先生用蓝花布裹住头，照样给人剃头刮脸。

黑虎听说了，晚上也领人开茹先生的批斗会。筋疲力尽的茹先生在回家的路上不慎摔进沟里，双腿骨折，再也没能站起来。

黑虎他爹卧床两年，形容枯槁，发乱须结，三伏天撒手人寰，老人留下话说要把自己收拾干净再走。黑虎整天作怪不干好事，谁愿意上门来伺候个死人？黑虎他娘哭着骂黑虎，一家人手足无措。

门推开了，茹先生被人背着进了黑虎家。

茹先生开始给老人剃头刮脸。腿断了，不方便，她就让人把老人上半身抬起，放自己怀里理发。大热天，停放两天的老人已有了异味，茹先生全然不顾，聚精会神，剃头修面，不多不少还是九九八十一下，同样用热毛巾捂头，十指在头部摁压轻拍，一丝不苟。全套活儿做完，茹先生浑身上下像水浇了一般。

黑虎扑通跪在茹先生面前，把头磕得砰砰响。

送走了爹，黑虎负荆请罪，到茹先生屋里跪着哭着要学修面。茹先生不放话，黑虎就跪一天。第二天，黑虎接着跪……后来也说不清茹先生到底收了黑虎没，反正黑虎见天在茹先生身边伺候着，背着茹先生走家串巷给人剃头修面。

茹先生去世时，黑虎披麻戴孝，亲自为茹先生净面剪发。

黑虎的剃头铺子开张了，还叫"茹先生修面铺。"

好　酒

韦　名

书记好酒。

到县里之前，我就听说书记喝酒如喝水，大杯小杯，白酒红酒，来者不拒，从来不倒。

书记经历丰富，当过兵，扛过枪，从乡镇办事员一步步上来，穷的、富的、正的、副的，都干过。

书记人豪爽，认识的都这么说，干活儿是，喝酒更是。

书记在豪爽中一路高歌猛进。

到县里挂职前，我听得最多的是书记的酒事。文人嘛，平时也好两杯，对喝酒的书记，我多了几分亲切。

到县里第一次和书记喝酒，是全县经济工作会议后聚餐。县委招待所偌大的大厅，十几张圆桌团团围着主台。金融危机对以贸易出口为经济支柱的县里冲击很大，书记很是着急。

酒桌上是各乡镇的书记镇长和县里各部委局的头头，都知道书记好酒，规规矩矩三杯后，书记镇长们换了大杯奔书记来——他们也不容易，县里要保增长目标，压力都转到他们身上了！

有的借酒诉苦，有的恳求降低增长数……书记一一和书记镇长们喝酒——你喝多少书记陪多少，可增长数一个子也甭想少。

我亲眼领略了书记的酒量。

酒阑人散，勉强撑着的书记让县里其他领导先走，只留下县委办主任陪着他。

上面千条线，下面一根针。县里来人多，省、市领导，省厅、市局领导，处长、科长、校长，专家学者、文人记者，部队的、港澳的、国外的……来的都是贵客。一日三餐——中餐、晚餐加夜宵，书记常常连轴喝，常常还得跑场……

我这个挂职的副书记，省里来的，又能喝几杯，经常被书记拉去陪客人喝。

书记家在外地。好酒的书记喝出了一身的病，家属便严管其喝酒。一日，随书记陪完客人，一同坐车回宿舍楼。书记家属来电话。

"喝了没？"家属查岗，声音挺大。

"没。"书记大着舌头，很干脆。

"没喝酒怎么有酒味？"家属下圈套。

"喝了一点儿！"书记一愣，酒醒了大半，如实说。

…………

又一日，喝完一场，正赶下一场，书记的家属又来电话。

"这么晚，还没回，去哪儿？"家属显然打过电话到宿舍。

"去吃饭。"书记每回都很干脆。

"哪里吃啊？"家属追问。

"前面！"书记不假思索。

…………

在县里，流行一句"摆平就是水平，没事就是本事"。

县里清理整顿安全生产事故频出的小煤窑，先是分管安全生产的副县长出面，打了东家，西边又冒出。后来县长挂帅，又是大会又是专项检查，还严打，依旧收效甚微。书记只好亲自出马，一番明察暗访后，书记一个人在招待所设席宴请大大小小的煤窑主。

那天，酒桌上摆了特制的一两装小玻璃杯，酒是好酒——两瓶六斤装进口轩尼诗。

书记不说打，也不说关，只说煤窑主们辛苦，不容易，请大家喝酒，并且规定酒桌上只能说酒。

煤窑主们不知书记葫芦里卖啥药，面面相觑。

书记果真一句不提煤矿，和煤窑主们玩起了喝酒游戏：喝一满杯，每人从台上取一粒花生米放在自己面前的碟子上，不满杯不算，最后数数论输赢……

这真是一场没有硝烟的战争，煤窑主们把积怨、不服、担心和苦闷都发泄到酒上。

这一场酒，书记得到25粒花生米，最多。煤窑主们有的十几粒，有的十粒八粒，最不济的也有六粒……

书记的这场酒把煤窑主们征服了。煤窑事件摆平了。

两年挂职，我和书记结下了很深的情谊。挂职结束离开县里那天，书记单独请我吃饭。

"兄弟，你是个想干事能干事的人，要离开了，有点儿舍不得啊！"书记端起酒杯，"这一杯是感谢酒，我敬你！"

书记一饮而尽，我也不甘落后。

"嗯……"我皱了皱眉。

"酒是个好东西，也不是东西。这两年，累你了！"书记给两个杯子又倒上，"别介意，只有我们俩在，我把酒换成了水。水好啊，纯洁，喝了没负担！"

书记和我都一饮而尽。

清凉的水，甘甜无比。

"一个年轻人陪领导接待上级来人，闹了笑话。那天，酒席高潮，上级提议每人半杯，曰'打炮'，主客各出一人，一个个来……轮到年轻人时，大家发现他不见了……不善喝酒的年轻人躲进了厕所——直到散席。"书记端起酒杯讲笑话，却一脸严肃，"你知道吗？那是个真实的笑话，那个年轻人就是我啊！"

第三杯"酒"书记又一饮而尽。我却端着酒杯，眼睁睁看着书记，一遍又一遍问自己，那个年轻人就是喝酒如喝水的书记？

"都说我好酒，可有些酒我不喝，行吗？"书记又往两个杯子里倒水。

我发现，书记的眼圈红了。

书记好酒。到县里出差回来的都这么和我说。

追寻灿烂阳光

韦　名

老廖办公室不大，十来平方米，一张桌子两边摆着一大一小两张凳子，外加一套旧沙发，略显拥挤，却是阳光灿烂。

老廖调过来前，县委办把宽大的一号办公室粉刷一新，恭迎新主人。喜欢灿烂阳光的老廖却不肯搬入一号办公室，执意要到小办公室去，"够用就行了。人家李嘉诚是华人首富，尚且是一夜只睡半张床，我要那么大的办公室干吗？"

新官上任三把火，这或许就是新领导的第一把火吧。领导的意志就是办公室的行动。县委办理解得执行，不理解也得执行。很快，阳光灿烂的小办公室以全新的妆容迎接了它的新主人。

老廖在阳光灿烂的办公室里燃起了反奢靡之风——领导带头，勤俭节约很快在县里蔚然成风。

老廖是交流干部，从省城下来的。县、镇两级像老廖一样的交流干部很多，有从市到县，有从县到镇。交流干部多了，一到下午或周五，县里便应了老百姓讲的"交流了干部，浪费了汽油"——很多交流干部早早离岗回家了。为此，老廖新官上任的第二把火便是从严管理干部。县里出台规定，明令县、镇两级干部不能"走读"，违者严处。

"我郑重承诺并诚恳接受大家监督，除到省城开会外，我一个月只回一次家。"老廖从我做起，率先垂范，向全县科以上干部公开承诺。

为工作方便，老廖让县委办把他办公室隔壁空置的小房间打通成宿舍，并很快退出县委给他分配的周转房，住到了阳光灿烂的办公室，工作、生活合而为一。从此，老廖吃住在阳光灿烂的办公室，带领县里一班人白加黑、五加二，抓维稳、保民生、促发展……忙得不亦乐乎。

老廖的第二把火让他在县里赢得勤政的美名。

作为县里的一把手，权力炙手可热，每天找老廖的络绎不绝：白天，汇报工作的、洽谈项目的、礼节拜访的……晚上，来看望的、来喝茶的、来聊天的……来就来吧，可有些人要走时，总要留下些东西。

拒收礼也是门学问。初来乍到的老廖委婉拒绝过、当面拒退过、转交纪委过，也骂过……日复一日，烦不胜烦。

一日，一老板在老廖办公室洽谈完投资项目后，说是有件事想单独和领导谈。众皆识相离开。老板望着走远的众人，打开随身带的皮包，掏出用牛皮纸包裹的一捆东西，一脸诚恳地说："感谢领导的关心，今后全仰仗领导支持！这个……"

"这个连着市里！"没等老板讲完，一直冷眼旁观着老板打开包掏东西的老廖用手示意了办公室东北角天花板，轻声说。

"祝我们合作成功！"老板顺着老廖的示意抬头望了天花板——天花板上赫然装着一个黑黑的大摄像头。见过世面的老板神情略微僵硬了一下，迅速把牛皮纸包裹的东西塞回皮包里，站起来准备和老廖握手。

"祝我们合作成功！"老廖也站起来，笑容可掬地和老板握手。

"公生明，廉生威。阳光灿烂的办公室容不下阴暗！"这是老廖上任后烧的第三把火——亲自在办公室装监控摄像头，反腐倡廉，公开表态："廉政建设，从我做起，向我看齐！"

往后，该来汇报的还来汇报，来聊天喝茶照样来，但若是谁想留下什么东西，老廖不用拒收，也不用发火，就轻轻一句，"这个连着市里！"

来人看到黑黑的大摄像头，通通大惊失色。

这事一传十，十传百，老廖很快在县里享有清廉的美誉。

市里换届，勤政廉政、业绩突出的老廖被列入市领导候选人。

考察。公示。正准备宣布的节骨眼上，省里收到一个光盘，省纪委看过光盘后迅速把老廖带走了。证据面前，老廖哑口无言。

步了前任后尘的老廖在监狱里怎么也想不通，自己阳光灿烂的办公室里，明明只有一个作为摆设的摄像头，怎能录下那么多东西？

窗外，一丝阳光忽隐忽现，喜欢灿烂阳光的老廖双眼贪婪地追寻着那片转瞬即逝的阳光，靠着铁窗，久久不动。

养　生

安石榴

小城最为光鲜的地方是市中心地区，高楼和商铺林立，相当于小城的心脏吧。实际上也是最宜居的地方，似乎全城的财富和最好的生活资源都集中在那里了，自是繁华喧嚣得可以。一条大江从小城南部奔腾而过，大江两岸是一眼望不到边的稻田和旱田，恬静安然。它不断地给小城输送清凉的风、清新的空气，像是小城功能强大的肺。小城的北面是丘陵，远远望去重重叠叠，深浅参差，颇为壮观。因此，在小城的西北郊矗立着几座大工厂，全都与林业有关：木材加工厂，林业机械厂，木工机械厂……这些厂子占地面积非常大，场区到处是野草、锈迹斑斑的机械和山一般堆积的原木、板材、板皮木屑。夕阳在此处落下大手笔，豪放而狂乱地涂抹血红和金黄。就算是生机勃勃的盛夏，一眼望去，也是荒凉而空旷的。在这样的小城生活，从繁华步入荒凉，还是从荒凉走向恬静，不仅仅是一个物质的过程，也是一种精神的转换。街道上行色匆匆的路人，是否深受这种转换的影响，不是一件能说得清楚的事情。平静的表面，是不是暗藏湍急潜流，谁说得准呢？

还是在西北郊，有一条铁路连接了那三个巨大工厂。两条铁轨被磨得银白锃亮、寒光凛凛，它们先消失在野草和野树中，然后深入那些森林密布的丘陵中。这是条专线铁路，不通客运。去山里的林场恰恰需要乘公共汽车横穿这条铁路。"咯噔"、"咯噔"，汽车的前轱辘越过铁轨，紧接着是后轱辘，车上的乘客要承受两次猛烈的颠簸。在这条山沙铺就的运材路上，有一个叫三部落的林场。一个暑假的清晨，一位母亲叫醒了儿子，母子俩昨天商量好了，儿子今天进城去看表弟。

表兄弟两人已经有三年未见面了，哥哥去国外留学，而表弟今年刚刚在小城中心的隆基大厦十六层开了一间牙医诊所。

那母亲在儿子走后陷入沉思，回忆了一段她不乐意回想的往事。二十年前，妹妹带着五岁的儿子坐公共汽车回娘家，车过铁轨的时候，意外发生了。公共汽车突然熄火，而三十米之外，几节未挂机车头的货车在铁轨上滑行，速度看起来不快，却带着一股不可阻挡的气势向道口而来。汽车里乘客满员，立即慌乱、拥挤成一团，司机已经打开车门，但车门拥塞得反倒一个人也下不来了。后面的乘客退出来奔向车窗，争抢着从窗户跳下。铁轨上的钢铁怪物仍在步步逼近，车内惊叫哭喊声凄惨无比。就在最后一刻，一个女人奋力扑到车窗前，将怀中五岁的儿子扔到车外，随即一声巨响，瞬间腾起一团烈火，熊熊燃烧至消防队赶来……

有一件事情不能忽略，五岁的孩子已经有记忆了，更糟糕的是，惨案和失去母亲，强化了他的幼年记忆。这个孩子当然就是那名小城精英牙医了。亲眷们总会因为这段回忆，对牙医抱有疼惜的情怀。

两天以后，表兄从小城独自回到三部落林场，按着他们母子的计划，兄弟两人应该一起回来过一个周末。母亲的目光越过儿子往后看。

他不回来。儿子说。此时正好是夕阳西下，这么一望，弄得母亲满眼金光，刺出泪水来了。儿子并未注意到，他一边往床上跳，一边说，妈，赶紧炖一锅排骨吧，我都要馋死了！

母亲什么都没问，兄弟俩都是她一手带大的，性格脾气她知道。

晚餐的时候，儿子说：

我弟现在是个素食主义者了，而且——

这回，母亲微微睁大了眼睛，困惑地看着儿子。

儿子吐出一根骨头，咽下一口肉叫道：好香！他看了一眼自己的母亲，说，可是这么香的食物对弟弟已经没有意义了。他不上饭店，不买外卖，绝对亲力亲为，因为那些食材不安全——我弟说的。他呀，每天早上煮小米粥，一小碟凉拌干豆腐丝，三十粒葡萄或者一个苹果，这就是一顿饭。儿子看着母亲，似乎希望获得共鸣。可是他又不等母亲开口，继续道，午饭呢，人家电饭煲蒸豆饭，菜你猜是什么？母亲摇摇头，儿子说，酸奶拌蔬菜呀。晚上就更惨了，基本就是不吃东西。

母亲喃喃道：这是为什么？

养生！我弟的原话，养生！妈妈，他比我还小一岁呢，他刚刚二十五岁啊，开始像一个老头儿那样养生了！

那位做母亲的起身走开，坐在已经暗下来的院子里，手捧住脸，无声地哭了。

所谓追随

安石榴

邻居，不知其姓甚名谁，也不知道他住几楼。仿佛是说过的，终未记住，只知道是我楼上某一层。

最初知道他，是他弄一根长电线，从楼上引到小区地面，电线的尽头连着抛光器，机器飞旋出一阵刺耳的噪音和纤细浓烈的烟尘。噪音停止烟尘落定，他的根雕稳坐在水泥地上。都是规格很小的东西，有的很具象，如鸟类、波涛或者亭台楼阁。有的很抽象，我并未费一点儿细胞去想象，就那么懵懂着吧，也无所谓的。反正都是愉快的小东西，这就足够了。它们的主人五短身材，平头，没有胡须。你懂的，我的意思是他并不把自己秀成艺术家的范儿。尤其眼神，没有艺术二把刀们通常有的假古董一样的贼光。这是我乐意驻足聊一会儿的前提。

他每年都这样在室外操作几次。上一个夏天，我看着他整个灰扑扑的人，问他："舍得卖吗？"

"不太舍得。"他笑笑说，"不过，也卖了一个。"

"多少钱啊？"我俗气地问。

"一万元。"

"呀，赚大发了。"我晓得这是句外行话。

果然，他有些无奈地笑了："也不见得，我十几年的东西呢。"

他点燃一支烟："本月 26 日，会展中心有我一个根雕展。有兴趣你去看看吧。"

"好啊，有时间我一定去。"为了显示真诚，我又说了一遍他说的日期。

也就仅此而已，我并未去看他的根雕。

我常常想，这样一座小城，市区人口不足五十万的小城，到底有多少这样对艺术怀有热望的人呢？

今年春节前，市文联搞联欢，我提前半小时到场，迎面碰上一个叫余力的人，他是书法家，大约十年前我就认识他了。他的女儿和我的女儿及另两个孩子跟同一位老师学习二胡。孩子们上课的时候，我们四个家长在外间闲聊打发时间，常听书法家说协会的趣事，他似乎也跨行，因说起在当地晨报、周刊和日报上发表文章的事情。我从未插言，我是那种嘴很懒的人。这使得某一年市文代会上他看到我时着实吃了一惊：

"你干吗来了？"他疑惑地问我。

"开会嘛。"

"开会？你来开会？！"他真的晕掉了。

我有点儿愧疚，我也许应该在以前家长闲聊那会儿，找一个合适的茬口，说一下我也写一点儿文章。好在那时，我们已经不大见面，因为孩子们的二胡课已经告一段落，各自拜了不同的师傅。

相隔数年之后，在联欢会上再见，直接握手问好。余力从前的窄长脸变成宽长的国字脸——这个真为他庆幸。美术家书法家协会的人早到，在相连的几张长条桌上写书法作画，热火朝天的。我看了一小会儿，和余力聊了几句，碰到另一位女作家就结伴找了座位，坐下了。渐渐地，觉得有趣。之前并未想到是否能碰到余力，我早忘掉他了。碰到了也未见得惊奇或者欢喜。人生大多如此。也许由于这一点，我又想起我楼上做根雕的邻居。于是，只要有人走动，我都禁不住抬头看过去，竟然猜测起是否能在这个场合碰上他了。

实际上并未遇到。

午宴之后，回家的路上，迎面遭遇各色面目，还有身边无数过往，不免又想：这些人都是做什么的呢？有多少像我们这样对文学艺术有感觉，而终究成不了大器的人呢？这件事，让我们快乐多些还是痛苦多些呢？

这是个不太说得清楚的问题，比较永恒的问题。像正在漫天飘飞的雪花那样永恒吧。

黄牛角　水牛角

彭瑞高

拖拉机一来，命运变化最大的，是村里的牛。

最初商量拖拉机放在哪里时，指导员就说，放牛棚边最好。还加了一句："拖拉机也是牛嘛，铁牛。"队长跟指导员意见常不合，这回两人意见倒一致。于是，紧贴牛棚，又造了一间房，拖拉机房。

拖拉机的到来，搅乱了牛的平静生活。队里有两头牛，一头是水牛，一头是黄牛；水牛老些，黄牛嫩些。水牛老实，给它一筐草，它从上面吃到下面，从不造次；除了夏天见水要冲下去"蘸塘"外，一整年，它几乎没有什么出格之举。黄牛就不大老实，脾气很坏，常用牛角顶人；吃东西也挑食，偶尔给一次豆饼，以后就常常"兜底翻"，把牛鼻子插进筐底，找豆饼吃，把草翻得满地都是。

两头牛有明确的分工：水牛耕地，黄牛运输。这也算是扬长避短。水牛听话，力气大，喜水，作田效率高，扶犁的人都喜欢它；黄牛则不然，懒，不肯沾水，它只有一点好，架着车子上路，走起来还算卖力。就靠着这一点，它成了"运输队长"。

新买的手扶拖拉机第一次开过牛棚时，两头牛都吓坏了。水牛抬起头，大眼睛惊恐地看着我们；黄牛则狂暴地跳起来，要挣脱牛绳的样子。直到拖拉机熄火许久，它们才静下来，不过眼里依然存着疑惧，好像在问：嘣嘣嘣的，这是个什么鬼东西？

第二天一早，我们去机房开手扶拖拉机。冷机发动时，隔壁的两头牛又大大地吃了一惊。水牛好些，只是眼里惊恐，四脚不断地踩碎步，像要把惧怕踩碎一样；黄牛则暴躁得很，嘣嘣地跳，直把牛棚跳得灰雾腾腾。这时，正好队长走过来，揪住黄牛角，大声说："嘿！你跳个什么？它也是牛，你也是牛，一家啊！"黄牛不睬，依然犟头倔脑的，把草筐子也踢翻了。

不过时间一长，拖拉机在牛棚前来来回回经多了，两头牛也慢慢习惯了。也许它们想，这鬼东西虽然声爆，倒也不惹麻烦。有时我们走过牛棚，黄牛听见拖拉机走近，就会从鼻子里喷出一声"哼"来，一副看不起它的样子；水牛则抬起头，用大眼睛一扫，继而低头吃它的草，居然还有些淡定的意思。两者比较起来，水牛更见灵性，它一双牛眼里的光，对铁牛表现得越来越平和，甚至显出了某些友好。

众人都说，这是因为"铁牛"干得忒多了！农忙时，手扶拖拉机换上铁轮、铧犁，我和国强轮班开，人停机不停，一天一夜，能犁二十来亩水地！这些活儿，过去都是要水牛来干的。现在，除了边角地还让它来犁一把，大部分时间，它就待在牛棚里，吃吃草，乘乘风凉，有时还下河蘸蘸塘，朝天叫两声，简直太舒服了！

那头黄牛就有些不识相。农闲时，我们给拖拉机装上拖斗，把它改装成运输车，去镇上粜谷，到外县运砖……天天要跑上百里，风吹日晒，两人的面孔都黑出了油来。这些运输活儿，本来都是黄牛扛的，现在不用它辛苦了，等于把它供养了起来。可它一点儿也不记情，一旦吃食不好，见我们开拖拉机走过，牛眼就恶狠狠的，好像我们欠它什么似的。

终于有个冬季，队里买来第二辆拖拉机，当然还是"手扶"。

两头牛实在没用了。队长对我们说，你们上镇去，把它们卖了。

我们软硬兼施，把两头牛赶上拖拉机拖斗。乡亲们说，你们看着，一路上，它们会哭的。

我们边开边往后看，却没见到牛落泪。两头牛站在铁牛的拖斗上，昂着头，居高临下地看整个世界，牛眼里没有恐惧，也没有仇恨，充满的，却是对村外世界孩子般的好奇。

我突然记起，这是它们第一次远行。

守　井

彭瑞高

老贵祥的手表掉下井，全村都轰动了。我问："老贵祥人呢？"四明说："在井边。"我放下柴火就往井边奔去。出了小屋，才发现下雪了，雪还不小，草垛上都积了厚厚一层。

水井在村南三岔路口。我赶到时，老贵祥已等在那里，帽子上、棉衣上，都披着一层雪。他在井台上跺脚，见我来了，就停下，干搓着两手，说："怎么办？怎么办？"

我埋怨道："你好好的，手表怎么会掉下去呢？"他说："是我不好，表带早烂了，我不舍得换，手上一用劲……"

我朝井口望下去，黑黢黢的，只有一圈天光，从下面幽幽地反射上来。

四明说："井很深呢，我爷爷说，这井不计井口，单水深就有一丈多。"我说："管它多深，手表总要摸上来的。"老贵祥说："这么冷，天上还下雪……"我说："这个你不要管。冷天，井水反而是暖的。"老贵祥说："天暗了，还是明天下吧。喇叭里说了，明天雪停，有太阳。"我想了想说："也好，白天胆大，光线也好些。那就明天下。大家都回去吧。"

没想到老贵祥说："你们都回去，我守在这里。"我问："这是干什么？"四明说："他怕有人起坏心思，半夜下井摸走他的手表。"我说："不会吧？"老贵祥说："难说！这表刚掉下去，这两只小喇叭已经广播了。现在村里村外，都晓得了！"四明陆毛不好意思笑了笑。老贵祥说："原只有千日做贼，没有千日防贼。可今夜我要防着点儿。不然，西马表丢了，对不起那个城里人。"

这话说得也有道理。老贵祥得了西马表，成为当地一个传说。村里人对此心情复杂，有羡慕的，有忌妒的，还有人背后说坏话的。我们这些跟老贵祥比较说得来的，有事没事，就要捉住他的手，看那只表，还跟他打趣。那西马表说实在的，真牛，长三针，走得很神气，你就是把耳朵贴上去，也听不出它的机器声。我们在地头常喊叫："老贵祥，看看西马表，现在啥辰光了？"他就很夸张地捋起袖子，手腕抬得老高，说："10点钟还缺55分！"众人就大笑。西马表因此声名鹊起。现在，这么一只宝贝表掉在井里，有人想趁火打劫，也不是没有可能。

我们三人趁着天还亮，帮老贵祥搬来稻草，在附近小屋廊檐下搭了个草窝。晚上闲着没事，我又回到井边，蜷进草窝，陪老贵祥守夜。

雪夜里，老贵祥抽着"劳动牌"。这烟平时有些呛人，可在这寒夜里，这烟，这火头，却给人温暖的感觉。西马表沉在井里，老贵祥说的就尽是西马表的事。他说那天城里人送给他手表后，大约有半年，他专门骑车去上海，找过那个城里人。可惜当初七转弯八弄堂，他记不得路了，车子踏进徐家汇后，他再也找不到那条路和那幢楼了。我问："你找他去干什么呢？"他说："不干什么，就想见见他。"我问："见了他你想说什么呢？"他说："也没什么要紧话，就想说一句：将来公墓总有一天要重开的，要是他爸的骨殖重新落葬，还可以来叫我。"

我转脸看他，雪夜里，他的五官很清楚；烟头一明一暗，他的脸也一明一暗。雪还在下，不时有雪花飘进草窝，落在我们的头上、脸上。

半夜里雪就停了。第二天太阳出来了。趁中午最暖时分，我下了井。我们想了个办法：找来一根毛竹，直插井里；我就顺着毛竹，一直潜到井底。冬天的井水真有些暖。井底其实不算小。我很快就摸到了那块西马表。爬到井口，老贵祥赶紧用干布给我擦身，三人还围成一圈，不让别人看见我换裤子。我还没脱呢，四明就大叫："嘿，嘿！你们看，这表还在走，还在走！"

筷 子 问 题

周 波

临下班的时候，东沙给老婆如晶打了电话。东沙说，从今天开始，家里又要重新开张了。如晶在电话那头不明白地问：开张？什么重新开张？东沙补充着说：我要回家吃饭了。东沙还说，过会儿他就去菜场买菜，让如晶回家先收拾碗筷去。

东沙很久没去菜场了，都快忘了菜场大门的朝向。有那么几回，外地的客人想去菜场淘海货，他才陪了去。要是平时，他是压根没想过去菜场的。夫妻俩中午一般都在单位食堂用餐，晚上东沙有太多的公务应酬基本不回家吃饭。至于如晶嘛，大多时间将就着去婆婆家蹭饭。所以，家里的厨房如同花瓶一样成了摆设。

东沙在菜市场逛了半小时才买下几个洋葱和一斤花生米，他小心翼翼地扶着菜篮子，生怕有什么闪失。刚才，他一路东挑西拣始终下不了手，心里敲着小鼓：这人民币咋这么不值钱呢？这菜咋这么贵呢？他也担心着身上带的钱够不够用，两只手不停地交换着在裤袋里摸来摸去。现在他算是知道了，每天吃到肚子里去的东西原来是这么昂贵。之前，他从未想过这个问题。

如晶来电话催了，东沙回话过去说我正在买呢。如晶说：多买些，可以存放在冰箱里。听老婆这么说，他心里咯噔一下，开玩笑说：你是不当家不知柴米贵，你知道鱼多少钱一斤吗？肉多少钱一斤吗？蔬菜多少钱一斤吗？如晶在电话那头笑着说：不知道，可是再贵也得吃也得过日子呀，你不是说家里要重新开张吗？他顿时哑了，心里一阵发怵：是呀，今天才开张，往后的日子还长着呢。

不久，东沙拎着满满一篮子菜回到了家。如晶这会儿正在厨房里收拾。

东沙问：我菜市场都已经转回来了，你怎么还没准备好呀？

如晶摊了摊手，一脸无奈地说：家里的筷子发霉了，我在洗；锅生锈了，我在铲；碗找不到了，正想去买。东沙把一篮子菜放到地上，随后愣了愣问道：碗怎么会没有了，以前不是有很多吗？

如晶说：上次被楼上借走了，没还，我又不能去讨，正愁着呢。

东沙说：楼上也真是的，借了东西怎么可以不还呢。

如晶说：借很久了，我自己也才记起来，估计都忘了。再说平时两家挺要好的，现在去楼上讨碗以为咱们一直记着这事呢，显得小气。唉！若不是你说要重新开张，这借碗的事还真忘了呢。

东沙这时也叹了叹气，说：那些碗还是咱们结婚时候买的，记得不？我和你去上海一百商店挑选回来的，没用过几回呢。

东沙边说边去帮如晶整理厨房，如晶却挡回了他的手。如晶笑着说：我一个人忙活吧，冰箱里的东西都发霉了，酱油霉了，米醋霉了，老酒霉了、白糖结块了、盐巴化水了……

东沙这时突然哈哈大笑起来，说：有趣！有趣！那我看一下油烟机和煤气罐。

如晶眯着眼也笑了起来，说：都坏了，我正在找熟人修呢。

东沙"呃"的一声没了下文，随后他看了看地上的菜篮子，用脚轻轻踢了踢，戏语说：让你们多活一天吧。

如晶还在笑，说：刚才我一直在计算，咱们确实有好长时间没在家用餐了。东沙若有所思地附和道：确实有很长时间了。

修理工来的时候，东沙和如晶正坐在客厅里嗑瓜子吃饼干，夫妻俩说说笑笑地扯起当年度蜜月时的情景。如晶开腔说：当初你和我是两只懒虫，什么都不会。东沙笑着说：天下有很多男人不会烧饭，很少听说女人不会做饭的。如晶说：不会做饭好呀，吃方便面多浪漫呀。东沙说：是哟，都是逼出来的，我也很怀念吃方便面的那些日子。如晶又说：后来我们都忙了，连早餐都顾不上吃，更不用外面有太多的应酬了。东沙抿嘴一笑，道：现在好了，应酬少了，家里又要重新开张了。

第二天是双休日，夫妻俩早早地开始家庭工作。中午时分，东沙先向老婆汇报了自己的劳动成果，他大汗淋漓地叫着：老婆，我洗好新碗和筷子了。如晶在一边也叫起来：老公，我把灶台清理干净了。东沙高兴地走过去，看着眼前锃亮的灶台向如晶竖起了大拇指。如晶也去探个究竟，看见东沙把新碗和筷子摆放得整整齐齐，脱口而出：团结就是力量。

老婆，我们是不是像回到了度蜜月的时候？热气腾腾的饭菜端上了桌，东沙有些感慨地问。

如晶不假思索地说：是的，新的生活要重新开始了，我们这是第二次度蜜月！

东沙握着那双崭新的筷子哈哈大笑起来。

走走走走走啊走

周 波

东沙家里有一只体重秤，每天，他有事没事就会往上站一下。老婆如晶时常打趣：站与不站一个样，瞧你，哪个部位减负了？东沙摸了摸肚皮，感慨着说：话不能这么说，昨晚我不是去打球了吗？瘦了半斤。如晶问：那今晚呢？东沙说：今晚有应酬，又重了八两。如晶笑着说：真的是半斤八两。

那天，东沙又去称体重，待双脚站稳时，意外发现自己暴瘦了一斤。他激动地拉着如晶的手说：整整瘦了一斤呢！如晶在厨房里收拾，听完不冷不热地说：希望能保持下去。东沙很兴奋，悄悄走到老婆身边，说：想知道我怎么瘦下来的吗？如晶看了看他，然后伸出手去摸了摸男人的额头，说：不想。

翌日，东沙把办公室主任找来，说：今天去远一点儿的村。主任说：昨天刚去过一个村，是不是改天更好？东沙说：改什么改，我把运动鞋也从家里带来了。主任只好说：那我去准备车子。东沙说：走着去。主任说：这次路程比昨天远很多。东沙说：远一些才好，乡镇干部不是机关干部，得学会走路，每次车来车往的影响不好。

傍晚时分，走了一天的东沙回到了办公室。当他疲倦地将身子落在藤椅上时，明显感觉比昨天又瘦了。开心的东沙这时提着剪刀开始剪皮带，他曾经也这样剪过。那些细细短短的碎皮条像战利品，东沙揉成一团用纸包好。他希望如晶看到时会问：今天又剪了？他一定会骄傲地扬起头，底气十足地回答：又剪了。

去村里多了，有一回他问主任：镇里有什么情况？主任说：自从您走着走村入户以步代车后，镇里的干部都不敢乘车了，大家都走。东沙哈哈一笑：走走好，日子久了，不光身体能好起来，而且会把工作作风也走好。主任接着说：也有人在反映，说以后镇里这么多车子都闲下来，该咋办？东沙愣了愣说：这是你管的事。

如晶难得表扬了一回自己男人，她笑称东沙的身材最近确实有向正常回归的趋势，看来是走路上瘾的缘故。东沙开心地称现在不仅是走路勤，连老百姓的家务活儿都抢着做，昨天自己就把张阿婆家的一亩稻田收割了呢。如晶心疼地看着丈夫，说：怪不得手上长茧了呢，原来劳力也不少，只是不知道你们镇里的干部是怎么看你的。东沙笑着说：副镇长一级的现在全部学我步行下村，其他同志就更不用说了，个个奋勇当先，最关键的是同志们都说身体好起来了，个别同志的体重比我降得还快。

这天是双休日，东沙独自去了村里。乡间的空气清新，到处弥漫着稻花的香味。在一个僻静处，见四周无人，他忍不住唱了起来：走走走走走啊走，走到九月九……然而，歌声还是引来了好奇的村民，大伙儿围上来：镇长好！东沙难为情地抱拳一笑：你们好！我走走。跨过田埂，东沙心里思忖，自己刚才怎么就唱起来了呢？往后得注意些形象。

那天，有媒体记者突然来找东沙。他当时刚从一个村回来，正在办公室脱那双沾满泥土的运动鞋。记者表明来意，想采访镇里以步代车转变工作作风的情况，其间，还话中有话地套问一年汽车油料费节约的问题。东沙心里咯噔几下，谁向外透露的信息啊？不就走走路吗，竟然也能走出新闻来。东沙最终歉意地婉拒了采访，因为那会儿他脑子里突然出现了家里体重秤的画面，他高高地站在上面。

东沙是镇长，镇长的开会频率肯定多。有一次，会议已发了资料，若是平时，他一般会照稿读完，那天他居然脱稿讲了两个半钟头。从会场里出来，脑门上沁出了一排排汗水。主任跟出来说：镇长，您今天讲话效果真好，所有人听得都觉得有味道。东沙说：是啊，我也觉得很痛快，像走着去了趟村里。主任接着又说：不过当您的办公室主任真难。东沙惊讶地问：为啥？主任笑了笑说：我们写材料怕跟不上您的思路。东沙哈哈一笑说：你写你的，我讲我的。

东沙还是每天有事没事地往体重秤上站，现在，他已经很少去体育馆了。照他的话讲，人的精力体力有限，毕竟还需要劳逸结合，白天有忙不完的工作，晚上还得关注电视新闻，看看书阅阅报。因为天天走步，月月走步，东沙的业余时间已经够丰富了，总算是找到了最佳减肥方法。如晶更是充当了好老婆的角色，在家里专门为东沙设计了一张体重增减变化统计表。在这张表上，夫妻俩发现了一些规律性的东西。比如，只要东沙去了村里，他的体重一定是明显地下降。而上个月，他走村的时候不小心扭了脚，在床上足足躺了两周，他的体重就开始强烈地反弹。东沙为此懊悔得要死，心想这么多天的努力算是白费了。倒是如晶时不时地劝他：没关系，等脚伤好了，再走去村里。

那天，躺在床上还养着伤的东沙找来一支笔，像小时候被老师罚写错别字一样，在白纸上写了 1459 个"减"字。如晶看见了，不解地问：怎么了？东沙伤感着说：四年，1460 天。如晶又问：那怎么了？东沙不吭声，默默地望了望窗外，在最后的第 1460 字上，写了一个大大的"肥"字。

会 议 修 养

赵长春

单位会多。

虽然与以前相比，会议少了许多。可是，在老王的感觉中，会议还是多。其实，好多会是形式大于内容，好像不开会工作就进行不成一样。相反，开大会的事并不重要，重要的事却开小会，有些事不开会也就办了。老王如此总结时，颇有些得意。

不过，该开的会还是要开的。毕竟，老王大小也是个干部。习惯了，要是一天不开上一两个会，老王不知道干什么好，不知道咋打发好。

可是，进入会场，老王就有些着急。就如一些报纸杂志上的文章，谁写的谁看，写谁的谁看，看个位置、标题与大小。与开会相比，讲话者总觉得没有讲够，听会者总觉得时间太慢，慢腾腾的，慢得让人觉得人生是如此漫长。

不过，开会多了，老王就有了会议修养。准确地说，是参加会议的修养。如什么时间鼓掌，什么时间与讲话的领导的目光接触，什么时间在笔记本上做出记录的动作，老王把握得特别准确。还有他脸上的表情，很容易被单位闭路电视台记者的镜头捕捉。记者说，老王很有镜头感，不怯场，表情恰到好处，正是想要的镜头，他刚好表现出来，就如刚好要瞌睡，递上了枕头。所以，每次开会，单位闭路电视台的记者总要先瞄瞄老王的座位。

这些，对于老王的会议修养来说，不过是小儿科。老王还有绝的。开会易困，人人如此，他也一样。不过，他有防困的方法：书空，将书法家的一种练字方法运用到会场。比较来说，书法家是用指头对着天空摹画，老王是用头的摇摆来摹画，他是对着主席台上每一个领导的姓名来摇头晃脑的。领导的姓名都在主席台上摆着，老王一个字一个字地"书空"，用头和颈，横，竖，撇，捺，点，折，弯勾……老王这样时，很像对领导讲话的认同、理解、接受，并且在专心致志。其实，他微闭着眼，进行着浅休息。老王在一次酒后给我说，其实他喜欢开会，这样，可以治疗颈椎病、肩周炎，不掏钱，且休息。

老王有着扎实的会议修养。他不玩手机，静坐，吸纳。吸气，提胸，收腹，缩肛；呼气，下肩，松肚，舒腿。他目光炯炯有神，看着主席台最中间的领导。如此进行后，左右，上下，轮转眼球，盯、瞪、瞅、瞧、瞄、睨、瞟、眯、眨、睃、睇、瞠、瞰、眺，这些与眼有关的动作，他琢磨并实践，区别轻重缓急，体味先人造字时的巧妙处。特别是有个字，表示眼皮跳动，他也练出来了，眼珠不动，眼睫不动，就眼皮动！

会议结束了，老王又能恰到好处回应会场，哗哗地鼓掌，收起笔记本。有一次，我悄悄地从他后面看过去，他什么也没有记，可是，他的样子好像特别在认真地记。

最能体现老王会议修养的，是他的汇报。时间，地点，领导，报告，说得一清二楚。一要高度重视，二要加强领导，三要措施到位，四要注意督察，五要树立典型，六要做好总结……

有一回，上级领导突然来检查工作。作为单位主管，老王汇报得滴水不漏，包括每个数字，能精确到小数点后两位，还有增长速度，与去年、前年的同期相比，老王随手翻一下笔记，哇哇地说出来。领导很满意，一个劲儿地点头。

可是，我知道，他的笔记本上就画着刚才领导做指示时的几句话。粗笔大道，潦草得很。

上级领导走了，作为秘书的我，终于放下一颗心，擦拭着汗水："局长，您怎么记这么清？我也没有给您准备稿子？"

老王嘿嘿一笑，"瞎扯哩！咱咋汇报他咋听，他听了也不懂，嘿嘿！"

我的天！

祖 之 齐

赵长春

祖之齐爱吃鱼。

他吃自己捕捞的鱼。随便用一竹篮，内放碎米、烂菜，置于袁店河的浅滩处，早晨放，中午收；中午放，傍晚收。总有鱼虾多尾，寸长的留下，太小的随即放入水中。将所获鱼虾放入盐水中，鱼虾不胜咸渍，反复吞吐，即可去杂。放锅，放水，放料，放水芹，放大葱，放老豆腐，大火再小火，炖，汤如乳，喷香。

这种吃法，叫"起水鲜"，祖之齐喜欢。有人学，不得要领，特别是提篮时，总是一场空，水哗哗地出篮，无他。就有人说他前世是河神，和河伯有交情。对此，有例为证。某天，有友携酒来玩，想吃"起水鲜"，时间不及。祖之齐就站立河边，望着河面，笑逐颜开："吾有友来，敢不献鲜鱼一条？"话毕，一尺把长的鱼儿跃起，跳落岸上，尾摆青草，似有殷勤之意。不过，在朋友的惊诧中，祖之齐哈哈大笑，投鱼入水，就用炸芫荽、凉拌水芹佐"袁店黄"，喝了个痛快。

祖之齐不务正业，直到现在人们还这样传说着他。祖之齐就一间房，在袁店河岸边，是废弃的荒窑。他不积产业，也不问世事，唯有一件，沿河上下，跑来跑去，搜罗老书旧刊。

袁店河有句俗语：穷拾柴火富拾粪，小买卖是瞎胡混。可是，祖之齐拾粪，拾了，送进他的园子里，就是荒废的窑田。烧了砖瓦后，成了坑，料礓石，死土，没有人种了。他种，在水淤积出来的薄土弱壤上，菜、庄稼，一片一片的。他说，种种就成熟地了。一片一片的地，他很上心，就去拾粪。

袁店河临着官道，骡马多，一个又一个驮队，铃铛声声。老柳树下，祖之齐舍茶。临河，有的是水和柴，清明的柳叶子为茶叶，供往来的驮子们打尖、喝茶。人一停，骡、马、驴、驼，也歇，吃草，反刍。肚子里呼噜呼噜响，不一会儿，牲口们比着哼吭乱叫，十分痛快地屙尿。粪尿归祖之齐。

在别人眼里，用这些粪尿肥田，算是祖之齐的一个正事儿。田里出的菜、庄稼，祖之齐稍供自己吃喝后，就送到了镇上和城里。镇上用的，主要是袁镇长家。城里用的，有县长，有民团团长、警察局局长，还有国民党县党部主任。主任姓肖，南京政府派来的，督察全县戡乱。祖之齐看的杂书多，关于本县的风土人情，关于县城的典故，关于袁店河的传说，肖主任感兴趣，问这问那，问多了，就熟了。熟了，肖主任就让手下付给祖之齐高的酬金。

自由出入镇上、县里，人们说，祖之齐是个人物。

祖之齐一笑，只管送菜、送粮，有时，跑到南阳，给袁镇长在南阳女师读书的女儿送秋后的柿子、花生，送煮熟的春玉米。回来，祖之齐会带着一些书报，在自己的破窑里看，深夜还亮着灯。人们问他看啥，包括袁镇长，他往人家眼前一摊："古今，好看。"无非是些笔记体的文言小说集，包括《良友》画报，封面是上海女郎，骑单车，穿旗袍，叉开得很高，腿白，晃眼。

祖之齐的破窑前是一大片坟地，中有义坟。埋的多是路倒、溺亡、痪毙、早夭、喝药、上吊而死者。人们说那里阴气重，半夜还有磷火，不敢去。祖之齐敢去。有一回，放羊的袁三见他带了饭菜进去。祖之齐说："死人托梦，要我供饭。要不，咱一块儿去吧？"

袁三脸一白，不敢不敢。

刘邓大军解放南阳前，祖之齐去南阳、进县城，包括到镇上，次数多了，好像顾不得拾粪了。他的破窑里，灯火亮得更晚，义坟里，好像人影幢幢。有天傍晚，祖之齐给袁镇长送菜后，手里掂着几个橘子，往后花园里走，听到袁镇长在与肖主任的副官说话，什么袁店河的地下党活动厉害，晚上在丰山寺开会，"务必打尽"云云。听完，他回身要走，却被副官叫住了。袁镇长转身，一愣，皱了眉："你？干啥？"

祖之齐就扬扬手中的橘子，冲袁镇长说："我给少爷送鲜果，从南阳带回来的。"说得不慌不忙。

过了几天，袁镇长带人围了破窑，还有那个副官，找祖之齐。把树林搜了个遍，也找不到。

祖之齐就从袁店河上消失了……

后来，解放了，南阳烈士陵园里，有一墓，碑刻"祖之齐烈士之墓"，衣冠冢。烈士展览馆里，有祖之齐的照片和事迹："……南阳解放前，作为地下党员的他，多次送递情报，为南阳解放做出了巨大贡献。后不幸暴露，被南阳守敌王凌云杀害于南阳西关。"

是他吗？是袁店河的祖之齐吗？

毕业后在南阳女师留校任教的袁镇长的女儿，多次来陵园，悄悄地看，悄悄地问，在心里。

她觉得，祖之齐怎么也不像个地下党员。

关于韩祺的另一个版本

谢大立

韩祺是陈世美派去追杀秦香莲母子的武士。这段戏世人皆知。武士韩祺不忍对孤儿寡母下手，经过一番痛苦的思想斗争，自刎身亡。可是在秦香莲的故乡，十堰六里坪，却有一个有关韩祺的另一个版本。

　　韩祺在那里是没有名字的。那里的人们说，秦香莲母子被陈世美发现后，陈即派刽子手追杀，被派出来追杀孤儿寡母的不是刽子手是啥？陈世美是坏人，被坏人派出来杀人的人肯定是坏人的心腹，肯定不会是好人。

　　刽子手都是没有人性的，他们靠杀人营生，就像山民靠打猎为生一样。刽子手能杀一个人，就像猎人能打到一只兔子。那个被陈世美派去追杀秦香莲母子的刽子手，见到孤儿寡母，就像一只猫捉到一窝老的老小的小根本没有逃跑能力的老鼠，是要戏弄一番的。

　　那个陈世美派去的刽子手对秦香莲母子说，你们知道我是来干什么的吗？

　　秦香莲搂住两个孩子哭，生离死别一般哭。孤儿寡母，荒郊野外，被丈夫派来追杀的刽子手逮住，不生离也得死别了。

　　秦香莲的儿子春哥，帮母亲擦擦眼泪说，娘你别哭，用不着把眼泪流出来让这种人看。他又对刽子手说，你什么意思，是不是要我们猜你是来干什么的？

　　刽子手说，问你们嘛，当然是让你们猜。

　　春哥说，我们猜对了又怎么样？猜错了又怎么样？猜对了你是不是就放了我们？

　　刽子手哈哈大笑。

　　春哥打断他的笑说，我可要猜了，你是来杀我们的……

　　刽子手举起刀子说，你说对了，我就是来杀你们的……

　　春哥呵斥他说，放下你的屠刀，我猜对了，你还要杀我们？

　　刽子手的刀，在空中僵住了，眉头也慢慢皱起了，自言自语说，对呀，我杀了你们，那这孩子就猜对了，就应该放他们走。可是，如果放他们走，那他猜错了，就应该杀掉他们，杀了他们，他又猜对了……

　　刽子手的眉头越皱越紧，说，这是个难题，你让我好好想想。

　　春哥说，你慢慢想。他指着地上的两块石头说，算不过来，你可以借这两块石头来算，一块是你，一块是我们……

　　刽子手说，这个主意好。便把刀放到地上，来回搬弄两块石头，说，这块是你们，这块是我，我放你们走了，你们猜错了，我就该杀了你们；杀了你们，你们又猜对了……

　　春哥一边说，不对，这块是我们，这块是你，你要杀了我们，我就猜对了，就应该放我们走……

　　刽子手的眉头简直拧成一个疙瘩了，说，你这一弄，我更糊涂了，头都疼起来了，你们到那边待着去，让我好好算算。我杀了他们，那他们就猜对了，我就应该放他们走。如果放他们走，他们猜错了，就应该杀掉他们，杀了他们，他们又猜对了……

……春哥拉起他的母亲和妹妹，乘机溜之大吉。

我听说这个故事，是在 1980 年，我是为收集民间故事到那个小山村的。给我讲这个故事的，是一个百岁老人，讲完后他对我说，我领你们到山里去看两幅画。

那是一面石壁，石壁上确实有两幅画，一幅是一个肥头大耳的男人蹲在地上来回倒腾着两块石头，他的身后放着刀，他的侧面，一个少妇领着一男一女两个孩子渐行渐远。那无疑是记录的当时的情景。还有一幅，是一位骑在马上的威武将军，他的身后跟着千军万马。

老人先指着威武将军对我们说，这就是春哥，春哥当将军抗金兵，为国家立下汗马功劳的事你们文化人都是知道的……又指着那个刽子手说，这个老兄是谁你们听了我讲的故事也应该清楚了，他在这里搬这两块石头算那笔账有几百年了吧！你们是文化人，想必你们能算清这笔账，帮帮这个可怜人……

我们就摆起了龙门阵，让我们其中的一位当刽子手，三位当秦香莲和她那一对儿女。一边说，你杀了我们，我们猜对了，你应该放我们走……另一边说，如果放你们走，你们猜错了，就应该杀掉你们，可是杀掉你们，你们又猜对了……

摆了半天，总觉得没有摆清楚。

老者最后说，这是智慧，要不，我们这里会出春哥这个统领千军万马的将军？

鬼子来了

谢大立

断水已是第三天了，还是在沙漠的深处。

小战士不停地对老班长说，我感觉身上的东西越来越重了，实在是一步也走不动了。

老班长说，走不动也得走！

小战士说，那我们把身上的东西扔掉些再走吧？

老班长说，你要扔掉什么，你的身上有什么东西可以扔掉的？

小战士说，用不上的东西，重的东西……

老班长瞪一眼小战士，看看四周，大喊一声说，鬼子来了！然后拔腿就跑。

小战士惊慌地跟着老班长拼命地跑。

他们一口气翻过了横在面前的沙丘，顺着坡往下滚，躺到了一个水洼里。

水！小战士惊喜地叫。

老班长的脸上也开花般地笑。两人趴在水窝里一阵牛饮后，老班长说，你不是一步也走不动了吗，跑起来怎么比我还快？

小战士说，打不过就跑，这可是毛主席说的。又说，鬼子呢？你不会是骗我的吧？

老班长说，不骗你，你怎么会跑，我们又怎么能找到水……

小战士打断老班长的话说，原来你真是骗我的……

老班长说，那不是骗，那是在告诉你，鬼子时刻都有可能出现，我们的心里必须时刻都有鬼子，才能保存自己。保存自己才能战胜敌人，也是毛主席说的。

水喝饱，水壶装满水后，小战士再次对老班长说，我们虽然不渴了，但饿，要不把身上的东西扔掉些走快点儿，必须抢在鬼子的前头从沙漠里走出去，不然我们即使不死在这沙漠里，也会死在鬼子手里……说着，小战士坐到地上，把枪往沙里塞，把腰里的子弹袋卸下来也往沙里塞……老班长说，你要干啥？

小战士说，你不是说保存自己才能战胜敌人吗？这些东西日后还可以找回去，人不在了，这些东西即使带到了阴间，又有什么意义呢？

老班长又一声吼叫说，鬼子来了！

小战士没像刚才那样爬起来就跑，反而十分不屑地一歪嘴说，你干脆说狼来了吧，狼来了的故事你听说过吗？

老班长说，起立，跑！鬼子比狼还残忍，我们的心里必须时刻装有鬼子的残忍……

话没说完，叭的一声枪响从远处传来，老班长一声卧倒，扑向小战士，把小战士压在了自己的身下。

小战士懂得，这是老班长为了保护他。

在趴在沙地上看枪响的地方，他们看到了五个鬼子。

他们在沙漠里和这五个鬼子纠缠得很苦。为了保护大部队的转移，他们连奉命把一个团的日本兵往沙漠深处引。在沙漠的深处，鬼子一个团的兵力一天天减少，最后剩下来五个，他们一个连也就剩下了他们两个，双方就在沙漠里玩开了猫捉老鼠的游戏。老班长说，他们五个我们两个，现在他们是猫，我们是老鼠，直到有一天我们战胜了他们，把他们变成老鼠。小战士就在老班长的带领下，和这五个鬼子兵在沙漠里兜起了圈子。

五个鬼子兵从老远的沙丘上居高临下地朝他们扑来。老班长和小战士爬上沙丘，对敌人形成居高临下之势。五个鬼子兵似乎根本不把他们当回事，虽然处在地理的劣势，还是一边扫射，一边直奔他们下方的水洼地。老班长一边指挥小战士射击，一边说，他们是冲水来的，想占领水源，如若让他们喝上水，于我们就大大地不利了。

五个鬼子兵，直到其中的一个倒下，才开始重视他们。卧倒，匍匐前行，两个人前行，两个人掩护。只要他和老班长一露头，就有子弹射过来。经过半个小时的战斗，他们虽然靠着有利地势消灭了两个敌人，老班长却受了重伤。

最后，老班长在撂倒又一个敌人后，不行了，把枪和腰里的一颗手榴弹交到小战士的手里说：记住孩子，一个战士，心里必须时刻装着自己的敌人，任何时候，战士是不能放下自己手中的枪的，战士要保存自己只有靠手中的枪，国家要存在于世必须靠自己的部队，部队是国家手里的枪。我们先前所做的事，就是为了保存我们的大部队……枪里的子弹是跟鬼子周旋的，手榴弹是供你与敌人同归于尽的……

老班长说完，闭上了眼睛。

小战士以一对三，和敌人一阵周旋后，见敌人喝水心切，佯装死去。敌人把喝水当成重中之重，连检验他是否真的死了也顾不上，就趴在水坑里牛一样地饮起来。小战士就在敌人毫无防备的情况下扔下了那颗手榴弹。

战斗结束，小战士解下敌人身上的弹药，背到自己的身上继续前行，饥渴几度让他昏倒，他几次想卸下身上的负担轻装前行，几次都听到老班长在他的耳边喊鬼子来了，他硬是在很多天后的某一天，全副武装地从沙漠里走了出来。

这个故事，是我们进沙漠执行任务时，我们连长给我们讲的。连长讲完后对我们说，这个故事里的小战士就是我，我今天能站在这里给你们讲这些，得益于什么你们明白吗？

我们异口同声地说，鬼子来了！说完后是笑，笑后是久久的沉思。

麦　　地

袁有江

老人披一件脏兮兮、蓝白相间的校服，站在雨棚下盯着他。他脚边放着一个瘪下去的尿素袋子，稍远处有个小化粪池。

临近家门时，他发现走错了路。在离前面村庄一百米左右的地方，窄窄的水泥路，突然齐崭崭地断了。没腿肚子的麦苗，隔断了归途。

他沿着麦地间的小径，深一脚浅一脚地朝老人走去。

大叔你好，在忙着给麦子撒肥料呢？

乖乖，我看你那车怕是过不来了。这边路没修通。

这块小麦是你家的吧？长得真好。大叔是好把式啊。

听口音，你就是我们这儿的人吧？刚从外地回来？

后天清明了。很久没回来，我不知道这路不通。

你是哪庄上的？

袁家湾的。

哦，那就在我们庄后头。老人掖了掖披在身上的衣服问，清明回来上坟？

是啊。大叔，我记得以前这庄上有条跑客车的石子路，还在吗？他朝庄上望去。一条灰白的路梢，隐没在不远处一栋平房的后面。

在倒是在，就是被拉沙车轧坏了，烂得不像样。

应该还能过车吧？他目测着路的宽度。大叔，我急着要赶回家吃饭。想从你家麦地借过行不？轧掉的麦子，我补你钱。

车开不过来吧？麦子深，地又潮，会陷在里面。老人看看麦地，你只有倒回去了。

大叔，我的是越野车，底盘能升高的。要是陷在里面，我自己负责。

要是陷在里面，这块地就被祸害了。

弄坏的麦子我全赔。好不好？

老人看看麦子，又看看他，一脸的为难。

你不能倒回去从那边路走吗？

路窄，也怕遇到车。估计倒回去就下午了。就算您老帮个忙，钱我先给你。反正你种麦子也是为了卖钱嘛。

老人目测着车到他跟前的距离，走到麦地边，抓了一把泥土，在手心里碾磨着。你看，土都是湿的，车会陷在里面的。

稀薄的雾纱渐渐散去，阳光普照下来。娘该在家等急了，本来说好回家赶午饭的。兄弟姐妹们今天都来家里，专等着和他一起吃午饭。他正想着，娘的电话打来了。娘说一桌人都在等他开饭。他跟娘说，我马上就到。

接完电话，他看着老人说，大叔，损坏你多少麦子我赔多少。他掏出钱包，数了一千元钱往老人手里塞。老人像对着一个烫手的山芋，迟迟不伸手。他将钱硬塞进老人的口袋。

大叔你穿校服啊？

小孙女的。老人尴尬地笑笑，丢了可惜，挡挡寒。

大叔，你的孩子们清明没回来？

呵呵，等我死了，他们就回来给我上坟喽。

你小孩都在外干大事，忙着呢。他捏着车钥匙，开始心急火燎起来。

大叔，你就行个好吧。我娘打电话催我了。

唉，你去开吧。老人摸摸口袋里的一沓钱，想着孙女这学期的生活费够了。他又看看那些水绿葱嫩的麦苗说，你尽量走直点儿，不要轧掉多了。

他启动车子，升高底盘。眼前的麦地，让他突然有种莫名的兴奋。自打买了这辆越野车，还从来没越过野地。他打到四驱模式，一档，将轰鸣着的路虎开进了麦地。厚重宽大的轮胎，摧枯拉朽地压倒麦苗。车后现出两条轨道般的辙。

他穿越麦地时，老人赤着脚也下了麦地，跟在他车旁边，不停地冲他喊，慢一点儿，轻一点儿。那手足无措的样子，好像在呵斥一头闯进麦地的野猪。

总算过来了。他停下车，拿出一包烟，想送给老人。

老人出神地看他刚刚压过的车辙，突然喊住他，你不能走！轧掉太多了。

老人快步走到田边，蹲在车辙前。他颤抖着青筋暴突的手，从泥土里扶起一根压扁的麦苗，接着又扶起另一根……那小心翼翼的样子，像是在扶起一个个刚被车撞到的娃娃。

大叔，我们不是事先说好的吗？他递过烟。

老人没接他的烟，自顾自地嘟囔着，不兴这样祸害庄稼的。你赔我麦子……老人干瘪的眼窝里，慢慢蓄满了泪水。他扶着几根压扁的麦苗，半晌不语。

要不然，我再多给你点儿钱。反正你种麦子是要卖钱的。

老人终于哆嗦着站起来说，我伺候了一冬一春的麦子，糟蹋了。真心疼啊。老人抹了一把鼻涕，干笑着说，是我答应的。不怪你。你回家吧。都怪我自己。我真浑。

清明节的下午。细雨迷蒙。一位披着雨衣的老人，循着车辙，找到了他家门口。他出门一看，正是前天轧过他麦地的老人。老人是来还他钱的。老人说，那些麦子，我一棵棵扶过，一大半都能在这场雨里活过来。小孙女的生活费儿子寄来了。这钱我不能收你的。

老人说完，将一沓包在塑料纸里的钱，小心翼翼地递到他的手心，转身走了出去。

突　出

袁有江

　　孙局长近来腰疼频发，经常龇牙咧嘴地半躺在沙发上，双手按着腰部呻吟。

　　想以前当科长的时候，他健壮得像一头公牛。白天东跑西奔，根本不知道什么叫累。晚上一仰脖子，半斤茅台下去，根本不知道什么叫醉。唱完"下半场"节目，通常都是凌晨一两点，也不知道什么叫不够睡。现在倒好，三两花雕酒抿下去，已是昏昏欲睡。

　　医生说他的腰疼是典型的椎间盘突出，并嘱咐他平时要多运动。他想了许多种运动方式，最终决定骑单车上班。这运动既靠得住，也符合当前的官员平民化生态。

　　告别骑单车上班有二十多年了。这回突然骑上单车，技术还没忘，他感觉很兴奋。第一天骑车上班起了个大早，七点挂零就到了单位门口。按照单位的作息时间，他提前到了半小时，各科室都还沉浸在睡梦里。

　　他支好车子去拍值班室窗子，喊保安开门。

　　一个保安打开窗子，睡眼惺忪地打量了他好一会儿，问，你是谁？有什么事？他看了看保安，是一张新面孔。大概是新招的保安，不认识他。他突然很想看看保安在不知道他身份的情况下，怎么打发他？

　　他沉默了一会儿，笑笑说，你是新来的吧？我找你们局长。

　　局长哪有这么早上班的？保安皱着眉头说完，推上窗子呵斥他，你等会儿再来吧！

　　他又轻轻地敲开窗子说，那我找你们科长行不行？

　　各科室都没上班，你找我们科长什么事？保安简洁地说完，转身坐下。看也不想看他。

　　你帮我打个电话找一下。

　　不行。我就是一个保安，现在打科长电话不是找骂吗？你到底是干什么的？没事不要在这里纠缠。保安不耐烦地推上窗子，又转身坐下。好像起得早了，想再眯一会儿。

　　他只好隔着玻璃比画，见保安很不高兴地转头看他，许久才没好气地站起来，"扑通"一声拉开窗子，厉声质问道，你到底要干什么？

　　我是在这里上班的，我是你们局长。

　　保安上下打量了他几眼，又看看他的单车，突然眼睛一亮，讥笑说，你一会儿说找我们局长，一会儿又说是我们局长，看你的样子是搞业务的吧？我告诉你，我虽然在这里是第一天上班，但我以前做了好几年保安。局长有骑单车上班的吗？昨天安排我上班的时候，我们科长就已经告诉我局长车号了……

我知道你们局长的车号。

我们局长的车号知道的人多了，知道他车号的都是我们局长？！

我有你们局长手机，万一你们局长不开车呢？

听他这样说，保安半信半疑，犹豫着看了他一会儿说，要不你等下，我打电话问问。保安转身打电话给科长。他静等着保安打电话，心里有些不是滋味。

对不起啊大局长！保安打完电话又神气起来，挑起眉毛对他说，科长说我们局长不可能骑单车，也不可能这么早上班。你就在外面慢慢地当局长吧……

他皱着眉头，摸出手机打电话。他和科长说完后将电话递给保安，保安紧张地接过电话。不知道科长跟保安说了什么，只见保安忙不迭地点头，脸马上涨红了，背仿佛也驼了。接完后就连声对他说"对不起"，双手颤抖着将电话递给他，跑去开门，出来帮他推车。

他接过自行车的时候，保安弯腰站在旁边给他行礼，连说"对不起"。他拍拍保安的肩膀说，不怪你，你是认真负责的。保安拘谨得眼睛都不敢正视他。

这种误会本来就是茶余饭后的一个笑料。当他笑着跟刘秘书聊这件事的时候，刘秘书告诉他科长已经解雇了这名保安。他问为什么。刘秘书说科长觉得这保安太死板，不够机灵，不适宜在发展改革局守门。

就因为这点儿事？科长也太计较了吧？他沉下脸色。

刘秘书接着说，是啊，本来是一个很好的"列宁和卫兵"的故事，不过……刘秘书欲言又止。

别吞吞吐吐的，有话就直说。

其实那保安是李副局长的侄子，是科长安排进来的，他没让告诉你。

哦，这样啊。那现在这保安去哪里了？

孙局，这事你就不用操心了。科长自有安排。

小刘啊，你跟科长打声招呼，别怪保安。将我的自行车送给那名保安吧。

那你以后不锻炼了？

锻炼什么，骑车我的腰更疼。孙局长突然觉得腰酸背疼，轻轻落在沙发上，指使小刘给他泡杯茶。他想闭目养神一会儿。

桃　源

周海亮

　　小时候，她是一个漂亮的女孩。她的眼睛很大，眉毛很弯，唇角很翘，笑起来如同一汪清澈见底的泉。大人们都喜欢逗她，更喜欢听她泉水叮咚般的笑声。

　　幼儿园里，每逢合唱，她总是排在第一排，站到最显眼的位置。便有看节目的大人们惊呼：

　　看，那个漂亮的小女孩！

　　她是漂亮的小女孩，她习惯了这样的夸奖。

　　长大些，那些夸奖就少了，对着镜子看，镜子里面的自己的确稍稍变了模样。

　　眼睛仍然很大，却不似以前那般黑；眉毛仍然很弯，却不似以前那般细；唇角仍然很翘，却不似以前那般调皮；笑起来，泉水叮咚的声音，愈来愈淡。

　　那时她上着小学，她想自己也许过多模仿了同学的表情。模仿得太多，她的模样就变了，声音就变了。近墨者黑的道理，她懂，却没有用。

　　待上大学时，她发现自己不仅变得不漂亮了，而且一天天变得丑陋。她的眉毛变粗变浓，眼睛大而无神，表情开始呆滞，笑起来时，连自己都觉得难听。并且那笑声里，早已彻底找不到泉水叮咚的感觉。

　　她怕了，因为她早已不再模仿别人，仍然一天天变丑，她找不到其他原因。

　　毕业以后，她接触到更多的人、更多的事。每天她都要接她不想接的电话，见她不想见的人，做她不想做的事，就像一个高速旋转的陀螺。

　　她不怕这些事，却怕照镜子。每一天，镜子里的自己都在变丑。现在她的眼睛混浊，唇角下垂，眉毛无精打采，脸色暗淡无光。笑呢？已经很久都没有听到自己笑了。

　　更可怕的是，她发现周围的人开始不喜欢她，甚至讨厌她。就算听不到他们背地里的议论，她也可以猜到。

　　他们肯定会说：这个丑女人！这个粗俗的丑女人！即使她认为自己并不粗俗，可是很多时候，对世人来说，丑必然伴随着粗俗。

　　她渐渐与所有人格格不入。

　　她的生活变得一团糟，最后，一个个好友都离她而去，相恋多年的男友将她抛弃。然后她失去工作，甚至失去亲人的呵护。喧嚣的城市，繁华的世间，似乎与她再无关系。

　　她万念俱灰，只想死去。

她找到一处世外桃源，想在那里结束生命。她在那里住了一天，自杀的念头开始动摇；住了三天，她对人世间开始有了留恋；住到第十天，她想，自己为什么不在这里继续生活下去呢？

这里山清水秀，鸡犬相闻，没有书籍、报刊、电视、汽车、网络、股票……没有不想接的电话，没有不想见的人，没有人逼她做不想做的事情。

更重要的是，这里没有各种各样的价值观，也没有人在意她的丑陋。他们只关心阳光、绿树、蔬菜、粮食、花朵和蜜蜂，他们对她漠不关心。

漠不关心，便是极大的尊重了吧。

她种蔬菜，饮山泉，饲养家禽和家畜，在大树下打盹儿或者在草地上晒太阳。她很满意当下的生活，喜欢这样的地方。

突然，某一天，她发现自己似乎变得漂亮了。她臃肿的腰身开始变细，皮肤慢慢有了光泽；她的鱼尾纹开始减少，眼珠开始发光，唇角开始上翘。虽然她的笑声仍然不那么清脆，但是能够笑了，已经足以令她开心。她开始观察周围的人们，模仿他们的表情，复制他们的生活。她想变得漂亮些，再漂亮些。

她用三年完成了她的奇迹，三年以后，她终于变得惊艳。她的眼睛很黑，眉毛很弯，唇角很翘，腰身很细，皮肤很白，笑起来如同一汪清澈见底的泉。她看着水中妩媚的倒影，她爱上了自己。

她开始不再满足于现今的生活，现今的生活无比安静，让她的美貌百无一用。周围的人们只关心阳光、空气、绿树、蔬菜、粮食、花朵和蜜蜂，他们对她熟视无睹。

熟视无睹，对一个年轻美貌的女人来说，便是极大的伤害了吧。

两年以后，她决定回到繁华喧嚣的都市。她如此美丽，她相信所有人都会喜欢自己。

事实果然如此，在都市里，很长一段时间，无论她走到哪里，都有一种大家对她众星捧月的感觉。然而一段时间以后，她发现一切再次慢慢变回到老样子。

她再一次被各种各样的书籍、电视、汽车、网络、股票所包围，每天她都要接不想接的电话，见不想见的人，做不想做的事，扮不喜欢扮的表情，想不喜欢想的心事……

她无比悲哀地发现，她又开始变丑。她的眼睛混浊，唇角下垂，眉毛无精打采，皮肤也暗淡无光，身材开始臃肿。更可怕的是，她已经太久没有听到自己的笑声……

羊 的 进 化

周海亮

羊们总是受狼们的欺负凌辱，直至羊命不保。羊们认为这是个关系到种群的大问题，它们必须进化成一种更高级的羊，才能逃脱被狼欺负和吃掉的命运。

羊们凑到一起，大会小会地开了好几年。最后羊们得出结论，问题的根源在于羊跑得不快。假如羊能够跑得过狼，狼就拿它们没有了办法。

羊们开始练习奔跑的速度。从早到晚，每一只羊都玩命地奔跑。渐渐地，它们的四条腿变得修长，肌肉变得强健。它们将奔跑的速度变成了基因，遗传给了一代又一代。几万年过去，羊们终于跑得过狼了。

可是它们发现，这解决不了问题。狼仍然在欺负着羊，羊遇到狼，仍然会性命不保。

羊们再一次凑到一起，大会小会地开了好几年。最后羊们得出结论，羊之所以还怕狼，是因为大多数时候，它们的警觉性并不高。假如它们能够时刻保持警觉，狼肯定奈何不了它们。羊们开始了警觉性练习。

从早到晚，无论吃饭还是睡觉，每一只羊都保持着高度的警觉。它们将这种警觉变成常态，又变成基因，一代又一代地遗传。几万年过去，羊们终于练就了兔子的本领。

可是它们发现，这还是解决不了问题。狼仍然可以轻易地抓到它们，让它们受尽侮辱，直至性命不保。

羊们不得不再一次凑到一起，大会小会地开了好几年。最后羊们得出结论，导致它们仍然怕狼的原因是因为皮毛。羊是白色的，狼是灰色的，而它们共处的这个草原也是灰色的。灰色可以隐藏，白色却总是会明显地突兀出来。因此，就算它们再警觉，跑得再快，也尽在狼的掌握之中。

羊们开始了改变皮毛颜色的进化。这是一个漫长并且艰难的过程，每一只羊在每一天里都要在心里重复无数次：我的皮毛是灰色的，我的皮毛是灰色的……功夫不负有心羊，又几万年过去，羊们终于变成与狼一样的颜色。

可是它们发现，这仍然解决不了问题。狼仍然可以轻易地将它们找到，让它们受气受伤，直至羊命不保。

羊们再一次凑到一起，大会小会地开了好几年。最后羊们得出结论：这之前，它们的进化走了弯路。其实它们只需进化出狼那样宽阔的嘴巴和锋利的牙齿就可以了。有了狼的嘴巴和牙齿，它们为什么还要怕狼呢？遇上狼，与之搏斗一番，便可以了。

于是羊们开始了嘴巴和牙齿的进化。不仅如此，它们还顺便进化出狼的听觉、嗅觉以及视觉。可是它们无奈并且悲哀地发现，这仍然解决不了问题。当遇上狼，它们还是会魂飞魄散，四下逃命。总会有跑得不快的羊成为狼的猎物。而当它们不得不与狼搏斗时，羊们发现，在狼面前，哪怕是最强壮的羊，也不堪一击。

羊们不得不再一次凑到一起，大会小会地开了好几年。最后，羊们做出一个万无一失的决定：若想彻底不受狼的欺负，它们不仅要进化狼的速度、狼的警觉、狼的颜色、狼的宽阔的嘴巴和锋利的牙齿，还必须进化出狼的凶残。只有进化出狼的凶残，才能够彻底不怕狼。

进化虽然无比漫长，但几万年过去，所有的羊都做到了。它们一改羊的温顺，变得比狼还要凶残。然后，它们将凶残的基因遗传给一代又一代，直至它们终于不再怕狼。并且，它们不仅不再怕狼，还开始喜欢狼，亲近狼。而遇到尚未进化的羊，它们就会狼性大发，先将它们抓住，然后欺负，最后将它们残忍地吃掉。

直到这时，羊们才无奈地发现，它们不是进化成了更高级的羊，而是进化成了最标准的狼。世界上所有的狼都是这样进化出来的，世界上所有的凶残也都是这样进化出来的。

嘴巴里的栅栏

游　睿

余轻骑属于官二代。余轻骑的父亲余博彦在一个机关当过几年二把手，虽然现在已经当了副调研员，但毕竟是小圈子里有些影响的人物。有同事早就给余轻骑预言说，你呀，你爹迟早会为你拼一把，把你拼上领导岗位。

余轻骑一直嗤之以鼻。

余轻骑嘴里有一颗往外歪着长的牙。这牙本无伤大雅，吃饭说话丝毫不受影响，只有在余轻骑哈哈大笑的时候，细心的人才会发现他的嘴里长着一颗几乎横着生长的牙齿。

事实上，无论是在单位还是在家里，余轻骑都是一个不爱打哈哈的人，余轻骑自己明白，不是他不愿意开怀大笑，而是他不能把缺点轻易暴露在别人面前。只要不大笑，其他人就看不到他这颗牙。

不大笑，并不是不笑。微笑和捧嘴笑自然是可以的。在单位里，余轻骑并不是一个压抑的人，相反，除了不能大笑外，他算得上是一个很阳光的人。到单位几年来，余轻骑和各科室交流甚多，午休时刻，工作之余，余轻骑总爱到其他科室串串门，无话不谈的同事也有一大批。在这些同事间，有什么事情一打听也就清楚了。当然，也总有同事们喜欢和余轻骑交流，也向他打听一些事情。一来二去，单位里的大事小事糗事就在余轻骑们之间传开了。

这天下班回家，父亲余博彦正在客厅里看电视。余轻骑凑近一看，不禁笑起来，原来余博彦在津津有味地看一部低幼段的动画片。这一笑，引起了余博彦的注意。

余博彦关了电视，说，你从小就不听话，换牙的时候叫你别用舌头去顶新牙，现在好了，横着一颗牙，多难看啊。

余轻骑哑然失笑，脸僵住了。半晌才说，您怎么看动画片呢？

还有几个星期我就退休了，看看动画片乐呵一下。余博彦叹了口气说，我老了，也就这样了。

刚60就喊老，其实也就算中年。余轻骑说，我们单位有个副局长，就比您小两岁，前几天离婚了，还打算娶个20多岁的姑娘呢。

余博彦摆了摆手，说，老了就是老了。轻骑啊，你那颗牙真不好看，我给你约了个牙医，一会儿就到家里来给你看看。

这么急？余轻骑觉得很突然。其实以前他也打算去把牙齿处理一下，但想想这么多年已经习惯了，也就没放在心上。

也就是刚好碰到了，是我的一个朋友，老牙医了。其实人家平时很忙的，今天正好有空到家里来叙叙旧。余博彦说。

晚饭后，老牙医如约而至。在余轻骑嘴里一阵捣弄之后，牙医最后提出了牙齿矫正方案：装牙套。不疼、自然，一年后去掉牙套，一口牙齿就漂亮了。

余博彦最后把关，说那就给他装牙套。余轻骑也没过多考虑，应了。

一副钢牙套就套在了余轻骑的牙齿上。余轻骑觉得浑身不自然，赶紧到镜子前一看，顿时后悔不已。这牙套装上以后，只要一张嘴，牙套立刻就暴露无遗。冰冷发黑的牙套与雪白的牙齿形成鲜明的对比，好似涂了一层黑黑的牙垢在上面。余轻骑觉得自己立刻变丑了许多。

我得把牙套拆了。余轻骑说。

由不得你！余博彦竟然有些生气，说，你小时候不听话让牙齿变了形，现在还能不听话把它矫正过来？你都30岁了，还小？

这不关年龄的事。余轻骑说，我根本不适合戴这个。

忍一忍就过去了，一年时间嘛。余博彦说，就这样，不许拆！

　　余轻骑拗不过父亲，牙套最终没能取下来。但从此余轻骑却多了个巨大的负担。以前横着一颗牙，最多也就是不能哈哈大笑而已，现在余轻骑只要一说话，暴露的就是一口牙。很长一段时间里，余轻骑只要一张嘴，立刻就意识到了牙套，想到牙套，就不得不闭上嘴。

　　余轻骑为此烦恼无比。许多次他都想偷偷地把牙套弄掉，但想一想也就一年时间，加上碍于父亲的颜面，忍一忍就好了，他又努力说服自己放弃。

　　一年之后。

　　这天晚上，已经退休的余博彦宴请余轻骑单位的一把手吃饭。餐桌上，余博彦携余轻骑举杯敬酒，对方连忙起身说，老领导不必客气，轻骑觉悟很高，近一年来不断追求进步，处事成熟稳重，我们都看在眼里，这次任命他为科长，水到渠成而已。

　　饭后，父子二人徒步回家。途中，余轻骑突然拉住余博彦的手说，爸爸，我现在终于明白你的一番苦心：谢谢您。

　　余博彦笑了笑，拍拍他的肩膀说，你现在可以去把牙套卸掉了。

　　不。余轻骑说，当了科长，更用得着。

如　芽

游　睿

　　接连几天，都有人来买树。无一例外，都是冲着那一棵金桂来的。经过他这些年的精心培育，眼前这棵金桂早已郁郁葱葱，每到八月，花香四溢，很是引人。

　　他很纳闷。树已经栽了多年，以前从无人问津，为何这段时间频频有人来买？他思考再三，才想起给儿子通个电话。树由儿子当年所栽，卖与不卖，还是应该征求儿子的意见。

　　电话接通，瞬间被挂掉。他习以为常，儿子身居要职，经常开会、接待，接不了电话，正常。半小时后，儿子回了电话，说刚才正在大会上讲话。他便说起有人买树的事情，儿子在电话里哈哈一笑，说有人愿意买你就卖吧，只要价格合适，一棵树也卖不了几个钱。说完，儿子又要去开会，就挂了。

　　他回到自己的院子，再次打量那棵树。那是儿子在林场上班的时候栽的，那年儿子刚参加工作。有一天儿子匆匆忙忙拿回了一棵树，当时还算不上树，连苗都不算，只能算芽，仅有两片嫩嫩的叶子，趴在一个塑料花钵里，看不出品种来。

儿子说是林场落下不要的，觉得扔了可惜就拿了回来。然后儿子就和他一道将那株芽小心移出，栽在了院子里。不想十多年过去了，当初弱不禁风的嫩芽已经长成今天枝繁叶茂的大树。儿子也和这棵树一样，不断变换岗位，一直走到今天。很多时候，他甚至觉得这棵树是和儿子的命运紧紧捆在一起的。

尽管买树的人不断前来，但他都一一拒绝。眼下，他并不需要卖这棵树，这些年，儿子对他孝顺有加，物质生活早已经超出村里人许多倍，所以他根本就不想卖树。偏偏来买树的人就是穷追不舍，价格也不断攀升，最初 5 万，现在有人竟然出到了 15 万，如果再这样一路高上去，他难免会心动。

这天，又有一个人来找他。来人四十多岁，短寸头，戴眼镜，自我介绍说姓方，是专程来拜访他的。他想，可能又是来买树的。

果然，方先生开门见山，问起了这株金桂的具体种植时间。他也没避讳，就把当年种植的时间说了，然后问，你打算出多少钱？

方先生淡淡一笑说，别急于说价格，你不想知道我为什么会来这里吗？

他说正想问这个问题，这些天为什么老是有人来买这棵金桂树，而自己并没有对人说要卖。

我知道这棵树是你儿子种的。方先生说。

你怎么知道？

你儿子在一次会上谈到了这棵树，虽然是个小型的座谈会，还是有很多人知道了。你想想，在他的岗位上，谁不想离他近点儿，所以来买这棵树的人自然多。方先生说。

他沉吟片刻，看了看方先生说，这么说来，你不是来买树的？

我是你儿子以前在林场工作时的同事。我只是想来看看。方先生用手摸了摸树干，感叹道，当初那么小，长得真快！

当年他告诉过你栽这棵树的事情？他问。

没有。方先生说，我是最近才知道他栽了这棵树。不过……方先生说到这里看了他一眼。

你请讲。他感觉到方先生还有话。

好吧。方先生说，当年我是林场苗圃的保管员，那年我们培植了 100 株金桂，可是后来发芽之后，却只剩了 99 株。这事儿领导们都没发现，只有我知道，但当时我也不知道这一株金桂去了哪里。

他顿时觉得额头冒汗，板下脸说，你的意思是我儿子偷回来的？可他告诉我说是林场不要的。

林场怎么会不要？你不知道当时培养一株金桂是多么不容易，跟宝贝似的，哪里舍得丢？方先生叹了口气说，如果不是最近听到有人到你们家来买金桂的事情，我怎么也不会想到是你儿子拿了一株回来。而这棵树栽种的时间，正好和丢失的时间吻合。

他顿时脸色惨白。他中年得子，尽管家境贫困，但他拼尽全力把儿子供到大学毕业。儿子工作后，一直是家庭的顶梁柱，更是他时时刻刻的骄傲。却不想，儿子的背后却有如此不为人知的故事。他狠狠跺了跺脚说，早知道是这样，当年我肯定不会让他栽！

方先生淡淡一笑说，要是你当年阻止了，就好了。有些东西一旦种下了，就会疯狂生长，枝繁叶茂。现在，这棵树已经不是你的了。

是谁的？他奇怪了，还能是谁的？

有人已经给了30万将树买下，你儿子已经收了钱。方先生说，现在只不过没来移栽而已。

他从没告诉我已经卖了，难道你今天就是来移栽的？他问。

不。方先生说，我是来取证的。方先生亮出一个工作证说，我现在在检察院工作。你儿子涉案金额巨大，半个小时前已经被我的同事带走。

他惊恐不已，赶紧拨打儿子的电话，却被告知已关机。再打，依旧是关机。

这哪里是金桂树，这分明就是他种下的罪孽！他顿时瘫坐在地上。

小　先　生

刘立勤

州城人都不知道他姓什么叫什么，也不知道他来自何方。

州城人只知道他是一个盲人，眼睛看不见，却在醉仙楼前摆了一张桌子，做起给明眼人指路的生意。

州城人习惯把他们叫先生。

他只有三十来岁，州城人就叫他小先生。

人常说，算命查八字，凑钱养瞎子。州城人厚道，有了闲钱，就到小先生的摊子前和他拉呱拉呱。三拉呱两拉呱，陡然对他肃然起敬了。谁想那小瞎子真是厉害，竟把明眼人说得一惊一乍的。

小事不说了，就说奎五吧。奎五是个小货郎，每天挑一个货郎担子转四乡。生意虽然不好，却养活着一家大小五口人。突然有一天，奎五犯了腿痛的毛病，找了好多医生看，就是治不好，家里眼看没法子过了。奎五的老娘找到小先生问一家的活路。他掐指一算，说奎五家房子的顶梁柱上有一截草绳子成精作怪，把绳子剪掉扔进水里，再用酒火把痛腿揉揉就好了。

老娘给奎五一说，奎五硬撑着爬上楼，顶梁柱上真有一截草绳子。奎五小心剪下，扔进水塘。回头沽了二两白酒，用酒火揉揉痛腿，当下轻松，第二天能正常走路，第三天就挑货郎担卖货去了。

谁都知道茂盛绸缎庄的黄老板有个头疼的毛病，已经四五年了。疼起来虽然不至于钻心，可是手脚发麻，四肢用不上力。特别是遇上阴雨天，那份痛更是让人难过。黄老板是有钱人，看遍了州城的名医，还去省城看西医，也找了好多的游方郎中，花了好多的钱，都不见效。

黄老板找到小先生。小先生问了他的生辰八字，又掐指一算，问黄老板几年没有回老家了。黄老板说五年。小先生说，那就对了。你回一趟老家，你老父亲的坟头上生了一棵树，你把树拔了，毛病就好了。黄老板回了一趟老家，父亲的坟头上真的有一棵小树。拔了树，他立马经络通畅，通体舒坦。

小先生生意越来越好，找他的人越来越多，还有很多外地人。当然，也有不服的，比如麻六。麻六是个二鬼子，无恶不作，坏事做尽，州城的人恨不能扒了他的皮。他身后有日本鬼子，人们敢怒不敢言。

麻六听说了小先生的传奇后，提着枪来找小先生的麻烦。好心人提醒小先生躲避一下，小先生却摇了摇头，人们只好躲到一边看热闹。远远看去，麻六凶神恶煞一般，小先生却沉着应对。末了，麻六悻悻离去。一连几天，麻六来时凶神恶煞，最后都是悻悻离去。

几次三番，州城不见了麻六。有人说麻六领着手下的二鬼子炸鬼子的炮楼时炸死了，有人说麻六投奔了国军，也有人说麻六投奔了八路。问小先生，小先生摇头一笑，也不做答。只知道找小先生问路的人很多，好像每个人都找到了自己的路子。

小先生的生意更红火了，驻扎在州城的洪团长也请他算命来了。

洪团长是州城伪军的团长，官运财运样样通达，可惜没有儿子。三年间他连续娶了四房太太了，还是不见一男半女。洪团长望子心切，找到小先生，问如何才能得到一男半女。小先生掐指一算，又摇头晃脑一番，说，你回家去把你家正房后面的下水道用竹竿捅一下，啥都有了。

洪团长回家后，亲自用竹竿疏通下水道。过了两个月，几个太太相继怀孕，第二年洪团长就得了两男一女。洪团长一高兴，不仅亲自送来一千块现大洋，还要请小先生做师爷。小先生收了大洋，坚决不当洪团长的师爷，依然忙着为明眼人指路的生意。

小先生虽然没当洪团长的师爷，却操心着洪团长的事情。洪团长有什么事，都会把小先生请到府上协商，小先生也尽心竭力。在那个艰难的时期，洪团长的队伍越来越壮，儿女也越来越多，各方的关系也越来越通达。

后来呢，洪团长竟然带着人马投奔了八路。

再后来，小鬼子投降了。人们看见小先生的摊子前来了好多的军人，有八路，有国军，还有洪团长，还有失踪很久了的奎五。他们都是来感谢小先生的，感谢小先生给他们指出了一条光明大道。

小先生连忙说，我要感谢你们呢。我是个瞎子，杀不了鬼子，感谢你们替我这个瞎子去杀鬼子呢！

小先生说完就笑，笑得一脸灿烂。

最安全的地方

刘立勤

小万想，咋不送钱呢？送那些鸡呀鱼呀烟呀酒呀，吃又吃不完，送人也不方便。要是送钱，直接往抽屉里一放，多省心。

待到丈夫当上了乡长，真有人送钱来了。

可小万没想到，收钱时虽然满心是惊喜，夜里却怎么也睡不着。

钱是用不完的，她熬煎那钱放在哪里。

放在哪里？放哪里都不安全。存银行吗？别人会问你哪里来那么多的钱。那就藏在家里。可是家里不安全，两个人都要上班，孩子要上学。住的又是公房，没防盗门也没有防盗窗，家里进了小偷怎么办？丢了钱事小，要是小偷被警察抓住就完了。

小万熬煎了许久，觉得还是家里方便。他们决定把钱放在家里，放在书桌的抽屉里，然后装了一把锁，这样就安全了。谁想到儿子是一个小土匪，砸门翻窗，上房揭瓦，无所不敢，抽屉的锁自然不在话下。有一天下班回家，她看见儿子领了几个孩子在家翻箱倒柜，暗自叹息回来得及时。为了减少风险，她把钱分散处理。她床下藏一些，衣柜里藏一些，就连枕头里也藏着钱。这样一来，儿子肯定找不着。小万觉得安全了，就美美睡了一个好觉。

可惜，儿子防住了，小偷没防住。小万好梦没做几回呢，家里遭贼了，藏在床下和衣柜还有枕头里的钱让小偷给一次性偷走了。那可是不小的一笔钱呀，要是两人的工资那要积攒好多年呢。两人心疼得不得了，还要对警察笑眯眯地解说什么都没有丢。幸亏小偷没有抓住，幸亏丈夫马上就进城当了局长，幸亏当晚又有人来到她家意思了意思，小万的心情才好了许多。

进了城，小万熬煎了很久，决定给窗户安上防盗网，把木门换成了防盗门，家里安全得像牢房似的。可小万还是不放心，还是不敢把钱放进抽屉里，衣柜里，甚至是枕头里。她担心小偷故技重演。他们想呀想，最后把钱用塑料袋一封，埋在花盆里，藏在卫生间的换气扇中间，有的放在厨房的米缸里，还有的放进了客厅的天花板里。她想，这次该没有问题了吧。小偷总不会有我们的智商高吧？小万很是睡了几天好觉。

小偷真是没有他们的智商高，撬开了防盗门，什么都没有偷着。谁想到水厉害，水渗透塑料纸袋把放在花盆里的钱沤成了花肥，让花苗壮成长了许多。虫子也不省心，米缸的虫子吃腻了大米，竟然把米缸里的钱咬成一堆碎片片。换气扇和天花板里的钱虽然完好如故，可她看电视时发现，纪委搜查时最喜欢撬天花板，查卫生间，看垃圾桶。小万又睡不着了。她想，哪里安全呢？

小万思谋了许久，觉得家里没有安全的地方。丈夫已经做了副县长，生意越来越好，而钱真的不知道放在哪里好。家里不安全，那就放在外面吧。最安全的当属父母家，父母家也是纪委关注的重点。思来想去，还是放在弟弟家吧。如今不兴株连，弟弟已经分家立户，是亲人也是外人。况且弟弟的工作是他们安排的，妻子是他们给找的。弟媳妇专职在家带孩子，还不怕贼偷。他们觉得，把钱放在弟弟家应该是最安全的了。

小万伪装了一下，把钱放进了弟弟家。小万虽然松了一口气，还是隔三岔五找个借口到弟弟家看看，看看自己伪装的东西还在不在。弟弟是个小心之人，东西照料得很是仔细。小万感叹了一声——还是兄弟亲，回家就好好做了几场大梦。因此，待又有了钱，就直接拿到弟弟家，意欲和原来的钱存放在一起。谁知道，弟弟竟然把她的钱挪用了。她真想大骂弟弟一番，最后只是咬掉了舌头吞进肚子里。

哪里是最安全的地方？她不知道。他们苦思冥想，始终没有一个好地方。夜夜睡不着觉，头发大把大把地掉，也想不出一个安全的地方。

丈夫的官越做越大了，送礼的人也越来越多，那些钱放在哪里才安全？家里不敢放，银行不能存，亲人靠不住，真的是让人熬煎。她曾经把钱装在箱子里，拿回老家埋在猪舍里，也曾经把那箱子藏在老家的坟园里，终究还是不放心。他们担心不小心弄出纰漏，坏了丈夫的大事。后来，他们干脆租了一套豪宅，专门存放钱。谁想到，丈夫竟然把那里变成与小三快活的地方，而且差一点儿闹出大事情来了。

哪里是最安全的地方，小万真的想不出来了，也没有课本可以学习，她只能自学成才。白天想，夜里想，怎么也想不出来最安全的地方。一夜夜的失眠，她不仅头发脱落形容枯槁，更感觉自己快疯了。

丈夫只好领她到医院检查，医生说她得了严重的抑郁症，如果再不注意，就会成为精神病了。一想到会得精神病，小万觉得自己真他妈亏了。自己的工资都花不完，丈夫弄了那么多的钱干啥呢？自己一分都没有用过，到头还得了精神病？真他妈的是精神病呀。

嘴里虽然骂着，到手的钱财又怎么舍得拒绝呢。钱越来越多了，还是找不到一个安全的地方。失眠却紧追不舍，吃了大剂量的安眠药也解决不了问题。小万在那宽敞的屋里冲过来冲过去，无法排解自己的情绪，打开窗户，真想一跃而下。

万般无奈之下，小万打了一个熟悉的电话。检察院的人迅速赶到，她给钱找到了最安全的地方，然后酣然入睡了。睡得那么安宁，那么香甜，幸福得像个婴儿一般。

去　乡　下

秦德龙

若是真的没人种庄稼，我们以后吃什么呢？董阳一直在想这个问题，并为此而担忧。他决定去乡下搞一个调研，看看农民都在干什么，分析以后如何解决口粮问题。

穿过一片又一片茂盛的玉米地，他的脑子还在想着这个问题。这也申遗，那也申遗，要不要把种植庄稼的技术作为非物质文化遗产申报呢？

到了一处乡村，只见到几位老人和一群孩子。类似的报道他在报纸上读过，青壮年都到城市挣钱去了，村里只剩下些孤寡老人和孩子。那么，是谁种下了那一片片庄稼呢？

董阳问村里的一位老人。老人告诉他，播种的时候，外出打工的人会回来，回不来的，就花钱找人播种。收割的时候也是这样，总不能让庄稼地荒着。

董阳又问，花钱找人，能找到吗？

老人肯定地说，能找到。老人又说，总有一些人离不开土地，只要多花钱就是了。

董阳继续问，你能帮我找几个留下来的农民吗？

老人摇摇头，表示不能。老人说，他们忙着呢，哪有闲工夫陪你说话？停了一会儿，老人说，你过年的时候来吧，能见到许多人。这些人都有个新名字——进城务工者。呵呵呵。

董阳也笑了。看起来，老人的笑容里有内容。

从乡下回来后，董阳对一些人说了自己的感受。人们问他，你真的去农村了吗？

董阳说，我到农村去看看。又说，我就是好奇，那一片片玉米是谁播种的？

有人点着董阳说，这有什么好奇怪的？城里这么多下岗职工，可以去给农民种地呀。浇水、打药、锄草……什么都干。

这可真让董阳奇怪了，他还是头一次听说，城里的人下乡种地。

人们笑着说，你真的没听说过？你看看，现在城里的多少人包了农村的土地？骑摩托车去，打个来回快得很，不耽误回家洗澡、看电视。有条件的，还开着小汽车去呢！

董阳若有所思地点着头。

以后，他便留心了，果然看见一些人往乡下跑，带着农具，谈笑风生。

也许，日新月异的生活让董阳备感妙趣无穷，他对身边发生的一切充满着好奇。他决定写完那个调查报告。他想起了那位老农民的话，过年的时候，再去趟农村，见见那些外出打工回来的农民。

年底，他去了乡下。

在往乡下去的路上，他看到集镇上人很多，一些青年人正在置办花红柳绿的年货，也有人正在杀猪宰羊，到处是热气腾腾的景象。

董阳进了村子，发现村里的人多了起来。可是先前的那位老人，却不知道去了哪里。

他进了一家农舍。几个青壮年汉子正在屋里打牌。董阳没话找话说，正在打牌呢？

一个人看看他说，不打牌，干什么？

另一个人问，你是谁，我们怎么没见过你？

几个打牌的人都乜了董阳一眼，他们没有停下手里的牌。

董阳做了自我介绍，给自己找了个台阶。

一个人说，你真是个闲人，闲得往乡下跑。

打牌的人全都笑了起来。

董阳也跟着他们笑。不过，他的笑，很勉强。

打牌的人让董阳随便坐，还指着花生、瓜子、糖果，让他随便吃，自己拿。

这时候，一个人对董阳说，你别到处瞎转了，过年都这样，我们在外面干了一年，就这几天，休闲休闲！

董阳想说，一年之计在于春，可不能光顾着休闲虚度了光阴。可是，话没说出来，话到嘴边就变成了"回家就打牌，地里的庄稼怎么办？"

几个人都笑了起来。

有个人对董阳说，一看就知道，你就没种过地。大冬天的，地里有庄稼吗？有，也是麦苗，下场雪就盖上了棉被子，不用管。

另一个人说，你和他啰唆什么，快出牌。

又一个人说，农业上的事，和他说得着吗？

几个人就不再搭理董阳，把他晾在了一边。

董阳摸了摸下巴，钻出了屋子。

这时候，他看见了先前那个老人。老人的身上，套着新崭崭的唐装，正被几个大人小孩们簇拥着，也不知道，是不是老人的儿孙。

老人也看见了董阳，热情地和他打着招呼，来了啊？

董阳说了些给老人拜年的话。老人感动得直笑，伴着唏嘘。老人指着身边的人说，这些人，都不是我家的，都是我花钱雇来的。我家的人，都没回来，在外头过年了。

董阳吃惊地张着嘴。

回城后，董阳将调查报告的提纲撕了个粉碎。

他想，开春后，也去乡下打工。

找　灵　魂

秦德龙

一落座，苏老板就说他是找灵魂来的。苏老板说："我穷得只剩下钱了，灵魂都丢了。今天，我把各位请来，就是仰仗各位，帮我找找灵魂。"

大家都想笑，苏老板真是带样儿，请了一桌子客，不就是想附庸风雅！当然，大家也都了解苏老板，这个当初的胡同串子，如今居然人模狗样地穿着西装，还油头粉面！

大家互相看看，都不吭气。其实，耳朵也没闲着，不管苏老板说什么，都在走自己的脑子，打各自的小算盘。

苏老板当然不会让酒桌冷场。他对桌子上的一个长头发说："诗人，你先聊聊，怎样才能找到丢失的灵魂？"

诗人扬了扬长头发说："写诗呀，写诗你就可以找到自己的灵魂。我从哪里来，又到哪里去，诗里都会告诉你！"

众人一片嬉笑。

"你们笑什么？"诗人眨着明亮的眼睛，"读我的诗吧，我的灵魂在诗里！喏，就是苏老板拿的那部诗集。"

苏老板拿出了一摞诗人写的诗集，发给大家。苏老板说："我就是不明白，你写的诗，我怎么一句都看不懂！"

诗人矜持地说："看不懂就对了。我写的诗，一般人都看不懂！能看懂的人，不多！我的诗，是写给能看懂的人看的。俄罗斯某文豪说，'过快被人理解的东西，维持不了多久！'"

有人哂笑。

苏老板一本正经地说："我是看不懂，但是我有两个办法，一是看不懂，多看几遍就看懂了；二是发现自己看不懂，索性就不看了！"

众人一片哄笑。

诗人逼视着苏老板："那你就找不到灵魂了！"言毕，一扬脖，将自己面前的酒杯一饮而尽。

苏老板并不甘心："你看不起我！告诉你，这一片，每条街上，都有我的关系！你信不信？"

诗人说："我明白了，你的灵魂，丢在了你的关系里。这辈子，你是为了这些关系活着！"

"不，他们是为我活着！"苏老板气冲牛斗，"你说谁吧，我叫他过来，他敢不过来？！"

诗人软中带硬地说："你能，你老能！四面八方，都是你的人……"

苏老板却发出了哭腔："兄弟，你知道吗，人家不会白过来，我得掏钱！我耽误人家工夫了不是？"又一转腔调："这些人和我一样，都没有灵魂，都在找自己的灵魂！"

众人面面相觑。

这时候，马大个子用酒杯敲着桌面说："我来说两句。刚才，我就忍不住想发言。"又说："我是个直性子，今天，我要实战演练。苏老板，你不是要找灵魂吗？你和诗人抬杠，有个屁用？我建议你，回山沟你老家看看，你就明白了。你老家的穷山沟，有什么？兔子都不拉屎！当然，你老家也是我老家，谁让咱们是老乡？老乡见老乡，哭得泪汪汪！"

马大个子说到这儿，抱头大哭。

他这么一哭，桌上的人坐不住了，纷纷劝他，说不能坏了苏老板的雅兴。

苏老板嗫嚅地说："我也想找个地方，痛痛快快地哭一场呢！"

诗人冷冷地说："苏老板，你不是要找灵魂吗？"

苏老板仰天长叹："我明白了，哭能解决一切！"

众人很郁闷，丈二和尚摸不着头脑。

苏老板却不郁闷，心里敞亮了起来。他叫服务员给自己满上了酒，连干了三杯，又给每个人敬了三杯。敬到马大个子时，自己又陪了三杯。

酒席过后，苏老板忙活起来了。

不久，苏老板亲自出任经理，开了一家"哭吧"。

"哭吧"挂牌营业了，生意十分火爆。几乎每个认得苏老板的人，都进去哭过。当然，更多的人，是苏老板不认得的人，干什么的都有，有做大买卖的，发大财的，也有做小生意的，挣零花钱的。无论是谁，想哭，直接就进去哭吧。

苏老板当然明白人们为什么要哭。

苏老板数钱数得手疼，他也很想进去哭一顿。可是，他怎么进去的怎么出来，连滴眼泪疙瘩都没掉。

真的，苏老板真的没哭。

他真想不明白，为什么别人可以号啕大哭，而自己却不能。

八　指　鱼

墨中白

泗州城三面环水，一面临山，有渔人常把在洪泽湖里捕获的鱼拿到泗州鱼市卖。泗州人喜欢吃鱼，尤爱吃团头鲂。泗州鱼市常有人卖团头鲂，但活的少见。想买活的团头鲂，得找八指鱼。

提起八指鱼，泗州城无人不知，可他的真名，却无人知晓，都知道他两只手都没长无名指，天生八个指头，以捕鱼为生。大家之所以叫他八指鱼，并不是他手有八指，而是因为他每次卖鱼，只卖八条团头鲂。

八指鱼并不常来泗州卖鱼，逢二、五、八的日子，他才带着鲜活的团头鲂到泗州渔市来。八指鱼卖鱼，不用秤，双手提住乱蹦的团头鲂，随手一掂，就报出斤两。有买家害怕吃亏，找秤称，斤两刚好，秤杆还翘得老高。

八指鱼的团头鲂好卖，除了他不欺客外，还因为他卖的鱼鲜活。八指鱼每次只捉八条团头鲂，他一到泗州，买鱼人立马就围了上来。可八指鱼卖鱼也有他的规矩，先卖给陌生人，其次是预付订金的人，剩下的才会卖给等着买鱼的熟人。

渔人都不明白八指鱼为何每次只捕八条团头鲂，泗州人想吃，你就下湖捕好了，洪泽湖那么大，水里的团头鲂多得数不完哩！不管泗州人怎么说，八指鱼都不为所动，每逢二、五、八的日子才来泗州，每次卖鱼，还是八条，多一条都没有。泗州人都以能吃到八指鱼卖的鲜活团头鲂为荣。

也有渔人向八指鱼请教如何让捕获的团头鲂离开水不死，可八指鱼总会说，你疼鱼儿，鱼儿也疼你哩！

捕鱼人听不懂。

有个渔人说，他曾偷偷跟着八指鱼的船，看到八指鱼捕鱼时不用网，也不用叉，就用手。

八指鱼用手在洪泽湖里钓团头鲂。这事，泗州人不相信，问八指鱼，真的吗？

八指鱼就笑着说，鱼儿也是人，你爱鱼儿，鱼儿也喜欢你哩。

泗州人都听不懂。

每年三四月开雷前，团头鲂好捕，整个泗州不管是贩夫走卒，还是贫困人家，都要称二斤来尝尝，或熏或炸，鱼肉香飘泗州。一场霜降，团头鲂便沉于湖底，隐身于泥坑中，捞网不易，再想吃，就难了。

可逢二、五、八的日子，八指鱼还会准时出现在泗州渔市上。渔人不明白，他们结伴撒网，拉捞，不见团头鲂。可八指鱼一人出行，每次回来，船舱里不多不少，刚好游着八条团头鲂。

渔人都猜说，八指鱼是遇到了鱼仙，要不然那些藏身湖底的团头鲂，怎会听任他召唤呢？

万家米店东家这两天特别想吃团头鲂，管家却告诉他，现在是隆冬，连八指鱼也不卖活的团头鲂了。可东家想吃，叫管家去找八指鱼，只要能捕到活的团头鲂，再多的银子，他也给。

管家跑去找八指鱼，见他正坐在灶膛前喝酒，于是把东家的话一字不差地告诉了他。

八指鱼一听，擦了一下嘴角边的酒水，把头摇得像拨浪鼓，不行哩，团头鲂全跑回湖底老家过年了，给再多钱，也捉不到。

其实八指鱼不说，管家也知道隆冬时节团头鲂不好捕。回到米店，管家把八指鱼的话一字不差地告诉了东家。没想到，东家听后，更想吃活的团头鲂了。

这天，天空下着小雪。看着满桌饭菜，东家没有食欲，心里惦记着要吃团头鲂。

管家跑来说，八指鱼来了。

东家一听，人立马精神起来。

东家真想吃鲜活的团头鲂？八指鱼开门见山。

梦里都想哩。东家叹气道，可这下雪天，如何捕得到哟。

想吃，也能，只是代价太大。

要多少银子？

不需银两，要米。八指鱼说，要用白米来引诱深水底下的团头鲂上来。

需多少米？

一千担。

一千担……东家有点儿心疼了。可是想到鲜美的团头鲂，东家轻咬一下嘴唇，点头答应了。

雪还在下，满泗州城飘。

洪泽湖边，东家将千担白米运送到八指鱼的船上。看着雪花中渐行渐远的木船，管家问，真信他？

信。东家轻轻拍了拍肩上的雪花说，八指鱼不会骗我。

雪下了七天。

看着满院白雪，东家问，八指鱼回来了吗？

管家没有说话。

他会带来鲜活的团头鲂。东家又轻轻拍了拍肩说，干烧？红烧？

听您的。管家看到东家肩上并没有落雪，雪昨天就停了。

这时，八指鱼来了。

东家大喜，忙迎出门，八指鱼担着两个大木桶。管家上前一看，木桶里装着鲜活的团头鲂，他连数三遍，共八条，一只木桶里四条。

八指鱼说，团头鲂在湖底过年，不高兴上来哩。

东家笑了。

管家忙让柳厨子捉鱼，剖肚、清洗，四条红烧，四条炖汤。

闻着满院的鱼香，东家心情那个好呀。吃着红烧鱼，品着鱼头汤，东家夸，真鲜。

东家告诉管家，这个年，他过得最快乐。全泗州城，谁能吃到鲜活的团头鲂？

管家在心里笑，一千担米换八条鱼，值吗？

这个春节，也是泗州城穷人过得最幸福的春节，他们虽然没有鲜美的团头鲂吃，可是满锅的米饭香，闻一闻，都让全家人开心。

这个年，为东家烧饭的柳厨子却过得提心吊胆，后来常听到东家夸八指鱼那天送来的团头鲂味道鲜美，他悬着的心，才渐渐放下来。

明明是八条鲜活的鲫鱼，东家和管家怎么都说是团头鲂呢？怪事。难道八指鱼真认识鱼仙？泗州人信不信，柳厨子不知道，反正他是有点儿相信了。

魔术师麻一

墨中白

梅家班的泗州戏，远近闻名。最让泗州人着迷的是大变活人，他们好奇一个大活人装在箱子里，说走，人就变没了。再转几圈空箱子，喊来，人又回到箱子里了。大变活人的是麻一，小伙子一双大眼，手指细长如女人，变起魔术来，神着哩。

泗州城许多人都被他那纤细的手指迷住了。

江大佬家的小闺女红儿就迷上了麻一，凡梅家班演戏，她逢场必到。别人喜欢看大变活人，红儿却喜欢看春暖花开。红儿不喜欢冬天，寒冷不说，还不能穿好看的衣服。她喜欢春天，太阳暖和地围在身上，舒服。更让红儿心动的是那些绽开的花儿，漂亮好看还散发着诱人的香味。自己就是一朵花儿呢，泗州人都这么夸她。红儿喜欢别人夸她如花，可花开的日子很短，似梦，醒来就是冬天了。听风哭，红儿就想看春暖花开。

麻一表演春暖花开，方桌上只有根干枯的树枝，可在他的召唤下，春就来了。掀开黑布，几个枯枝瞬间长出叶子，红的桃花，粉的杏花争相斗艳，燕子含着春泥在花间来回穿梭……一看见春，红儿整个身子就软起来，要不是抓住椅把，她会瘫倒地上。

没有春暖花开的日子，红儿整个人都没有精神，害病一样。看着日渐消瘦的女儿，江大佬心疼，他疼女儿，他不懂女儿怎么那么痴迷春暖花开呢。一年四季，春夏秋冬，雪化，土松，天就变暖。天一暖，花儿自然会开，好看的花儿哪能四季都开放呢。麻一表演的是魔术，看似满眼春天，其实还是大雪封门的冬天哩！能怨麻一吗？只能怪红儿，她拿魔术当真了，以为冬天真会春暖花开。

春暖花开，江大佬看过多次，他喜欢眼前这个小伙子，每一次都给人惊喜，无论怎么变，春天不会变，都有花儿开。这次，江大佬没有想到，他自家院里的梨树、杏树，先后开满了花骨朵儿，还有那对熟悉的燕子，竟然啄春泥在自家堂前筑起窝来……满院春色关不住，一枝红杏敲窗来。看着女儿一脸惊喜，江大佬刚舒开的心又慢慢收紧起来。他看到麻一的眼睛里，除了花儿，还有红儿的影子。眼前的春天，花儿疯一样开放，可红儿怎么不知道眼下是冬天呢？门前河里冰，厚得能走牛。尽管麻一手舞银蛇，温柔吐着芯子，可他也忘记现在是隆冬了。

望着满眼的春天，红儿脸上有了笑容，听着燕鸣，红儿心情十分舒畅。看着女儿醉春的样子，江大佬除了心疼，竟暗自抱怨麻一怎么能把春天变幻得那么温暖呢？

收拾好道具，麻一走了。他一走，满院花儿就谢了，堂前的燕子也飞走了，庭院里水缸中又结上厚厚一层冰。

看着窗外杏树上的秃枝，红儿好留恋那满树的杏花儿，那团团粉红，朵朵开在她的脑海里，抹不去。她感觉自己真的离不开春天了。

临别，麻一收拾花时，眼睛禁不住向着窗户看了两眼。从江家大院出来，麻一一点儿也不冷，他见过红儿，可从没有像今天这么近看她，当时差点儿忘记放飞了那对燕子。他喜欢春天，没想到红儿更爱春天，从她的眼神，他能听到自己身上花开的声音。他甚至闻到扑鼻的香味儿，那是一种来自春天的花香，让人心醉。他想闻，却又不敢闻。

麻一知道，春天一变暖花儿就会开，可他只能让花开在那一瞬间。难道红儿不知道这一切不是真的吗？也许她太喜欢春天了，春暖花开，又有谁能忍心拒绝呢？

麻一心志忐起来，他又开始盼着下一次春暖花开了。

第二天梅家班开演了。轮到麻一表演，在放飞燕子时，他惊喜地看到一枝红杏，真的开出花来。

红儿偷偷溜出去看戏，还是被江大佬知道了。望着满院的秃枝，江大佬的心情如水缸里的冰。红儿喜欢花开，他能理解，春天谁不喜欢呢？可是她怎么会喜欢魔术师表演的春暖花开呢？天这么寒冷，哪里是春天哟，更别说花会开了。就算红儿天天待在梅家班，麻一能把整个寒冬变成春天吗？

缸中的冰终于化成水了，院里的杏树，仿佛一夜间吐出嫩芽来……望着满院春色，晒着暖暖的太阳，江大佬收紧的心慢慢舒展开来。可当看到女儿窗前那条杏枝疯长的叶子，不时随着春风拍打着窗纸，江大佬这才想起，女儿有阵子没有看梅家班表演的泗州戏了。他知道，没有麻一表演的魔术，女儿是不稀罕去的。红儿不是喜欢春天，想看花开吗？马上满院春天，再过几天，南飞的燕子也该回来了。

当一对燕子飞进江家大院时，窗前的红儿正看着手中的画发呆，父亲告诉她，麻一离开梅家班去淮安了。

红儿有段时间没有去看梅家班表演了，她一直坐在窗前画着春天。

这个春天，满院的花儿先后开了，许多花一夜间又谢了。红儿就为那些落花难过。花儿谢了，就不会再开了。

前院里，父亲正督促裁缝忙着赶做龙凤呈祥的红盖头，红儿知道这也是她在江家过的最后一个春天了。

望着眼前的春天，红儿不由想到了淮安，麻一还在徐家班吗？他正在大变活人还是在表演春暖花开呢？

看着画上那一树粉红的杏花，红儿涌出了冲动，为什么不能好好去看一眼春天呢，淮安春天的花儿一定开得很香。

想到这，红儿笑了，一脸的泪，如花开一样。

爹 的 底 气

田洪波

先是矿长派人报信，随后是区长县长市长轮番探望。大家的脸色很凝重，甚至有人默默流下眼泪，用力握住满德爹的手，叮嘱他节哀。

满德爹的小儿子在赵家岭煤矿下井，井下透水了。事故发生时间是凌晨五点多，当时陆续升井二十多人，还有七个人拖在后面，结果漏顶，水漫金山一样肆意涌开来⋯⋯

满德爹嘴角上扬，眼里没有泪，只是一脸凄惶。满德爹共有三个孩子，大儿子在北京打工，女儿远嫁甘肃。小儿子是他的心头肉，这些年他们一家过得很不景气，孩子干脆就下了井。

老伴儿去世早，满德爹一手把孩子们拉扯大。日子过得并不怎么富足，这些年需要花钱的地方多，钱也不禁花，两个身在外地的孩子偶尔周济一下，并不顶什么事，满德爹也不和他们说实话。小儿子看在眼里，放弃贷款办养殖场的念头，和几个从小长大的伙伴一起下了井。满德爹当兵出身，参加过对越反击战，战场上负了重伤都没流泪的他，在那一刻流下了难言的泪水。

领导们都记挂着满德爹，节假日常要慰问一下。满德爹有次当着记者面说，俺有手有脚，能自食其力，把东西送给该送的人吧。自那时起，满德爹一家再没受过救济。

八个搜救作业点，有六个完全排除，剩下的两个区域，正在加紧排水和搜救。

满德爹和众人到达井口时，井口围满了人。

有家属号啕大哭，引得众人也跟着啜泣起来。

满德爹依然上扬着嘴角，在井口上下左右地打量。问巷道顶板能支撑多长时间，问水位下降程度，问怎么保障通风，然后又查看排水管。身后的哭声依然不绝于耳。

满德爹生气了，脸上青筋直暴：号什么？号能把人号出来？

救援工作日夜不停，每个人都心急如焚，区长更是惶恐不安。他是满德爹看着长大的。在指挥抢险办公室，他几乎不敢迎视满德爹的目光。会议结束，他一个人蹲在墙角抽烟叹气。

转眼五天过去，井下救援没有进展。省市安监局的人也来了。当天晚上，领导紧急开了个碰头会，一致认定七个人生还的可能性为零，商定每名家属赔付二十万元，先把家属的情绪稳住，救援继续进行，只是进度上不再强求。消息传出，又是哭声一片。

还不到第二天下午，满德爹就得到准确消息，其他六家都签字拿到了赔付金。满德爹鼻子里"哼"了一声，找到区长。

满德爹问为啥不找他签字，区长嗫嚅着说，准备最后一个找你，别人二十万，想给你二十五万。这属于私下协议，千万不能传出去。满德爹拿烟袋敲了下桌沿，少整这些阴阳事，钱多少俺不稀罕。你就回答俺为什么就认定人死了呢？区长解释，咱这是地方煤矿，条件有限，救援这么多天了，井下水又那么大，你说人还能活吗？

满德爹临走撂下话，俺一分钱也不要，俺要人。活要见人，死要见尸，你们看着办吧！人都走出很远了，又回过头来恶狠狠地吐了口唾沫。

随后，满德爹看到有村民在山后隆起坟地。他默默坐下来吧嗒旱烟。

那几日，满德爹常把小儿子的照片翻出来，一遍遍地看，喃喃自语。

县长来找满德爹了。县长小心翼翼，连说话都字斟句酌。县长说，我理解您老人家的心情，可您想啊，这人被水泡在井下快一周了，还能有个活路吗？要说这事都怪我，快过年了，这些地方小煤矿，我本该让它们早些关闭的，就不会出这么大的事了。这次事故处理不力，我肯定要受处分的。

满德爹瞟了县长一眼，奔拉一下眼皮，俺不管你这些陈芝麻烂谷子的事，俺就要活着见俺家根柱，死要见他的尸首，这要求不算过分吧？那点儿席钱给俺老头子有个屁用！

县长灰着脸离开了，临走甩下一沓钱。满德爹又扔给了他，拿走拿走，俺要你个人钱算屁事！

稍后的几天，满德爹每天都到井口查看。

忽然有了好消息，县里受上级指令，向周边地市求援，运来了大批现代化救援设备。

日历一页页翻过。整个救援工作一直在抓紧进行，满德爹后来干脆带着面馍留守在救援现场了。

第十一天头上，井下传来惊人消息，七个人全活着！满德爹的儿子根柱带领六个人，摸索着寻到一个高位，在齐脖深的水里咬牙坚持了十余天，等水位下降，才探寻到一丝光亮。他们蒙着眼布，被众人合力抬出了井口。那一刻，满德爹也许是蹲久了，也许是听到这个意外消息没怎么反应过来，半天才颤抖着身体慢慢站起来，上扬着的嘴角终于放下来了。

有人为满德爹高兴，抱着他直蹦高。大家异口同声感叹满德爹活要见儿子的底气，纷纷问，老爹，你哪儿来的那么大底气？

豆大的混浊的泪，终于滚下满德爹的眼角。他半天嚅动干瘪的嘴，说出一句话：龙生龙凤生凤，爹当过兵，儿子能孬到哪儿去？俺就知道俺家根柱是好样儿的！说着，吐出一口带血的痰，背手离去。

身后传来笑声和掌声。

祖 宗 袋

田洪波

刚翻过一道山梁，知青就看见一双绿莹莹的眼睛。他下意识收住脚步，用手擦了擦眼镜，确认那是一只狼。狼的五官和体毛很周正，看不出是否处于饥饿状态。知青的头皮麻起来了，一双瘦腿开始哆嗦，后悔自己一时意气用事要拜什么祖宗袋。

知青是满族人，插队在这四川大凉山中。今天是除夕，但凡辞岁之夜，满族人都要行祭拜先人之礼。先人就是老祖宗，后裔常把他们的遗物用个袋子装着。早前听说被打成"右派"的广东人下放到距知青插队的村子三十里的大风坡，知青就有了借拜的念头。他猜测"右派"私藏的祖宗袋没丢。据传，"右派"的祖宗袋曾差点儿被当成"四旧"没收。

不敢轻举妄动，知青就那么远远地站着看狼，同时伺机寻找可以抓到手的物件，想着不行的话就来个鱼死网破。他左手拎着个网兜，装着一饭盒饺子和几块大块饼干，还有两盒午餐肉罐头。狼也耐心十足，偏头不错眼珠地看知青。它坐在那里，远看就像一条普通人家的看门狗。

此时正是黄昏，夕阳西下，一抹霞光照进山坳。

对峙到最后，知青挺不住了，率先做出反应。他几乎心疼得把嘴唇都咬破了，拿出午餐肉罐头，小心启封。狼这时站了起来，观察他的举动。知青轻轻把罐头扔向狼，狼抬头看看他，慢慢凑上前去。那罐头有着致命诱惑，狼大快朵颐，很快风卷残云，坐下来继续看向知青。知青又把饼干扔过去，连带着几个饺子，狼快乐地吃起来。吃完再看知青，知青壮着胆子摆了下手。狼似乎嗅出了其中的微妙，稍疑片刻，转身跑进树林里了。

知青一头冷汗，跟跟跄跄，抄近路朝"右派"所在的大风坡跑，很快大汗淋漓。等他进了大风坡天已经黑了。眼镜掉在地上，半天才找到。

寻到"右派"住的看山屋，右派惊吓不已，诧异地问，你从哪里来？找谁？

"右派"早先住牛棚，上级看他也没啥反动倾向，就把无人住的看山屋给了他。平时"右派"就看山守林，闲时看看书。

知青说明来意，同时拿出那些吃的，让"右派"惊讶得瞪大了眼睛。你是听谁胡诌的，我哪儿来的祖宗袋？

知青说，老师，我看过你发表的小说，我不信你是不说实话的人。

右派用手撩了下长发，不言语了，把一双手抄在袖子里，歪坐在炕上，喉结上下滑动。

知青说，我比您年轻，但有些道理我懂，我不会给您带来麻烦。今天是除夕，这附近也没什么人，您拿祖宗袋祭拜不会被发现的。我跑了这么远的路，就是想着咱们都是满族人，祭拜搭个伴儿。再说，不管时代咋变，咱的祖宗不能忘吧？

右派依然不说话，知青把饺子在桌上推了一下，队里包的，我一个也没舍得吃。怎么样，一起过个年？

"右派"站了起来说，看你也是个实诚人，行，我信你！一起过年！

两人把饺子热了，"右派"找出一瓶老酒和一些咸菜，吃起了年夜饭。"右派"说，你只身跑三十多里的路，就为祭拜先宗，今后准能成大事。家里人哪年到的广东？那边还有什么亲人吗？

知青带着醉意说，我祖上本姓佟，辛亥革命后篡权的军阀不是仇视满族旗民吗？为了生存，八旗子弟隐名埋姓，佟就改为童年的"童"了。小时候我见过祖宗袋，如今这物件可是不多见了。我插队两年多了，早听说有你这么个同族人。

两人越聊越投机，看时辰已到，"右派"晃悠着身子拿出祖宗袋。祖宗袋由黄布缝制，一排线尺长，宽八寸左右。装的是先人从东北老家来粤所带的纪念物或遗物，一般由长房长孙承接和保管。相传过去满族人离开东北老家，按照习俗，要带走一点儿物件做纪念。原先多用祖宗盒，由于回关内要历经数千里，很不方便，就改用布袋装。知青净过手笑言，看来您在家排行老大。"右派"微笑点头。

祭拜完毕，知青意犹未尽。两人又聊起"右派"手头读的书，是苏联一部长篇小说，"右派"得意地朗读出声。后来"右派"答应把书借给知青看，期限约定为一个月。知青想连夜回队，右派不答应。你疯了？这么黑的天，路又远，太不安全了！

两人躺在火炕上，兴奋地聊，连谁最后说的话都不记得了，沉沉睡去。

第二天早起，"右派"早备好了烀好的南瓜，让知青带着上路。知青走出很远了，"右派"突然问出一句，你还没对象吧？

当年的"右派"就是我。知青后来成了我妹夫。

画 老 虎

万 芊

苏州李先生带着全家到金泾村安家落户后，再也拿不到去新疆画图时的高工资。李师母辞了工作。一家六口，再加保姆郝姨，在乡下的日子过得紧巴巴的。郝姨不再拿李家的工钿，反倒在田里挣工分拿口粮贴补李家。

李先生心存歉意，说自己除了画图，实在没其他本事。郝姨听了也用了心思。一日，郝姨跟李先生说，隔壁银泾村肖金根家新造房子，想在墙上画只老虎。肖家劳力多，口粮多，可以送些口粮过来作谢意。

李先生迟疑着，受画老虎挣口粮的诱惑，最终答应了。当日找了些画具颜料便随郝姨去了银泾村，要画老虎的是一堵正对路口的白墙。搭竹架时，村里人不知道肖家做啥事。搭好竹架，李先生开始画线条，村里人还在猜测。只中午村里人回家吃饭工夫，墙上的画有些大体的形状。村里人都没见过老虎，有的说画狗，有的说画猫，等开始上颜料了，大家还在猜测，甚至打赌。画的形状渐渐清晰，村里人都说，哇，原来是只老虎，一只要奔下来的大老虎。

老虎愈画愈像，眼睛是最后画上去的。当老虎的眼睛被画上去以后，看画的村里人先是一片啧啧称叹，继而又流露出一种莫名的惊惶。那老虎实在太逼真了，威风凛凛，傲居路口，好似朝人奔来。有小孩突然间被吓哭了。老人妇女都说，有这老虎拦着，谁还敢走这道。而偏偏这道是出村进村唯一的道，谁也无法绕过。

　　有人去跟队长说，银泾村的黄队长是个老好人，说总是多一事不如少一事，能避则避。况且，人家肖家多的是壮汉，谁也不敢惹。于是，有人偷偷地去镇上找派出所，报告说，有苏州下来的坏分子在村里画老虎压邪搞迷信。

　　派出所柳所长，带人过来，乍一看，也吃了一大惊。他见过世面，真的老虎，见过。然画得如此威风凛凛动感十足的老虎，他还真的第一回见到。他不由得为李先生高超的画技而折服。然而他是派出所所长，在他的辖区内，出了如此让村民惊慌的事，他得替村民撑腰。当然，他也知道肖家的威势，他不怕。愈是这样的人家，他愈不能软。

　　柳所长对队长说，路口不能画老虎。这是迷信。今天我来，是来带人的。你跟肖金根说，我等他两个钟头，他自己用石灰水把老虎涂没了，我不带人。如果两个钟头我再过来，老虎还在的话，我就带人走。

　　说着，柳所长要带李先生走。李先生前几年是吃过苦头的，不敢犟，很不情愿地跟柳所长走了。

　　到了派出所，柳所长问李先生：你会画画？李先生说，小时候吃过几年画画的萝卜干饭。

　　刘所长小心取出一张老得发黄霉变的老照片问，这张照片上的人，你能画出来吗？

　　李先生仔细看了老照片，说，假如你能让我回家取个放大镜过来，我就可以画了。

　　柳所长说，所里有，你稍等，我去取。

　　李先生开始构图，打出一个粗粗的轮廓。柳所长取了放大镜过来坐了一会儿，便说，我还得去一次银泾村。你在这里，就算帮个忙，待会儿有人给你送吃的过来。

　　李先生开始专注画画。这张照片实在太模糊了。

　　一会儿，有人过来给他泡了一壶茶。很醇的碧螺春，李先生已经好久没有品尝过了。呷一口自己喜欢的好茶，画兴开始浓起来。画人像其实是要基本功的，想当年他学画时，光画像就在先生的画室里待了两年。这是一张男女合影，二十出头的年纪，像结婚照，男的穿军装。只是时间太久，照片本来就不太清晰，再加霉变，很难看出人物脸部的细节来。他拿着放大镜，翻来覆去端详琢磨，突然有了惊人的发现。有了这个发现，他画得就很顺手了。

　　柳所长在窗外转悠几次，但没再进来打搅。到了半夜里，李先生对外喊，好了。

　　一会儿，柳所长进来。一看画像，愣住了。愣了半天，突然眼眶里充盈着眼泪，有点儿哽咽，说，李先生，您真是我的大恩人。

　　李先生不解，疑惑地望着柳所长。

　　柳所长说，我五岁死爹，六岁死娘。爹是军人。我是在孤儿院里长大的。长大后，政府送我到部队锻炼，升了排长，回来当了派出所所长。我小时候的记忆中，爹娘的模样，隐隐约约，有一些。这张照片，是我在老档案中找到的，是我爹娘，但可惜很模糊，这是我一辈子的遗憾和心结。没想到，您的画，一下子拉近了我幼时的记忆。说实在的，我记忆里的爹娘应该就是这个样子的，模样神态。实在没有想到，在我们这么偏僻的乡下，有您这么厉害的画家。您帮我了了心里的结。我终于可以日日见到我的亲爹亲娘了。李先生，请受我一拜。

　　李先生顿时手足无措。

　　当晚，柳所长送李先生回金泾村，一路上，两人似深交故友，无话不谈。一直到李先生住的家门口，柳所长还依依不舍，说，过日我再登门拜访。

　　第二日一早，金泾村的人都挺惊讶，李先生，你什么时候放出来的呀？李先生说，我没被抓进去呀。众人不信。傍晚时，柳所长带了酒菜过来找李先生。柳所长执意要坐在砖场上，跟李先生对坐着喝酒聊天。众人见状，信了。

　　几十年后，李先生办虎画展，专门邀请了退休的柳所长。李先生在一幅虎画前，非常感慨，说，老弟呀，想当年，我为人画辟邪的老虎险些画出大事，是您为我辟难。您才是辟邪的真老虎。柳所长由衷说，其实，我是看过您档案的，那些人恶意乱加给您的罪名都是莫须有的，现在，不是一项都没有了吗！

老　宅

万　芊

　　秦寺光，名字很怪。据说是他娘在兵荒马乱的逃难路上生他时，看见寺庙屋檐上泛着紫色的光亮，他娘就给他起了寺光的大名，好保佑他。这名字确实怪，口音重的人叫他秦死光，听上去更怪。

　　秦寺光是1949年春暖花开时到周庄镇的，脱下军装，在中学当教师，教历史、地理。那时的中学是寺庙改的，校舍都挺简陋。秦寺光就想，自己在寺庙里生，又在寺庙改的学校里当老师，也许是冥冥之中注定的。

　　秦寺光在学校单身员工宿舍住了三年，第四年的时候，有人给他介绍了一个对象。当秦寺光和这个对象到了谈婚论嫁的时候，校长犯难了，学校里除了一些简陋的单身宿舍，没有其他房子可以给秦寺光结婚。秦寺光跟校长说，学校操场边有一处偏厢房，里面只丢些破旧的桌椅。校长迟疑了半晌，反问，这房子你也敢要？秦寺光恳求道，给我吧，破些，我不嫌。

不久，秦寺光开始布置新房。其实也只是用些报纸糊糊内墙和窗户。新房布置好后，他的对象却不愿跟他结婚，理由只一个，那就是她怕那老宅，整天阴森森的。秦寺光很无奈。他只能一个人住进老宅。很怪，从此以后，秦寺光的婚事再也没人过问过，镇上所有的人看他时，总是用怪怪的眼神。秦寺光怪怪的名字，怪怪的脾气，让人觉得怪怪的。

又过了几年，学校里不让秦寺光教书了。不让秦寺光教书，说他脱下解放军军装前一直是国民党兵，是被解放军俘虏后投诚的。不能教书的秦寺光，在学校里只能做些扫厕所之类的杂活儿，一下子成了低人一等的人。白天在学校里，秦寺光自然很不舒心，唯有回到自己住的那偏厢房时，秦寺光才觉得仍然还活在阳光雨露之下。那偏厢房破旧阴森，倒也帮了秦寺光。没有人贸然闯入老宅来扰秦寺光的生活。

偏厢房，是被原先的主人家用高高的围墙隔开的。单独的院子，单独的两层楼，单独的阳台。院子里有一眼水井，甘甜的，冬暖夏凉。秦寺光在院子里种了花木，还种了些韭菜、毛豆和爬藤的扁豆、丝瓜、黄瓜。整个院子，花花绿绿，琳琅满目。独身的秦寺光，若在家待上一两个月，也不会渴死饿死。秦寺光喜欢安静地读读书，而这偏厢房里竟然丢着好多线装古书。秦寺光喜欢读书，是很早的事，当兵前在一家南货店当学徒时，曾做过私塾先生的账房先生，是他本家。秦寺光跟账房先生学了好多古文，还有算术。只是靠这些功底要啃懂这一大堆古书，还不易。好在秦寺光有的是时间，一进家就把自己丢在古书堆里，古书让他忘却了白天的不快。

如此十来年，秦寺光像一个准点的钟摆，早晨晃到学校，晚上晃到家。回家以后，关了大门，秦寺光在大门内干啥，谁也不知道，谁也不去打探。后来，省里一位职务很高的干部，为秦寺光写了一张证明，证明秦寺光投诚后表现很好还立过功。在部队里立过功，那应该是好人。成了好人的秦寺光重新走上讲台，讲他的历史地理。历史地理是学校的副科，先前很少有学生对这两门课感兴趣。秦寺光上了史地课，喜欢这两门课的学生一下子多了起来。再后来，国家恢复大学招生考试，陈墩镇中学一下子考取了好多史地专业的名牌大学。

秦寺光退休那年，外面来个摄制组要借秦寺光的老宅拍电影。剧本据说是以前住过这里的一位海外女华侨写的，是一个凄婉的爱情悲剧故事。摄制组根据一些老照片，对老宅重新布景。从春天一直拍到冬天，秦寺光忙忙碌碌给他们做后勤。电影拍摄完工，摄制组花了两天工夫，专门为秦寺光拍了一段生活纪实。

第二年，据说电影在海外放映很成功。有一天，突然有一个保养很好的老妇人来到秦寺光的老宅。老妇人说，我叫琼，就是写剧本的人。我是陈墩镇人，我从出生起，就一直住在这里。这老宅原先是我家的书楼。我十八岁时，无意中与镇上一个南货店里的学徒好上了。他跟我一样酷爱读书，常常偷偷来我家借书。这事，后来被我大伯发现了。大伯觉得我一个女孩子家败坏了家风，我爹我娘跪地求情也没用。大伯叫了一帮人把他困在书房里毒打。没料想，打出了人命。大伯买通了当官的，没有被追究。为息事宁人，大伯又把书楼用围墙砌了起来，最终成了一处人人害怕的凶宅。那回，我没挺过来，疯了。

秦寺光说，其实，我跟你的那个学徒一样。我在当学徒时，也酷爱读书，也认识了家里有书楼的富家女孩。只是，当他们家里人觉得她有失门风要叫人惩罚我的时候，女孩冒险出来给我通风报信，我连夜逃脱。后来，我实在没处可去，衣食无着，才当了兵。

一年后，秦寺光和琼结了婚，两人生活在重新改造的书楼里，相敬如宾。一晃，几十年过去了，两人都已过了九十高龄，然仍眼不花，耳不聋，每日读读书，喝喝茶。即使喝茶，俩老人也总要举杯齐眉，以示互敬。

宝 剑 出 鞘

王琼华

帮主过完七十大寿，就重病卧床。

这一日，他又是气喘得满脸猪肝色。给他捶背的儿子崇武小心翼翼说道："父亲，趁清醒时您早点儿把宝剑传给孩儿吧。"

"为父还没糊涂，怎能贸然传你宝剑。"

帮主这腔调说话，也有他的无奈和惆怅。

帮规第一条，谁手中握有宝剑，谁就是号令全帮的帮主。帮主记得，当年老帮主传下宝剑时说："经过二十余年的旁观侧察，觉得你秉有承接帮主之位的聪慧厚德。看你一贯宽以待人，老夫也就无话要交代了。只是你要时刻记住：宝剑出鞘，人头落地。这是前任帮主临终时嘱咐的。有朝一日你传下宝剑，也应让后人铭记这八个字，千万不要拔剑。"

帮主记下了老帮主的话。

不过，"宝剑出鞘，人头落地"这句嘱语中暗藏什么玄机，帮主喝了几十年清茶，也没悟透。与崇武及徒弟探讨时，崇武脱口说道："宝剑也是剑，还会有什么玄机？宝剑一出鞘，当然就要杀人，对方就是本事比天大，再加上什么金枪银棍的，也挡不住自己脑袋落地的下场。"

帮主说道："这还要你说？接任帮主后，老夫从未拔剑出过鞘，心里也一样知道宝剑削铁如泥！"

徒弟惠明说道："师傅说得对。与帮主一样威仪的宝剑属罕世之物，也就不是一般人所能匹配的。"

崇武瞪眼说道："哼，那你说说高见。"

"真要说出剑中玄机，又得恕惠明无能。"

"我还以为你师兄真有什么慧眼见识，谁知道也是俗眼一双！"

帮主干咳几声，两人才把嘴巴收紧。

崇武还是有些不服气，侧过脸耸耸鼻子。平日里，他知道父亲很器重惠明，快要把惠明当成大儿子，自己倒屈居了次席。这让崇武心里憋足火气，也有些无奈。惠明拜师十年，成了帮中第一高手，近年连续收服几大恶人，更是名震江湖。父亲捋捋胡子，有意把宝剑传给惠明。崇武窥出父亲这念头后，苦苦劝道："父亲，这宝剑理应要传给孩儿！"

"老帮主当年也没传给他儿子！"

"老帮主生有三个千金，膝下却无半子。要是老帮主生有男儿的话，恐怕父亲您也接不过这把宝剑。"

帮主噎了一下，又说道："要是你也像惠明一样能承袭本帮秉性，不随意与人争强好胜，那该有多好啊！"

"父亲您也该看到，惠明师兄收服几个该杀而未杀的恶人，立了自己的好名声牌坊，却让江湖孽根未除，忧患还在呀。"

帮主低下头，似乎沉吟什么。

崇武见了父亲这般神情，又补上一句："父亲，不管惠明师兄多么讨你喜欢，但您亲生儿子是崇武！"

帮主的心猛地跳了一下。

崇武这番话在帮主七十寿宴上说过后，让帮主琢磨一夜，第二天早上突然染病不起。卧床中，帮主还是想着传位的事。他看得出儿子做梦也想当帮主，但自己心中的首选对象还是惠明。面对儿子的执意，这事让他犹豫多年，一直做不了最后抉择。把脉自诊后，帮主知道自己大限已到，这日又在儿子一番催促后，觉得该把宝剑传给后人了。

在择定的良辰里，帮主召见崇武以及惠字辈徒弟。看看跪在床前的儿子和徒弟们，他用力攥紧宝剑。崇武似乎明白了父亲此时的心绪，满眼急迫望着父亲。

这时，帮主想起了老帮主当年嘱咐时的情景，脸上不由掠过一丝欣慰。他张嘴刚要说话，陡然发现儿子崇武两眼早已泪水汪汪。刹那间，好像有一只手忽地掐紧了自己的心。

接着，帮主觉得鼻腔塞满酸楚。

帮主闭上眼沉抑了半天，才仰脖长吁一声说道："本帮主决定，传位给、给崇武——"

说是迟，那算够快，帮主的话几乎还没说完，崇武已经腾起身子，手一挥便夺过了父亲手中的宝剑。见到崇武做出这番动作，惠明脱口叱道："你崇武竟敢抢夺宝剑？"

"宝剑在手，我即是帮主。帮规第七条，直呼帮主威名者当斩！"

叫声中，崇武一把猛抽宝剑。

惠明见了，忙蹬起身子，右手迅疾抽剑。他要竭尽全力用剑挡回崇武的杀气。

一道寒光中，还是有一颗人头落地。

众人惊心，落地的头竟是崇武脖子上的那颗！惠明也啊了一声，惶恐中赶紧弃剑跪地请罪。看到儿子掉了脑袋，帮主没有半点儿哀伤。猛然看到崇武手中抽出来的宝剑只是一只剑柄，鞘中却空洞无物，他已经惊呆了。宝剑，竟然是有柄无身！帮主老泪纵横叹道："宝剑出鞘，人头落地，原来玄机早被老帮主说透了。一帮之主，重在聪慧厚德，否则再有宝剑也护不了身。唉，怪老夫修炼多年，仍无半分悟心！"

只是崇武无法再听到父亲这番唏嘘。

帮主满脸悔恨，很吃力地抬起手指了指。惠明看明了意思，从崇武手中扒下剑柄，想重新插入鞘中，却发现无法复原。看到这般情景，帮主瞪眼大喝一声，顿时迸血咽了气⋯⋯

捉 蚊 计

王琼华

古仔一心想学门大功夫，梦想自己有一天也能在江湖扬名。但离家数月，一路浪迹，也没有遇到什么高人，不免心生郁闷。这日，他走进路边一酒馆，叫上一壶黄酒，要了一斤牛肉，独自吃喝。

突然，一伙脸上抹了灶灰的人闯了进来，大叫着让老板把银子交出来。古仔忽地起身，一巴掌拍在酒桌上，喝道："小爷在此，谁敢在光天化日之下打劫！"

匪头朝古仔溜上几眼，啐道："无名小卒，敢挡大爷财路，先吃你大爷一根封喉针！"与此同时，手奋力一挥。古仔早已听闻封喉针的厉害，又似乎看到封喉针直奔自己而来，内心不禁暗想："看来今天要命绝此地！"

正要紧时，坐在前桌一喝酒的老者，突然反手一探，便用食指和中指夹住从其身后掠过的封喉针。土匪见状，知道有高手现身，赶紧跑了。

古仔跑到老者跟前跪下，说："多谢老前辈救命之恩。"

老者侧身打量他一眼，说："看你也是一个没练过功夫的后生，怎的敢喝止这帮穷凶极恶的劫匪？"

"我，我看不惯他们欺压百姓——"

"是吧。但这暗器可会轻易要了你的性命。"

古仔脑子也算好使，当即磕头在地："师父在上，受徒弟一拜。"

老者忙说："我没什么本事。刚才挡下那根毒针，无非举手之劳吧。再说，老夫从不授徒。"

古仔说："不收下弟子，我、我就不起身。"

老者噎了一下："那又怎样呢？你起与不起，又关我什么事？"

老者果真拂袖起身，离桌而去。古仔怔了一下，赶紧追出小酒馆。追到老者，他并没停下自己的脚步。超过老者十来步时，他才又转身跪下相迎。老者惊了一下："你这跪迎又有何用？"说罢，绕过古仔继续往前走去。古仔又起身，再次赶到老者前头跪迎。

就这么走了十几里路，古仔跪了上百次。

一个时辰后，老者回到山里家中。刚进门，便"咣当"一声把古仔关在门外。古仔不死心，干脆跪到了门前，连声叫道："师父！师父，收我为徒吧！"整整跪了一夜，古仔也没离去。天大亮时，几个人突然开门奔了出来，没吭半声，便老鹰捉小鸡般把古仔提起。古仔还没明白怎么一回事，就发现自己被扔进了后院一个土牢里。

古仔怒吼："你不肯收徒也就算了，怎的还把我关进土牢？"

关在这黑咕隆咚的土牢里，哪里会有人应话？好在土牢虽小，还没让古仔感到孤独与寂寞，因为还是有做伴的，土牢中尽是些看不见、摸不着、却听见嗡嗡叫的蚊子。古仔大声起誓："你这老家伙怎狠毒，还想让蚊子来咬死我吗？老子偏要活着，出去后我要找你报仇！"

古仔不由自主地辨别蚊声，又忽地伸手抓去……

但是这蚊子似乎永远都抓不完，每次有人给土牢送来饭菜，古仔吃完，牢门一关，四周黑下来，蚊子又嗡嗡地围了上来……

也不知过了多久。忽一日，土牢门突然被人打开了。古仔若脱兔般冲了出去。刚出土牢，他便发现老者远远地站在一座亭子前，顿时怒从心生，操起一根棍便直扑老者。老者见状，随手往前一甩，四支针直直射向了古仔。古仔像听到几只蚊子朝自己扑来一样，当即把手一伸，五只手指竟然稳当当夹住了四支针。

"好！"老者大呼一声。

古仔仍想提棍再扑老者。

老者说："小子，你大功告成，该离开这里去惩恶扬善了。"

古仔这才恍然大悟。原来老者把他关在土牢里，就是好让他练就一身真功夫。他呆了。

老者介绍道："我当年犯事，被父亲大人扔进土牢里关了两年。父亲病逝后，我才得以出来。你小子算有天赋，才熬过一年半时间……"

"我、我在这里待了一年半？"

"没有这么长的磨难，你能练成捉蚊功吗？"

"捉蚊功？！"

"这名字怕是有点儿污垢味吧，但很实用，能在黑暗中信手捏到蚊子，又有什么暗器不被你截下？"

"多谢师傅！"古仔扑通跪下。

老者不紧不慢地说："起来吧。前年已跟你说过，我做不了你的师父。练武，大多在于一种造化吧。你要谢便谢这土牢般的地窖，也该谢一谢你自己死纠烂缠、咽不下气的习性吧。真要说老夫有助于你，那就是我的举止激发出了你的斗志，这也是练武人所需要的……"

穆 小 盆

李永生

穆小盆人高马大，往人面前一站似戳了半堵墙。他饭量好，一顿能吃一盆饭，为此便得了个"小盆"的绰号，大家都叫他"穆小盆"，真名反而没人叫了。穆小盆吃饭的家什是一只砖红色泥瓦盆，他蒲扇般的大手托住盆底，用胸口顶住盆沿儿，筷子在瓦盆里一搅和，就呼噜呼噜吃出了一种骄傲。

饭量大，力气也大，他就靠卖力气吃饭。

那天一大早，穆小盆背着瓦盆去涞阳县城找活儿干，走了十几里路，远远见前面有两个人正鼓捣一辆马车。穆小盆走近一看，那马车上装着十几个瓷实实的麻袋包，车辕辘陷进了软泥，车把式啪啪甩着马鞭子"驾驾"地吆喝，后边一胖老头歪着脖子帮着推车，那匹枣红马刨毛扬鬃地往前拽，但那车辕辘在软泥坑里"吱扭吱扭"转换着方向就是不往前走。估计他们已经倒腾了一阵子，枣红马累得鼻孔里呼呼直喷白气。胖老头看到在一边站着看热闹的穆小盆说，后生，搭把手可以不？穆小盆走过去，说，你把马卸下来，我给你拉上来。胖老头望着他，好像没听懂。穆小盆重复一遍说，没错，我给你拉上来，可你得答应我一个条件。胖老头忙点头。穆小盆说，我饿了，你去给我买五十个烧饼，我吃了才有劲干活儿。胖老头说这前不着村后不着店的，让我上哪里给你买烧饼？穆小盆说，那你们身上带干粮了吗？胖老头想了想，转身从车上拎下一个包袱，解开后从里面拿出三张大饼，说，就这些了，全给你。穆小盆接过，把三张大饼卷在一起，不一会儿就把大饼填到了肚子里。吃完，穆小盆拍拍手，把瓦盆放到地上，用眼睛示意车把式把马卸了套。穆小盆走过去，站在刚才枣红马站的位置上，双臂架起车辕，倾身躬背一跺脚，瞪眼喊声"走"，那马车便摇摇晃晃走出了软泥坑。

胖老头和车把式看得目瞪口呆。胖老头问清穆小盆是要去城里找活儿干，说，跟我走吧，我家的活儿你一辈子也干不完。穆小盆便跟着胖老头回了家。

胖老头是一大户人家的管家，这户人家养着七八个长工，穆小盆也成了这家的长工。穆小盆依旧端他的瓦盆吃饭，一个人能干四五个人的活儿，很快便当上了长工头儿。

东家没儿子，膝下只有七个丫头，六个丫头都嫁了，专门剩下个老七，为的是招女婿上门延续香火。东家见穆小盆实在能干，就有意招赘他。那阵子地里的活儿重，长工们累得够呛。这天早饭东家特意让灶上蒸了开花大馒头，还炖了粉条猪肉。吃罢饭忽然下起了瓢泼大雨。长工们吃了个肚儿圆，又能歇个"雨工"，都高兴，猫在屋里滋腻腻睡大觉。只有穆小盆憋得难受，在屋里搓着手一遍遍走，时不时地隔着窗户望望天空叹口气。东家隔着院子问他咋了。穆小盆说，吃了那么好的饭食，可干不了活儿，不是白吃了？

东家很高兴，觉得穆小盆闲不住，富贵了也不会忘本，好！就招赘穆小盆当了女婿。

穆小盆就当了少东家，东家就成了老东家。老东家没看错，穆小盆果真富贵不忘本，除了穿戴好了一些，他依旧和长工们在一起出力气流大汗，别人干啥他干啥。

又过了些年，老东家老了，就对穆小盆说，富贵不忘本，好，但有时候一个人该变变角色就得变变角色，我老了，把这个家正式交给你，你就成了真正的东家。真当了东家，若不摆谱，反而会让人小瞧你。要学会用脑子管人，所谓劳心者治人不就是这个理儿？穆小盆觉得岳父的话说得有理，然后，就开始学着摆谱当老爷——

穆小盆学会了抽烟袋，

穆小盆学会了提笼架鸟，

……………

反正穆小盆不干活儿了。穆小盆不卖力气了，饭量就相应地小了，原先他还硬撑着吃一盆饭，后来便改成了半盆，再后来就把盆改成了碗。穆小盆那个标志性的瓦盆开始"退休"了。这时候，穆小盆竟感到了很大的失落，那个跟随他多年的瓦盆在他心中早已成了一个"标志"，就如同关公手里就得攥一把青龙偃月刀，张飞手里就得拿一支丈八蛇矛。不端瓦盆，穆小盆还是原先那个能吃能干的穆小盆吗？穆小盆闷得慌。

穆小盆别扭着又当了几年老爷，老东家仙逝了。送走老东家没几天，穆小盆就心急火燎地换上了原先穿过的粗布衣裳，和长工们一起干活儿去了。穆小盆就又骄傲地捧起了瓦盆。

没多久，风起云涌的"土改"运动来了，邻村几个地主都挨了斗，还被毙了两个。穆小盆是他们这个村最大的地主，贫农团自然不会放过他。为了挖出他家浮财，他们把穆小盆抓起来吊在了房梁上。但他家长工们不干了，长工们排着队找工作队说理，他们拿小木棍敲打着他用的那只瓦盆说，你们见过扛大锄放响屁吃粗食的地主吗？长工们都是穷人，这时候穷人就是主人，面子总得给，穆小盆最终被"保"了下来。

劫后余生的穆小盆说："劳动能改变人的命运啊！"

清　茶

李永生

野三坡境内有一高山，悬崖陡壁，状如斧劈。山顶有一平台，台上曾建有娘娘庙。据说建此庙时因山高路远，建筑材料难以运送上山，有人便想出用山羊驮运的高招，将附近村庄的山羊集中起来，在每只羊身上拴几块砖瓦，成百上千的山羊边啃食青草边朝山顶进发，远远望去，整个大山犹如下了一层雪，很是壮观。

经过几百年的风吹雨打，娘娘庙越发变得残破，驻僧也换了一茬又一茬，到清朝光绪年间，只剩一位高僧在此修行。高僧法号了凡，已年近八旬，但仍精神矍铄，腰身板直。了凡高僧出家前是一名医，本就心地善良，出家后更加仁慈，经常义务为百姓治病。他怕乡亲们到山上看病不方便，便每月初一、十五背药葫芦骑毛驴下山巡诊。那毛驴是个早产儿，它母亲生下它便死去了，主人怕养不活它，想丢弃不管。高僧得知，将小毛驴抱到山上，用米汤把它喂活。毛驴个头不大，却长了一个"大门头"，人说这种驴极聪明极智慧。

了凡巡诊，天蒙蒙亮就出发。高僧骑驴，无须手握缰绳，稳坐驴背，仍能手持佛珠念经。毛驴四蹄撒欢，踏得山石"得得"脆响，人和驴都显出几分精神。

到了山下村庄，天正好大亮。病家主人早已在路口迎接。高僧下驴进屋，对病人望闻问切。主人回过身，将一捆鲜嫩青草恭恭敬敬放在驴面前，毛驴便很友好地望望主人，三缕二缕衔起而食，吃得优雅而且气质。吃饱了，高僧也正好从房中走出，主人千恩万谢，高僧双手合十作别，偏腿儿上驴又去了其他病家。

高僧了凡骑驴巡诊，救治山民无数，百姓无不感念他的恩德。有人提出在悬崖峭壁上为其开凿一块巨型"功德碑"，百姓闻讯，无不响应，纷纷倾囊捐款。了凡知道后，吓了一跳，喊声"罪过"，骑毛驴便去阻拦，好说歹说，乡亲们才作罢。

了凡有一嗜好——饮茶。高僧脱俗，饮茶也极讲究，他一年四季饮的都是绿茶。绿茶的香气最雅致，一壶开水冲进去，那墨绿色的茶叶打着旋儿舒展成一个个透明的气泡，一股幽香能感染一片天地。茶具是一盏成窑五彩小盖盅，雕镂奇绝，一色山水人物，并有草字图印，那是出家前病家送他的，已摩挲得通体发亮。过去，了凡一直用山上的泉水煮茶，后来换成了山下村庄的"龙眼井"水。了凡第一次接过病家递给他的"龙眼井"水便眼前一亮。病家把水倒得满满的，水高过杯口，光滑如披了一层缎子面。高僧道声"极品"，喝一口果真比山上泉水更加甘洌。自此之后，了凡便改用"龙眼井"水煮茶烧饭。

为了凡运水的便是那头大脑门毛驴。

了凡先是领着毛驴下山驮了几次水，然后便决定让毛驴单独去驮。

天未亮，高僧便起床打火烧饭，接着添草加料，把毛驴喂饱，然后在驴身上拴好水桶，目送毛驴下山。

这是毛驴第一次单独下山驮水。毛驴因主人对自己的信任而激动，打着响鼻儿一溜儿小跑，没多久便来到了井边。这时"龙眼井"边已聚集了三三两两打水的乡亲。老乡们见了毛驴独自下山，先是一阵惊讶，再望水桶，更为惊奇——桶里边竟放着两张烙饼。人们一下子明白了——高僧要用烙饼换水吃。人们争先恐后地为水桶灌满水，烙饼却没有留下，依旧让毛驴驮回去。高僧为乡亲们办了那么多好事，为他打水也要报酬吗？

第二天，毛驴又来驮水，不过这次桶里的烙饼变成了四张，乡亲们给桶灌满水后，依旧不肯把烙饼留下，毛驴便原地打转怎么轰也不走。一老人说："他一准是上次驮回了烙饼，挨了大师的责怪。"人们只好留下烙饼，毛驴欢快地打个响鼻儿，立即转身上了山。

这以后，毛驴每天都在大清早下山，用烙饼换水，谁第一个见到毛驴，谁便拿走烙饼，然后负责给水桶灌水。

毛驴驮水，一直持续了二十年。这天早晨，天上下起了大雪。毛驴又下了山，然而身上不见了水桶和烙饼。毛驴见到乡亲们，仰天大叫，四蹄刨击地面，一脸的焦躁与不安。乡亲们心里咯噔一下子，忙朝山上奔……入寺庙进禅房，见了凡已经坐化了，眼前一盏茶水，也已冰凉。

乡亲们含着泪把毛驴拉下山。大伙儿一商议，决定轮流养护它，每家一月。到了新家，毛驴拉磨驮柴，任劳任怨。当然，有一件事乡亲们谁都不会忘记，那便是户与户交接时，新主一定会和毛驴一起上山，在高僧墓前敬献一杯"龙眼井"茶。

抛　弃

宋志军

"越丽真把老赵抛弃了，真没良心，难得老赵当年对她那么好。"

"是啊，当初二人为了在一起，可是闹得不轻，两个家差点儿都散了，谁会想到是这么个结局呢！"

越丽走过文化宫大厅的时候，听到了舞蹈队两个同伴议论。尽管她们声音很小，但越丽还是能够听清她们的话。越丽心中一阵难过，但又不能上前去为自己辩解，只能装作听不见，快步走了过去。

越丽虽然已五十多岁，但她保养得好，又会打扮，平常不熟悉的人看她也就四十出头儿，在整个市老年舞蹈队里是头号的明星，免不了会有人忌妒。所以在她来到舞蹈队不久，关于她年轻时和老赵的风流韵事就悄悄地传开了，传播者的用心里既有好奇，也不乏鄙视的意味。

想当年越丽三十出头的时候，那可是出了名的美人啊，精致的五官，苗条的身材，白皙的皮肤，特别是高雅脱俗的气质，走到哪里都是男人眼里的焦点。那一段时间她正和老公闹别扭，老公人很老实，对她也好，但就是太木讷，不解风情，这让天性浪漫的越丽心里很不舒服。她怀疑当初自己找错人了，怎么会嫁给一个榆木疙瘩呢？

就在这个时候老赵走进了她的生活，老赵是一名舞蹈老师，是越丽报名参加舞蹈队时认识的。她怎么也不能忘记老赵第一眼看见她的样子，当时他整个人像被电击了一样，两眼直勾勾地看着她，似乎掉了魂儿。越丽对此并不觉得特别惊讶，对于男人爱慕的目光，她是再熟悉不过了。但这次不一样，因为老赵不是一般的男人，他身材高大又很矫健，相貌英俊又透着文雅，也是个让异性心动的人啊。越丽和他目光交汇的一刹那，自己的心也是猛跳了几下。虽然老赵比越丽大了将近二十岁，已是五十出头的人，但正像人们说的，五十岁的男人是极品，这句话用在老赵身上，再合适不过了。

就这样，一来二去，越丽和老赵疯狂地爱上了，他们全然不顾家人的感受，公开地走在了一起。越丽的老公开始还想用真情留住妻子，但当他明白妻子是铁了心想要分开后，就不再勉强，主动提出了离婚，把自由交给了越丽。可是老赵这边却出了问题，老赵的妻子死活不愿意离婚。越丽见过老赵的妻子，那是一位身材瘦小、看上去有点儿懦弱的女人，可越丽却不明白她的内心为什么竟那么强大，无论老赵和越丽联起手来如何逼迫她离婚，这个女人根本不为所动。她说的一句话让越丽任何时候想起来都不由得倒吸一口冷气。她对越丽说，不管你如何年轻漂亮，也不能从我身边夺走他，岁月会打败你，终有一天你会明白的。说这句话的时候，老赵的儿子已经快大学毕业了，那个高大的男生并没有很粗野地对待她，但她却能感觉到男孩心中的仇恨和鄙夷。

看到老赵一筹莫展的样子，最后越丽妥协了，不再逼迫老赵离婚，可二人也没有分开，就那样在别人异样的眼神里偷偷摸摸地生活在一起。好在老赵的妻子睁只眼闭只眼，好像她压根不存在似的。越丽很不甘心，有时候她想到以前的丈夫，心里难免会一阵恍惚，这到底是谁抛弃了谁呢？有点儿搞不清了。

这两年，老赵越来越老了，越丽对他倒没有嫌弃的意思，可她却感到老赵对自己的冷淡。老赵会偷偷地跑回他那个家里，甚至找各种不同的理由躲着她。是啊，毕竟老赵是快七十的人啦，他的腰杆不再挺拔，相貌不再英俊，老态越来越明显了。两个人当初在一起的激情也随着岁月飘散殆尽，剩下的，只是平淡无味的漫长日子。越丽面对着他，感到岁月都带了一种苍老的味道。可让她想不通的是，她没有嫌弃老赵，可老赵却似乎越来越不把心思放到她的身上。越丽有苦难言，只好到老年舞蹈队里去消磨时光，驱赶内心的孤寂。她和老赵的关系也疏远起来，有时候多日不见面，这些时候老赵当然就回到他的那个家里去了。然而，外面的人却不清楚，于是关于她抛弃了老赵的传言就传开了，你说越丽冤枉不冤枉呢？

有一天，一个认识老赵的人去公园游玩，无意间看到老赵和他的那位结发妻子正慢悠悠地散步，两人扯着一个三四岁的孩子，不用说，那是老赵的孙子。看到老赵心满意足的样子，那人似乎一下子明白了什么。回到舞蹈队，那人悄悄地把见到的一幕向队友们说了，从那以后，再没有人说越丽抛弃老赵的话了。相反，她们再看到越丽的时候，眼里都带了一点儿同情。

鬼　　气

宋志军

常说有些官员有官气或匪气，李来安身上则有一股鬼气，此人思维行事与常人不同，鬼怪百出，匪夷所思。

二十世纪八十年代，李来安在镇上任党委书记。此人长得白白净净，是通讯员出身，腿勤嘴甜，办事麻利。有一次县委书记到镇里视察，这小子跑前跑后，侍候得十分周到，也是县委书记一时高兴，随口说了一句，这小孩子很机灵嘛，愿不愿意到县委去当个通讯员呀？李来安多么聪明啊，连忙应道，叔，我愿意！他不喊书记而叫了一声叔，登时就让书记欢喜了一大阵子，书记没有儿子，打心眼里喜欢这个眉清目秀的孩子。结果是几天以后，李来安就去了县委，又过了不久，就认了书记当干爹啦。

自此，李来安算是交上了好运，先是转干，后又提拔，几年下来竟成了县委办公室的副科级干部，又过了几年，赶上乡镇换届，一步到位到官会镇任党委书记。

李来安虽然文化不高，但脑子好使，做事就显出与众不同来，尤其是应付上级检查，他的许多做法想来真是匪夷所思。比如说民政部门来检查，他竟然头天晚上把经常在镇上活动的瞎子瘸子用一辆大篷车连夜拉到几十里外的野地里，让这些残疾人好几天回不到镇里。为此，这些瞎子瘸子在心里恨透了他，但也不敢轻易到官会镇的地盘上来。

有一次，一个外地的算卦瞎子来到镇上，被李来安碰上了，也是一时图个好玩，李来安竟也算了一卦。瞎子念念有词一阵后，对他说，你今生可以做官，而且可以做到七品。李来安听后十分高兴，正要离开，不料瞎子又饶了一句，你当官可以，可别学李来安那个鳖孙，他可是注定不得善终。把李来安气得当时就把瞎子的卦摊给掀了。

有一年，市里计划生育检查组抽查，抽到了官会镇。那时不比现在，计划生育是天字号工程，有一句话叫农村工作两台戏，计划生育宅基地。这计划生育搞得好坏，直接关系到镇党委书记的升迁。因此，计划生育检查组一到，李来安就如临大敌，使出了浑身解数。只可惜检查组组长是转业军人出身，特别古板，送礼不要，一时竟然难住了李来安。

可李来安是谁呀，那可是个绝顶聪明的人。很快他就打听到组长的爱好，这人特爱打枪。这一天，李来安见到组长说，我们这里的斑鸠特别多，赶明儿我找几支猎枪，咱们打斑鸠去。组长一听，心里当时就痒痒的，忍不住诱惑答应了。

过了一天，李来安带着组长一行，来到了郊外，兴致勃勃地打起猎来。谁知组长一枪打过之后，不远处站起一个人来，此人五十多岁，捂着一条腿哎哟哎哟地叫个不停，一群人连忙奔过去，但见那人满手鲜红，表情十分痛苦。李来安二话不说，立即安排人把那人拉走送进了镇医院。

检查组组长吓坏了，他知道自己打伤了人，闯下了大祸，于是一言不发，不再较真，灰溜溜回市里去了。那次检查，官会镇自然是什么问题没有，不仅为县里争了光，而且当年还被评为计划生育先进乡镇。

事后，李来安请那个所谓受伤的人好吃好喝了一顿。原来那人是一名镇干部，按照李来安的安排演了一出苦肉计，至于手上的鲜血，不过是半瓶红墨水罢了。

李来安后来官至某县的县长，因为贪腐被拿下，不明不白地死在了狱中。官方说是自杀，说他用一只刀片割断了自己的股动脉，流血而亡。可有人说，哪里会是自杀，分明是被人灭口了。他哪来的刀片？又怎能在严密监视下动手，况且他没有医学知识，又岂能一刀割到股动脉？真相到底如何，也只有天知道啦！

挂　鸟

刘泷

夜来雪下得从容，小山村像铺展开的宣纸，收拢了一地的梅花。

老两口起得早，她做饭，他扫雪，有一句没一句地说话。

山沟袖珍，叫凤翅坡。别人都搬走了，自家孩子去了城里，一条沟仅剩老两口。

他叫她"老伴"，她叫他"当家的"。这么多年，习惯了。

见他扫雪呢，她嗔道，当家的，咋忘了自己的营业？

是呢！他拍了下额头，扔下扫帚，碎步跑到沟里去。

沟里场院边一块向阳的坡地上，有两片像渔网那样的挂鸟网。鸟网的线绳为土褐色，挂在两根坚硬的檩条上，张网以待。当然，人撞上无所谓，鸟撞上肯定走不了啦。

他养成了习惯，每天一早要跑到这里。他来不是捉鸟，而是给鸟放生的。

唉，孩子拴的网，老人不好违拗，只好出此下策。

腊八那天，城里的闺女和姑爷回来了。姑爷老大不小了，但孩子气不减，开车拉来鸟网，要挂鸟。而且，居然当天真有两只呆头呆脑的山鸡挂在了网上。

傍晚，姑爷把缚住双腿的山鸡扔进汽车后备厢，说去城里给领导进贡。行前，姑爷嘱咐，爸，妈，精心些，有飞鸟挂网，就给我们攒着啊。

也是，这个地方偏，林草茂密，那些鸟，什么喜鹊、啄木鸟、布谷鸟、山鸡、斑鸠、野鸽子、蜡嘴、金翅、红嘴蓝尾鹊，很多，不时在天空和林间飞过，花花绿绿的，很迷幻，很热闹。

自打有了那两片网，好像电视上说的百慕大三角，飞机呀船呀到那里就失踪了。鸟呢，到这里也仿佛航船遇到了礁石，搁浅了。几乎，每天都有一两只鸟倒挂在网上，挣扎。

第一次，是只野鸽子挂在了上面。老两口抓住它，曾有过一番犹豫。后来，他说，老伴，你看呢？

她说，当家的，我看，那什么，放了吧。一个带翅儿的哑巴物儿，好歹是条命呢。

二人把那鸽子放了。鸽子似乎被捉奸挣脱了一般，仓皇地钻入云层里。

其后，习惯成自然。每天早起，到网前巡视一番，即使抓到味美的野鸭子，他也是轻轻地拍拍它的翅膀，放飞。

一些大鸟都是鸡叫时分出窝活动，这时候天色还很朦胧，星星也很迷离，鸟们最容易挂网。这就逼着他早起。第一遍鸡叫，他就站在网前，一是防止鸟挂，一是防止野猫呀山狸子呀对挂网的鸟下口。

那天，他从网上抓起了一只难得一见的八哥。这八哥毛色漆黑，额冠前耸起一撮儿俏皮的黑毛，睁着一双橙红色的眼睛，竟然人似的无奈地叹着气。八哥因逃命心切，过分扑腾，一只翅膀受伤，像折损的伞翼，耷拉着，并淙淙流血，染湿了羽毛。

他把八哥捧回家，给它的伤口抹上药面，把整个翅膀和身体包扎在一起，将养起来。

一个星期后，八哥痊愈，放它飞去，竟悬在半空振翅，对他喊一个字，好！好！

他说，怪，它不走了！

她说，当家的，这鸟儿挺招人稀罕，会说好呢，留下给咱做伴儿吧？

小年那天，老两口又是蒸年糕，又是蒸豆包，忙昏了头。晚上，顾不得封好煤炉，就睡下了。岂料，半夜时分，二人中煤毒了，胸闷，憋气。她爬起来，却栽倒了。他呢，要爬到地上去开门，竟摔到了地上，动弹不得。八哥急了，飞到她身边，喊，好！好！又飞到他身边，喊，好！好！见两个人没有动静，它飞起来，满屋子转。好在，有一孔窗户是用报纸糊的。八哥便一头、一头去撞那窗户的报纸。报纸开裂了，一股风刮进来，八哥也奄奄一息蜷缩在地上。

后半夜，老两口醒过来。望着窗棂上凌乱的八哥羽毛，他说，哎呀，是八哥救了咱！

从此，虽然一直虚弱，但他依旧拄着棍子去给找死的鸟放生。

初一一大早，姑爷开着车回来了。姑爷把汽车径直开到鸟网前，摘下了三只悬挂的沙鸡。姑爷跑进家门，炫耀地说，宁吃飞禽一口，不吃走兽半斤，今天就让这沙鸡当过年的下酒菜！

姑爷又满屋转了转，问，怎么，一个腊月，你二老没有攒下几只飞鸟？

他说，攒什么攒，你们嘴馋，我们嘴就不馋吗？吃了！

中午，炖好的沙鸡端上餐桌来，闺女和姑爷吃了几块，连喊好香。又问，爸，妈，你们怎么不吃？

见老伴转过脸去寻找八哥，他咽口唾沫，说，我们过年吃素！

八哥瑟缩在窗台上，噤若寒蝉。

他抓过它，走出屋去。一抖手，那八哥竟然头也不回地飞走了。

赝　品

刘　泷

李九玲从来没有如此凄清过。有时恍惚，就想哭。连屋里那盆海棠花落一个花瓣儿，她眼圈也要红。

都是一个瓶子闹的。

邹晓川花八十万买了一个瓶子。这个瓶子有宝蓝色的祥云，有一条桃红色的云龙蜿蜒盘旋其间，最主要的是，瓶子底部的款识有"大清乾隆御制"的字眼。他把瓶子买到手的时候，那瓶子原来的主人信誓旦旦地说，这绝对是个真东西，祖传的，乾隆年间的，要不是急等用钱，我才舍不得出手呢！

　　反正，邹晓川买了。他相信，过不了几年，这东西就会翻着跟头一路涨价，为他换来梦中滚滚的财富。人家说，小钱靠挣，大钱靠命，他觉得自己就是大富大贵的命！既然是大富大贵的命运，就应该投资，而且不能投资股票，那玩意儿天天跌，不靠谱。而收藏古玩和炒房子一样，是光挣不赔的买卖，弄不好，还能捡个漏儿，那就赚大发啦！

　　自打有了这个蓝彩相间的天球瓶，邹晓川就中邪了，上班前要摩挲，下班后要把玩，就是睡觉前，也要打开那个透明的书柜，把瓶子拿出来欣赏一番，啧啧赞叹。有时候，喝高了，干脆就拿个垫子，抱着瓶子，在书房睡下了。

　　这就冷落了李九玲，让她感觉自己就是一只落单的鸟。

　　本来，两人不是这样的。李九玲苗条，苗条到骨感。邹晓川健壮，健壮到魁梧。这仅是形而下的。他们有内涵。结婚十年来，儿子朵朵都九岁了，虽然老话说勺子没有不碰锅沿的，但两个人就是从未红过脸，连架都没吵过，一直和和气气、相敬如宾。两个人相互间形成了一种依赖，都有谁也离不开谁的感觉。尤其李九玲，既依赖邹晓川，又对其颐指气使。在她的心目中，邹晓川依赖着她的依赖，受用着她的颐指气使，没有一丝反感与排斥，那真是很滋润的事情。

　　但是，人的精力和情感毕竟是有限的，天球瓶，好像是正宫，她俨然被打入了冷宫，那邹晓川居然连"作业"也懒得交了！女人是田，男人是水，没有水浇灌的田垄，那就荒芜了。

　　其实，在家庭中，充其量，恋爱是短跑，而婚后的日子，才是路漫漫其修远兮的马拉松。这个道理，谁都明白。

　　为充实自己，李九玲私下练起绘画来。她的起点高，直接学廖仲恺夫人何香凝的花鸟国画。画鹰，画黄鹂，都似何香凝的风格，几近乱真。

　　那天，有个鉴宝专家团莅临这个市。李九玲撺掇邹晓川，去吧，你去吧，鉴定一下，如果是宝贝，就没枉费你的专注。李九玲暗想，但愿瓶子是假的，虽然浪费八十万，但过日子不就是求个和和气气、平平安安吗？

　　专家兜头给邹晓川泼了一瓢冷水，说，这个天球瓶是个仿品，高仿，无论包浆、工艺，都看不出瑕疵，它的破绽在款识上。乾隆时期的款识由康、雍时期的楷书为主变为以篆书为主，排列由六字二行为主变为以六字三行为主。书写材料除青花外，多种材料并用。而乾隆年间的民窑除大量吉祥款、赞颂款外，也有不少写年号款的，但一般字体草率，有的甚至只是半边字，不可辨认。这个款仅有一行，中规中矩，有些刻意的因素在里面，一看就是赝品！

专家的话音一落，邹晓川的头嗡一下就大了，头发倏地竖了起来，汗水循着发梢溅涌，有些加压喷雾的感觉。

邹晓川并没有按照李九玲设想的好起来，而是变本加厉，几乎痴迷于古玩，痴迷于古玩市场。他把家当客栈，把古玩市场当成家了。

为了朵朵，李九玲就将往日夫妻间的恩爱质押于绘画创作上。

一天，邹晓川兴冲冲地走进家门，手举着一幅画说，宝贝，宝贝啊！上面钤着"香凝之印"的章呢，我花了整整一万块啊！

李九玲接过画作，哇的一声哭了。

窃　杯

梅　寒

那是一只看上去金光闪闪的碗状酒杯，它被静静地供奉在家中最神圣的神龛上。神龛两侧的鸳鸯香炉里，终日香气袅袅。早叩晚拜，一日三拭，雷打不动的仪式。每一次洗手焚香，她的纤纤玉指隔着柔软的绸绢轻轻拂拭过金杯凉丝丝的杯身之时，那个惊心动魄的上元夜，就像那夜缤纷的焰火一样在她面前灿然绽放。

那是她生命中永生难忘的一个上元之夜。

那一夜，她嫁入夫家之后的第一个上元夜，皇城汴梁变成一座沸腾的不夜城。宣德门前搭起五彩的山棚，宣德门上张挂起"宣和与民同乐"的大型条幅，街道两旁，花灯焰火照得整条街流光溢彩亮如白昼，鞭炮声、鼓乐声此起彼伏。

天子赐酒，赏月观灯，听曲狂欢，与万民同乐。她从来没有经历过那样动人心魄的上元节，更没有那样子放纵过自己。她多么感谢那个带她偷偷溜出来的男人，又纵她像男子一样豪饮。原本就没有酒量的，人群里早已被满街的酒香给熏得半醉。她不知自己怎样就衔起了那只金色的酒杯，又怎样被卫士们带到那个身着黄袍的男人面前。

"大胆贼妇，胆敢偷窃皇上的御赐金杯，你可知罪？"直到那时，她才从五里云雾里"扑通"坠地。酒醒。一头的冷汗"咕嘟"冒出。酒误人，酒杀人也，稀里糊涂中她就犯下了欺君大罪。罪证如山，那只金灿灿的酒杯，那一刻还在她的手中。

她回头，寻找带她出来的夫君。可熙熙攘攘的人群中，哪里去找那张熟悉的脸？她扭头，看到的是卫士们凶神恶煞般的脸，每一个人的目光都如刀剑。她的目光，带着最后的一丝希望，落在面前那个男人的脸上。他是当朝天子，万众仰望的大宋徽宗皇帝。如果不是那只惹祸的金杯，她一生可能都走不到他面前。那会儿，他就坐在那里，在离她不足两米远的龙椅上，满面红光目光灼灼地望着她。与她想象中的帝王完全不一样，他看上去竟是那般儒雅又和善，像那夜千百盏花灯中一枚温煦的太阳。

那一刻，她忽然就不怕了。她更不想死。也许根本就没有那么严重。她要给自己一个机会：

灯火楼台处处新，笑携郎手玉阶行。回头忽听传呼急，不觉鸳鸯两处分。
天表近，帝恩荣。琼浆饮罢脸生春。归来恐被儿夫怪，愿赐金杯作证明。

没作任何停顿，她一口气吟诵了一首《鹧鸪天》。她此前没见过天子，但她知道他是个爱诗文懂风月的风流天子。

吟罢，她怯怯地低下了头。心再次擂鼓一样狂跳起来。

"好啊，好！再来一阕如何？朕可赦你无罪。"天子笑了，他甚至开心地拍起了手掌。

"桂魄澄辉，禁城内，万盏花灯罗列。无限佳人穿绣径，几多娇艳奇绝。凤烛交光，银灯相射，奏箫韶初歇。鸣鞘响处，万民瞻仰宫阙。

妾自闺门给假，与夫携手，共赏元宵节。误到玉皇金殿砌，赐酒金杯满设。量窄从来，红凝粉面，尊见无凭说。假王金盏，免公婆责罚臣妾。"

她已经完全忘记自己是如何被带到这里来，也不再去想前面等待她的是什么。她只想痛痛快快地吟诵一回。那些她平日里只能和夫君在闺房中打情骂俏时才有机会吟诵的词句，第一次有了夫君之外的听众与欣赏者。酒早就醒了，腮边红潮还未褪尽。眼波流转之间，"咚咚"狂跳的心儿已渐平静。她无恙了。那个男人满脸的惊奇与赞许之色已经告诉她。

她果真没事。不但没事，她还像一位战场上凯旋的将士一样被那帮卫士们簇拥着护送回家，连同那只御赐的金杯——一只名副其实御赐的金杯，是天子亲手交到她手上的。

那只金杯，就从那一夜被她供上了自家的神龛。她希望它会如在那个上元夜时一样，做她，做他们一家永远的保护神。

可她很快发现自己只是做了一个梦。梦醒处。哪有繁华的上元节。只有失色的山河在呜咽。异族铁蹄，得得南下，泱泱大宋之君，曾经高高在上又那般温煦儒雅的天子徽宗皇帝，竟然丢下他的臣民，仓皇逃命去了。家也早就散了。她的夫君，早已殒命疆场，公婆皆已病故。

"少奶奶，赶紧走吧，再不走就来不及了。"是她的贴身小丫鬟，她已经来催了好几次了，语音里已带了明显的哭腔。

她没动，雕像一样坐在神龛前的蒲团上发呆。不用出去，她知道，街上已经人仰马翻乱成一锅粥了。曾经繁华的城已成一座无主的空城、乱城。

"走，能走哪儿去呢？覆巢之下焉有完卵。你且走吧，赶紧逃命去也。"她没回头，只缓缓抬起右手，将头上那只燕钗取下来，"一点心意，你带上吧。"

"少奶奶……"小丫鬟抹着眼泪接过那只燕钗，轻轻退下。

"当啷——"，小丫鬟还没走出院门，就听到屋里传来那一声脆响，随后是少奶奶的一阵骇人的狂笑："哈哈，金杯，原来不过一只镀金的泥杯……"

杨　柳　枝

梅　寒

山一程，水一程，长亭共短亭。张于湖紧赶慢赶，行至半山那座道刹时，已是掌灯时分。夜色朦胧中，"女贞观"三个大字映入张于湖的眼帘，一道异样的闪电蓦然从他心间划过。没容他细思量，观中老主持，一位慈眉善目的老尼，已经热情地迎出来。

他被安顿在观中西厢房内。

整日的奔波之苦，满身羁旅风尘，仍挡不住张于湖满心的感奋。二十三岁，殿前高中状元，又被朝廷任命为临江县令。满腔雄心壮志总算有了用武之地。彼时月已升空，山风过处，满山松涛阵阵。不读书，可就白白浪费那一个好风良月夜了。张于湖整顿完毕，于行囊中抽出一本书，就着窗前一豆灯火就读起来。

那琴声，由低渐高，由模糊渐清晰，从观中哪一个方向飘过来。泠泠如山泉叮咚，潺潺如春雨绵绵，伴着满山松吟与月光，抚过张于湖的耳膜，抚过张于湖的心，他满身的倦意刹那间被涤荡殆尽。合书，起身，把半掩的窗关紧。回头再坐下，打开书，琴声依旧。

一步一步，情不由己，张于湖醉酒般出了西厢房，又被那琴声一路引着到了道观后院。满庭月光空明如水，几株花树，树影婆娑，暗香盈盈，树下花影中，一仙子般的妙人儿一袭素色道袍，盘腿而坐，膝上横一把古琴，琴声正从那里袅袅而来。远远地看到月下那个清丽窈窕的侧影，张于湖疑入仙境，呼吸瞬时紧了。莫非，她就是那个色艺超绝的妙常道姑？他想起了勒马驻足观外抬头看到的"女贞观"，那一道蓦然划过心间的闪电。

陈妙常，女贞观中青灯伴黄卷，却无人不知她的芳名。妙常，妙的不仅仅是她的花容月貌，还有她让多少男儿都汗颜的清雅诗文。多少如他张于湖一样的文人墨客为一睹她的芳颜得她一纸诗文而绞尽脑汁，却均被她一声清冷的"恕不见客"而轻轻挡在门外。

天意么？他夜色中急急奔来的投宿之地竟然是妙常清修的女贞观。

张于湖却没敢造次，远远小立一会儿就怅然走开。

那一夜，他失眠了……

填词，本是他的强项，况又有满腔奔突不息的热情在折磨着他。夜半，就着窗前月光，一阕《临江仙》狂草而就，一气呵成：

> 误入蓬莱仙境，松风十里凄凉。众中仙子淡梳妆。瑶琴横膝上，一曲泛宫商。
> 独步寂寥归去睡，月华冷淡高堂。觉来犹惜有余香。有心归洛浦，无计梦襄王。

写罢，起身悄然将它送到东厢房的琐窗下。偌大的道观，他其实不知道她住在哪一间。但他相信天意。

一个漫长无比的夜，张于湖傻呆呆地坐着，一直到天亮……

晨光中，一身素衣道袍的年轻道姑面色平静地向他走来时，张于湖觉得自己的心快要撑破胸腔蹦出来了。果真是说不出的清丽与脱俗。可当他们的目光在空中相遇，他分明听到了一丝"啪啪"的炸裂声，细微而清晰，那是火与冰相遇的声音，也是希望的灯花碎裂熄灭的声音。

她拒绝了他。毫不客气。他赠她一阕《临江仙》，她回他一阕《杨柳枝》。

> 清净堂前不卷帘，景幽然。闲花野草漫连天，莫胡言。
> 独坐洞房谁是伴？一炉烟。闲来窗下理冰弦，小神仙。

他和她的缘，只在那两阕词里。一阕缠绵，一阕冰冷。中间是他永远跨不过去的天河。不是他不能。想他张于湖相貌堂堂才华超绝，有剑胆亦有琴心，有侠骨更有柔情，多少富家女都求之不得，当朝宰相的提亲都被他婉拒。他是不愿。

那一朵尘世外的清莲，在他心中高高的瑶台上，他愿她永远那样不染尘埃。

如果没有后来，多好。不，他宁愿有后来。

是的，后来，她又来了。却已不是当初观中月下抚琴的女仙子。她面色憔悴身形臃肿，脸上泪痕依稀又满面羞愧之色。当他的目光不经意地掠过她凸起的腹部，又飞快地飘落到别处之时，他再次听到当初晨光中那丝清晰的碎裂声。这一次，那声音来自他的胸腔。

她爱的人，竟然是他最好的朋友潘公子。怎样的一见倾心又是怎样的干柴烈火，他都不知道。他知道时，他们把一道最难的题抛给了他。他们是来向他求助的。求他出主意，求他的成全。那个顽固的老主持宁死不允她的弟子还俗出观。

那是张于湖第二次踏进女贞观。却是一步一步走得沉重又悲壮。他知道，每向观中靠近一步，那个仙子一样的女子就会远离他一步。此后，他连在心中的瑶台也不可留。她是朋友妻。他还知道，此一行，只许成功不许失败。他看不得她苦。

那扇暗红的木门，"吱呀"一声打开了，张于湖大踏步迈进去……

那是公元1156年的春天，南宋大词人张于湖推开女贞观的大门时，观中路两侧杨柳已绽新绿，千丝万条，正在春风中袅袅地舞……

小　黑　店

巩高峰

天底下最好听的声音是什么？是我妈在厨房里正忙活着，突然探出头来朝我喊："酱油没了，快去叽咕咚家打一斤，等着下锅炒菜！"

你看啊，酱油是一块钱一斤，而我家的酱油瓶即使装得满满当当的，也不过八两。可是每次我妈把酱油瓶递给我的时候，都是顺手给我一张一块的钞票——嗯，她身上有八毛的可能性很小，也没法现折个角让一块变成八毛。所以，打一瓶酱油有两毛钱的油水可捞啊！

我妈也知道一块和八毛的秘密，所以她总会在我欢天喜地地冲出家门的时候补一句："你看着点儿，别让叽咕咚往里兑水！"

叽咕咚这名字一听就是外号，他大名叫纪国栋，五十多岁，他的食杂店里卖油盐酱醋糖这些鸡零狗碎的生活必需品。往叽咕咚家跑的路上，我心里的小算盘噼里啪啦就打开了。最近我看上小虎队的一盘磁带，小利已经有了，好听得要死。小利倒也愿意借给我听，可总不能整天借吧？不过这阵子我手头紧，如果靠一个月打一回酱油攒的那两毛钱，我估计小学毕业也不一定能买到手。

没别的办法可想，只能学叽咕咚，硬抠。我看着叽咕咚家的方向，忍不住笑了。叽咕咚的抠，早已冲出我们村走向全镇了——这人又高又瘦，所以他喜忧参半。喜的是瘦，这会让他饭量小，吃得少。而高就是忧了，因为做衣服费布。这可不是我笑话长辈，就说他家那食杂店吧，屋里永远黑咕隆咚，他不肯开灯，嫌费电。当然，另一个说法是：他为了给别人打酱油、醋和酒的时候，光线不好可以掩护他往里兑水。我最讨厌的是他家的屋里比外面低一截，像个坑，却又弄了一个又高又宽的青石条当门槛。我每次进屋，一下扑进黑暗里，感觉跟跳悬崖似的。问他为什么弄这么高的门槛，叽咕咚在黑暗里幽幽地说："你小孩子家家的知道什么！这地形聚财，水往低处流知道吧！"

说起叽咕咚抠门的事儿，那可够我坐在青石条门槛上说半天的。挑一个我亲眼见过的吧。叽咕咚喝粥——桌上一碗玉米渣子粥，一小碟黄豆酱，大概几粒黄豆隐约可以数出来。他先用筷子顺着碗边儿把粥都抹到嘴前来，呼噜呼噜几大口，停下来，夹一粒沾着酱的黄豆，放嘴里咂吧咂吧两下，之后又夹回碟子里。然后又是喝一阵粥，再把那粒又蘸上酱的黄豆放回嘴里。几次三番，碗里的粥没了，他才夹着那粒黄豆，和着最后一口粥，嚼着咽了下去。他喝过粥的碗和筷子干净得根本不用洗。

叽咕咚对自己抠，别人顶多就当看笑话，可他对别人也抠，大家就有意见了。在他家买东西，就没有不被他克扣的。盐、糖从来都是连纸和包扎绳一起算重量卖的。酱油、醋、酒，一斤兑二两水，人尽皆知。就连去他那儿买盒火柴，里面也会被他抽出好几根来留着自家用。可是没办法，村里一共就两家食杂店，总不能锅里还炒着菜，穿过整个村去另一家买吧？再说了，用我爸的话说，天下乌鸦一般黑，无商不奸。

想了半天，我只能寄希望于把叽咕咚盯紧一点儿，好给自己留点儿机会。我小心翼翼地从门槛上扑进黑暗里，甜甜地叫了一声："纪大爷，我妈让我打半斤酱油！"

叽咕咚在柜台里疑惑着"嗯"了一声："打半斤？你家每次都是打八两的。"

我脸热了一下，估计红了，好在屋里黑，看不见。我淡定地说："嗯，今天我妈说打五毛钱的先对付一阵。"

叽咕咚慢悠悠起身，接过我手里的酱油瓶，凑在眼前迎着外面的光线看了看，然后弯腰往角落里走。我慢慢适应了屋里的光线，看到柜台上放着一盒拆了一半的火柴，显然是叽咕咚又在从每盒火柴里克扣几根，于是我抓过来"嚓"的一声，点着了一根，讨好地说："纪大爷，我给您照亮儿！"叽咕咚满脸都是恼怒："这孩子，照什么亮啊，闭着眼我都不会弄错。你乱擦火柴，浪费，又不安全，这缸里可是好酒，着火了怎么办？"

我抿着嘴笑了。我不过就是提醒他，我在你身后看着呢，别使花招。叽咕咚在黑暗里熟稔地把漏勺准确插进酱油瓶中，拿起半斤的勺，在酱油缸里哗啦哗啦搅了几下，舀了一勺，灌进酱油瓶，发出汩汩的细碎声响。

我给了一块钱，叽咕咚找了我五毛。我把五毛钱折了三次，塞进裤兜里的小玻璃瓶，到这个瓶塞满了，小虎队的专辑也就到手了！

拎着半瓶子咣当的酱油，我一溜小跑回到家，先躲在厨房门外，用凉水慢慢往酱油瓶里灌。眼看着黑色酱油慢慢升高到瓶口那块儿，酱油已经明显稀了，颜色也由黑变红。

我妈接过酱油只端详一眼，就满脸怒色，说："这叽咕咚真是越来越不像话，这卖的是酱油还是水啊！"说完又冲我发火："他打酱油时你看没看着啊？"我心虚道："看着啊，我还擦了根火柴给他照亮呢。"

我妈越想越气不过，突然一摔锅铲，一手拎着酱油瓶，一手拽着我，去找叽咕咚算账。我一路磨磨蹭蹭，可还是没能拦住我妈，她最后几乎是揪着我来到叽咕咚家。我妈也没客气，开门就见山："他纪大爷，孩子来打酱油你也知道是谁家的，怎么能糊弄小孩呢？八两酱油得有三两水！"叽咕咚显然有点儿急了："我、我……没兑啊……"我妈可不管他，自顾自理直气壮下去："你不知道酱油兑多了水几天就坏啊？几毛钱倒是小事，到时一家人吃坏了肚子怎么办？！"

叽咕咚有点儿有口难辩的意思，竟然一伸手开了电灯，来到酱油缸旁，拿着三个勺子回身说："不瞒你说，这生人和外村的来打酱油，"他举起最小的勺子，"一斤我才兑一两水，咱们这一个村又邻里邻居的，我怎么可能蒙小孩呢！"

我妈见叽咕咚不承认，急了，几大步迈出门外，嗓门儿加大，嚷嚷道："你也知道邻里邻居的啊，叽咕咚，你这么干下去，可是开黑店啊！你自己都说过，兔子不吃窝边草，小孩来打酱油，你就敢使劲儿往里兑水啊！"

没多会儿，就聚了一大群看热闹的邻居和路人。我躲在人群外，低头坐在门槛的青石条上，脸红耳热，胳肢窝也悄悄出汗。我不知道该怎么办，承认了吧，少不了挨顿打，不承认呢，这事闹下去不知道该怎么收场。

很快，叽咕咚的儿子纪连海来了。纪连海嫌他爸叽咕咚太抠门儿，觉得丢脸，不肯在食杂店帮忙就算了，还经常当着来买东西的人的面揭叽咕咚的短，说为了仨瓜俩枣缺斤短两最没意思。纪连海一声不吭，进屋就找了个干净瓶子，灌了满满一瓶酱油塞到我妈手里，意思是息事宁人。叽咕咚在旁边急了，叫嚷着："我对天发誓今天我没兑水，打半斤酱油，我兑水的话谁看不出来？！"

"半斤？"我妈似乎反应过来了，忙从兜里掏出一块钱拍在叽咕咚手里，说："我来不是想占你便宜，只是想要一斤好酱油。"说完连忙转身，一手拽起我，一手拎着酱油瓶，快步回家。

路上，我妈只扭头看了我一眼，我就全招了。

去年春节我回老家，听说叽咕咚已经去世了。他那间守了几十年的食杂店早拆了，原地盖了一栋两层小楼，二楼住人，一楼开了间超市。进去时，老板竟然是纪连海。他可能是看我面熟，满嘴生意人的腔调，招呼我说："哟，好久没见你来买东西了，去哪儿发财了？"

当初死活不肯帮忙打理食杂店的纪连海，如今竟然子承父业，开了家全村规模最大的超市。我笑了，轻叹一声："是啊，好久没来买东西了，有二十多年了吧。"

小 鞋 子

巩高峰

那双鞋在我眼前出现时，我觉得它简直不是从鞋盒里被拿出来的，而是自己跳出来的，带着耀眼的光芒。鞋是真皮的，枣红色的鞋面，橙黄色的牛筋底，鞋底有一排可爱的菱形方框，鞋带松松垮垮地系着，仿佛在懒散又傲骄地说："你来穿我啊！"

这可是我第一双皮鞋，而且竟然是我爸买的！

我爸什么人啊，在他眼里，只有天塌下来才是事儿。所以他总出门，却连糖果都没给我们买过一块，更别说衣服鞋子玩具了，我严重怀疑他知不知道我们衣服穿多大、裤子穿多长。可这次，我爸不知道哪根筋搭错了，竟然给我买了双皮鞋，是单独给我一个人买的哦！天啊，他挑的还是最洋气的枣红色，最神奇的是，他竟然知道我脚几码……

这种种破天荒加在一起，让我心里严重不踏实。那天傍晚，我妈给我洗脸、洗手、洗脚，然后试鞋子，我不知道试穿鞋子为什么要洗手洗脸，只是有些恍惚地照做。我惴惴不安地想，不会等一会儿把我梳洗打扮好了，弄得干干净净漂漂亮亮的，然后将我卖了吧？

皮鞋正合脚，软软的底、硬硬的帮，系上蝴蝶结状的鞋带，我妈高兴地拍了拍手，让我走两步，"去给你爸看看。"我像是踩在棉花上，不，肯定是踩着云朵，摇摇晃晃、扭扭捏捏地走到我爸跟前，两只手不知道往哪里放，那一刻我只希望自己无限缩小、缩小，最好能缩到鞋子里。因为以往我爸出门回来，第一件事是算旧账——看看他走之后我都干了多少坏事惹了多少祸。

可现在他一直对我笑，笑得我心里发毛。

见我表演完毕，我妈笑着招手让我回去，说："我先替你把皮鞋收起来，等过年过节或者有什么重要日子，你穿出去绝对洋气！"

我这才发现弟弟小肆的眼神，那已经不是羡慕嫉妒恨所能形容的了。我有点儿心虚地低下头，看着我妈仔细地把鞋子裹上防潮纸，装进盒子，塞到床下的箱子里。小肆的眼睛一直跟着那双鞋走，等我妈盖上箱子推进床底下再放下床单，小肆的眼睛似乎还粘在鞋上没出来。

我心里噼里啪啦开始翻日历，我妈说的过年过节或者重要日子。下个星期堂哥结婚，全家都要去吃酒席，这算不算重要日子？

我得到的答案是否定的，因为酒席人太多，那些菜汤汤水水的，把鞋弄脏了怎么办呢？

我在心里继续翻日历。中秋节刚刚过去，后面等到过年可有点儿远，冬天都还没到呢。那，只能等下个月了，因为下个月学校颁奖大会要颁发上学期班级前三名和三好学生的奖状奖品，我肯定是要上台的。想象着我穿着闪闪发光的新鞋子，一步一步"咔咔"走上台，腋下夹着奖状，手捧着奖品，全校老师和同学都能看到我枣红色的皮鞋，然后"哗哗"鼓掌，那我得多有面子！

我很快就把自己在脑海里描述无数遍的场景说给小利听，想提前得到点儿艳羡。可是小利满眼的怀疑："你爸揍你都嫌不够，还能给你买新皮鞋？"

我就知道小利不能相信，所以趁我妈不在家，我掀开床单，拉出箱子，打开鞋盒，解开防潮纸，让小利亲眼看看。小利看完还用手摸了摸，装作内行地说："皮子不错。"我满足地把防潮纸裹上鞋子再准备放回去，发现鞋子的鞋带没了。我带着点儿惊慌一回头，一道身影闪过，是小肆。他眼里有几丝惊慌，又装作没事人一样。

"是不是你拿了鞋带？"我没有大声，也没有生气，我喜欢先礼后兵，"要是拿了赶紧给我，就什么事儿也没有。"

小肆微微低下了头，接着又仰了起来，说："如果你答应把皮鞋让我穿一下，我就把鞋带给你。只穿一下！"

我懒得跟小肆计较，我是他哥哥，赢了他我也不光彩，万一输了——当然我不会输的，我说的是万——我爸很快就会帮他赢回去。所以我点点头，大方地说："没问题，不过要等我先穿过之后。"

小肆一见我点头，就兴奋地跑到里屋从他的书包里拿出那两根鞋带，我仔仔细细穿回到鞋上。

等待颁奖大会的日子是我一天一天掰着指头熬过去的，我每天似乎都能听到鞋子在我妈的床底着急地"砰砰"乱跳。

可颁奖大会终于到来的那天，天公不作美，一大早就满天乌云，要下大雨的样子。我妈不肯让我穿新鞋去学校，说下雨了又是水又是泥的，把新鞋穿坏了。我带着侥幸进行最后的努力："天气预报没说有雨，也许不会下呢。"

没想到一旁的奶奶说话了，她跟我妈三天两头吵架，这次竟罕见地站在我妈那边，说："今天肯定要下雨，昨天我这手腕就疼了。几十年了，手腕一疼准下雨，比天气预报还准。"

连最疼我的奶奶都不帮我，我只好悻悻地带着一肚子的失望和落寞去学校，即将到来的颁奖大会让我觉得一点儿意思也没有。

这个机会错过了，后面只能再等过年，到时配上新衣服，走亲戚串邻居的，也能熠熠生辉。想想那一刻，盖过小利他们的风头，成为大家的焦点，那是肯定的。

我只能这么安慰自己，不然这中间好几个月的时间，让我怎么过呢？好在还有比我更着急的，小肆，我有机会而不能穿新鞋，他显得比我更失落，因为说好的，我不穿第一次，他别想尝鲜。

所以大年三十的那天早晨，小肆醒来的第一件事不是问我妈要他的新衣服，而是催着我赶紧穿新鞋。外面下了大雪，穿上新皮鞋"咯吱咯吱"这么一踩，每一脚下去就是一溜菱形小方框……我想着就乐，赶紧套上新衣，这会儿小肆已经跳下床帮我拿来了新皮鞋。

奇怪的是，第一只鞋我就感觉似乎穿不进去了。鞋带系得太紧？我松开鞋带，重新再试，冤枉鞋带了，的确是塞不进去。我有点慌了，脱下脚上的厚棉袜子，再试，这下勉强穿上了，可是脚在鞋里是弓着的，像个委屈的老鼠。

我焦急地叫来我妈，问她这是怎么回事，话里满是埋怨。这肯定怪她啊，好好的新皮鞋，不让穿不让穿不让穿，你看，热胀冷缩，鞋子变小了吧！

我妈试着把我的左脚也塞进了鞋子，让我站起来走走看。可哪里能走哇，光站着双脚就钻心地痛。我奶奶一直跟我说她小时候裹小脚的各种痛苦，在我想来，那痛也不过如此吧？

我妈见我满脸痛苦的表情，反倒笑了，说："今年先长脚，明年该长个头了！这鞋你没法穿了，只能给弟弟穿。"

听我妈这么一说，我和小肆都愣住了。我们俩的愣不一样，小肆满脸都是不相信的意外惊喜，而我则是心疼、不甘、惊讶、惋惜……复杂难言。这下倒是一切都应验了，小肆的确是在我穿过之后才能穿这双新鞋，不同的是，他不是只穿一次，而是要一直穿下去，直到鞋子穿烂或者他也穿不下为止。

我坐在床上，惆怅地看着大年三十满地的大雪，这个年真是……

我唯一的安慰是"今年先长脚，明年该长个头了"。虽然失去一双新鞋，但长高一些总是好事，这，算是我的新年礼物吧！

闯 江 湖

王春迪

多年来，海爷南来北往，修结善缘，广聚财富。

府上那些年轻的爷们儿，谁要能出去走趟生意，回来时，如同凯旋的英雄似的，又是接风洗尘，又是赐金赏银。那些伙计，马缰绳还没拴好，嘴先忙开了，稍微加点儿水，就够讲几天几夜几条街的！

海爷家的小少爷，就混在伙计堆里，听他们讲和海爷出去闯江湖的事。多年来，脑子里攒了些传奇事儿。回头，再看书里的之乎者也，没有一个字长得顺眼的！

一天，小少爷听伙计们窃窃私语，下月中秋，海爷要派人去北方贩些个珍稀的鹿茸、人参、虎皮回来，不知派谁去。小少爷听罢，顿时眼冒金光，回到书房，突然上了邪，将那些圣贤之书，哗啦哗啦地撕了一地。海爷听说后，把他叫了过去，海爷还没说话，小少爷倒先哭开了。小少爷说，我要去走生意！小少爷心里盘算，爹要是不答应，先怎么样后怎么样……哪知，海爷并不瞧他，托起盖碗，边拨茶叶沫子边说，换件旧衣服，四更天出发，遇到生人别说话，一切听刘老师傅的。

刘师傅是老街上技高德馨的老镖师，须发苍苍，仍神采飞扬。这些年，海爷府上走的那些大单子、大生意，多亏刘师傅带人一路护送，跟海爷是知心换命的老朋友。

这一路，走鲁南，穿鲁北，又经燕赵入关，来来回回，顺风顺水，小少爷跟着刘师傅，饱览名山大川、人情风物。刘师傅告诉他，翻过前面两座山，再走一百多里的路，就到家了。

不想，傍晚时分，天降大雨，只得找客栈躲雨休息。

恰巧，前面有一客栈，门头大如水寨辕门，两旁红灯高挂。进门尚未坐定，店小二就弓着腰跑过来，一边擦着桌子，一边用眼睛迅速打量他们，最后眼睛聚在了小少爷的身上。店小二问，本店特色老缸酒、鹅掌、醉虾、活驴肉，客官要不要尝尝？

小少爷赶了一天的脚，淋了一身的雨，又累又饿，不待刘师傅张口，小少爷争着喊道，别啰唆，有好吃好喝的，尽管端上来。

店小二听罢，吆喝道，好酒好菜伺候着！

小少爷回头看刘师傅面似青铁，小少爷问刘师傅是不是不舒服。半晌，刘师傅的脸松了下来，说，没事，你尽管吃饭，吃完睡觉，晚上别出来。

不一会儿，酒菜来了，刘师傅让小二把酒撤了，急匆匆扒了几口饭，便起身出去了。徒弟们见师傅放下了筷子，也纷纷抹了抹嘴，互相递了递眼神，散了。

以往，都是天不亮动身。可第二天，天已大亮，刘师傅也没发话，只是独自坐在院子里很悠闲地喝茶，看缸里的小红鱼在水草里穿梭。小少爷想早些到家，便走过去问刘师傅何时走。刘师傅盯着鱼，说，还没到时候。小少爷讨了个没趣，便杵在一旁，抠着手指发呆。

不一会儿，一个头戴破皮帽、身穿破夹袄的虬髯大汉进了院子。汉子的破袄上没有扣子，用草绳系着，两手插在袖筒里，露出点儿红铜色的皮肤，皮上长毛寸许。汉子悠闲地踱到缸边，脸贴在水面上，吸了吸鼻子，如同自言自语地说，缸里好多的鱼啊！

刘师傅说，不多。

汉子说，想抓两条吃吃。

刘师傅说，这鱼有刺，会卡住的。

汉子说，何以见得？

刘师傅说，我捞两条你看看。

说罢，刘师傅右手往后一抽，"嘿"的一声，拍在了缸上。声不大。可刚才还是摇头摆尾的小红鱼，不一会儿，竟有几条浮了上来，肚皮朝上，死了。

小少爷惊得眼珠子都要冒出来了。再看那汉子，脸一沉，扭头就走。

整个过程，刘师傅和汉子互相没有看一眼。

待那人远去，刘师傅转过身，咳了几声。小少爷见他嘴边有一丝血迹，正要问，刘师傅将手一摆，走吧，可以走了。

海爷的货刚卸到老街上，就引来众人围观、抢购。来往的人们，纷纷夸小少爷聪明能干，直听得小少爷两腿发飘。随后，小少爷带着给海爷从北方买来的稀罕物，喜笑颜开地前来给爹请安。

海爷也不细瞅，只是捏着小少爷带来的汝窑杯，问，一路辛苦，晚上想吃点儿什么？鹅掌？醉虾？活驴肉？

小少爷一怔，就听"啪"的一声，海爷把杯子给摔了！

挣这点儿钱，瞧把你乐的！

小少爷吓得"扑通"一声跪在地上，不敢抬头。

海爷回头指着他的脑门儿，说，我让你见到生人别说话，你听鼻子里去了？那些店小二，有的暗中勾结着土匪，就你这样大手大脚的蠢材，几句话就被人试探出来了！江湖上，表面都是风平浪静的，一旦湿了脚，怎么淹死的都不知道！

小少爷这才想起那天院子里遇到的虬髯大汉，明白了他对刘师傅说的话，也明白了刘师傅为何不急着赶路的原因。顿时，小少爷的后脊梁"嗖"地吹起一阵凉风。小少爷后怕极了。若不是刘师傅用尽功力的那一掌，将那虬髯大汉给镇住了，让他不敢妄动，半路上，货被截了不说，保不准连小命都给收了！

出了门，小少爷径直回到了书房，小心翼翼地收起散落一地的书籍书页。下人赶来帮忙，小少爷摆了摆手，说，怎么撕的，我会怎么粘起来。

鸳　鸯　跳

王春迪

海头帮，指的是一帮在码头上靠扛活儿为生的脚夫，凭着一股子不要命的狠劲儿，挤走了旁门外姓，吃起了这碗独食。

老街是鲁中南地区有名的商业集散地，国泰民安、商贸繁盛的时候，那一条条来自江南甚至南洋的货船，黑压压地挤在码头上，远远望去，似鱼鳞般密集。

先装卸谁的，不装卸谁的，都是海头帮说了算！啥叫强龙不压地头蛇？管你多大来头，瞅你不顺眼，让你的货霉在船里、烂在岸上，那都不叫个事儿！

就连老街首富海爷，都被他们整过！

那几年，海爷走南闯北，生意蒸蒸日上。一次年关，海爷设宴备礼，酬谢各条道上的老大们。一忙，就把海头帮的钱老大给忘了！

年后，海爷从南方运来满满三大船的货，有茶叶、药草、布匹、香料、木材……全是些怕湿怕霉的娇贵玩意儿，不想遭遇了连日的雨雪，急着找海头帮卸货，可他们要么以先来后到为由，要么以雨天脚滑为由，磨磨蹭蹭，就是不靠海爷的船边儿，愁得海爷连睡觉时都皱着眉头。

没办法，海爷这天亲自到钱老大的船上求他，钱老大得了脸，还不忘摆回谱。那时，连接船和陆地的是一种一步宽的木板，人在上面走，木板就跟着你弹来跳去，码头上叫它鸳鸯跳，把握不住鸳鸯跳节奏的人，站都站不稳，稍不留神就把你弹到水里去。

得知海爷到来，钱老大还故意在鸳鸯跳上泼了一层豆油。海爷身旁的人气不过，一咬牙，想趴在船板上，让海爷踩着他的身体上船，但被海爷一把拦住了，海爷默默地脱了鞋，然后俯在鸳鸯跳上，爬了上去。

眨眼几年过去，到了咸丰五年，太平军把整个水路截得几乎连条鱼都游不过来，一路上关卡林立，想跑个生意，要四处求人，八方打点，极不方便。因而各行各业，纷纷改水路为旱路，码头上，飞鸟成群，人至不去。因为好久都没啥生意，那些个鸳鸯板，都起了厚厚的青苔。

一日，天降薄雾，远处依稀一条货船，伴着哗哗的水声，劈浪而至。岸上的海头帮看见有船来了，纷纷蹬鞋搓手，不等船靠岸，便互相拉扯，争着要往船上跳。

往年，是先交钱再卸货。如今哪还管这一套？钱老大这边正和船上的掌柜在袖筒里合计价钱，那边海头帮的爷儿们，早已经因为扛活儿插队的事儿噼里啪啦地打起来了。

一船粮食，两袋烟的工夫，整整齐齐利利索索地码在了岸边。这时，有一顶轿子，从远处嘎吱嘎吱地晃了过来。轿子还没停稳，船上的掌柜就弓着腰，过去给轿中人抄帘子。

轿子里刚露出一个头，钱老大的脸，唰地就绿了。

竟是海爷！

海爷目不斜视地上了船，随后，掌柜站在船板上对钱老大吆喝："咱东家说了，银子有的是，可要钱老大自个儿来拿才行！"

说罢，眼睛盯着钱老大，手里一杯油，滴滴答答地淋在了鸳鸯板上！

钱老大望着身旁海头帮的弟兄，衣衫褴褛、一脸菜色，回过头，牙一咬，鞋一脱，扑通一声跪在了鸳鸯跳上……

进了船，钱老大头别到一边，也不看人，手一伸："拿钱！"

海爷笑笑，说："听说钱老大当年为争这码头当家人的位子，曾从滚水里取铜板，怎一个勇字了得！兄弟们的工钱，就在那个盒子里，够胆量的，你就试试！"

钱老大一瞧，是一个一臂高的盒子，上面露出拳头大的洞，里面黑乎乎的，啥也看不见。

钱老大琢摸着，这里头一定有蛇蝎一类的东西，取吧，保不准被咬；不取，空手下船，咋和快饿死的兄弟们交代？

钱老大心一横，袖子一撸，顿时青筋暴出，伸手就冲盒子去了。手还没到盒子口，钱老大两行热汗已顺着赤红的腮帮子淌进了下巴茂密的胡须里……

忽而，钱老大眼如铜铃，手在里面搅了几圈，啥也没有。

他大怒吼一声，盒子一甩，想冲上去对海爷动粗，却被海爷身边的人七手八脚地按在了地上。钱老大两眼血红，似野牛般喘着粗气。

海爷哈哈大笑，而后大手一挥："送钱老大下船！"

钱老大被推搡出船舱，刚要破口大骂，可随之而来的景象，闪了他的眼。

岸上，海爷手下的人，正把刚刚卸下来的整船粮食，一袋袋地分给海头帮的弟兄，钱老大见他们有的笑，有的哭，接过粮食时，那曾经硬邦邦的双膝，也都跟面条似的，软塌塌的了。

下船时，钱老大看脚下的鸳鸯跳，干净如洗。钱老大一声长叹，扭头对着海爷抱了抱拳，大步而去。

一旁的掌柜嘟囔道："得，一船的粮食，临走连个谢字都没有，咱这不是拿白花花的银子往水里扔嘛！"

海爷微微一笑，说："丰年购财货，灾年买人心。钱老大是条汉子，今儿个要是低三下四的，我倒瞧不起他了。"

几年后，朝廷又重新夺回了水路，随着商道畅通，码头渐渐恢复了往日的兴盛。有所不同的是，每每海爷的商船驶进码头，那些海头帮的人，好似迎亲一般，争先恐后地冲上去卸货，甭说啥先来后到，也甭说你财大气粗有多大来头，只要海爷的船来，别的船通通一边去！

谁都别委屈，人家钱老大说了，这是他们海头帮的规矩！

绑　票

侯发山

康百万得知康有染上大烟后，气得牙根痒痒，恨不得咬他两口。气归气，恨归恨，毕竟是自己的儿子，不能小孩子撒尿随便流，放任不管。

康百万好说歹说，康有左耳朵进右耳朵出，过后照吸不误。康百万指使大相公不给康有零花钱，没有零花钱，康有就向小相公们要，或是去偷，或是去赊大烟吸……

康百万没辙了，心说这孩子非毁了不可。

树大招风，人阔招祸。忽然有一天，康有被邙山头的土匪给绑去了。

邙山头的土匪头目叫张三，多年前曾绑架过康百万，被康百万的胆量和气魄所折服，此后一直没有骚扰过康家。真是狗改不了吃屎，狼改不了吃肉。

　　庄园里的人都慌了：大相公说要带上康家的团练直接上山要人；太太主张去报官，让官府去收拾这帮土匪；小相公建议去请镖局的镖师，镖师艺高人胆大，肯定能把人要回来……最后大家都把目光盯着康百万，一家之主，主意还得他拿。康百万倒还镇定，说现在还不知道绑匪的用意，等等再说。

　　第二天，说票的来了，是一个留着八字胡的小伙子，他让康家准备 200 两银子，两个月后送到邙山脚下的黄河码头。到时，一手交钱一手放人。

　　说票的只是受土匪委托，负责传话的，并不是土匪。

　　怎么这么长时间？大相公问。

　　八字胡说，张三去山东了，两个月后才能回来……我知道的就是这些了。

　　大相公还想再说啥，康百万摆了摆手，答应了八字胡。

　　待到八字胡走后，康家上下又议论开了，议论的内容还是老一套，要不要报官，赎不赎康有。

　　康百万分析道，按说维护地方治安是官府的事，但这件事不能报官，一来官府的能耐有几斤几两谁都清楚，要多熊有多熊；二来官府一直视康家为一块肥肉，雁过尚且拔毛，肥肉焉有从嘴边放过之理？他们正好趁机勒索康家，怕是 200 两银子也不到底。求助镖局的镖师也不是不可以，镖师出马，就会迎刃而解。事情成功后，镖师的赏钱是少不了的，但是，邙山头的土匪们空欢喜一场，能善罢甘休？肯定还会来找康家的麻烦。话又说回来，自古镖师和土匪就是朋友——

　　老掌柜，镖师和土匪不是对头吗，怎么会是朋友？大相公打断康百万的话，迫不及待地问。

　　康百万说，没有土匪，就没有镖师，就像没有景阳冈的老虎，就没有英雄武松一样。如若他们联起手来，不但失了赎金，人质还是救不回来。

　　太太说，咱们的家丁去营救。

　　不可，不可。康百万摆摆手，说相骂无好口，相打无好手。一旦动起手来，死伤是免不掉的。若是伤了家丁，跟 200 两银子相比，更不划算；若是伤了土匪，他们会伤了人质。

　　太太说，老天爷，这可咋办？掌柜的，你可得想想法子。

　　康百万说，咱康家不差这 200 两银子，两个月后去领人就是。

　　太太说，日子太长了，土匪会不会伤了康有？康有这孩子胆子小，会不会吓出毛病？说罢，太太的眼泪出来了。

　　康百万安慰太太，说图财是土匪们的目的，杀人是他们最不想采用的手段。为啥这样讲？你们想想，他们一旦伤了人质，不但得不到钱财，地方政府由于职责所司不得不过问，官司就摊上了，吃不了兜着走。总之，他们不会伤了人质，还生怕人质出了意外。放心吧，绝对好吃好喝好招待……康有也是二十好几的人了，让他长长见识，吃点儿苦头也好。

大相公问道，山上有没有大烟？

康百万摇摇头，说"吃喝嫖赌我不抽，坑蒙拐骗我不偷"是他们这一行的规矩，"抽"就是抽大烟……别说了，到了这一步，谁也帮不上。

半个月后，康有回来了，同时跟人回来的还有两个土匪，一个叫太平，一个叫安乐——这两个人被康有策反过来了。太平和安乐是邙山土匪中武艺最高强的两个人，是张三的得力干将。张三让他们看管康有。康有不愧是康百万的儿子，脑瓜子灵，就反过来做他们的工作，说你们不如放了我，跟我回康家，在康家的团练里弄个差事，不比在山上强？你们来山上为的啥？不就是为了吃和穿吗？整天提心吊胆的，弄不好还会掉脑袋。太平和安乐也觉得康有的话有道理，就依了他。

这是康百万做梦也想不到的。事实上，这件事从头至尾都是康百万一手操作的，为了让康有戒掉大烟，他特意请邙山头的张三帮忙，把康有给"绑"走的。在山上待两个月，兴许能把烟瘾戒掉。没有家贼，引不来外鬼，看来这话不是瞎说的。

大相公跟小狗啃住骨头似的兴奋，迫不及待地问，少掌柜，这些天可曾犯了烟瘾？

此言一出，康有突然倒地，口吐白沫，抽搐不止。原来康有被绑票后心情一直紧张，无形之中戒了烟瘾，这时听了大相公的话，似乎条件发射一样，又犯了烟瘾。

再说邙山头上的土匪。其实张三深知康百万比猴子还精，比狐狸还狡猾，生怕康有是去做内应的，到时来个里应外合端了他们的老窝，所以也是有所防备的，特意让太平和安乐去照看康有。如今两个左膀右臂下山跑了，张三怕出意外，也带着其他部下匆匆远走他乡。临走时放出风声，迟早有一天要报复康百万。

这一次，康百万真的是哑巴喝中药，有苦没法说。

警 察 老 谭

侯发山

等到老谭被惊醒，才看清公交车内的危急情形：五个戴着墨镜的壮汉，手里都拿着尖刀。一个壮汉站在司机身边，其他四位面对车厢，把玩着刀子。车上的十几名乘客吓得面如土色，瑟瑟发抖。抢劫！这是老谭的第一反应，他下意识地攥了攥拳头，差点儿要站起来。

老谭瞥了一眼窗外，发觉公共汽车正行驶在开往乡下的偏僻山路上。

一个手腕上戴着桃木手链的高个子男人好像是头目，沉声叫道："老子只要钱，不要命。快点儿，都把钱掏出来！"他的声音不大，却透出一股杀气。

老谭想摸出手机报警，发觉根本不可能，因为这个高个子男人就站在他眼前，刚才说话的唾沫已经飞溅到了他的脸上。指望外援是不行了，必须自救。

乘客没有一个站起来或者说话。老谭稍稍扭了一下脸，发觉大家都把目光投向他这里。他忽然明白过来，他今天穿着警服。昨晚查阅案件，熬到凌晨一点才和衣躺下，早上起来匆忙洗罢脸就出门了，连早饭也没顾上吃，就上了公共汽车，他今天要到乡下调查与案件相关的事情。由于疲劳，他一上车就睡了过去。

高个子男人显然早就注意到了老谭，他拨弄着手里闪着寒光的尖刀，嘲弄般地笑了笑，盯着老谭说："哥们儿，老老实实的，最好不要动手。"

老谭注意到，车上除了两个年轻的恋人外，其余的都是老人和孩子，只有自己是警察，年轻的警察。

"想动手就试试……"高个子男人把刀尖指着老谭的鼻子。

老谭没有理会。他发现左前方一个八九岁的孩子正眼睛一眨不眨地看着自己。老谭想，这个孩子不是在为我担心，肯定在看着我如何制伏这个歹徒。

高个子男人忽然脸色一变，恶狠狠地对老谭说："快对他们说，主动把钱交出来，别把老子惹急了……"

车上的乘客都盯着老谭，似乎在等他说话。大家的目光里除了惊恐外，更多的是期待。在这种时候，大家当然把希望放在他身上。似乎有警察在场，一切都可以化险为夷，可以平安无事。

高个子男人好像预感到了不妙，猛地揪起前面那个孩子的头发，把尖刀对着他的脖子，厉声对老谭说："快点儿，不然就杀了他！"

那孩子失声冲着老谭叫道："叔叔救我！叔叔救我！"

老谭忽然起身，以迅雷不及掩耳之势，一手去抓高个子男人拿刀的手腕，同时抬起一脚蹬在他的一条腿上。几乎在同时，另外四个歹徒挥舞着尖刀迅速围了过来。尽管老谭有几下子，还是一拳难敌四掌，老谭不断被尖刀刺中。衣服划破了，鲜血汩汩流出来。老谭忍住疼痛，拳脚并用……

看到歹徒的刀扎进了老谭的身上，有几名乘客也站了起来，赤手与歹徒搏斗……

老谭倒在了血泊里，四名乘客也被刺成重伤。五名歹徒把钱财洗劫一空后仓皇而逃。

在医院，老谭被抢救了三天两夜终于苏醒了。老谭得知，一名乘客没有抢救过来，其他三名转危为安。

一时间，各级媒体接二连三地报道，各个单位三番五次地学习。毋庸置疑，老谭成了英雄。

老谭出院后，向单位递交了调动申请。

领导再三挽留，无奈老谭去意已决。领导只好摇摇头，叹息一声，在调动申请上签了字。

有好事的记者感到奇怪："老谭，你现在成英雄了，该享受英雄给你带来的各种福利待遇了，为什么选择离开呢？你差点儿把命搭上，这是图什么呢？"

老谭悔恨地说："我不配当英雄，我不配当警察。其实，我那天不该站出来……"

"你，难道你害怕了？"

"我不害怕。但是，在那种时候，最好的办法就是保持冷静，让乘客把钱财交给歹徒。只有这样，才能保证乘客的人身安全，假设不是我逞能，那名乘客不可能死……"老谭艰难地说着，眼角滚出了泪水。

媒体报道时，隐去了这段话。

没多久，老谭离开了小城。没有人知道他去干什么了，包括他的家人。

无 法 控 制

李伶伶

褚梅的母亲在乘公交车时把刚刚买的袋装酱油的包装弄破了，酱油喷洒出来，弄脏了一个女孩的衣服。褚梅的母亲连连道歉，可是女孩始终没消气，态度恶劣地把褚梅的母亲骂了一顿。褚梅的母亲心里窝火，回家后上火生病了，吃了药也不见好。

褚梅得知母亲生病的原因后很气愤，母亲是不对，可是女孩也不能目无尊长地张口大骂呀！褚梅心里不痛快，就在网上发了个帖，谴责女孩的行为。褚梅的帖子很快得到网友的响应，大家纷纷回帖指责女孩没道德没修养，还有人提议把女孩找出来，让她给褚梅的母亲道歉。网友的支持，让褚梅心里的气消了不少，她觉得网友的提议也不错，应该让女孩给母亲道个歉，让她知道以后不能这么对待长辈，母亲的病或许就好了。于是大家开始搜索这个骂人的女孩。

女孩叫宋敏，在一家中外合资公司上班。

那天她心情不好，就因为她把文件打错了几个字，被女上司狠批了一顿，而且是当着那么多同事的面。宋敏觉得很没面子，心里憋气。下班乘公交车时又被一个老太太洒了一身酱油，她心里的火气一下子爆发了。她没想到，事情过去一个月了，又被翻了出来。

听到她被"人肉搜索"的消息时，宋敏正在外地出差。她想等回去之后给老人道个歉。可是刚回到公司，上司就找她谈话，说她的行为给公司造成了恶劣影响，公司不能再聘用她了，她当天就被公司解雇了。

宋敏很生气，她没想到这件事会害得她丢了工作。本来觉得亏欠老人的，现在觉得扯平了，她不想给老人道歉了。

宋敏迟迟不肯出来给母亲道歉，褚梅心里很不舒服。听说宋敏为此已经丢了工作，觉得宋敏已经为这事付出了代价，就想算了。

可是网友不同意，尤其一个叫"真理"的网友，口气很坚决，说宋敏必须得给老人道歉，这是原则问题。他还配合媒体，扩大了这件事的影响。宋敏的生活因此受到了严重影响，不管她走到哪里，都能被认出来。工作找不到，上街被人指指点点。后来她只能待在家里闭门不出，渐渐得了抑郁症。

网友不相信宋敏得了抑郁症，说这是宋敏不给老人道歉的托词，他们坚持要求宋敏出来给老人道歉。没办法，宋敏的母亲站出来，替宋敏给褚梅的母亲道了歉。可是网友觉得这还不够，说她不能代表宋敏，还说宋敏母亲教子无方，宋敏才做出这样的事。宋敏母亲一股火，得了脑血栓。

宋敏的弟弟宋武在读高三，学习一直挺好，是学校重点培养对象。可是最近因为姐姐的事，一直不能专心学习，学习成绩明显下降。一天他去食堂吃饭，不小心坐了别人的座位，同学不但说了他，还说他母亲教子无方。一句话惹恼了宋武，他扔掉饭盒，跟同学打了起来。幸好被其他同学拉开，才没惹出更大的麻烦。

看到生病的母亲和姐姐，宋武下决心要找到那个叫"真理"的人给母亲道歉。他查看了所有回帖，发现这个名叫"真理"的人是这次网络声讨事件的领头人，就是他一直要求宋敏出来道歉，并且坚决不相信宋敏得了抑郁症。宋武通过几个精通电脑的同学，搜索到了"真理"的住址。一天晚上，他截住了下班回家的"真理"，要求他给母亲道歉。"真理"不肯，宋武就把他打了。"真理"很瘦弱，没打过宋武，反而被宋武打伤了胳膊。

"真理"又气又恼，打电话报了警，警察把宋武带走了。

褚梅得知"真理"受伤后，去医院看他。她劝"真理"放过宋武，说他还是个孩子，马上就要高考了。她不要求宋敏给母亲道歉了，这事就到此为止吧。"真理"却说，不可能，这事没完！世界不能黑白颠倒，宋敏必须得给老太太道歉！再说，我也不能白白挨打。

褚梅劝了半天，也没能让"真理"改变主意。她很担心，不知道事情还要怎样发展下去。她也很后悔，早知道是这样，当初就不发那个帖了。

乡 村 方 式

李伶伶

周末，李新和朋友去乡下爬山。从山上下来后，李新在路边看到一辆很新的农用四轮车。

李新开过轿车、越野车，甚至开过跑运输的大货车，就是没开过这种农用四轮车。他很好奇，忍不住走了过去。四轮车没熄火，周围却没有人。鬼使神差地，李新一抬腿，坐在了四轮车的驾驶座上。

朋友惊讶地说，你干啥呀？李新说，没开过，试试。朋友说，你试也得经过车主同意呀，一会儿人家回来以为你偷车可就麻烦了！

李新像没听见，根据自己开汽车的经验，发动了四轮车。还别说，四轮车在李新的操纵下，居然真就往前开走了。

李新嘴角扬起一丝得意的笑。他加大了油门，想开快点儿。

这时就听见有人喊：站住，你敢偷车！李新吓一跳，想把车停下来，却手忙脚乱地不知道怎么停，直到四轮车撞在路边的一块大石头上，才算停下来。

李新赶忙去看车头，车头撞凹了一大块，他很懊恼。

这时跑过来一个五大三粗的黑脸男人，边跑边骂，真是胆大包天，大白天的也敢偷车！李新说，我没偷车，只是开开试试。

男人看到他的车头被撞坏了，心疼地说，你把我的车撞坏了，你赔吧！李新抱歉地说，对不起，我不是故意的，修车钱我出，你看得多少钱？

男人说，我不是让你修车，是让你赔车！我这是新车，我自己都舍不得开，你却给撞成这样，你不赔就别想走！

这时围过来很多村人，李新的朋友也赶过来了，说，你这车只是车头撞坏了，这样，我们多给你点儿修车费，你看行吗？

男人说，不行，必须得赔车！你不赔，我就去派出所报案，说你偷车！

李新不想把事情闹大，他今天得赶回市里，晚上还有事。他忽然想起他有个同学在这个乡当乡长助理，忙掏出手机，给同学打了个电话。不一会儿，同学就开车来了，同来的还有这个村的村支书。

村支书见到李新忙给他道歉，又训斥男人，让男人也给李新道歉。男人说，是他私自开我的车，还把我的车撞坏了，我凭啥向他道歉？

男人的话让村支书很没面子，他一边对乡长助理歉意地笑笑，一边冷起脸对男人说，别胡搅蛮缠的，人家也不是故意的，还说赔你修理费，我看这事就这么算了吧！

男人说，凭啥就这么算了？我这是新车，买来还不到一个月呢！村支书说，知道你这是新车，这样，我让他多出点儿修车费。

男人说，不行，他不赔我新车就不行！

村支书说，你别在这犯浑！又转身对乡长助理和李新说，没事了，你们走吧。

男人忽然大吼一声，你要是敢让他们走，我就一头撞死！男人指着四轮车的车头喊。

大家你看看我，我看看你，谁也没敢动。村支书很尴尬，也很生气，说，你撞一个试试，你要是敢撞，我也撞！男人说，你别激我！

村支书不理他，笑着对乡长助理和李新说，这人脾气倔，别跟他一般见识，你们走吧。李新等人刚要走，就听咣的一声响，随后看见男人躺在地上，额头上有血流了下来。

李新等人惊在那里没敢动。村支书也有点儿慌，赶忙走到男人身边，一边喊他一边摇晃他的身体，男人一点儿反应也没有。

李新说，快送医院吧。村支书说，再等等，说不定他一会儿就醒了。说完继续喊他。

李新很后悔，恨不得把自己的手剁了，干吗要动他的车呀！同学安慰他，碰上这样的刁民，就得认命。这时跟李新一起爬山的朋友说，不知道这位刁民有没有最怕的人。

李新说，有怎么样，没有怎么样？李新朋友说，有的话，这事就好办了。李新的同学似有所悟地点点头，然后走过去跟村支书耳语了几句。村支书一拍脑袋，说，我怎么把这茬忘了？真是被他气蒙了。说完匆匆走了。

不一会儿，村支书领来个女人，女人纤弱瘦小，却很美。就见女人走到男人身边，气恼地说，牛大头，你醒醒！牛大头，你给我起来！

没用女人喊第三遍，叫牛大头的男人就缓缓地睁开了眼睛。女人说，你是不是又喝酒了？牛大头坐起来，讪讪地用手摸摸自己的头，装傻地笑着。

女人说，花生地浇完了吗？牛大头说，没有。女人说，那还不快去浇地！牛大头说，这就去！

就像一部情节急转直下的喜剧电影，最后的结局充满着让人轻松的意外和惊喜。李新在回家的路上时，还不敢相信这事最后竟然只用二百元就解决了！牛大头的转变让人不可思议。

他问朋友怎么想到了牛大头最怕的人，朋友说，你别忘了，我也是从农村出来的。

李新哦了一声，又说，你说那女的不会是牛大头的媳妇吧？那么好看的人怎么会嫁给他呢？朋友说，这事，极有可能。农村的很多事你都无法理解。

晚上，母亲问牛大头，你真想让人家赔你辆新车呀？牛大头说，我就是生气，都没跟我说一声，就随便动我的车，还给撞坏了，我心疼啊！母亲说，那怎么也得给村支书一个面子啊！牛大头说，谁让他对乡里来的人一副溜须拍马的样子，我最讨厌那副嘴脸！

策 划 师

赵春亮

潇潇的电话打来时，我正在写一个婚礼策划文案。手机铃声像一条突然窜进被窝里的蛇，瞬间将我苦思冥想出来的创意惊扰得七零八落。

"杜零，吴胖儿要与我离婚。"潇潇哭着说。我却笑了，说："不可能！"潇潇说："千真万确。他在省城有了新欢，主动交代的。"

我笑声更响了，说："这家伙长见识了？放心吧，即便是真的，我一句话就能把他拉回来。"

我底气十足，话也说得铿锵有力。自上学，吴胖儿就是我的铁杆粉丝，每天拖着两条黄鼻涕，亦步亦趋跟在我身后，我说东，他决不会往西。后来，我谈恋爱，他是我的忠实司机，开着他老爹的破吉普尽心服务。寒冬腊月里，我和爱人在车上说话，他就躲到离车很远的地方数星星，一数就是大半夜。我结婚那天，他为赶来给我贺喜，心急火燎顾不得补车胎，硬是瘪着一个车轮开了两百多公里。再后来，我干策划，吴胖儿对我更是佩服得五体投地。我俩虽然不在一座城市，但见面却很多，不是我找他就是他找我，喝酒聊天唱歌打游戏，他从来都对我言听计从。

拨通吴胖儿的电话，我说："哥想你了。"吴胖儿说："我也正想策划大师呢，等着，我去找你。"

见到吴胖儿时已是中午，择一处干净的菜馆坐下，我还没开口，吴胖儿说："杜策划，你想我是假，教训我才是真目的，来来来，酒瓶见底再说。"

我也不急，迟说早说都一样，便喝酒，絮絮叨叨说些闲话。酒至酣处，吴胖儿红头涨脸问："杜策划，这些年，你成功策划了多少婚礼和活动？"

我说："哪能数得过来哟？你干脆过来咱一起搞策划？"

吴胖儿猛喝一口，说："算了，我还是开我的垃圾车吧。"停了片刻，吴胖儿又说，"不过，我还真要搞次策划呢！"

我说："免费的策划师就在你面前，你犯不着费脑细胞！"

吴胖儿笑得有些诡异，说："你策划是为了卖钱，但我不是，我是为了心安。今天哥哥想说的话我都已经知道了，不用再费口舌，等我的策划成功后，我会给你一个满意的答复。"

我想再说，吴胖儿已经抽身离席。路上，吴胖儿照例买了包蛋糕，那是为桥南路那个老乞丐准备的。我曾跟吴胖儿开玩笑说，莫非他是你亲戚？吴胖儿摇头。我问，那为什么你每次来都要给他买吃食呢？吴胖儿瞪我一眼，说，善良还需要理由？

我俩走在城市的大街上，勾肩搭背纵情嚎唱，像两匹迷失在城市的野狼。

拐上桥南路，没走多远，就看见了天桥下那个哑巴乞讨老人。吴胖儿把手机递给我，嘱咐我一会儿要帮他多拍几张照片。我笑他功利，做好事还要留证据？

吴胖儿走到老乞丐面前，扭头朝我扬了一下脖子——他在提醒我注意拍照。吴胖儿突然举手，向老乞丐敬了一个滑稽的军礼。让我目瞪口呆的是，老人竟也缓缓抬起右手，回敬了吴胖儿一个极不标准的军礼。

吴胖儿没当过兵，敬礼属于照着葫芦画瓢，但他玩微信很熟练，一会儿，便发布了一条图文并茂的微信，内容很离奇，大意是说，桥南路上的哑巴乞丐是个抗战老兵，当年被日本兵割下了舌头，无亲无故，又丢失了退役证，如今只好流落街头。如果大家遇到，请一定要帮帮老人。照片是老人敬礼的那张。吴胖儿催着让我转发微信圈和朋友群。

我恍然大悟，这，应该就是吴胖儿说的那个策划。在我面前搞策划，简直就是关公面前耍大刀。

几天后，我还没来得及给吴胖儿反馈这次策划的效果，他却被潇潇送进了医院，离婚的念头也夭折了。原来潇潇无意中发现了吴胖儿藏在衣橱角落的一封遗书，故事很俗：吴胖儿体检出了自己患癌，为不让潇潇伤心，便编造了一个理由与潇潇离婚，想着等自己去世时，潇潇已与他毫无关系，看不到潇潇的伤心能令自己走得心安。

我去看吴胖儿。吴胖儿避开潇潇，低声对我说，杜零，我的策划失败了。

我说，你错了，你的策划很成功，那个老乞丐已经被政府安排到了慈善福利院，成了红人。

吴胖儿摆摆手，说，杜零，你知道我不是指那个！

我没接他的话茬，上前擂了他一拳，说，吴胖儿，赶快好起来，我那儿正缺你这样的策划师呢。

门　神

赵春亮

我抬起头，透过玻璃窗子向外探视的时候，那团旋风般的黑影已经到了领导办公室的门口。

等我反应过来，哒哒哒的叩门声便在空旷幽邃的楼道里响起。这声音于我而言，不亚于晴日响雷，犹如听到县衙堂前的鸣冤擂鼓。来不及多想，我和刚子奔出房间，一个箭步便来到她的身旁。

领导在办公，不能打扰，请你出去！我不敢高声，因为我知道，每一扇门窗后面，都有一双警醒的耳朵和窥视的眼睛。

凭什么让我出去？我要见领导！不知是因为惊慌还是激动，我分明看到，她褶皱的脸上罩着一层细微的汗珠。这时候，有人陆续赶了过来，首先奔来的是我的同事，他们用行动做出了最好的表达，直接与我和刚子并肩站成一排，形成一道牢不可破的防线。紧接着，是戴着眼镜的领导秘书，他从另一道门里探出头，四周看看，便迅速站到了领导的门前，临时充当了另一道房门。紧接着，我还听见周围房间里窸窸窣窣的声音，有挪动桌椅的磕碰声，有窗帘线轴的拉动声，有小心翼翼的开门声……沉寂的空间顿时注入一丝骚动。

似乎是一幕戏剧，观众越多，她的神情越发夸张，声音越发高亢，动作越发张狂。我要见领导，你们谁也别拦我！她一边呼喊，一边扯着身子朝领导的办公室门口扑去。

我冲在最前面，用魁梧的身子将她牢牢抵住，慢慢朝走廊出口方向挪动。打人啦！打人啦！保安打人了！她开始声嘶力竭地高呼，同时紧握的拳头雨点般朝我砸过来。我举起双手，向众人表明我没有还手，同时，脚步并未停下，她不得不随着我的挪动一步一步朝后败退。

领导办公室的门打开了。

秘书先是愣了一下，立刻闪身让出了守门员的位置。那一刻，所有的声音戛然而止。我瞥见领导办公室内还有几个西装革履的男人，正垂手站立在沙发前，好奇地微微倾身向外张望。

什么事？领导问。

应该还是她丈夫的民师转正问题——来好几次了，信访局接待过的。领导秘书躬身说。

既然来了，进我办公室说吧。领导侧侧身，随后朝我们摆摆手。她怔了一刻，随即摆脱我的身子，拢了一把散乱的头发，跟着领导进了办公室。

门，旋即又关上了。

回到值班室，刚子虎着脸，好久没有说话。半晌，刚子才说话，那个女人究竟精通遁地神术还是能贴地飞行？她的行踪怎么能瞒得过你的眼睛？有一点是肯定的，她已经监视我们很久了，等你低头喝水的瞬间，她便迅速占领了高地。刚子很是懊恼，总结说，想想看，咱们两个以监视为职业的人，却毫无察觉地被人监视了，是不是有点儿滑稽和讽刺？

我看得出刚子很担心。其实我也很紧张。我们都是临时招来的，归领导秘书管，每人着一身没有警衔和警号的制服，专门拦阻那些直接闯领导办公室的上访者。领导需要安静的空间，我们需要一份工作。这份工作，我和刚子都看得很重，甚至希望借它钓个媳妇。

一会儿，几个手拿公文包、步履匆匆的人便陆续进了领导办公室。我猜想，他们都是各个单位的头儿。又一会儿，他们便簇拥着她走了出来。领导秘书在我们值班室门口住了脚步，看他们下楼走远，才迈进值班室。

秘书说，我得批评你们。

我和刚子说是。

秘书又说，领导正在讨论重要工作，这样一闹，影响的是领导的决策，甚至是全市的发展。

我和刚子说是。

还好，领导没生气，而且很快便将上访者的问题解决了，领导的办事效率很高啊。但是，总不能让每个上访者都直接找领导吧？你们的职责没有履行好啊。

这样吧，每人扣发一百元工资作为处罚。秘书停顿了一下，接着提高嗓门说，记住了，下不为例，否则，直接走人！

是！我和刚子说。

虚惊一场，我以为会炒了咱们呢。等领导秘书走后，刚子说。

我说，对不起刚子，事情发生在我的责任时间段内，责任在我，下班后我请你吃地锅菜。

什么话？刚子板起脸说，想吃饭，还是凑份子，兄弟们一起，凉拌、头肉、素三样，什么你请我请的，见外了。

我想对刚子坦白，刚才上访的那个女人，她既不会遁地神术，也不会贴地飞行，她是我故意放进来的。我还想告诉刚子，那个女人是我老娘，她反映的问题是我老爹多年民师转正的事，好多年了，至今没有结果，她也是冒着风险来的……但我什么也没说，我看到，刚子已经站在了值班室门口，虎视眈眈地监视着楼梯口的每一个行人。

我赶紧和刚子站在了一起。

我俩虎背熊腰，目光如炬，就像一对儿门神。

求　婚

安　宁

老陈还是小陈的时候，经历过一桩求婚事件。

说起来那也是老陈人生里唯一一次女人主动求婚事件。更多的时候，是他向别人求婚，求了一次，离了，再求，女人们便挑剔起来，嫌弃他没房或者没车，外加带着个孩子。所以而今回头看，老陈就特别怀念那次求婚，想着如果时光可以倒流，或许他就会答应下来，那么今天的人生，就不会如此不上不下地孤单着了。

老陈那时年轻气盛，在县城的派出所户籍室上班，是通过读书考取的公务员的"功名"，所以在外人的眼里，擅长舞文弄墨的老陈，前途无量，指不定能够混到市里面去。一个人有了出息，七大姑八大姨自然会关注他的婚姻大事，不会让这样一个翩翩佳公子，拍打着翅膀，落到了别人枝上去栖息。但老陈根本不屑别人介绍的那些歪瓜裂枣，连点儿精神也没有，空壳子枪一样，一颗激情的子弹也射不出来。老陈需要红颜知己型的爱人，能红袖添香，也能柴米油盐。这听起来有些浪漫和不着调，可是二十多岁的老陈，坐办公室喝茶看报纸的老陈，却咬定了这一点儿，始终不肯放弃。

也就是这一段有些落寞的空窗期，让单位附近一家理发店的女人给充满了。女人名叫晓兰，以前在东北待过几年，后来随父亲叶落归根，回到小县城来，当街开了一家理发店谋生，同时兼卖一些保健药品。因为无意中谈话时，老陈提及可以帮女人在单位推销一些保健药品，她便记住了老陈。每天下班，老陈都会路过理发店，并礼貌地朝门口闲闲看着风景的女人挥手或者点头，算是打招呼。老陈无事，会在理发的时候或者经过理发店门口的时候，在脑子里想一想女人的样子，觉得这个有着好看的尖下巴和杨柳细腰的女人，其实很有一种风情韵致，尤其是她斜倚在门口看着来往车辆行人的时候，眼睛里有一种始终不属于这个小城的漂泊感，这让老陈忍不住就生出一种怜惜来。老陈想，之所以他能脱口而出，要帮女人推销保健品，大约也是被女人这一点儿美好给吸引住了吧。否则，他这样一个事业单位的文人，怎么会对一个理发店的女人如此热情？

如果女人没有向老陈示好并求婚，他与这个女人之间，也就仅仅如此，是顾客或者熟悉的路人的关系。偏偏女人就对老陈多看了一眼，于是便在老陈暂且看不上庸常女人的单身期，成为一段供日后用来回忆的故事。

老陈那天路过理发店的时候，看到女人在嗑瓜子。不过她不像别的女人，随处乱扔瓜子壳，她都将嗑完的放到手心里。老陈几乎可以想象出女人的手心里是潮乎乎的，忍不住冲她笑了笑，并问了一声好。而女人好像一直在期待着什么似的，抿嘴微笑，并朝老陈挥挥手，示意他过来。老陈想了想，自己恰好该理发了，于是便点点头，进了理发店。

店里女人的父亲正收拾着货架上的保健品，见老陈进来，说了几句闲话，就进了里间。老陈便一边理发，一边有一句没一句地和女人扯着闲话。阳光暖洋洋地照进来，有那么一小片落在梳妆台的一角，像一只蠢蠢欲动的蝴蝶。老陈的头发被女人温柔的手撩拨着，有想要闭上眼睛睡上一会儿的慵懒。

老陈终究没有睡过去，因为女人忽然间问他，是否有合适的人。老陈明白她指的是爱人，他本可以照实直说自己没有，但又碍于颜面，不想告诉她这样的隐私，于是便转换话题，问女人有没有结婚。老陈问完这话，便知道错了，因为他看到镜子里，女人的脸红了，理发的手也颤动了一下，差点儿剪到老陈的头皮。女人的声音很轻，但老陈却听清楚了，她说：我还没有，你呢？老陈大约是被女人的羞涩感染了，这次很清晰地回答了她的问题：我也没有。一个"也"字，不知为何，让老陈忽然觉得自己的心跟女人贴近了一些，好像男才女貌，就差那么一层纸，便可以在一起了。这当然是老陈想象中的小说里的情节，事实上，他并未对女人有过什么想法，他只是顺着女人说下去，如此而已。

可是，女人却瞬间动了真情，或许她早就看上了老陈，只是一直不曾有机会说出。到阳光暖融融地照进门来的那一刻，她才忽然鼓足了勇气，轻声说了一句：那么，你觉得我怎么样？

老陈有些慌乱，不知道该如何回答女人的问话。里间静悄悄的，想来是女人的父亲早就有所准备，为他和女人腾出安静的一角，讨论这个让彼此不知所措的问题。看头发已经剪完，只剩下冲洗和吹干，但老陈却不想进行剩下的程序，只希望快快地离去，他什么也没说，就落荒而逃。

是的，老陈是逃走的，在草草地丢下一句"我回去想想"之后，便逃走了。老陈没敢回头看女人的身影，他猜想她不会像过去那样，倚在门口目送他离开。或许，以后她再也不会这样目送他了。因为，逃走的老陈，不会再回转身，冲一个主动求婚讨要幸福的理发女人点头、微笑、问好，说一些无关紧要却触动了女人的闲话。

老陈在第二天便绕开那条马路回家，尽管总要多走一些路程，却可以心无障碍，舒畅自由，好像终于丢掉了一个沉重的包袱一样。

半年以后，老陈无意中又经过那条马路，看到理发店的门头，已经被更换成一个庸常的副食店，一对肥胖的中年夫妇在进进出出地忙碌。老陈隔着马路看了片刻，好像隔着时光，看到了过去那个虚伪的自己。尔后，他一扭头，走开了。

那是老陈一生中遭遇的唯一一次女人主动求婚的事件，不问他是否有房有车，只问他，是否觉得她合适。

小城姑娘

安　宁

小米专科毕业后，退居二线的父亲便利用最后残余的一点儿能量，将她安排在了自己为之"革命"了一辈子的厂矿下属单位。单位是好单位，好多人求爷爷告奶奶都未必能进得去，可是小米却提不起太大的兴趣。她只是按部就班地上班下班，一颗心早已飞离了安静的小城，抵达自己读书的海边城市，那里保存着她人生中最美好的一段记忆。

那段爱情随着毕业而凋零，可是在小米的心里，却永远都是开始时那样新鲜动人。对方现在是否还想念着她并不重要，重要的是他给了小米一段珍贵的记忆，让她发现了不同于小城生活的色彩。好像她从压抑的井底，忽然间被带到井外无比开阔的田地里去。尤其在小米重新回到生活了 20 多年的小城后，过去的爱情，变得愈发浓郁芬芳。

小米拒绝了一次又一次的上门提亲。提亲的人不明白小米为何这么冷硬地连男方的情况也不问，就胡乱找个理由拒绝掉了。被父母逼急了，她就拿一句"没感觉"敷衍过去。父亲宠她，说没感觉就没感觉吧，反正宝贝女儿养在家里，正好能多陪陪老爸。但母亲则为此烦闷，唠叨说：结婚过日子，要什么感觉呢，将小家庭打理好，健健康康没病没灾的，这才是最实际的。那些虚头巴脑的感觉，能当吃还是能当喝？

小米并不觉得自己有多么挑剔，她的确只是想要一份让她感觉温暖的情感而已。可是相了一次又一次的亲，那些来自小城各个角落的男人，始终无法让她动心。小米想，这个世界上，到底有没有一见钟情呢？如果有，为何她在小城里遇不到？如果没有，那么读书时喜欢的那个男孩，为何第一眼便打动了她的心？是不是她这辈子，无法再遇到海边那样美好的情感？或者，小城里的人都与父母一样，处在平凡至极的婚姻中，说不上有太多交流，只是一天一天、一顿饭一顿饭地生活着，然后慢慢地就老掉了。

小米始终想不明白，也懒得去想这么深奥的问题。她的生活波澜不惊，没有太多的惊喜，也没有太多的烦恼。

与城的相识，是在一个百无聊赖的午后。两个人由中间人约好了，在茶吧里见面。小米原本无心相亲，所以见到城，开口就坦白交代：我来其实就想告诉你，我不想相亲。城有些诧异，但随即笑了。这样温和的一笑，倒是让小米对他产生了好感，并破例地多喝了几杯茶。在没有相亲压力的轻松气氛中，两个人甚至还因为一个小笑话笑得前仰后合。小米好像许久没有跟人这样聊过天了。她的同学旧友，相继步入婚姻生活，甚至有了孩子。她与她们再相聚，就失去了共同的话题，她们聊房价物价工资老公孩子，她则想聊书籍电影和海边度假。聊不到一起，小米也就不再愿意跟她们见面。时间长了，她就成了孤独的一个人。所以与城的相识，让她忽然间有与旧友聚会的快乐。尽管临走的时候，城也告诉她，其实他同样不是来相亲的，他烦透了被父母天天催促着结婚生子的生活。

小米能够感觉出来，城对她应该还是有些动心的，只不过不是全部。或许在城的心里也有一个海边女孩？或许他拒绝相亲也是因为和小米一样，放不下曾经的那段爱恋？

小米从未向城提及海边的爱情，城也没有对她讲过自己的过去。两个人就这样淡淡地交往着，像朋友，又像尚未进入恋爱阶段的男女。

城还是向小米求了婚，问她能否嫁给他。那是在小米生病住院之后，一个有月亮的夜晚，城坐在窗边，忽然说起这件事。小米心底震了一下，随后她听到隔壁房间里，妻子在跟病床上的丈夫争吵。他们几乎每晚都会争吵，好像那已经成了吃饭睡觉一样的日常。以前小米并不觉得有什么，可是那一刻，她心底生出了惧怕。

此后小米再也没有跟城联系过。一晃几年过去，她才在无意中听人提及，城已经在当年结了婚，并且很快有了孩子，成为小城无数平常家庭中的一个。而小米，则在日复一日的平淡生活中，慢慢成为同事、邻居眼中无比挑剔的怪女人。

陌 生 来 电

崔　立

我在路上走。电话响了，是个陌生的本地来电。

我接了，说：你好。

对方说：你好。你是张正吗？

我说：是的。

对方说：你明天可以来我办公室一趟吗？

我说：明天啊，我想想，应该可以吧，请问你是哪位？

对方说：你难道听不出我的声音了吗？

我顺势看了下手机上显示的号码，没显示名字，号码我看着也不熟悉。我说：不好意思，我真不知道你是哪位？你能说一下你是谁吗？

对方说：你真的不记得我了吗？哦，对了，可能是你有我另一个号码。不过，你听我的声音一点儿听不出我是谁吗？

我使劲想了想，说：不好意思，我真的听不出来。

对方说：那我提醒你一下，我姓李。

李？我脑子里迅速地将所有我认识的姓李的人搜索了一遍，一一对比着这个声音，还是想不起来他究竟是谁。我说：对不起，我还是想不起来。

对方很有耐心，说：再想想看。

我又想了一遍，说：我真的想不起来你是谁，你能说一下吗？

对方说：你再想想，明天，其实我有一件很重要的事和你谈……

我越听越迷糊，说：对不起，我真的想不起来你是谁。你把你地址给我，这样，也许我就能想起你是谁了。

对方似乎很失望，说：既然你实在想不起来，那就算了。我去找能想起我的人了！

电话就挂了。我拿着被挂掉的手机，迷糊了半天，又回想了半天。我一拍脑袋：妈呀，是碰上骗子了！是不是我说了任何一个李姓朋友的名字，他都会答应呢？！

我在路上走。电话响了，是个陌生的本地来电。

我接了，说：你好。

对方说：你好。你是张正吗？

我说：是的。

对方说：你明天可以来我办公室一趟吗？

我想起了上次接到骗子电话的事。我说：明天啊，我想想，应该可以吧，请问你是哪位？

对方说：你难道听不出我声音了吗？

我没有再看号码，刚才看过一眼，确实没显示名字，这个号码确实也没任何印象。我说：不好意思，我真不知道你是哪位？你能说一下你是谁吗？

对方说：你真的不记得我了吗？哦，对了，可能是你有我另一个号码。不过，你听我的声音一点儿听不出我是谁吗？

我使劲想，说：不好意思，我真的听不出来。

对方说：那我提醒你一下，我姓刘。

毫无疑问，这肯定又是一个骗子了。我装作沉思片刻，恍然大悟的声音。我说：哦，刘总，是吗？我想起来了。

对方果然接招了，说：小张，看来你记性还不错。你明天过来，我们详谈下，上次你们来找我要合作的那个项目……

我想到了以前看到的骗子，千万不能先让他们把骗人的花招使出来。我抢着打断了对方的话，我说：刘总，你上次嫖娼被抓的事，后来警方是怎么处理的？

对方：……

我又说：还有啊，刘总，你儿子被杀的案件，侦破了吗？

电话挂了，嘟嘟嘟地传来一阵忙音。

我很神清气爽地吹一口哨，真是大快人心啊！骗子，想骗我，没门！

半小时后，我的电话又响了。是经理的电话。

我赶紧接了，说：经理，你好。

经理说：小张，刚才刘总给你电话了吗？就是上周我带你一起见的那个博大公司的刘总，他对我们的合作很有兴趣。这次如果能谈成，提成可不少啊。我刚才忙，就让他跟你联系了，喂，喂，你还在听吗？……

我握着电话，已经说不出一句话了。我自杀的心都有了。

我在路上走。电话响了，是个陌生的本地来电。

我接了，说：你好。

对方说：你好。你是张正吗？

我说：是的。

对方说：你明天可以来我办公室一趟吗？

我手忙脚乱地挂了电话。

那山的风景

崔　立

男人应邀去开笔会。

笔会是很好玩的事儿。

可以去一个完全远离自己生活圈子的地方，吃饭、喝酒、聊天，会会那些只见其文不见其人而又神交已久的文友们。

还有，就是见见那些女作者。若是女作者中有气质高雅的，或者长相漂亮的，必会成为众多男作者们关注的焦点。

一群年轻的男女作者围坐在一起，似乎早已熟识了，在一起欢笑着，扯着一些闲话。

男人和他们不是很熟，游离在他们之外。

那个坐在一侧角落里的女人，和男人一样，明显也和他们不熟。女人不属于气质高雅，长相呢，也不是漂亮的那种。

但男人觉得，女人似乎有一种别样的美。一种他所喜欢和欣赏的那种美。

不过，男人也仅限于看看。男人是个有贼心没贼胆的人，并不善于和女作者主动搭讪或交流扯淡。他只能是远远看着。

那天，去爬山。从一座山爬到另一座山。

一辆大巴车将一堆开笔会的男男女女们，扔在了山脚下。大家嘻嘻哈哈地站在那里，往山上看。

有人喊，看谁先爬到山顶！

大家附和着，一个一个的，脸上都洋溢着欢乐的笑。这山，远远地看，真是太美了，像世外桃源。无论谁来到这里，心情一定千般万般舒畅。

顺着山脚的阶梯，大家全力地往上爬，唯恐被甩在别人身后。

男人爬在他们中间，倒显得淡然了许多。

男人只用了七成的力，慢慢地跟在爬山的人群之后，一步一步地往上爬。

走了一段。有人用尽了力，走不动了。有女人是被男人们拉扯着上去的。

这个女人没有。女人一个人咬紧牙关往上爬。看得出来，女人是个好强的人。但女人的体质毕竟不如男人。而且女人看上去，身子也单薄了些。

男人从后面赶上来时，女人正坐在一块平台的一角，大口大口地喘着气。男人微笑地走上前，问女人，走累了吧？女人有礼貌地点点头，没说话。

同期参加笔会的男男女女们似乎已经走远，男人看着往山上的台阶，已经看不到他们的人影了。

男人没话找话，问女人，你叫什么名字？女人说了一个名。男人的嘴，一下就合不拢了，原来这个人就是你啊，我可一直在想，能写出这样美妙文章的会是怎样的女子，想不到今天就让我看见了。女人很谦和地笑笑，问了男人的名字。男人也说了一个名。女人还有些生硬的表情，顿时自然了许多。女人脸上绽出了花儿一般的笑容，说，原来那个人就是你啊。我记得，我们有许多次，都在同一期杂志上出现过，我读过你的文章，写得非常棒。男人不好意思地笑笑。

聊了一会儿。女人歇得也差不多了，就继续往上爬。

边爬边聊，倒不觉得爬山有多累了。

很快，男人女人就到了山顶。女人的脸，微微地红了红。男人的手，不知何时已经牵住了她的手。想来，应该是刚才爬山时，男人拉了女人一把，拉在一起的吧。

接下去，是去另一座山。

要坐缆车。其他人都早早地坐了缆车，去了那里。

男人女人坐进缆车。两个人的缆车。女人一直不敢坐缆车，女人胆小。缆车要在上千米的高度，将车厢里的男人和女人，从这座山送达另一座山。看女人怕，男人鼓励她，别怕，有我呢。

缆车行进中，女人脸色苍白，紧紧握住男人的手。女人的手心里，都是汗。男人轻松地拍女人的肩，说，没事的，不会有任何感觉，你闭上眼，一会儿就到了。

女人真的闭上了眼。男人看着闭上眼的女人，有一种柔弱，需要人保护的美。男人忽然有些喜欢女人。

因为是在缆车上，两眼也看不到任何旁人。

男人看着女人闭起的眼，闭起的红红的嘴唇。男人不知从哪儿来的勇气，想也没想，就将自己的唇，轻轻地在女人的唇上吻了一下，蜻蜓点水一般。

吻完，男人才觉得自己的唐突。

男人不明白自己这是怎么了。男人想起了中午喝的一些酒，是不是酒壮了英雄胆？男人苦笑。

男人以为女人会甩自己一耳光。

女人居然什么反应也没有，没有说话，也没有做别的什么。但女人的脸，在那一刻通红一片。

爬完山，回到宾馆。开笔会的男男女女们都坐在大厅里，谈笑风生。

像是什么都没发生过一样，女人还坐在那个角落，并不看男人，似乎素不相识。

男人想去和女人搭话，眼扫到女人一张冷若冰霜的脸，男人想说的话，生生地被堵在了喉咙口。

男人来到了窗口，一脸木然地看着窗外。远远地，能看到那天坐着缆车去的另一座山的风景。

梅镇的夏天

伍中正

天气越来越热。从梅镇那棵粗大榆树上看起来越来越绿的叶子就可以断定，夏天要来了。

夏天一来，镇上就来了一个跛腿年轻人。他看了看高高的梅镇再看了看高高的榆树，就不再往前走，一屁股坐在了粗大的榆树下。

老榆树不认识他，梅镇人也不认识他。年轻人第一次出现在梅镇，就是一副可怜兮兮的样子。脸上脏，衣服脏，腿上更脏。露出的右小腿像烧煳的米饭，样子很难看。跟着他一起来的还有一提包，提包是牛皮做的，不新不旧，只要拉链哗啦一拉开，提包的口就张得大大的。

梅镇人不知道他从哪里来。老榆树开始同情他，给他遮阳又给他遮雨。

梅镇人开始同情他。有人给了他衣服，还对他说，你那件衣服太旧了太脏了，换换吧。年轻人顺手就接了衣服，说了几声"谢谢"。他把衣服放在身边，眼睛盯着小腿，小腿在一点点溃烂。他觉得离自己数钱的日子不远了。

有人给了他凉粥，对他说，一天到晚在太阳底下坐，口里肯定干得厉害，喝了吧。年轻人顺手接了凉粥，一口灌下。灌完，连说"谢谢"。然后，他眼睛盯着小腿，很艰难地移动了一下。给他凉粥的人看了很难过。年轻人觉得数钱的日子就在眼前。

有人给他菜饭，还对他说，一天没吃饭了，肯定饿坏了，赶快吃了吧。年轻人顺手接了饭碗，筷子在一个劲儿地往嘴里扒饭扒菜。吃完，他的眼睛再盯着他的腿，再不作声。他觉得再过一天，就到了数钱的日子。

梅镇很多人都在同情他。梅镇的夏天，就有了一个话题，很多人说来镇里的那个年轻人可怜，太可怜了。年轻人也听到了他们的议论，低下头，暗暗地流过泪。

从梅镇那棵粗大榆树上传来的长长短短的蝉声就知道夏天渐渐过去。年轻人没有要离开的意思，听着那蝉声，就小睡一会儿。

有人再给他衣服，他摇了摇头，说，给我点儿钱吧，我还等着钱上医院治腿呢。给衣服的人就在自己的口袋里掏出了钱。

有人再给他凉粥，他摇了摇头，说给我点儿钱吧，我还等着上医院，再不上医院，我这腿就废了。给他凉粥的人回到家里，拿来钱给了他，说，赶紧上医院吧。

有人给他饭菜，他摇了摇头，说，给我点儿钱吧，我还等着钱上医院，再不上医院，我这腿真的就要废了。给他饭菜的人从口袋里掏出了钱。

年轻人没有离开梅镇。他每天在梅镇人同情的目光里获得了上医院的钱。夜幕降临，他就开始数钱，数那些轻易换来的钱。数完，他自如地拉开提包的拉链，把钱放了进去。然后，他很狡猾地一笑。一抬头，他从那些繁密的枝叶间，能看见梅镇天空上的星星。

梅镇人眼里的夏天很快就要过去。很多人都在担心年轻人。一个夏天，他应该有了不少的钱，应该拿着很多钱离开梅镇到医院去。

又有人站在了他的面前，看着他，说，上医院的钱差不多了吧？

年轻人摇摇头，说，昨夜里让一伙人抢了去，真的回不去了。

很多人听说了他的遭遇，在他的面前丢下一张张的钱，就走了。

很多人又来了，在他面前丢下一张张钱。

年轻人看看梅镇的天，一张一张地叠起了那些钱，快速地放进了包里。

蝉不在那棵榆树上叫了。年轻人用手擦了擦他跟焦煳米饭一样的小腿，艰难地站起身。起身那刻，那块焦煳的东西，很快地脱落。

梅镇有人看在眼里，然后看见年轻人很快地跑出了梅镇，跑出了夏天。

很多人不知道，年轻人就是我的亲兄弟。我的亲兄弟跑了多久跑了多远？

我知道梅镇离我的村庄一百多里，他是哭着跑回来的。他的女人得了癌症，死在了医院的病床上，欠下一屁股债。医院的院长说，要是还不了，就不用还了。我兄弟死活不依。

我的亲兄弟从那以后满镇子乱跑，在自己的腿上，用一种很浓很黏的猪血贴着，样子怪难看，博得了很多人的同情。

我的亲兄弟从梅镇回来就把那些钱还到了医院。医院院长说我的亲兄弟很讲信用，差了医院的医药费还记得还。医院院长还留他在医院里吃了一顿饭，饭吃到一半，他把一些没有动筷的菜，用一个白色的饭盒装了满满一盒，来到了他女人的坟前。

从女人的坟前回来，我的亲兄弟对我说，哥，我再不用那块伤疤骗人了，等我以后有了出息，我就到梅镇去，找到那些给我衣服给我凉粥给我饭菜给我钱的人，好好报答他们。

我一把抱住我的亲兄弟，只听他在我的背后一字一顿地说，哥，我以后，再不骗梅镇的人了。

只是带了一只羊

伍中正

张羊羊没有必要那么疲倦地赶回家中，在回到家中的前一天晚上，他选择了在一家长途汽车站附近算不上很大的酒店住下。

张羊羊没有意识到住进这家酒店会改变他将来的生活。他只是像过去一样，用住店的方式住进了酒店。酒店的老板除了登记他的身份证之外，还留意了他的那口小木箱子。木箱子里面装的什么，他没有对酒店的老板说。老板也没问。

住在酒店，张羊羊很高兴。就在他入睡前，他想到了那只羊。

他是在一个小集镇上发现那只小绵羊的。那个集镇，从头到尾，不到 200 米长。两边多为出卖牲口和土特产的生意人。喧闹中的小镇努力地保存着地方小镇的特色。而那只颜色很洁白的小绵羊躺在那个宁夏人的一口木箱子里。有人用手摸它的时候，它很兴奋地发出几声咩咩的叫声。那只羊很打眼，而且很快吸引了张羊羊的目光。

张羊羊这次出去最大的收获就是买到了孩子喜欢的一只羊。他花了他愿意承受的钱买了一只羊。张羊羊跟那个长满胡子的宁夏人用很短时间交流之后，那个宁夏人很乐意把羊卖给他，还客气地把那口木箱子顺便送给了张羊羊。

在离开之前，宁夏人放了一大把干草在木箱子里，还一再叮嘱他，木箱子有几个小孔，很透气，小绵羊在木箱里不会有事的。果真，在小木箱的四周，张羊羊看到了一些小孔。

在离开集镇之前在离开那个宁夏人之前，张羊羊在心里一直偷偷地乐着。

一路上，那口木箱跟张羊羊形影不离。

张羊羊刚刚入睡，房门打开了，进来两名警察。一个高个子，一个矮个子。紧接着，酒店的老板也站在了矮个子警察身后。

高个子警察说，张羊羊，有人举报你涉嫌犯罪，用木箱私藏保护动物。

张羊羊哭笑不得。

张羊羊判断，自己住进酒店时，肯定是老板对他的木箱产生了怀疑。

张羊羊记得，就在前台登记时，那只羊在木箱里发出了两声短暂的叫声。那只绵羊叫过两声后，小木箱里再没有发出声音。

张羊羊解释说，我只是带了一只羊，酒店老板可能误会了。

张羊羊接着说，我的小孩读初中了，一直没有见到过小绵羊。她对小绵羊非常感兴趣。在一个市场上，我看到一只小绵羊，就把它买了下来，想回家给孩子一个惊喜。

两名警察命令张羊羊打开木箱接受检查。张羊羊打开木箱盖子，果真是一只羊，里面还有一些干草。

两名警察看了看张羊羊，就走了。

那一夜，张羊羊几乎没有合过眼。他很后悔住进了这家糟糕的酒店。

第二天，张羊羊从酒店出来。

张羊羊给小绵羊喂了水，还喂了一些干草。

张羊羊很快回到了家。他把那只小绵羊从木箱里抓了出来，然后，把那只木箱搁在走廊上。

孩子见到了那只小绵羊很高兴，还逗着它玩。

张羊羊把在酒店遭警察检查的事对自己的女人说了。

那天，女人跟张羊羊之间的对白开始了。

你说你用木箱子装了一只羊，警察也敢查你？分明是你想掩盖一种事实。女人抛出的话很厉害的。

是真的，警察是查我了，我只是带了一只羊，我啥也没干！张羊羊跟女人解释。

啥也没干？警察无缘无故会查你？那警察吃饱了撑的？女人紧追不放。

我啥也没做，警察他查他的，查了啥事没有。张羊羊解释。

张羊羊，你给我老实点儿！警察在酒店查你，肯定还有别的原因。你要不说，就离婚！女人的声音越来越大。

只是带了一只羊，非得把事情闹到离婚的地步，啥意思？要怪只怪我嘴贱。

张羊羊很不服气的样子。

你别不服气，不说清楚，我就跟你离婚。女人一步也不让。

只是带了一只羊。张羊羊还是那句话。

只是带了一只羊？女人心里窝着一个疑问。

张羊羊跟女人真的离婚了。孩子判给了张羊羊，那只从宁夏人手中买回的羊让孩子抱了回来。

一年后。

张羊羊一次酒后非常失落地找到我，对我说，他只是带了一只羊，其他的，啥也没做。

我知道张羊羊还活在过去的纠结里，一直出不来。

我很直接地告诉张羊羊，要跟过去告别。

张羊羊跟我谈起他愿意离婚的理由，他不愿生活在怀疑和猜忌里，他受不了。

张羊羊就像当初接受小绵羊一样，就像当初接受警察的检查一样，接受了我的观点。

我和张羊羊结婚前，有两点最关键的理由是我看中的，真诚和爱心。

这两点，在张羊羊身上表现了出来。不抓住这样的男人，就是做女人的失败。

不抓住这样的男人，就是做女人的失败。这是我当警察的高个子哥哥给我的忠告。我的高个子哥哥，就是那天在酒店检查张羊羊绵羊的那名警察。

婚后，我把这件事毫不隐瞒地告诉了张羊羊。

张羊羊很孩子气地看着我，然后说，本来嘛，我只是带了一只羊。

希望与你在一起

安 谅

校友会上，明人代表最近二十年的毕业生发言，言简意赅，激情澎湃，引来上千名校友的阵阵掌声。走下台后，有一个当年的死党就与他咬耳朵：刚才低一届的一位女生还在找你呢，她说你曾经给过她一张什么纸条，她至今都保留着。

明人瞪他一眼，不要乱说一气，哪里有这种事！我在学校时的情感史，老兄你又不是不知道！

死党迅即回答："我当然知道你在校不动俗念，不为情感，可这只是你当年给我的感觉。现在我不信了，谁知道你潜伏这么久，把该向朋友坦白的，都隐瞒了！"死党鼻子哼哼的，似乎对明人气不打一处来。

明人捶了死党当胸一拳："你这小子到底怎么了。人家这么多校友都瞧着我呢！"

死党于是在明人耳畔又嘀咕了一句："希望与你在一起，这总是你跟人家说的吧。"

明人更糊涂了，这究竟是哪门子事？

死党拍了明人一肩膀："怎么做大领导了，就不承认当时做过的事了？我不与你争辩，瞧，人家已经来了，看你怎么解释吧。"

校友大会刚散，会场还是人声鼎沸的，大家依依不舍，毕竟是多少年不见了，那份感情是与日俱增的。就是在这时，一个盘着髻、标致端庄的女人向明人走来。

此人走近些了，明人似乎有些熟悉，却又实在想不起来她是谁。女人倒挺大方，到了明人面前，像对久别的老友一样，无拘无束："哈哈，你不记得我了吧。不过，你总记得这个字迹吧。"她狡黠地一笑，那眼角牵出的鱼尾纹似乎更衬托了她的魅力。明人愈加吃惊。死党及几个同窗也看戏一般，诡笑着期待着下一幕。

女校友从挎包里取出了一张纸，那纸折叠得方方正正。女人把它打开，递给了明人。明人却不敢接，仿佛那是烫手的火炉。但那上面的字迹，明人是看得一清二楚。千真万确，那确实是他自己的笔迹，龙飞凤舞，有点儿洒脱不羁，是当时的做派。关键是那一行字，让明人心跳骤然加剧：希望与你在一起。死党们已经龇牙咧嘴了，明人也一时缓不过神来。倒是女校友咯咯地笑起来，笑得纯净而透亮："大领导，二十年了，今天我终于见着你了，总该请一顿吧。"死党和几位同学也借机起哄："请客，请客。"死党还故意逗了一句："相见时难吃请不难，我们也有份儿呀。"

女校友又朗声笑了起来，手背很漂亮地遮掩了一下嘴，说："你们真是瞎起哄，我说的是我请他吃饭，是要感谢他给了我这一纸条，给了我力量。"众人一下子困惑起来，目光都聚拢在了这女校友秀丽的脸庞上。这，究竟藏着什么耐人寻味的故事呢？

女校友说道："这是我们学生干部活动时收到的礼物。"就这一句，让明人蓦地想起来了。那次全校学生干部都聚集在阶梯大教室联欢。有一个游戏，让每个人在一张纸上写一句话，然后留下自己的姓名，折叠好了，把它放在礼物盒里，摇匀了，再让参加者每人摸取一张，并且还要当场朗诵。

明人对当时的情景有些朦胧了，但很明晰地记得，当一位低一届的女生当场说出了这句话时，全场一片笑声，并都向明人投去了目光。明人有点儿不知所以，感觉自己做的没什么好笑的呀。

女校友的话打断了明人的回忆。她直言不讳地说：明人这句话真给了我不少动力，当时我的期末成绩考得都很差，这话无疑给了我自信与力量。

明人眼睛一亮："真的吗？不过，这句话……"明人欲言又止。

女校友笑得很真诚：是真的，我当然明白你这句话的含义，这二十年，我只要想到这句话，就能很快从情绪的低洼走出来！

是的，希望与你在一起。这希望是名词，永远怀有希望的人，是不会沮丧或沉沦的，就像太阳每天都是新的一样。

明人笑了，死党笑了，女校友也笑得更美丽了……

夜 半 歌 声

安 谅

初春的子夜，依然寒冷刺骨，街头人车稀落。夜风，裹挟起一张纸片，时而半空中飘舞，时而匍匐在地面上，喘息着，抵抗着风的侵扰。

明人刚为一部作品画上句号，一时无法入眠，就到街上溜达几圈，就看见一个佝偻的老人，裹着老式的围巾和中山装，在街上踽踽行走。他走得很慢，像是在寻找或者等待什么。明人迎面走来，老人停了步，弱弱地问了一句："你见到那个街头艺人了吗？"明人正想着自己的心事，有点儿恍惚，下意识地摇了摇头，自顾走了。后面传来老人的一声深长的叹息。

那一声叹息把明人的心又抓了过去。他站住，回望，老人已转身蹒跚而去。明人感到了老人不可名状的失落，迟疑着是不是要快步追去，而老人苍老的背影渐行渐远。

忽然，街头响起了一阵悦耳的声音。明人定了定神，循声望去，那盏路灯下，出现了一个人影。少顷，一个男人低哑的歌声，在吉他的伴奏下，在夜晚的街头飘荡。

与此同时，他瞥见那个苍老的背影也停住脚步，伫立着好一会儿，他才缓缓转身，蹒跚着回走。

那歌声在冷寂的夜晚更显得苍凉，甚至有一种悲壮。明人轻步走过去。他想，此刻街头卖唱的，必是十分困苦落魄的艺人，他从口袋里摸到了一张十元纸币，准备给艺人。

却是一个精壮的中年男人，正闭着眼投入地歌唱。手指在吉他的弦上熟稔地拨弄着。

那位老人在马路对面又站住了，仿佛在侧耳倾听，身子骨都在激动地战栗。

明人走近艺人，掏出纸币，塞入艺人冰凉的手心。艺人猛地睁开眼，五指伸开，毫不犹豫地推辞了。明人尴尬间，男子轻声耳语："这位老年痴呆了，没法和我们交流了，每晚，只有我的歌声，能唤醒他，让他早早回家。"

明人惊讶了，禁不住又瞥了老人一眼。他看见老人正注视着他们，像街头一尊雕塑。

男子轻声说道："他很孤独，整日神情落寞，但听到我唱这首《春夜冷吗》，他就像换了一个人。"

明人的心弦被拨动了，想告诉他，刚才那老人还在记挂他，老人不像是个痴呆者。这时，老人竟迈着难以想象的矫健步伐，快步走来，像一个阳光少年一样，向艺人，还有明人道了一声"你们好呀！"

他还老友似的拍了拍艺人的肩膀，说："你唱得挺棒，很到位，只是个别词没唱准。"说完，他竟亮开嗓子哼唱了起来。

这回，艺人也吃惊了，一时不知说什么好。

老人朗声笑了："你不知道，这是我年轻时所作的最后一首歌，我以为没人会知道这首歌，没想到，这些日子，在街头天天听到了你的歌声……"

"爸爸！"明人忽然听到一声呼唤。是艺人！他此时扶住了老人的臂膀说："爸爸你是真正的艺术家！我们，回去吧……"

老人的眸子闪亮，他似乎点了点头，面带微笑，与艺人相伴而去……

梅花十三手

吕啸天

梅城梅花山种植了一片梅林，每到凛冽的寒冬时节梅花缤纷怒放，或如艳丽的烈焰，或如洁白的碧玉，奇特的景致为寒冬的梅城带来了盎然生机和温暖。

梅花山的梅花寺是一座有五百年历史的古刹，长居寺中的梅龙禅师习武三十余载。每到寒冬梅花绽放之时，梅龙禅师就会端坐在梅花树下观花习武，梅花凌霜傲雪不屈不畏使梅龙禅师心中充满了敬佩，梅花超强的生命力使他想到了武学。一年年过去了，梅龙禅师自创武学，练就了梅花十三手的绝技。他还用多年时间撰写了《梅花剑谱》，在梅城武学界颇有盛名。

　　梅城龙虎堂堂主龙一隆年过四旬，自幼学武，练就了劈虎三十刀的绝学。野心勃勃的龙一隆一心想称霸梅城，他用走私私盐、开钱庄、开镖局等暴利行当中捞到的银两，广招地方武艺出众而又心狠手辣的人，几年间招来了金二手、汪三江、杨四海、朱五湖四位各有所长的习武之人，封为副堂主。龙一隆与这四人合称梅城五虎，扬言打遍梅城无敌手。

　　梅城西山有一口山塘，经营者风里来雨里去苦心侍候多年，养出的山塘鱼鲜美无比，当地许多富人慕名而来购买，塘主慢慢有了收成。贪婪无比的龙一隆得知后，让朱五湖带人把塘主暴打一顿，把鱼塘占为己有。梅城城中心有一排铺面，经营粮油米面山珍，日进斗金。龙一隆一声令下，杨四海带着如狼似虎的手下强占了铺面。龙一隆再拿出大笔银两暗通官府，令那些遭殃的人状告无门。梅城五虎称霸一方，百姓恨透了他们。

　　龙一隆为长久称霸，想出了一个更恶毒的办法：对当地习武者大打出手。他每隔一段时日，就轮流派出四虎上门挑战。仗着人多势众，在一个月内把梅城八名习武者打成了重伤。龙一隆在府中等着这八名伤者前来向他求饶再收归门下。但万万想不到的是，一个月后这八名伤者全部痊愈。

　　是梅龙禅师及时施了援手。龙一隆每打伤一名习武者，梅龙禅师就派人下山送药给伤者。梅龙禅师秘制的疗伤之药，疗效神奇，一般的刀伤剑伤药到病除，伤筋动骨者只要连服九剂也可化险为夷。

　　"梅龙秃驴，老子与你势不两立！"龙一隆把梅龙禅师视为眼中钉，派杨四海、朱五湖带着五十名护卫上梅花寺向梅龙禅师挑战。杨四海、朱五湖一个用刀、一个用剑招招凶狠，一心想把梅龙禅师刺倒砍倒在地。

　　梅龙禅师面对砍过来的刀剑不避不闪，伸出手一扭一转，杨四海、朱五湖刀剑脱手，人倒在了地上。

　　"无进无退，无强无弱。"梅龙禅师对杨四海、朱五湖说，"回去转告龙施主，弃恶扬善，回头是岸，争强称霸终是空。"

　　"奇耻大辱。"龙一隆没有把梅龙禅师的劝告放在心上，而是气得暴跳如雷。十天之后，他亲率四虎带着二百余人再次上山向梅龙禅师挑战。龙一隆面露狰狞："这一次，梅龙秃驴难逃死劫。"他心中打着如意算盘，这次杀了梅龙禅师，再把他的《梅花剑谱》抢来，从而彻底称霸梅城。

　　五虎用刀用剑把梅龙禅师围成一圈，梅龙禅师手不握兵器，面对砍刺过来的刀剑，梅龙禅师口念秘诀：独步早春，自全其天。瘦雪霜姿，疏枝横玉。元梅虹曲，新花绕屋。微云淡月，冰清玉洁。风递幽暝，孤香粘袖。用梅花十三手进行化解。

　　对决进行了两个时辰，双方打成了平手。龙一隆一心欲置梅龙禅师于死地，把劈虎三十刀悉数使出，刀刀对着梅龙禅师的要害砍去。使到第二十刀的时候，梅龙禅师使出了梅花十三手的最后两招：一发屠苏，凌寒自开。五虎的刀剑互相刺砍到对方的手上。五虎的手臂都受伤了。

龙一隆狂叫了一声，带着众人向山下飞奔而去。梅龙禅师也面无血色坐在地上许久没有起身。

两个月后，龙一隆带着四虎再次来到了梅花寺，求见梅龙禅师。五人均失去了一条手臂。原来当日他们上门带着的刀剑都涂上了剧毒。只要刺伤了身体，必死无疑。他们一门心思要杀死梅龙禅师，故解药也不带。没想到害人终害己，五人在混战中自伤手臂，为保性命只好自断伤臂。自五虎各自失去了一条手臂后，武功大失，昔日的仇家纷纷来追杀。五虎思前想后，只有梅龙禅师能保全他们了，于是愿皈依禅师门下。

"天下之大，人心为大。天下最强，善心为强。"梅龙禅师于是为五虎剃度。

没有人知道，当日梅龙禅师在与五虎决斗时不忍取他们的性命，手下留情反而伤及内脏，修炼了三十年的武功全部失去。

乡村运动会

吕啸天

游有充到粤东山区麻石村挂职的第一天，村主任老魏找到他："再过两天就是五一节了，镇里开运动服装厂的一位老板给村里捐 2000 元和一批运动服，让我们搞一场运动会。搞比赛在这穷山村还是第一次，乡亲们报名参加的热情不高，喊破嗓子就来 20 人，临近比赛了又有三个找理由溜了。人少不像样，你顶上。"

"这是好事。"游有充一口答应。游有充是市发改局的一名副科长。市里推出扶贫直联制，他被分配到麻石村任村主任助理，帮助村里与乡亲们早日脱贫。

运动会在村里晒谷坪上的水泥地举行，项目是男女两组 400 米短跑，在 50 米长的跑道上跑四个来回。年近三十的游有充个头不高，身板也不壮，文文弱弱的书生样子，但是一上运动场却像一匹吃足了料养足了神等待多时的烈马，发令枪一响，整个人就像箭一样射了出去。两个来回游有充就把对手甩得远远的，比赛结果游有充以绝对优势取得了男子组的第一名。他把得到的 300 元奖金交给乡里的办事员，买了一批作业本送给乡小学的孩子。

"种地的竟然跑不过长年坐办公室的？"老魏不敢相信也无法接受这样的事

实，但是整个比赛他都在现场，他又不得不接受这样的事实。比赛一结束，老魏有些失态地拉着游有充的手连声问："游助理，你是不是体校出来的？"

"我上的是农业大学。"游有充笑着对老魏说，"体力好那是平时运动的结果，每周打三场羽毛球。这次拿第一名我想有两个原因，一是来的人不多，二是乡亲们让着我。"

游有充的谦虚并没有令老魏得到安慰。"村里乡里是穷一点儿苦一点儿，但是几根穷骨头还是有的。"这是老魏的口头禅。说白一点儿就是说村里穷生活苦，但是做事的志气力气还是有的。对于种地的人来说，力气就是本钱。现在看来这样的本钱也比不过城里人，这一场运动会令老魏唯一的优越感大受打击。

老魏决定再搞一场运动会。他再次去找那位老板，请他捐了5000元。这一次老魏做足了功夫，派办事员挨家挨户去动员："这次比赛第一名奖金1000元。"老魏还想起村里有两名运动高手。一个叫黄大根，中学时还代表学校参加县中学校运会拿过第三名；另一个叫祝猛闯，是一个篮球好手。为了显得郑重，老魏亲自登门动员这两人参赛。

黄大根已几年不种地了，开了一家杂货店。老魏夜里去的时候，喝得满脸红光的黄大根嘴里叼着烟和另外两男一女正在搓麻将。听老魏说明来意，黄大根丢给老魏一根烟，头也不抬说："参加比赛那都是老皇历了，这次我就不去凑热闹了。"

"你不去也得去。"老魏怒了，恶声道，"你得去给村里争光。"

黄大根这才站起身指着自己的肚子说："你看看我这个样子还跑得动吗？"黄大根的大肚腩像六个月的孕妇。

老魏又惊又急："你这是怎么搞的？"

黄大根叹了一声："这几年没种地了，开了店动得少，天天吃吃喝喝的，肚子就大了。"

老魏长叹一声，又去找祝猛闯，但是吃了闭门羹。邻居说，祝猛闯住院了。祝猛闯两个孩子到城里打工，挣了钱寄回来，这几年生活好了，大鱼大肉没少吃，精瘦的祝猛闯吃成了胖子，也吃出了一身病，血压高血脂高，还有糖尿病。

老魏感到很无奈，但他还是想证明村里穷骨头还是有几根的。他想了几天，把这次庆国庆的运动会项目改为爬山。包括游有充在内的30人参加了比赛。地点选在村北大青山1000米的高峰，第一个到达山顶者为胜。比赛开始进行得热火朝天，男女老少争先恐后朝山上爬。一小时后就出现令人不想看到的场景：有十多人爬不动了，坐在地上喘气。几名中年妇人很无奈地说："以前进山割草打柴，挑着上百斤的柴草还能走十几里路。现在空着手走路，竟走不动了。"

最早登上山顶的是一位年过七旬的老人。那是一位老猎户，后来改行做过十多年的护林员。游有充是第二个登顶的。后面的几个走走停停，用了一两个小时才完成比赛。

老魏心里感到有些悲哀，暗叹：村里的穷骨头也没剩几根了。

过春节的时候，市发改局准备了几十桶油、几十袋米让游有充带到村里发给一些农户。游有充把这些物品拉到市场卖了，再自己掏了2000元合在一起，买了一批运动器材安装在村里的晒谷坪上，有空就发动村民去健身。

麻辣火锅店

戴 希

杨卉的麻辣火锅店是城里最大的一家。这里每天都是人潮如涌、热气腾腾。虽然城里人嘴刁，却都夸这里的麻辣火锅麻得上劲、辣得味足、香得可人、余味无穷。当然，这里的生意之所以火爆，还有另一个重要原因，那就是价格相当低廉，低廉得你简直不能相信：同样的锅底和食材，杨卉店里的价格还不到别家店的三分之一。别的店已被无情的市场竞争挤压得无法生存，杨卉的店却仍在大把大把地赚钱。

有些麻辣火锅店的老板不信城里也有天方夜谭式的故事，便悄悄乔装成顾客挤进杨卉的店里吃麻辣火锅。一吃，还真被它的味道和价格所折服，回来，便无怨无悔、义无反顾地关了自己的店。也有幻想与杨卉抗争甚至挤垮杨卉的老板，暗暗派人去杨卉的店里买回鸡、鸭、鱼等麻辣火锅，认真研究其制作工艺，可是什么也研究不出来。雇人干那克格勃的间谍行当，试图窃取杨卉的所有机密，杨卉的店又俨然国家安全部，各种防范措施密不透风，压根儿就无缝可钻。于是只好悻悻作罢。

这样一来，起初城里繁星般闪烁的麻辣火锅店，没过多久，其中的绝大多数便无声无息地关门了，只剩下几家大的"寡头"。这几家之所以还能勉强维持，是因为这里爱吃麻辣火锅的人太多，要挤进杨卉的店里开顿洋荤实在不易，杨卉的店也承载不了那么多的顾客。再者，经过市场竞争的优胜劣汰，剩下的几家味道也很好，只是价格略比杨卉那儿高些。说白了，幸亏老天恩赐！但这几家麻辣火锅店的生意是远远不能与杨卉的店相比的。

随着麻辣火锅的生意不断看涨，杨卉全家的生活情绪也随之高扬。这天杨卉的妈过生日，儿女们自然带上礼金礼品，齐刷刷地回家庆贺。吃晚饭时，一家人团团圆圆，餐厅里喜气洋洋。

正准备敬酒祝母亲生日快乐，忽然，杨卉的视线被餐桌上热腾腾、香喷喷的鸡、鸭、鱼等麻辣火锅所吸引。她一怔，端酒杯的手陡地在空中停住了。

杨卉惊问麻辣火锅从哪儿买的。母亲告诉她是从马晖那儿，还说父亲六十多岁了，体力不支，要做一桌丰盛的晚餐，身体肯定吃不消。买火锅时，父亲还特意品尝过，买回后，她也用心尝了，味很美，价格也不贵嘛。

这时，杨卉的脸色变得很苍白。她用手捂住胸口，问干吗不上她的店里去买，既照顾了自家生意，价格又便宜些。母亲并未觉察到杨卉的心情变化，依然得意扬扬地说，是她叮嘱父亲这样做的。又提醒杨卉说："你那儿的麻辣火锅都是用死鱼、死鹅、瘟鸡、瘟猪做的，你公公、婆婆、叔子、姑子等组成的后勤小组，每天去乡下忙不迭地走村串户，捡些死了后被人扔弃在路旁的或廉价收购些发瘟的家禽，让你制作麻辣火锅。而你那里生意所以火爆，是因为原材料没有或几乎没有成本，所以，你可以把价格压得特低，别人怎么也竞争不过你呀！你咬过我的耳朵，叫我千万不可泄露天机的，难道你忘了吗？""怎么会忘？"杨卉叹息道，"只是……""只是什么呀？"母亲追问。"只是，马晖的麻辣火锅原料也全是从我那儿批发来的！""干吗这样呢？"母亲不解地问。"赚钱！"杨卉斩钉截铁地回答，"赚那些没法挤进我的店里吃麻辣火锅的顾客们的钱！当然，马晖也赚，只是，他赚的是小钱，我赚的才是大钱呀！""那么，城里其他几家麻辣火锅店又怎样？"母亲进一步追问。"和马晖一样，都是我店的中转站！"杨卉再也不想掩盖事实。

全家人都惊呆了，一个个面面相觑。

你看你看这蜂鸟

戴　希

我们谈笑风生，穿行在亚马孙河的热带雨林。

一只色彩鲜艳、美丽可爱的蜂鸟，热情地当起我们的向导。

它在我们眼前，扑棱着翅膀，嘎嘎嘎地欢叫，飞得平稳、轻快。

如果离得不远，蜂鸟会悬停在空中，等我们赶上；一旦离得远了，它就倒飞过来，迎接我们。当地人称蜂鸟为神鸟，因为只有它，是这世上唯一能倒飞的鸟儿，也只有它，能长时间地扑棱着翅膀，悬停于空中。

蜂鸟还一忽儿向左飞，一忽儿向右飞，怎么顺当就怎么带我们行进。它飞行时拍打翅膀发出的嗡嗡声，几乎和蜜蜂飞行时发出的声音一模一样。

可爱的小天使，它要带我们去干啥呢？

答案很肯定：找树上悬挂的野蜂巢呗！因为它最喜欢吃，自己又摘不了。

亚马孙河热带雨林中的野蜂巢，不仅甜得不得了，而且营养价值极高。既能增强人体免疫力，据说抗癌效果又相当不错。

当地人一样喜食野蜂巢。他们与蜂鸟有着十分亲密的伙伴关系。

果不其然，蜂鸟很快带我们找到了那宝贝！它就悬挂在一棵大树枝上，真不小哩，几乎要流蜜一般。

蜂鸟嘎嘎嘎地叫着，绕树环飞三圈，然后悬停空中，等我们采摘蜂巢。

我们在大树下左顾右盼，觉得爬树采摘很危险。一旦野蜂赶回，成群结队攻击我们，后果不堪设想。最后，我们用长竹竿直接将野蜂巢戳下。

蜂鸟又嘎嘎嘎地在我们头顶上空盘旋，眼巴巴地等我们分出一小块，放在地上，让它享用。

如果丁点儿不给它留，它真会记恨并报复我们？我们不信当地人的忠告。

故意把整块蜂巢都带走，以此试探蜂鸟的反应。

还好！蜂鸟丝毫没有争夺蜂巢之意。它在空中悬停片刻，眼珠骨碌碌一转，又嘎嘎嘎地叫着。继续向前疾飞，为我们当向导。而且仍像先前一样，一会儿向左飞，一会儿向右飞，一会儿倒飞，一会儿悬停空中，很平稳很轻快的，总让我们能跟得上。

我们因此天真地认为：它不仅不会闹情绪，还会继续带我们去找野蜂巢。哪里像他们描述的那样！我们庆幸。

殊不知蜂鸟很快就把我们带进另一片林区，嘎嘎嘎地叫唤几声，便如离弦之箭，疾飞而去。转眼，无影无踪。

嘿！不带我们去找野蜂巢？或者，不给我们当向导啦？这，就是蜂鸟对我们的报复？有人笑问。

可笑声未落，我们就听到了狮子的吼叫，而且隐隐约约看到了一大群狮子！

天！我们个个面如土色、魂飞魄散。记不起最后是怎么逃出来的。

那一块野蜂巢，也不知丢到了哪里。

汗淋淋的，逃出亚马孙河那片热带雨林，正后悔没听当地人的忠告，蜂鸟忽又出现在我们头顶的天空，扑棱着翅膀，嘎嘎嘎地欢叫……

抢 救 快 乐

蓝 月

当舞台上的帷幕拉开的时候，我有从九霄云端跌落的感觉。

舞台上没有儿子！

这怎么可能？儿子说他今天要上台的，今天的表演对他意义重大，儿子即将小学毕业了，过完这个儿童节儿子就结束儿童时期，长成少年了。这次演出可以看作是儿子儿童时期最完美的收笔。

我快速找到了儿子的班主任。

班主任如梦初醒地说她疏忽了，怪不得少了一个人呢？

怎么会疏忽了呢？这也太不可思议了吧？班主任招来儿子，儿子当场就哭了。

看着哭泣的儿子，我觉得自己的心都要碎了。

无论如何不能让儿子在最后一个儿童节上出现心理阴影，我的脑子在飞快地运转，寻找弥补的方法。

我真是昏头了，当时怎么脑子短路了呢？幸亏西山表演过一次。陆晨希，你能原谅老师吗？班主任自责极了。

儿子流着泪点了点头，进去了。

西山表演过？我的脑子灵光一闪，赶紧问，老师，您能把西山表演的视频发给我吗？

好的，我传给你。班主任立马说。

这下好了，有了这段视频，儿子看到了应该会开心，应该可以冲淡今天的失落。

我拿到了视频，等着儿子回来。我要就今天这件事，努力将不利化作动力，让儿子更有进取精神。

儿子回家了，我迫不及待拉过儿子，说，儿子，妈妈要和你说件事情。儿子问，什么事？

今天你没有上台，你觉得可惜吗？儿子说，当然可惜。

看吧，儿子还是有阴影的。我立马用我刚刚想好的循循善诱法：虽然可惜，但未免不是好事。让你知道了，任何事情都是要主动争取的。今天，如果你勇敢地对老师说，你今天是要演出的，老师就不会漏掉你了。你说对不对？儿子说，是的。我拍拍儿子的肩膀说，以后无论遇上什么事情，都要积极争取，不要轻易放弃。这样你才会成功，懂了吗？儿子点点头说，懂了。

我舒了一口气，用欢快的语气说，过去的就让他过去吧，看妈妈给你要来了什么。说着，我打开了西山小学的演出视频。

儿子高兴极了，自豪地说，他们还特意给我拍了好多张我的特写呢，别人都没有，就我一个人有。我一听也非常高兴，打心里为儿子自豪。看着他兴高采烈的样子，我终于放下心来，看来我的儿子内心比我想象的强大。但是，会不会是表面现象呢？我决定再使用一次心理修补术加强效果。

儿子，妈妈还没有看过你跳完整的小苹果呢，你能跳给妈妈看吗？

好啊，这就跳给你看。

呵呵，毕竟是小孩子，没心没肺呀！

我为儿子放了音乐，儿子就卖力地跳了起来。

我用平板给他录制了视频，因为是晚上，采光不是很好。儿子看后，又换了角度跳，跳第三遍的时候，已经满头大汗了。我对录制的视频相当满意，我说，真棒！儿子一边抹汗一边说，可把我累坏了。我说傻小子，你跳得还真的很认真呢！可惜只有我一个观众。儿子笑着说，妈妈，你才是最重要的观众，看到你开心，我跳得累点儿也值得。

我霎时愣住了，我今天所做的一切，都是为了让儿子快乐，没想到儿子却在努力让我快乐！

沈 阿 婆

蓝 月

都说唱戏的眼睛活，这话一点儿不假。

爱唱昆曲的沈阿婆今年六十出头了，依然脸色红润，目光灼灼。

沈阿婆开了一家茶馆，就在周庄街上，廊前挂着红灯笼，朱漆的木门楣，馆内茶香四溢，不仅仅是外来游客，本地客人没事也都喜欢去喝一壶。喝喝茶，听听曲，烦恼全跑了。

> 你道翠生生出落的裙衫儿茜，
> 艳晶晶花簪八宝钿。
> 可知我一生儿爱好是天然，
> 恰三春好处无人见，
> 不提防沉鱼落雁鸟惊喧，

则怕得羞花闭月花愁颤。

沈阿婆脆生生戏腔一开，转动身段，兰花指一翘杏花眼一瞄，刚才还嘻嘻哈哈的茶客，立马被带入了戏中。

沈阿婆还有一手祖传的推拿功夫。

小镇人有个腰酸腿疼膀子不舒服啥的，第一个就想到沈阿婆。

沈阿婆嘴未张，笑先到。一边和人聊着天，一边手里不闲着。咯吱咔咔，好嘞。

哎呀，沈阿婆，你是神仙佛骨吧，这么几下子，我这肩膀，能抬了呢！

客人喜得嘴巴咧到后脑勺。

多少钱？

哈哈，要啥钱，有时间来我的茶馆喝一壶就成。

沈阿婆其实很多年没有在周庄了，近几年才回来的。

年轻时候，沈阿婆是昆曲班的台柱子，身段好唱腔美，那眼神，哎呀，好像能把人粘进去。笑的时候，让人如沐春风；哀的时候，让人心里揪揪地疼。不管男女老少，都爱看沈阿婆的戏，追她的年轻后生排成了队。沈阿婆美目流转，清澈得如同一潭清水，就是不起波澜。

后生们打听到沈阿婆父亲是推拿医生，就假装这疼那疼，粘着让沈阿婆给推拿。沈阿婆嫣然一笑，来者不拒，用不上三分钟，后生们便龇牙咧嘴，直叫，好了好了，一点儿不疼了，狼狈而去。

其实，沈阿婆心里早已有了人。这人是班里打杂的小魏。

小魏文质彬彬，不爱打闹说笑，一有空就喜欢看闲书。别的年轻人喜欢沈阿婆，小魏也喜欢。小魏不死缠烂打，而是给沈阿婆写信，一天一封，从不间断。

别人问沈阿婆，你看上他什么呀？沈阿婆甜甜一笑，说，我喜欢他的字！

三年后，昆曲班因为各种原因解散了，刚好有征兵名额，小魏就报了名。小魏说，我会给你写信的。沈阿婆说，嗯。小魏说，等我复员咱们就结婚。沈阿婆说，好。

但是，小魏走后，沈阿婆一直没有收到小魏的信。沈阿婆想，也许刚进部队，训练比较辛苦。

三个月后，终于收到了小魏的信。

沈阿婆心急慌忙打开信，却傻了眼——这是一封绝交信。

沈阿婆二话没说，打点行装赶去了部队。

沈阿婆没有找小魏，而是找到了小魏所在连队的连长。说明了来意，把小魏这几年写给自己的信和那封绝交信一并交给了连长。

连长看后一脸郑重地说，你安心回去，这件事情我会处理好的。

沈阿婆点点头说，我相信领导。

这件事情，直到小魏和沈阿婆新婚之夜，沈阿婆才说出来。小魏满脸惊讶，说，我没有写过绝交信呀！而且我每月都给你写信。

沈阿婆说，我当然知道，那封信不是你写的，虽然笔迹模仿得很像，但我还是能辨认出来的。所以我才会赶去部队，要真是你写的，我才不会去。心都变了，要个空壳有啥用！

小魏一拍脑袋说，我知道谁冒充我写的了！

沈阿婆嗔一眼小魏，我不想知道她是谁，但我可以肯定是你们部队的什么领导的女儿对你看上眼了，所以卡了你给我的信，还模仿你的笔迹，给我写了绝交信。人家也是煞费苦心呢！

我想来想去，只有釜底抽薪，断了那姑娘的念头。

小魏说，你怎么来部队也不找我？

沈阿婆说，傻瓜，找你能解决问题吗？你知道了，准会闹。你一闹，全部队都知道了，人家女孩子的脸往哪儿搁，领导的面子也不好看呀。弄不好还会影响你的前途。

小魏佩服地说，还是我老婆聪明呀！

沈阿婆利用她的聪明才智，捍卫了自己的爱情，在周庄小镇传为佳话。

后来沈阿婆跟随丈夫小魏离开周庄，辗转了好几个城市，直到小魏退休，才再次回到老家周庄。

回到周庄后，沈阿婆对已经变成老魏的小魏说，我想开茶馆。

沈阿婆说，我不是为了挣钱，这么多年跟着你在外，也没有时间和镇上的人相处，开个茶馆，谁都能走进来，再说了，这么多年不唱昆曲，我的嗓子早痒痒了。

于是就有了沈阿婆茶馆。于是就有了开茶馆的沈阿婆。

镇上熟悉沈阿婆的人说，这么多年过去了，沈阿婆那双眼睛还是和以前一个样。

爱情火车

赵 欣

一个人第一次到千里之外，有点儿孤独和紧张，不过一想到能给男友突然的惊喜，我还是十分兴奋。

和我一个包厢的，还有一个女孩，她坐在我对面的下铺，我一探头就能看到她。她也是一个人出远门，不过，和我相反，她是离开男友而行。根据她的频频通话，我判断出她和男友的依依不舍。每次通话，她必先问，你在哪？然后侧耳倾听，轻言细语，最后满意地挂断。

多么相爱啊！我不无羡慕地想，自己和男友之间为什么就没有这般的缠绵呢？

火车轰隆隆地行驶着，夜色降临，我很快进入了梦想。迷迷糊糊中我听到女孩的声音，在黑暗中格外清晰。你在哪？紧接着追问，值班？你在值班？这样的问话重复了几遍，而且语气加重。我一边不满地想，深更半夜打什么电话？一边又睡过去了。但是一阵压抑着的质问声再次搅扰了我的梦。女孩问道，你说，你到底在哪？和谁在一起？稍停顿之后，她的语气变得尖锐，值班？你真的在值班？

包厢里的其他旅客也都被吵醒了，有的坐起来观望，有的重重翻身弄出声响以示不满。女孩挂断电话，可以听到她粗重的喘息声。

我下床，去了一趟厕所，车窗外黑乎乎的，偶有灯光流星一般地掠过。我心里还在思忖着那女孩的事情，到底是男友不忠还是她多疑呢？

回到床上，旅客们鼾声起伏，我刚要入睡，女孩又开始通话，不过声音发闷。我探头，借着车厢里微弱的指示灯，看到她是蒙在被子里的。尽管如此，她的情绪还是把她的声音传了出来。有的旅客又开始翻身了。

她急切地说道，弟弟，你去吴伟的单位看看。停顿之后，她不耐烦了，说，我让你去你就去。又停顿，焦灼而略带恼怒地恳求说，别挂，弟弟，我给你五百元钱，这行了吧！

我暗暗发笑，闭上眼睛想睡觉，却没有困意，索性打开手机玩微信。心想，怎么遇到这么个人，真是烦死了。这女孩的男友也真够受的。曾有几次，男友那边有女孩的声音我都没在意。

突然，女孩的手机响了，我探出头，她急忙调为静音，但她焦躁的声音却没来得及掩饰。什么，吴伟没在单位？你确定？紧接着我听到女孩霍地坐起来，之后是歇斯底里地吼叫，吴伟，你到底在哪？那他妈在干什么？

停顿，她再次吼道，带着哭腔，吴伟你和我玩是吧？我为了你一个人去那么远的地方，你竟然搞鬼，有良心没有？稍微停顿之后，她又问，你说你出去买食物了？十分钟就回到单位？那好，我让弟弟在那儿等你！

大家都醒了，黑暗中恼怒的目光一起射向女孩，但是她已经顾不得这些了，坐卧不安，不停哭骂着，手机的荧光映照着她的脸，我看到她满脸的泪痕。女孩很快觉察到自己的失态，说声对不起就缩回到床铺上捂住嘴。我看到她的肩头一耸一耸。

十分钟的安静之后，她开始拨打电话，不过，没有拨通。应该是男友没有接听她的电话。她猛地把电话摔在地上，趴在床上抽泣起来。大家明白是怎么回事了，同情起她来。乘务员过来查看，大家都说没事没事。我下了床，坐到女孩身边，轻声安慰她，她抱住我的头哭出了声。

对不起大家了，我实在控制不住！她泪眼婆娑地扫一眼包厢。我说，没事儿，谁都有不开心的时候。

一个旅客捡起女孩的手机送到她手里，她刚说谢谢，手机就响了，仓促间错按了扬声器按键，通话声一下子成了直播。

姐，吴伟出事了！

什么？吴伟出什么事了？女孩的声音开始发颤。

他在距离单位十公里的地方超速开车，出了车祸……

我的目的地到了，背起行囊走出站台，已是晨曦初露。女孩的遭遇像罩在我心头的阴影，我努力把它当作是火车上的一个梦而已。

这是一个美好的周日，然而男友未在宿舍。我拨打了他的电话，响了一会儿才接通。

你在哪？大清早的。我忽然惊讶于这个开头，是受了那个女孩的感染？

亲爱的，我在宿舍啊！男友呵呵笑着，里面隐约有女孩子的声音。

真的吗？我就在你的宿舍啊！我心头一凛。

男友停顿了一下，有点儿结巴地说，你真的过来了？哦，我开车出去买食物了，十分钟就回去了。你等我吧！

哈，你别急着回来，我是和你开玩笑的。

突然之间，我做出了一个决定。之后我们说了什么，一句也没有印象，我只想尽快结束通话，而男友还在喋喋不休，我知道他在竭力表现。

我说电话要没电了。他说那好吧，亲爱的。什么时候过来看我吧，火车很便捷的。

放下电话，我叹口气，暗忖，火车再便捷，也无法搭载渐行渐远的爱情。出门挥手招了一辆出租车，我前往火车站返程。

银杏树下咖啡香

赵　欣

二十年前只身奔赴深圳，追寻梦想，如今回到长春，两手空空，一无所成。

唯一能安慰我的就是体形未变，容颜未老，英俊依然。

一踏上家乡的土地，那张娇媚的面容就穿越厚厚的时间尘埃，迅速清晰起来，近在眼前。不仅面容，连周围的场景也都复原了：一棵茂盛如华盖的银杏树，树下小巧的桌椅，氤氲浮动的暗香。想到这里，他的心悸动起来，如同初春的野草。儿时的她，还在那里吗？那里，还有咖啡屋吗？

当年，若不是理智战胜感情，他无论如何都不会离开的。他去喝咖啡，而她是服务员，他们一见钟情。银杏树下，爱情让咖啡更温馨甜美。告别那天，他喝了最后一次她给他调制的咖啡，味道苦涩。他吻着流泪的她，发誓说，我会回来。而她要在这里等他，发誓说，你不来我不老。

岁月蹉跎，把一个激情燃烧的青年人磨蚀成一个落魄的中年人。任曾经的爱情如何美好，现实是残酷的。他有过婚姻，如今单身。她是他择偶的标准，但他相信，她已经嫁人了。

回到家乡的那个晚上，他梦到了银杏树下的她，苗条的身姿，甜美的微笑……他决定去找她，尽管不抱任何希望，但是，即使白走一遭，也了了心愿。

城市变化太大，绕来绕去，他终于找到了那个街区——如今已是城市的中央地段，寸土寸金。那里不可能再保留院落，更别提树了，一定是黄金商铺或是高档写字楼。但很快，眼前的景象令他惊喜：那个院落还在，且扩大了一半的面积；那棵银杏树还在，更加粗壮了。还有一个别致的门面，上面几个大字：银杏树咖啡屋。四围密集的楼厦让他确信，这不是梦。他的心悸动起来，往事一幕幕呈现，他的眼角潮湿了。

物是人非，那是怎样的心境？

一个美女服务员迎出来，他差点儿就认错了人，很像，却缺少了她的清秀。他要了咖啡，慢慢品尝。银杏树的清香和咖啡的浓香在院子里弥漫。

这个咖啡屋有多久了？他问。

二十多年了。服务员很热情。

这么多年一直都在？

是啊。服务员是那种话痨型。你不知道，我们老板二十年前就在这里了。

你们老板？

是啊，那时候她还是个服务员，后来就兑下这个店直到今天。

他的心再次悸动起来，颤声问道，老板，是男是女？

女的啊！你不知道，我们老板是个痴情的人。她至今未婚，据说是在这里等她的初恋。

他烫了似的挪开嘴边的咖啡杯，抖抖地放到桌上，又端起来喝了一大口，似乎仍不解渴。

她现在在吗？他抑制着情绪。

嗯，一会儿就来了。需要给您请过来吗？

别！别！他有些慌乱。

进到洗手间，他左右观察自己的脸、身材，又梳了梳头发，拔掉了几根明显的白头发。回到座位上端起杯子，却发现已经空了。他有些慌张，不知如何面对美丽而痴情的初恋情人。

这时，走过来一个中年妇女，不像是顾客，严肃地巡视了一圈，到他位置的时候，愣了一会儿，眼睛亮了一下又暗下去。她站在那里，像一面墙挡住了光线。还好，很快就离开了。

他口干舌燥，按了几次呼叫器，服务员才气喘吁吁地赶回来，一边给他上咖啡一边说，真不巧，就这么一会儿不在岗，就被老板给逮住了。

什么，老板来了？

是啊，就是刚才啊。

刚才进屋一个胖胖的妇女……他盯着服务员的脸，疑惑地问。

那就是老板！

服务员的嘴唇一张一合，却没有声音，他在努力追忆着刚才的中年妇女：臃肿的身材，短粗的脖子，化妆品粉饰过的僵硬的脸面，转过身时小锅似的肚子。

真的是她？不，不会，一定是搞错了。

他恢复了听力。服务员一脸崇拜的表情，说，你不知道，老板曾是大美女呢！隔壁的房间有她年轻时的照片。

反复鉴别那几张照片之后，他像饱胀的气球一样瘫软了。是的，中年妇女就是她，她就是老板。她怎么会变成这样，这是不可想象的。他呷了一口咖啡，觉得很凉很淡，他突然意识到，应该马上逃离。

服务员给她埋单的时候，仍然喋喋不休，你不知道，我们老板上了富豪排行榜呢！

什么排行榜？他放缓脚步。

富豪排行榜啊！你不知道，就这块地皮，老值钱了，不管开发商给多少钱老板都不卖。

他的心大大悸动起来，一个念头萌生，且不断膨大，最后如同那棵银杏树般葳蕤。

老板还在吗？我想见见她。他呼吸急促。

你看，老板来了。服务员甜美地笑着。

　　顺着服务员的目光看过去，银杏树下，他的初恋情人正优雅地走过来，金灿灿的阳光衬出一圈柔美的线条。

　　真是太美了！他看呆了。

　　此刻，院子里咖啡的香味愈加浓郁。

画　影　壁

化　云

　　崇州这地方家家有影壁，画上麒麟，老虎，飞龙走凤。后来花样多起来，松鹤延年，喜鹊登梅，花开富贵……

　　崇州画影壁画得最好的是文化馆的江望山，江望山有个响当当的名号——江牡丹。

　　一听有人喊他江牡丹，望山就觉得委屈，觉得自己委屈了一辈子。

　　三十年前，望山风华正茂，崇州城里唯一的美专毕业生，工作分在县文化馆，经常被人请去画影壁。画影壁是细活儿，少则三五天，多则十天半月，有时候离城里远，就吃住在主家，被上宾一样的款待。技高人帅，名花无主，江望山在人们眼中就是一朵绽放的牡丹，没多久就蜂围蝶绕起来。望山心里一点儿也看不上这些土妞儿，却享受这种被女孩子目光簇拥着的感觉，时不时回应一半个含混的眼神儿，甩两抹含混的笑，惹得女娃儿们羞红了脸，揉着衣襟儿挪不动步。

　　那天望山被请去离城里六十多里的张家庄——村长家的影壁，得画六七天。

　　村长家的大妮儿梳着一条齐腰的大辫子，从早到晚在望山眼前甩，一甩就是四天。除了这大辫子，这大妮儿真没看头儿。望山想着，忍不住伸手拉了拉那辫梢。大妮儿眼一横，扭身回屋了。一会儿，大妮儿端一盆子衣服出来，打水洗衣服，一弯腰，露一条白白的背，再一弯腰，又露一条白白的背。望山画牡丹，留了几道漂亮的飞白。大妮儿晾衣服，抬手露一道儿白肚皮儿，再抬手又露一道儿白肚皮儿。望山加了几片格外鲜活的叶儿。

　　当晚，大妮儿钻了江望山的被窝。俺知道你喜欢俺，干嘛偷着眼瞧啊，俺愿意！望山还没回过神儿来，大妮儿脑袋上光滑的大辫子在他怀里揉散了，揉乱了望山的方寸。

　　吃早饭的时候，望山没敢抬头，大妮儿羞答答地说，娘，昨晚上他可疼俺了。大妮儿的爹张村长出了门。半支烟功夫，村里的广播响起来，村民们注意了啊，中午去俺家吃席啊，俺家待女婿。

呼啦啦挤了一院子人，叽里呱啦的围着望山，夸大妮儿真是好福气，哪里寻了这样全材料的女婿哦！

回到城里，馆长说望山你不娶翠儿是不行了！谁都知道你在张家庄吃了订婚席！馆长满脸笑得核桃似的说翠儿说你肚脐下三寸有颗痣？这回看张村长怎么谢我！望山这才知道大妮儿叫张翠儿——着了道儿了！一想翠儿那张传统的脸，那朴实的腰，哎，这是美术里典型的大写意啊！

新婚的夜里，翠儿的大辫子缠着望山的脖子，你是俺的，要是你敢做对不起我的事，我就用这辫子勒死你！黑暗中的望山嘴一撇，撇了一肚子的委屈。

望山没事儿就躲在屋里画画，再也没有出去画过影壁。

翠儿争气，一儿一女长得都随江望山。翠儿能干，里里外外都是好手，开始出租自家的房子给人辅导几个孩子画画，到招聘美术老师办美术辅导班，再到美术辅导学校，翠儿懂得用人，懂得经营，特别会造声势，生意做得风生水起。望山依旧是望山，翠儿却成了张校长，成了崇州城的名人，整个人也变得又大气又洋气。住一百五十平米的大单元房，她还是坚持买了宅基，盖了个敞亮的院子。望山能说啥呢，钱都是翠儿挣的，自己工资只够买颜料。新院子成了，翠儿说新院子给儿子结婚用。翠儿说当家的画影壁吧——别人家的不画，自家的还能不画？望山一提笔，翠儿笑了，这才是当年的江牡丹。

摆喜酒那天，望山家的影壁比新娘子的脸更招人看。这下子请江望山画影壁的人排了长队，翠儿开始筹划着江望山作品展。不知哪里来的女学员围着望山江老师江老师的喊，直喊得江望山越来越年轻起来。

江望山躺在床上摸着肚子，想着白天里那一张张如花的脸，态度明朗的笑，忽然撇了撇嘴，又是一阵委屈，"这花儿还没开呢，怎么就老了呢？"

翠儿用枕巾箍住他的脖子，想开花儿了不是？敢！勒死你！不让你画吧，你就不是江牡丹了，让你画吧，那些妮子都是狼呢！不许你去有妮子的人家儿画影壁！

江望山摸着翠儿头上的卷卷毛儿，叹了口气，有妮子有啥用，现在的妮子都没有大辫子。翠儿滴哩一笑，一头拱在他怀里。

听着翠儿的鼾声，望山看着那熟悉厚实的背，真像一道厚实待描的影壁，忍不住伸出手指，左抹右挑，点点皴皴。

大妮儿呢哝着，干啥呢？

画影壁！三字一出口，江望山忽然觉得心花怒放，这一株牡丹，真是雍容，霸气。

惊 鸿 一 面

化 云

岳父去棋牌室忘了带手机，我奉命喊他回家吃饭。

在烟熏雾绕的棋牌室，我见到了她：似乎随手一挽的发髻蓬松在她的脑后，大大的银耳环，眼线眼影睫毛膏，都精心勾涂在她的眼睛上，均匀的粉，猩红的唇，特别是猩红指甲白皙纤长的手指夹着半支烟。浓艳，慵懒，性感，有股子风尘味道。

她懒散地起身，拿起椅子靠背上墨绿的皮草上衣。

怎么了葵姐，这么早就收工啊？

嗯，今天孩子回来！

一阵淡雅的幽香飘过，她出了门。

看什么呢年轻人，不认识赌娘子？好好让你岳父教你两手，再来这牌桌上练个三五年，说不定能赢她一回呢！岳父的牌友认出了我，在一旁打哈哈。

玩你的吧！好好的女婿叫你教唆坏了！他可是正儿八经的文化人，教书育人的！你天天在这儿练手，学费倒是交了不少，啥时候赢过？

岳父边说边提了衣服往外走，我说爸，赌娘子是什么意思？

赢了收钱，输了出人！岳父用眼睛斜我，别听那老东西瞎嘟嘟。

我忙点了头，心想有这么卑贱的人呢？

学校开家长会，全班只有夏天的家长没有到。电话打过去，来的竟是她。依旧是随意挽起的发髻，依旧是那件墨绿的皮草，只是妆容淡雅极了，人倒也显得清新不俗起来。

夏天在学校的表现一向很好，只是把学校要求家长配合的事项和她沟通一下。她起身告辞的时候突然说老师我求你了，别对孩子提起她爸爸！有什么事直接给我打电话吧！

我起身送客，她留下了一缕淡雅的幽香。那个文静懂事的女孩子，怎么看都不像是赌娘子的女儿呢。

你怎么认识她？同事刘然伸进头来，你该不是欠了赌娘子的赌债吧？

别瞎说！我知道他经常去棋牌室，忙拦住他的话头，是班里学生的家长！

家长？她那孩子在你的班？

你知道？

当然！好像是赌娘子在省城打工时候生的私生女，就那样带回来养着，说是捡的，死活不肯送人，也不说孩子爸爸是谁，就这么一个人养大孩子，靠的就是在棋牌室那见不得人的营生。

哦，难怪不让提孩子的爸爸。

夏天成绩一直不错，直到她顺利考上了师大，我再也没有见过她的母亲。

那天岳父回来，一见我就兴奋地说你知道吗？赌娘子帮她女儿找到了爸爸！

怎么回事？

哎呀一句两句说不清！葵姐的女儿是捡的，说了这么些年都没人相信。昨天说在寻亲网上找到了，说 DNA 比对都成功了呢！一起去看看？

赌娘子的家就在棋牌室附近，狭小简洁。屋里挤满了人，都是她的牌友吧。赌娘子坐在人群中诉说。

当时他就那么抱着孩子敲车窗，我就把车窗打开，他说帮我接一下孩子，我怕挤着她！你不知道当时上车的人那个挤啊……我都没有犹豫就接过来了，他顺势握住我的手说拜托你！拜托！照顾好我的孩子！我想都没想就点头了，不就是帮忙抱一会儿吗？我说快点啊，车快开了！他竟给我鞠躬，深深地鞠躬……他朝着车门方向走过去了，很快车就开了，过道里也挤满了人，开始以为他正往我这边挤呢，谁知道他在站台上，满脸是泪地站着，我忽然知道怎么回事了……

那你现在怎么舍得？

葵姐一边说一边掉泪，有什么舍不得？他当时是有了过不去的坎儿。只要他肯找，就没有不要这个孩子，我也是给孩子一个交代，给孩子出身一个清白。

路上，岳父时而摇头时而叹气，我说您怎么了？

平时慢怠葵姐了，真是个好人呢！怎么就能做到呢？为了个没有血缘的孩子，四十几岁了都没嫁人，还顶着个赌娘子的烂名声，哎！还供了个大学生，真是好人呢！岳父眼睛有点红。

我对葵姐也忽然崇敬起来，嗯，是啊！这样葵姐也算得了清白了吧！

岳父摇头，是给了那孩子出身清白吧！葵姐？哎！清白得了吗？

后来听岳父说葵姐依旧在棋牌室玩牌，只是不再做赌娘子，赢了请客，输了掏钱。

转眼半年过去了，有一天，岳父西装革履地来找我，激动地声音有点抖，葵姐结婚，你也备一份红包，是我的牌友，更是你学生的家长呢！你知道那新郎是谁吗？是那孩子的爸爸！

我顿时来了兴趣，陪了岳父同去。

穿了婚纱的葵姐真的很漂亮！夏天也漂亮。新郎很帅很文雅。

葵姐把夏天的手放在新郎的手里，这是那个夏天，你抱给我的——夏天！

新郎泪流满面，隔着车窗见那一面，搭进了你二十三年的青春，也苦了你二十三年，总算让我找到了你们，今后我要照顾你一辈子，照顾你每一天！

音乐响起，是王菲的歌：只是因为在人群中多看了你一眼……

柴

吴宏博

老吴稀罕木柴。老吴来自大山，大山里的人家烧水做饭是离不开柴的。老吴记得，小时候的家门前一年四季都码着一堆截得整齐的木柴，而且都是耐烧的硬柴。再后来，封山育林了，硬柴便更金贵了，老吴娘烧水做饭就只能用麦草谷秆了。柴火柴火，其实在老吴心里，柴就是硬柴，那些不耐烧的禾秆怎么能跟树干树枝这些硬柴比呢？所以山里人把它们叫软柴。

老吴是今年才被儿子硬拽着进城的。儿子出息了，在城里做钢筋生意发了家。

老吴每次路过那些工地和建筑垃圾堆时，总是喜欢顺手捎几根木柴回来，纯粹是一种下意识行为，这也许是小时候受他爹的影响太深。捡回来的木柴，老吴就顺手堆放在了防盗门旁。儿子每次看见老吴手里拿着木柴回来，就吼老爸："爸，你说城里烧水做饭又不用生炉子，你捡那些柴火也不怕人笑话啊！"老吴就像做错了事似的挠挠头，嘿嘿一笑，说："习惯了。"

老吴的柴垛越堆越高。

有天，儿子领老吴两口子去吃鱼。吃到一半，儿子突然来了句感慨："说实话，真不如我小时候下河抓来的鱼让我妈在大锅里炖出来的香。"老吴放下筷子，说："你小的时候没少因为偷偷下河摸鱼挨我的打。"儿子就笑，说："其实你那时下手并不重。"父子俩就都笑了。老吴老伴儿对儿子说："看来你想山里的生活了啊。这不锈钢锅和电磁炉咕嘟出来的鱼，肯定没妈那大生铁锅用硬柴炖出来的野生鱼好吃啊。"儿子说："真想再吃一回我妈炖的鱼啦！"老吴的老伴儿就说："这城里也没法生火支锅啊。"老吴突然一拍脑门子，说："有了，儿子，我看城里人现在越来越喜欢乡下的东西了，要不你开家土灶野生鱼馆，咱就用硬柴炖野生鱼。"儿子是个生意精，眼前一亮，说："爸，这主意不错，不过我没时间弄啊，钢筋生意都把我缠死了。"老吴就自告奋勇："你出钱，我帮你照看。反正我整天闲得浑身疼，再不找点儿事，我跟你妈还不如回山里住呢。"

于是，老吴家的"土灶老妈家常鱼"饭馆就张罗起来了。

　　鱼是运来的野生鱼，灶是半人高一米见方的大土灶，锅是乌亮乌亮的铸铁锅，火当然是锅底架硬柴的火。更绝的是，老吴在店里专门辟出一块地儿，叫"劈柴区"，还专门从乡下拉来一车软柴，供引火用。店里还规定，灶里的鱼是哪桌顾客点的，灶底的火就由顾客们自己负责，从劈柴、引火、架柴，都由顾客自己动手，这几样事想让服务员帮忙，没门！

　　看似这么霸道的服务，没想到，店一开张，生意竟出奇得好。

　　很多顾客都是一家三口来的，男人们在"劈柴区"抡圆了老吴提供的斧头，咔咔咔地劈着柴，小孩子们满脸是灰地在灶底吹气引火架硬柴，而女人们或者提醒着丈夫注意安全，或者笑呵呵地用湿巾纸帮孩子擦拭着脸上的灰。劈柴区总是排着长队。老吴每每看到这些，就笑着说："这城里人蛮有意思呢。"

　　店里的硬柴用没了的时候，老吴就会带着几个服务员蹬着三轮车去城里的拆迁工地上找，那里被废弃的硬柴可不愁找。封山育林后，山里缺硬柴了，城里反而不缺了。

　　起初，老吴去拉柴的时候，要么就是那些拆迁工地根本没人管，满地的废木柴随便捡；要不就是那些建筑工地虽然有人管，但大都会高兴地说："老吴你可来了，那儿，那儿，还有那儿的废木料，你全拉走吧，还省得我花钱找人搬这些垃圾了。"老吴心想：这哪是什么垃圾啊，这可是比钢筋还金贵的柴呢。鱼馆生意越来越好，城里也有几家模仿起了老吴，开起了土灶炖羊肉、硬柴烧鸡公，等等。

　　老吴的柴慢慢不好弄了，因为工地上现在已开始有人专门做起了捡拾硬柴的生意，一些收废品的也改行贩卖起了硬柴。

　　这天，老吴蹬着三轮去一家建筑工地拉废木料，见了那个看场子的老熟人，老吴递上一支烟，说："又帮你处理垃圾来了。"不想看场子的老熟人却推开烟，说："老吴，我这里可没啥垃圾啊，硬柴倒是有些，不过拿支烟肯定是换不走了，一方五十块，要不？"

　　老吴一愣，然后恍然大悟，笑道："看来这柴在城里也慢慢值钱了。"

楼顶的玉米

吴宏博

　　儿子跟我说："爸，语文老师为了让我们体会粮食来之不易，要求我们每个人种一种粮食作物，观察它生根、发芽、生长的全过程，最后再写一篇作文。你说我种什么好呢？"

　　现在的老师事可真多，我心想。

　　在阳台正侍弄那盆辣椒的老父亲开口回答了："孙子，这事你得问爷爷，爷爷种了一辈子地，你爸一直忙着上学、考试、进城，哪懂种庄稼的事啊！"

　　老父亲是我在儿子上小学后接进城的，让他帮忙接送儿子上下学。离开了土地的父亲不会打太极也不会遛鸟，于是就在阳台上开起了荒。父亲找了很多花盆，种了辣椒、西红柿、韭菜等，还有一盆豇豆蔓爬满了防盗窗的铁栅栏，一尺多长的豇豆挂满了阳台。我总是说，爸，你也不种些花草，都种了一辈子庄稼了还没种够啊？父亲总是笑呵呵地说，这些不比花草美吗？

　　儿子跑过去问父亲："爷爷，那你说我种什么好呢？"

　　父亲一手提着花铲，一手抚摸着儿子的头说："爷爷帮你种几棵苞谷，咋样？"老家把玉米习惯叫苞谷。

　　我说："爸，家里怎么能种玉米呢，那秆都比楼层高。"莫非父亲觉得蔬菜不算正宗的庄稼，种着不过瘾？

　　"你别管。"父亲笑着说。

　　第二天，满手是泥土的儿子跑到书房，激动地给我说："爸爸爸爸，爷爷在楼顶帮我种了几盆玉米，有两盆还是我亲手种的呢，过两天发芽了我领你去看。"

　　父亲也进门了，边拍打身上的土边自言自语地说："城里这土没啥营养，还得好好追肥。"

　　我家住顶楼，楼道上有道门可以上到楼顶去。楼顶能长出庄稼？亏老父亲想得出来。

　　儿子初学稼穑，每天兴奋地拉上父亲去楼顶。父亲是个耐心的人，每次都会乐呵呵地提了水和铲跟儿子一起上楼顶。

　　过了几天，听儿子说楼顶的玉米已经发芽了。我一直没有上去看，忙。

　　父亲每天都会往楼顶跑一趟，说着"都一尺高了"、"没想到花盆里也会长出杂草来"之类的话。儿子隔三岔五也会跟着父亲上到楼顶去。

　　一个月过去了，父亲还是坚持每天打理完他阳台的盆栽蔬菜后再去楼顶忙活一阵。

　　儿子早就不上楼顶去了，没那个新鲜劲了。父亲有时上楼顶去的时候会叫一声儿子："走，看你的玉米去。"儿子总会懒洋洋地说："爷爷，你去弄吧，等长棒子了你再叫我。"

　　父亲并不在乎儿子的态度，也似乎早忘了这是当初给儿子种的观察苗。他自己倒乐在其中了。

好多次父亲都没有把小便尿进马桶，而是偷偷用那个小塑料桶提到了楼顶。为此妻子还在我面前嘟囔过好几次。我说，父亲种了一辈子庄稼，爱它们，他打小就跟我说，农家肥长庄稼，由着他吧。

父亲忙碌着，每天还是边拍打身上的土边自言自语地说着"都一人高了"、"有两棵都抽穗了"之类的话。

父亲毕竟老了，有天从楼顶下来时踏了空，在楼梯上闪了腰，在家里养了几天后，给我说："我还是回老家去养吧，你们都要忙着上班，照顾我会影响你们工作。回老家让你妈伺候我，也方便，乡下空气也好，好得快。病好了我再来照顾孙子。"来城里这么久了，父亲应该也是想母亲想他的农活儿了，这是我事后才悟到的。

父亲走的时候，跟我和儿子说："没事就去楼顶给那几棵苞谷浇浇水疏疏土，估计快灌浆了，红缨子都长出来了。"

我跟儿子都"嗯嗯"着。

父亲走后，我和妻子把儿子送到了托管班。儿子忙他的学习，我和妻子忙各自的工作。

秋季说来就来。

有天，父亲突然打来电话："楼顶的苞谷应该快熟了吧，记得让铭铭掰棒子写作文啊。"铭铭是儿子的小名。其实父亲不知道，儿子的作文早都交了，不过不是写的玉米的种植过程，他是根据网上的 QQ 农场的种菜经验写的。老师还给了他"优"，说是虽然有投机取巧之嫌，但却能独辟蹊径。

接完电话，我给儿子说："铭铭，爷爷让我提醒你掰玉米棒子呢！"儿子兴奋地说："哦，我差点都忘了自己种的那几棵玉米了。"其实，我也忘了。

儿子兴高采烈地找来一个小篮子，非要拉着我去楼顶掰棒子。

来到楼顶，我们傻眼了。那几棵玉米早已枯萎发黄，盆里的土早已干结开裂，结的棒子空瘪瘪的。

我们真傻，一月多都没有得到照顾的玉米，怎么会给我们丰收的景象呢？从父亲种下粒到长成苗，我一次都没有上过楼，对于它们的生长，我都是从父亲的自言自语里了解的。

看着枯黄的玉米，我突然想到了父亲，那位我整天忙得都顾不上好好陪着说几句话的老人，就像这几棵被我遗忘了的玉米一样，失去照顾的他也一天天在枯萎老去……

我对儿子说："走，周末回老家，看看你爷爷奶奶去。"

暮　鼓

冷清秋

　　方老爷子在南京城突然有了去处。

　　他在鼓楼附近新认了一门亲戚。此后，逢年过节方老爷子总要拎点儿东西去看望。其实，也不是单逢年过节，隔三岔五，方老爷子常去。

　　去了，无非也就是熟人见面时常说的那几句老话。说完，就没话了，俩老头儿都靠在那个旧沙发上晒太阳。有时，方老爷子去了，亲戚正在忙着。方老爷子就自己靠在沙发上，看天，看云，看飞过的鸟，看树上落下的叶子，或者干脆弹弹衣襟上的灰，站起来跺跺鞋上的尘。

　　对了，忘告诉你了。方老爷子这门亲戚可不是吃闲饭的。虽说有七十多岁了，但眼不花耳不聋的，不但会剃头刮脸掏耳朵，还会在生意不忙时，撸起袖子，虎虎生风地打一套小洪拳。但最最吸引方老爷子的却是他会吼那种叫人听了连肠子都打战的秦腔。

　　当初，方老爷子就是被这一嗓子给拽了去，再也挪不开脚步。

　　原本那天被儿子载去听戏，经过鼓楼附近时，遥遥传来一嗓子，如老汉哭坟般凄凉婉转，方老爷子一下子坐直了身子不瞌睡了。待第二嗓子透来时，方老爷子说，掉头，掉头，赶紧的！人和人之间向来讲一个缘，也讲究一个巧。那天，这机缘巧合就撞在了一起。

　　方老爷子那天坐在理发棚的破沙发上看人家边忙活边唱曲儿，掌灯时分才想起走。人站起来，却又扭回头，一脸羞色地说我喊你声老哥吧。说完就真的叫了一声老哥哥。紧接着，老陕话羞羞答答就出来了：其实额叫你老哥你也不亏啊，眼看你是要长额几岁的嘛。多了额这个老弟，虽说帮不上甚忙，但是逢雨天黄昏过来谝谝还是可以滴。看对方并不多言语，方老爷子就挥挥手说："不管倪认不认，这门亲戚额今儿算是认了。今儿算是摸个门，以后咱常来往哈。"

　　第二次来的早上，方老爷子踏进来，将手提袋朝破沙发上一扔说，看看额给你带啥了。亲戚瞥一眼却不悦，慢腾腾地说，弄这叫啥嘛，来就来吧，礼节还怪大。话虽这么说，后来端起桌上那个紫砂壶还是吱溜溜下去多半壶。

　　亲戚忙时，方老爷子就和来理发的那帮工人们唠叨，也不管听不听得懂，爱不爱听。反正只看一支支递过去的烟被对方接了，就拉开了话匣子。方老爷子常常感叹，说，难得我这把老骨头老了老了，还能有这福气，免费理发不说，还能听到乡音听到戏哩。再来，看亲戚在数零碎钞票，方老爷子就打趣，老哥你干脆费费事，收下额这个徒弟如何？

有时，方老爷子干脆半下午过来，来时揣上自己常喝的烧酒，路上在熟食店包上几样卤味。俩人能从下午直喝到月挂树梢。有时，亲戚也搓着手挽留，说要不……就歇这儿吧？方老爷子却说，你再来个信天游，我踩着你的曲曲儿走。

就这样，一次次地，听着来，听着去。方老爷子以为可以一辈子。

可有段时间方老爷子感冒了，等稍好就颠颠跑来时，发现工棚不见了，简易的理发棚也不见了。颤颤着仰起头，才发现高楼已经建成了，正在清理周边环境。方老爷子急得见人就拽，很费劲地描述，却没一个人晓得。

抬头看看那鼓楼还在，暮色渐隐下如燃烧后的炭透着暗光。方老爷子突然很想爬上鼓楼去看看。这想法一出来他就真格的站在了鼓楼上。

爬上去，方老爷子发现世界被分为了两层。街道上喧闹嘈杂，人潮汹涌，车水马龙，霓虹闪烁；仰头，漆样的黑正汹涌而至将一切湮没。

在 人 间

冷清秋

聚会结束时，大家都喝高了。

想起明天还要加班，你率先站起来说，我先走了，有事给我打电话。

一大帮伙计"哄"地笑了。笑声里，阿超斜睨着你说，凡哥有手机等同于没手机！拿个手机毛事不定！你也笑了，说，靠，谁还没谈过恋爱吗。

的确，这段时间，除了上班下班，但凡挤出点儿空，你就和喵喵在电话里卿卿我我。上个月你粗略算了一下，光给喵喵充话费和买礼物就花了三千出头。

好在喵喵说了，"十一"放假，她要过来看你。如果可能的话，会在这里待几天。这算是这八个月来你捧着宠着的最好结果了。你已经盘算好，要带着喵喵去吃金钱豹自助餐，还要带着她去动物园看你最喜欢的那只长臂猿。如果喵喵同意，你还想带着她回老家一趟。至于晚上睡在哪里，你也盘算好了，医院附近的那家商务酒店看上去很不错。贵是贵点儿，总比带到你租住在姜寨的贫民窟强。那地方，外来人口居多，脏乱差，当时为图便宜，你租住的一楼一点儿光线都进不来。最主要的是，那个房间你很久都没收拾了。

可你没想到算好的假期会被取消。

你更没想到喵喵听了，会在电话那端咯咯咯地笑。

你受不了电话那端透过来的轻松，也是少年心性藏不得一点儿疑惑，你赶在电话里追着问，喵喵，你是不是根本就不想来啊，你不想来见我是不是？

喵喵却说，什么嘛，明明是你没有假期好不好！说完，喵喵又咯咯咯地笑了。你实在听不得那样的笑，就赌气挂了电话。

加上实在是事情多，你忍了整整一天没再拨那个号码。

半下午手机在裤兜里颤抖时，你却根本顾不上接。

那时的你，正屏息凝神地拽着自己，两手按在病人胸口一上一下持续地发力。科里常住的一个老病号陡然出现病危，人命关天，正交接班的护士医生们都和往常一样自觉地配合抢救起来。但一个小时后，所有人都垂下了头。

这抢救，终究没挽留住老人远去的步伐。

看着躺在病床上已经没有生命体征的老人，你突然很想抽支烟。像先前无数次看着病人离开那样，躲在阳台上抽支烟。你以为病人家属会直接扑过来哭天喊地的，或者会有一些向医生发难的话。但他们的表现比你想象中的要冷静，这令你心里稍许宽慰。

老人的儿女已经在商议后事了。你陡然想起一个小时前未接的那个电话，摸出手机回过去。

姜培育那老鸭嗓便在电话那头嘎嘎地笑，说你小子无论如何明天都要给我过来一趟啊。你问，嘛事？姜培育说，送钱！说完，便嘿嘿地笑了。然后说，在你嫂子和我的共同努力下，继我们家大宝大少爷顺利问世后，现在我们的小女儿小贝公主也顺利来报到了。满月酒定在十月二号的洞庭湖鱼寨，你小子抓紧带着钱包来送份子钱，没有钱包银行卡也行，我们家备了刷卡机。

你不由诧异，你家儿子满月酒不是去年吗？这才多久啊，嫂子咋又生了？姜培育笑得更大声了，说，你小子别羡慕嫉妒恨啊，有本事你小子也赶紧结婚领证铆着劲儿生，你生几个我都没怨言！

出医院大门时，一大堆人拥着一个孕妇正进来，孕妇身上宽大的男士睡衣也遮盖不住高高隆起的肚子，看那表情是快要生了，正抱着肚子一副痛苦模样。跟着的一大堆人都喜咧咧的。看样子，明天医院里又有新生命问世了。

抬头，天蓝如洗，就连云纱也如荡涤过那么白。路过的人们，都步履匆匆的。你突然想，要不要给喵喵去个电话？

流 泪 的 猫

胡 玲

　　厨房里炉火正旺，紫砂煲冒着淡淡青烟，她揭开盖子，用汤勺搅了搅，奶白色的鱼汤如琼浆般散发着缕缕鲜香，她情不自禁地咽了下口水。

　　丁零零，客厅的电话响了，她急忙去接电话。

　　"喂，你好，李小姐。"她语气恭敬。

　　"今天给雪儿煲汤时记得多放些药材，雪儿身子骨弱，得好好补补。"李小姐的声音像许多台湾女人一样，很嗲。

　　"好好好，我记住了。"她小鸡啄米似的连连点头。

　　李小姐是台湾人，在内地经营着一家很大的旅游公司，雪儿是李小姐的女儿。李小姐视雪儿为掌上明珠，对雪儿百般宠爱。

　　她是李小姐专门雇来照顾雪儿的保姆。李小姐生意忙，满世界飞，难得回一次家，偌大的豪华别墅里，常常只有她和雪儿相依为伴。

　　鱼汤煲好了，她端出来放在桌子上，满屋子弥漫着鱼汤的浓香，她情不自禁地咽了下口水。"雪儿，出来喝汤了。"她朝着雪儿的卧室喊。

　　雪儿没应声。

　　她轻轻走进雪儿的卧室。雪儿正在午睡，绣满鲜花的席梦思床上，雪儿甜甜地熟睡着，发出轻柔均匀的鼾声。

　　"雪儿，起来喝汤了。"她走到雪儿床前，温柔地摸了摸雪儿瘦弱无骨的小脸。雪儿睁开眼睛，醒了。

　　她把雪儿抱到客厅，雪儿慵懒地躲在沙发上。

　　她从紫砂煲里盛了一碗鱼汤，拿勺子舀了一勺放在嘴边，轻轻吹一下，喂进雪儿的小嘴里。雪儿一边喝汤，一边用清亮的眸子深深瞅着她，好像在说，这汤真好喝！

　　雪儿喝完汤，她抱着雪儿站在阳台上晒太阳。她倚栏而立，向北方眺望着，北方有她的家。雪儿，你要多晒晒太阳，这样你的身体才会棒棒的。她慈爱地抚摩着雪儿的小脑袋，雪儿把头埋进她怀里撒娇。

　　丁零零，客厅的电话响了，她急忙去接电话。

　　"喂，孩子他爸，是我。"

　　"他妈，医生安排小雨中秋节那天动手术……只是……手术费还不够……能借的地方我都借了……我真没用……呜呜呜……"

"他爸，别着急上火，明天上午李小姐就给我发工资了，我明天下午把钱给你打过去。"

"他妈，等小雨做完手术，你赶紧回来，咱们一家好好过日子，再也不分开了。"

"嗯，你们等我回去，你要照顾好小雨，告诉她我想她。"

挂掉电话，她站在阳台上，望着北方发呆。雪儿过来拉她的衣服，她一把将雪儿拉进怀里，紧紧地抱着。

中秋节前一天，她打电话给李小姐，李小姐还在国外。

"你好，李小姐，我想中秋节休息一天，回家看看孩子。"

"不行，你回去了谁照顾雪儿呀。"

"我只回去一天，就一天，我会把雪儿的食物准备好，我很快就回来了。"

"你别回去了，这几天过节，我给你三倍的工资，你好好照顾雪儿，告诉她我想她。"

她还想说些什么，李小姐已经挂断电话。

她拨通男人的电话："孩子他爸，你们还好吗？明天小雨就要动手术了，你可得留意好了。"

"你明天能回来一趟吗？小雨想你，我也想你，你回来让我们看一眼，一眼就好。"

"明天我回不了，李小姐说这几天给我三倍的工资，到时候我把这些钱打回去，你给小雨多买些有营养的东西补补身子，小雨身子骨弱，得好好补补，你也要补补，这些日子你辛苦了……"

"哦，那你注意身体，别担心小雨，小雨的手术一定会成功的。"

"等忙完这几天，我就回去，咱们一家好好过日子，再也不分开了。"

中秋节的晚上，一轮圆月宛如玉盘悬挂在夜空，她抱着雪儿站在阳台上，长久地向北方眺望着。

电话铃响了，她急忙去接电话。

"孩子他爸，你咋哭了，出啥事了，是不是小雨……"她心急如焚。

"小雨做完手术就走了，再也回不来了……呜呜呜……小雨走之前说的最后一句话是我想妈妈……小雨走的时候眼睛还睁着……"

啪，她手里的电话掉在地上。

她瘫坐在地上，眼泪顺着皱纹的沟壑淌了下来。"小雨，小雨，我的小雨……"她号啕痛哭。

雪儿走过来，跪在她面前，用小脸蹭着她的脸，蹭去她脸上的泪水。雪儿眼里，有亮晶晶的东西在闪动。

她惊愕，她第一次看见雪儿流泪，更确切地说，她第一次看见动物流泪。

雪儿是一只猫。

我在这里很好

胡　玲

　　已经两天没吃东西了，走在街上，他浑身乏力，头晕目眩，双腿发软，像街边那块正在招租的摇摇欲坠的广告牌，随时都可能倒下去。

　　路过一家面包店，一阵阵浓郁的面包香味儿扑面而来，他忍不住停下脚步，贪婪地吸起来。顺着玻璃橱窗望进去，金黄的面包宛如一只只精美的金元宝陈列其中，上面裹满了各色肉松、奶油、水果。看着它们，他的口水不听使唤地往外涌，他拼命地咽口水。他好想尝尝这些面包，哪怕是一小口也好。这些面包肯定跟他女人做的大包子一样美味吧！想着，他又咽了几下口水。他突然无比想念家乡，想念他远在家乡的女人。一个多月前，他离开家乡和女人，坐了几天几夜的火车，来到这座陌生的城市。他走的时候，女人的肚子已经大得像座小山了，他快要当爸爸了。家乡贫瘠的土地，不能让他和女人过上富足的生活，他必须出来挣些钱，他要让女人和他即将出生的孩子生活得更好一些。

　　在家里时，他听村里很多人说城里到处是金子，只要肯努力就能挣到钱。可是，他走遍了整座城市，应聘了无数家单位，遭遇的全是冷语和白眼，人家要么嫌他没学历、没文化，要么嫌他是外地户口。在城里吃饭要钱、喝水要钱、坐车要钱、住宿也要钱，尽管他一分钱当两分钱花，饿了买几个馒头吃，渴了就喝几口自来水，晚上偷偷睡在公园的厕所里，但身上的钱还是很快花光了。

　　此刻，他急需一些食物充饥，而那些面包，像一个个充满诱惑力的精灵，不停地刺激着他，让他快要发疯了。虽然两天前他就身无分文，但他还是怀着侥幸心理，把全身上上下下的口袋仔细翻了个遍，依然是空无一文。他彻底绝望了，一屁股瘫坐在路边的垃圾箱旁，呆呆地看着这座城市。城市热闹繁华，可这一切，都与他无关，他想死的心都有了。但他不能死。他死了，他的女人怎么办？他那尚未出生的孩子怎么办？为了他们，他必须活下去。突然，他感觉屁股被什么东西硌了一下，生疼。起身，他看到一块细长的玻璃，在阳光下闪耀着明晃晃的光，像一把锋利的弯刀。他捡起那块玻璃，心里一个激灵，冲进了面包店。

　　面包店里有好几个顾客正在选购面包。门口收银处，坐着一个女人。女人正在电脑上看电影，表情沉静柔和。

"快，给我一些钱，再给我几个面包。"他用玻璃指着女人的脖子。店里的顾客吓得尖叫连连，如鸟兽四散。女人惊恐失色。她战战兢兢地起身，颤抖着从收银机里取出一沓钱递给男人。男人有些惊慌和害怕，钱没接住，掉在地上。

男人正要去捡钱，他的手机响了一下，是短信息的提示音。他一手拿玻璃对着女人的脖子，一手从口袋里取出手机。是他的女人发来的信息："你当爸爸了，我刚刚给你生了一个儿子。忘了告诉你，我偷偷在你行李包底层中间的袋子里放了一张卡，卡上有1000块钱，卡号是你的生日，以备你急用。为了我和孩子，你在外面一定要好好的。"

哗啦一声，他手里的玻璃落在地上，裂成碎片儿。他两手紧紧捧着手机，一遍又一遍地看着那条短信，心里涌动着一股暖流。他的眼泪流了出来。他如梦初醒，狠狠扇了自己一耳光。"对不起，对不起！"他满怀歉意地看着收银台前的女人，一迭连声地说。女人瑟瑟发抖地瞅着他，吃惊而意外。他将散乱在地上的钱捡起来，整理得整整齐齐，放进女人颤抖的手中。

他打了一个电话给女人："你放心，我在外面很好，吃得好，住得好，工作也找到了……"在和女人的通话中，他忘记了烦恼，忘记了饥饿，忘记了一切，就连警车由远及近的警报声他也没听到。

几名警察冲进面包店。"不许动！"警察把他按在地上，"刚才我们接到电话，说有人到你店里打劫，你没事吧？"一名警察问收银处的女人。

"我想你们弄错了，刚才没人打劫啊！"女人指了指他，说，"他是进来买面包的。"

"真的吗？"警察不相信地问。

"真的，警察同志，一定是有人恶作剧报假案。"女人平静地笑着。

警察离开了。女人从橱窗里拿出一个面包递给他。"吃吧！"女人朝他一笑，说："我的面包店正好缺一个送货工，如果你愿意，就来做吧。"

"好……谢谢……谢谢……谢谢！"男人咬着面包，激动得快要说不出话来。在这座城市里，他第一次感受到了温暖。

他给女人发了一条信息："我在这里真的很好！"

假如灯熄灭了

孙道荣

家长会上，老师开门见山地问，你们真正了解自己的孩子吗？有的家长点头，有的摇头，还有的点点头后又摇了摇头。

老师说，前不久，在一次趣味班会上，我问了孩子们一个问题：假如到了晚上，家里的灯突然熄灭了，你怎么办？每个孩子都给出了自己的答案。我们先来分析一下孩子们的答案。

有的孩子回答说，叫爸爸修呗。

家长们都笑了。老师说，这样回答的孩子，说明他的爸爸很能干，是家里的顶梁柱，也是孩子心目中的"英雄"。这样的家庭，亲子关系比较和谐。但也说明这个孩子依赖性比较强，平时遇到问题，出了什么事，都会首先想到自己的父母。如果这个爸爸在每次灯熄灭了的时候，也教会孩子自己去更换，那就更利于孩子的成长了。

有的孩子说，灯坏了，家里黑了，那我们就睡觉吧。

家长们又笑了。老师说，这个孩子是随遇而安型的，你可以说他是消极等待，也可以说他心态非常好，能够适应不同的变化，遇到挫折时能够沉得住气。在浮躁的社会，不焦不躁其实就是一个很大的优点。

有的孩子的答案是，灯坏了，没关系，我们可以点蜡烛啊。

老师说，这样回答的孩子，内心中往往有一种积极意识，善于应对突发情况，而且有创新的精神，总是有能力将看起来的坏事变成好事。这样的孩子，即使现在学习成绩不是特别好，但将来长大之后，在错综复杂的社会中，往往能够应付自如，而且会颇受人欢迎。

有的孩子说，灯熄灭了，赶紧请物业来帮忙修理一下嘛。

老师说，这个孩子，善于合理地寻求帮助，而且能够找到正确的而且有效的办法。

有的孩子回答说，家里的灯坏了，我们就搬到旅馆里去住一晚。

家长们再次笑了。老师也笑了，她说，我估计这个孩子的家里，一定真实地遇到过这样的情况。这样的孩子，对新环境的适应能力比较强，一点儿也不惧怕外部环境的变化，有时反而乐于享受因变故而带来的变化。今后到外地上学，会很快适应。

有的孩子说，一个灯熄灭了，那就开别的灯啊。

老师说，我很欣赏这样的孩子。我的问题是，家里的灯突然熄灭了，你怎么办？这个孩子注意到了，我并没有说，家里所有的灯都熄灭了。一个灯熄灭了，打开另外的灯，这是最简单也最有效的办法。这样的孩子，思路往往比较开阔，看问题常常能够另辟蹊径，找到与众不同而又简单可行的办法。

最后，还有个孩子是这样回答的，灯坏了，我就到森林里去捉萤火虫来照亮房间。

家长们忍不住哄堂大笑。

老师若有所思地看看家长们，说，大家是不是觉得这个孩子的答案很可笑，太不切合实际了？但我一点也不觉得这个孩子的回答可笑。相反，我认为这虽然不是一个可行的办法，但却是最具想象力、最富浪漫情怀的想法，这样的孩子，往往很感性，多愁善感。我觉得她长大之后，很有可能成为诗人、作家。事实上，她已经表现出了这方面的潜能，她的作文，是我们班写得最好的。

老师说，孩子们的回答可谓五花八门。其实，这个问题没有标准答案，孩子们的回答也没有对错、好坏、优劣之分。我之所以将这次班会拿来与大家分享，是想让父母们明白，每一个孩子都有自己的天分，有各自的长处，无论你的孩子给出了怎样的答案，它都只是一个小窗口，一个帮助我们了解自己孩子的窗口。在孩子的座位上，有一张纸，上面记录着的，就是你的孩子的回答。

家长们低头读自己孩子的回答，陷入沉思。

老师最后说，我愿拿其中一个孩子的回答，来与我们的家长共勉：假如一盏灯熄灭了，我们就打开另一盏灯吧。

注 意 事 项

孙道荣

黄副秘书长又通读了一遍"注意事项"，改了一个错别字，确定没有其他任何问题了，这才放心地打开手机通讯录，点击全选，群发。手机"嗖——"的一声，消息就密集地发出去了。这是他特别设置的声音，他喜欢这个声音，就像出膛的炮弹一样，犀利、有力量。

每当有大型活动，都是县政府办的黄副秘书长最忙的时候，他负责活动的后勤保障和服务工作。最近，领导又给他增派了一项任务，就是每次活动前，由他负责向每位参加活动的各级领导发放一份备忘录，也就是需要注意的事项，以免活动中出现任何不利局面或负面影响。"丁零零——"他的另一部手机响了，是信息提示音，显示收到了他刚刚发出去的那条信息。他的领导干部通讯录里，当然也包括自己的名字，所以每次他也会给自己发一份，这样也好检验发出去的信息是不是准确无误。

黄副秘书长饶有兴趣地打开另一部手机，将"注意事项"又认真地读了一遍。但这一次，他是以一名领导干部的身份来读这"注意事项"的，所以感觉非常不同。读着读着，他笑了，觉得发送这条"注意事项"的家伙，真是太有才了，有关部门考虑得真是太周到了。

"注意事项"是这样写的——明天的活动场面很大，除了电视台现场采访摄像之外，还可能会有很多围观的群众用手机拍照，并上传到网络上去，这已经是常识了，但还是要提请各位参加活动的领导同志务必注意：

1. 着装请尽量简朴，不要穿名牌，尤其不要穿有明显 LOGO 的名牌服装。那个洋 LOGO 你可能不认识，网民肯定有认识的。

2. 因为活动过程中会安排部分领导干部亲自动手的环节，可能需要挽起衣袖，因而提请各位领导注意，尽可能不要佩戴手表，如果已养成戴表习惯，请一定记住，千万不要佩戴名表，尤其不要戴价格昂贵的名表。切记，什么牌子的手表，都会有眼睛特别尖锐的网民认出来的，所以，不要抱任何侥幸心理。

3. 据县气象台预报，明天会有阵雨或雷阵雨，因此，请参加会议的各位领导务必自备雨伞等防雨用具，尤其需要提醒的是，一定记住要亲自打伞，而不要让你的秘书替你打，更不要让参加活动的学生、女服务员或其他任何人替你打伞，类似的教训已经十分惨痛，切忌重蹈覆辙。

4. 明天的活动将安排领导干部们下乡访贫问苦，雨天乡村的道路会非常泥泞，部分地段可能有积水、水坑之类的，请参加活动的领导尽可能穿雨鞋，不论有没有穿雨鞋，也不论路上有多少水坑，一定要记住自己走，亲自蹚过去，而不要让村干部或村民背你，这方面的教训也是非常深刻的。

5. 访贫问苦时，各位领导务必注意面部表情，该笑的时候才笑，该凄苦的时候一定要绝对凄苦，千万不要流露出与现场场景不协调的任何表情。

6. 与农民握手后，不要立即拿手绢、餐巾纸之类的擦手，后勤部门已在每辆车上为各位准备了足够多的矿泉水，上车之后再洗手。

7. 未尽事宜，请参照《领导干部守则》和《公务员守则》执行。

读完短信，黄副秘书长突然一拍脑袋，糟了，忘记了一条。他赶紧拿起手机，又群发了一条短信："请各位领导务必在读过刚才发送的"注意事项"之后，即刻删除！"又是"嗖——"的一声。

二　傻

丁新生

俺村有一个缺心眼的人，姓耿名牛，人称二傻。他的后妈心太狠，千方百计虐待他，耿牛却像路边一棵草，牲畜啃，路人踩，严霜打，却仍然顽强地生长着。

村食堂散伙时，二傻长大成人，不过身高只有一米五多一点儿，瘦得皮包骨，一阵大风能把他吹上天。二傻有一个爱好，只要村里唱戏，他总是忘记吃饭。二傻虽然没上过学，可从戏里学到不少东西，比如拜把子、讲义气，那些东西在他头脑里都扎了根。

在那个年代，农民靠挣工分吃饭。生产队长羊得草让二傻去田里看玉米和红薯。羊队长让二傻去看庄稼，一是可怜他；再者看中了他傻，让傻子看庄稼，相信他可以给社员群众创造一个好环境，说白了就是让社员大胆地偷集体庄稼。因为食堂刚散伙，家家都缺粮，羊队长知道光明正大鼓励社员去偷是犯法，因此就想到这个好办法。

二傻看庄稼很认真，夜里，扛着红缨枪巡逻到半夜，累了就睡在草庵里。每天下工时，他往庄稼地边一站，谁也不准进里面。从此，玉米棒再没丢一个！这下子惹得社员们不高兴，纷纷找羊队长告二傻的状，还有人跑到二傻家要二傻后妈管管他。后妈正生气，昨天大女儿到田里掰了三个玉米棒被二傻发现了，硬是要过来交给羊队长。晚上，二傻回到家被后妈打了一顿，还被赶出门。后妈还不解气，一扭屁股找到羊队长，说啥不让二傻再看庄稼。

天黑了，二傻蹲在大街的屋檐下，饿得前心贴后心，不时摸摸被后母打的伤，感到火辣辣的痛。他既委屈又无奈，不知道自己错在哪儿。这时候，好友三狗娃来了，把他拉到家，三狗娃父母去年去世，就剩下他。三狗娃把锅里的糠窝窝头端出来让他吃，还安慰了二傻一阵子：三狗娃眼中闪出狡黠的目光，问："兄弟，想不想吃白馍？"耿牛做梦都想吃，可不知到哪儿吃，就用疑惑的目光看着三狗娃。三狗娃跑到屋外看看没有人，回到屋里低声说："咱去偷麦种。"二傻吃了一惊，把脑袋摇得像个拨浪鼓。三狗娃不满地说："兄弟呀，你真傻，队长让你看庄稼，原指望你睁只眼闭只眼，谁知你拿棒槌当针，挨了打还不知为什么！如今是撑死胆大的，饿死胆小的！"一番话让二傻动了心，一拍胸脯说："哥，我听你的。"三狗娃笑笑说，这才是好兄弟。接着把自己的计划讲出来。

原来，三狗娃早就瞄上了生产队的粮食仓库，粮库设在村边的李家家庙里。所谓的家庙只不过是一座独立建筑物，孤零零地站在村头，连个围墙都没有。从家庙后墙上凿个洞，把手伸进去就能把麦种从囤里掏出来。三狗娃拿出一把螺丝刀，很有把握地说："我试过，就用这家伙挖。"二傻点点头说："还得拿个口袋。"三狗娃笑了，把一条大腰裤子拿出来，用绳子把裤腿一扎，说："麦子灌满后把裤腰扎好，朝脖子上一搭，比口袋还好用。"接着三狗娃分了工，自己负责挖洞和往裤子里装麦，让二傻既望风又要返回途中背麦子。临出门三狗娃说："兄弟，偷麦种有危险，咱们俩不管是谁让人逮住，刀架在脖子也不能说实话。"二傻说："中！"二人跪在地赌了咒，若出了事乱咬就不得好死！

更深人静时，二人得了手，但返回途中碰上巡逻的民兵，三狗娃哧溜一下钻进玉米地溜走了，二傻背着小麦跑得慢被抓住。大队治安主任杰哥查看了现场，发现有两个人的脚印，就逼二傻交代另一个人是谁。可二傻想起赌的咒，就暗道好汉做事好汉当，就一拍胸脯全揽下。杰哥让人把他吊在梁上打，疼得二傻死去活来，然而他咬紧牙关就是不吭声。第二天，民兵把二傻送到县公安局，不久，他被判了三年刑，送到陉山石料厂劳动改造。一次放炮炸石头，二傻被砸死了。埋葬二傻那天，三狗娃很难受，哭得昏死过去好几次，村里人都夸三狗娃讲义气，比死了亲兄弟还伤心！

司 务 长

丁新生

1958 年吃食堂时，郭二成是俺们村第三食堂的司务长，负责二百多人的一日三餐。

郭二成，高个头，银盆大脸，粗眉大眼，三十多岁了还是一条光棍汉，由于父母去世早，他一个人生活。在选司务长时生产队长更叔力排众议，把他扶上马。郭二成没辜负队长期望，上任后不但像头牛一样出力，而且很听话。刚吃食堂饭时，有的社员偷偷留下一口锅，趁下工时偷几个玉米棒，回家煮煮吃。为了杜绝这一现象，更叔把这个任务交给郭二成。郭二成每天早中晚爬到村头的一棵大柿树上，看到谁家冒烟，就带着民兵闯进去，一脚把锅踢下灶台。时间不长，私自做饭现象消失了。社员虽然有意见，但谁也不敢提。

到秋季，人们忙于炼钢铁，红薯烂在地里没人管，玉米棒只掰地头那部分，其他的砍掉压肥料。再富也经不起这样折腾，时间不长，队里仓库粮食慢慢减少了，食堂开始按人头发饭票。

司务长吃饭随便吃，馒头任意拿，晚上还可以再加餐，这让社员很有意见。更叔说，二成一人吃饱，全家不饥。若换上一个人口多的，连吃带拿，该损失多少啊？社员们一听是这个理，可他们看不惯郭二成发饭票时目空一切的样子。郭二成写的阿拉伯数字好像蚯蚓爬一般，可坐在三斗桌前他就自我感觉高人一等，腰板挺得笔直，神气地数着饭票，不时地向指头上吐唾沫。谁想和他说话，他就用不屑的目光白谁一眼，意思说没长眼啊。社员们不愿得罪他，害怕他分饭时马瓢不往下面挖，尽给你盛稀的，分馒头时拿小的。因此他们会装出笑脸来，奉承他算盘打得好，几个指头像电影里跳舞的一般好看。他一高兴就会把票多数出几张，社员们出了门，就会哼道："孩，孩，快快长，长大了也当司务长。喝辣的，吃香的，身体养得胖胖的。"

不久，队里粮食吃完了，公社开始发粮，头个月每人30斤，第二个月减了一半，到了第三个月变成每人每天三两。郭二成慌了，他去找更叔，把食堂的钥匙朝更叔跟前一放，说没法干了。更叔一瞪眼，道："你想干啥？""跟你干农活儿！""想得美，你这一年多，吃美了，也喝美了，遇到困难就想当逃兵？"郭二成忙说："每人每天三两粮，怎么做？"更叔说："我不管，不行的话把你捆住扔锅里！"说完头一扭走了。郭二成回到食堂为难地哭起来。炊事员李大爷劝他说，大活人不能让尿憋死，学学从前过年时。郭二成擦干泪水点点头。第二天，他跑到打麦场，把堆在那里的玉米芯挑了一担，粉碎成指甲盖般大小，用水洗干净，放在大锅里，撒点儿苏打粉，连续蒸了三天三夜，然后用石磨磨成糊状，用大布包好，拿木板把水压出来。他和李大爷把少得可怜的玉米面掺进去，捏成窝窝头后放在笼里蒸。时间不长，笼里冒出白烟来，顿时，淡淡的清香飘满屋。一个小时后李大爷把笼揭开，窝头个个呈现出深红颜色，好像用高粱面蒸的一般。郭二成迫不及待地抓起一个，用嘴吹了吹，咬一口，一不苦，二不酸，虽然有点儿不好咽，可味道还凑合。中午，给社员们每人三个，大家吃后满意地点点头。村里的其他司务长来取经，玉米芯顿时成了香饽饽。一个月过后，小山一般的玉米芯硬是被社员们吃掉了，社员们虽然没有被饿死，但肚里没油水，个个瘦得皮包骨，就连郭二成的圆脸也变长了，腿也肿起来，一按一个坑。更叔心疼他，劝他注意身体。他摇摇头，说："再坚持一个月，麦子黄了梢，弄点儿麦仁碾些碾转儿吃。更叔说："你能走一步看两步，我就放心了，不过这个把月，你让社员咋吃饭？"郭二成说："我想好了，去双泊河里捞杂草，和公社给的那点儿粮食一块蒸着吃。不过，最好把玉米换成黄豆，杂草的水腥味就会小一点儿！"更叔说："这事我去办。"

快到麦子黄梢时，一天，郭二成带人去双泊河里捞杂草，为了救黑娃，掉进水里再也没出来。开追悼会那天，人们哭声震天，传了三里地远。

窗外的风景

赵淑萍

　　春末，我三爹出院回家。他在医院的病床上躺了一年，动弹不了，从一个春天到另一个春天。现在，他还不能自行下楼，只能拄着拐杖，在室内走动。每一次我来，他都伫立在窗口，久久凝视着窗外。窗外是一片绿地。

　　有一天，我带来一盆花，放在窗台上。

　　我父亲有兄弟三个，父亲是老二，三爹是老三。江城这么称呼父亲的兄弟。父亲的哥哥，也就是大爹，已经去世；三爹大半生病病恹恹，一直未婚。

　　我对花卉没什么研究，只是觉得三爹的窗台空寂。三爹似乎对花有兴趣，他会俯下身，凑近花朵，闻一闻。不知打哪儿飞来的几只蜜蜂，也被花儿吸引，嗡嗡地叫着。

　　三爹给我讲了相处一年的一位病友，姓赵，四十多岁。住院时，三爹的病床靠门，他的病床临窗。病友每一天跟现在的三爹一样，只不过坐着，端详着窗外的风景。

　　三爹被困在病床上。那是春天，他能闻到花香。甚至有一对蝴蝶在窗口翩翩起舞，但不飞进来。

　　可能是病友了解了三爹的愿望。那一天，病友开始讲述窗外的风景，树枝的嫩芽，草地的花朵，当然，还说到蝴蝶，所说的蝴蝶跟出现在窗口的蝴蝶颜色不一样，他说是黑蝴蝶，三爹所见的是花蝴蝶。

　　那以后，病友每一天都说窗外的风景，包括一只鸟儿、一个小孩、一阵风，都不放过。

　　三爹也能感到夏日清凉的风，吹得树叶欢呼。

　　病友说："你听见荷花绽放的声音了吗？"那是一个无风的早晨。三爹笑了，说："花开还有声音！"病友说："我听见了。"

　　秋天，病友说到红枫，由此引发开去，说到家乡漫山遍野的红枫。他的家在山区的一个小镇。

　　三爹说，病友描述得十分精确。他甚至能够通过病友的描述，"看到"窗外的风景，色彩、形状……世间的万物多么美妙！

　　病友还说起过一片叶子，像一只蝴蝶一样，坠落在绿色的草丛中。那是一片红得像火一样的叶子。他还描述荷花惨败的情景，东倒西歪，他说："其实这是最美的时刻，因为，白白胖胖的藕已在荷塘的泥里了。"

三爹想起昨夜的风雨，闹腾了一夜，难怪荷花的叶梗会东倒西歪。

入冬，窗户关了。只在中午开一小会儿。他看见风拂动着病友稀疏的头发。病友讲午间窗外的风景，池塘里结了薄冰，阳光下反射着脆弱的白光。三爹似乎感到了冰的寒意。

然后，降雪了。病友描述窗外纷纷扬扬的雪花，似乎他的眼里，每一朵雪花都不一样。有的雪花一嘟噜，他说："还来不及分开，就落下来了。"

一片寂静。三爹能想象得到，雪花一层层地叠加，压住了所有的颜色。一律白色了。突然，还听见一个小男孩的笑声。

病友说："两个小孩在堆雪人。"随即，传来一个小女孩的笑声。三爹想起了童年。那时候，他有多少幻想啊。可是，现在他却是孑然一身。

病友一连数日，都给三爹说雪人的情况。病友是唯一关注并传报雪人信息的人。雪人融化了。然后，三爹闻到春天的气息，只是花朵还没开放。

一天早晨，病友没有照常起来。那把床边的椅子空着。

病友患的是糖尿病，已多年。护士告诉我三爹，其实，这位病人入住时已经双目失明——糖尿病晚期。

三爹住院卧床不起的一年，病友差不多是他的眼睛。他一直以为通过病友的眼睛在观赏窗外的风景。

怪不得，我接三爹出院，三爹特意让我把轮椅推到窗前那片草地，在花朵前停留片刻。

三爹说："花朵在哈气。"

我走近绽开的花朵，花朵像喇叭，我感到一阵寒气。似乎花朵把一冬的寒气都含在里面，现在吐了出来，还带着淡淡的香。我对几位文友提起过哈出寒气的花朵这个平常的奇迹。

有这么一棵树

赵淑萍

有这么一棵树，它枝繁叶茂的时候，还没有梦想，因为，它自身就像一个美丽的梦。栖息在它绿叶中的鸟儿，也是梦的一部分。只不过，它没想那么多。

可是，它很不幸。一年春天，绿叶没有在它枝条上舒展开来。别的树都带上了绿色的树冠，它却枝干分明。它枯了，小鸟也不飞到它身上来，好像害怕它。

是什么吓得小鸟不敢接近它？因为，它再也不能抵挡喧嚣。风吹来，枝条发出的是干燥、生硬的摩擦声。它望着邻近同伴们那丰腴的绿色，听着悦耳的鸟叫，疑惑自己怎么会这样，这可是它从来没有琢磨过的事儿。

它时不时听见自己身上折断的声音，风呀，雨呀，都可以轻易地扳掉它的枝条。当剩下光秃秃的躯干时，它做了第一个梦，梦见失却的枝条绽出了绿芽，然后绿芽舒展，一片片绿叶在阳光中闪烁。后来，它又做了一个梦，它听到身体里有鸟的歌唱，那么多鸟，像在举行歌咏比赛。

它訇然倒地，倒在绿色的草丛中，它的根部留着锯屑。一个人放下闪着寒光的锯子，又操起斧头，砍掉它的梢头。它躺在草丛中，阳光吸走了它的水分。它已是截出的一段圆木。它不知道还要躺多久。

有一天，它听见了一种音乐。曾经有一个男子，到它的绿荫下拉过小提琴，每年都来，像是举行一种仪式。现在听那哀伤的乐曲，仿佛是在悼念它。不过，四下没有人影。渐渐地，它听出旋律发自它的身体。听着优美的旋律，它想到小提琴，仿佛那把小提琴藏在它的身体里面。

终于来了两个人。它认出，一个是锯倒它的汉子，一个是拉小提琴的男子。汉子像是在说服男子进行一笔交易。它感到，所指的对象是它——一段圆木。

"死沉死沉。"这是两个人扛它上一辆车时汉子的话。不过，男子说：我听见木头里边发出了声音，很好听。

一间屋子的门口，它被卸下，屋里迎出一个老头子，拍拍它，摸摸它，说：我发现里边藏着一把小提琴。

小提琴手说：大师，我听见木头里边的琴声，伐木的人还不相信呢。

老人说：同一段木头，不同的人听到的声音是不同的。

小提琴手说：我失踪的那把小提琴，似乎就藏在这棵树里。

汉子纠正：不是树，是木头，死了就叫木头。

小提琴手说：它没有死，死了的木头不会发出那么悦耳的琴声。

圆木想：过去，我怎么没察觉我身子里还藏着一把小提琴？

老工匠把它摆在工作台上，似乎不知道怎样下手。他绕着工作台，一圈一圈地走，时不时地抚一抚它，听一听它。他向小提琴手保证：我将制作最后一把小提琴，你不要来催。

它一连躺了两天。它多么希望自己真的能发出自己能听见的小提琴的旋律。难道它发出的声音只有小提琴手能够听见？它看到室内的锯子、凿子、斧子、锉子，它想象自己即将被倒腾得面目全非。

那个夜晚，很静很静，月光如水，流到了工作台。它有点儿不甘心，或者说，有点儿怀念——怎么没有守护住绿叶？它用仅剩的一点点湿润，做了一个梦：它米粒般的苞芽，一串一串，像音符，在树枝上摇曳，音乐就从苞芽里发出。

这是小提琴手曾奏过的旋律，那旋律使它想到森林里无数的伙伴。它仿佛又回到森林，那也是小提琴手童年生活的地方。

第二天，小提琴手可能等不及了，他尾随着老工匠进门。老工匠念叨：不急，这个活儿急不得。

小提琴手说：昨晚，我又听见你这里的树发出了声音，像有人在独奏。

老工匠愣住了，说：啊？

小提琴手说：出了什么事儿？

老工匠说：怎么会这样，简直是奇迹。

它粗糙的表皮生出了嫩绿的芽！

小提琴手扶一扶近视眼镜，几乎贴近木头。

老工匠说：我想等它死透了再动手，它还有点儿潮，可是，它又活了。

小提琴手吸一吸鼻子，闻了闻绿芽，说：它要重返森林。

有这么一棵树，它在枯死了后，还有个梦想，却为难了看中它的两个人。

故事里的事

徐建英

我跟您讲个故事吧，一位作家的故事。

这个人姓啥名谁我真不记得了，跟我们所有湖村人一样，我也叫他作家。

作家大学毕业后，分到了一份游手好闲的工作，二十年风平浪静的日子在他天马行空的虚构中一晃过去。尽管游手好闲这字眼谁也不愿意听，但周围人都这么说他。

忽有一天，作家突发奇想，想到城市的边缘河水拐弯的地方走走，体验体验另一种不一样的生活。就这样，他来了我们湖村。

作家看到我们湖村的鸟儿在暮色里叽叽喳喳飞过，湖村的人在伸着红桃挑着翠杏的廊墙下行走，湖村的母鸡站在柴垛上咯嗒咯嗒地高声叫唤，对着他眩耀着它初生下的蛋，他还看见城里的塑料袋从天空飞过，飞累了，都会挂在湖村的树上小憩一会。作家心一动，停了下来。他堵着潘河边撑船的老区，说动了他家河湾边的半边仓房。从此周末钓鱼赏荷拾秋叶，乐此不惫直到冬天。

　　雪落的头天，作家本来要返城的，老区牵着白狗来旺送他渡河，渡到河中时，作家抬头看着那被蒙上一层黑布的天，对老区感叹：你们乡下好是好，就是冬里黑得早！老区接口说：看天识天，这不是黑得早哦，怕是明儿要下雪。下雪？他一怔，随即大喜，赶紧招呼老区停船返岸。

　　湖村扑簌簌作响的清晨，作家睁开了眼睛。推开窗，冷凛的雪风一下就塞满了他的颈脖，再抬头，是一窗的白。作家似个老孩子跟着白狗来旺钻出了门。

　　老区如常日一样在火塘中煨酒——自家酿的晚谷酒。这酒我们湖村家家都酿啊，说不定您也尝过的，比城里的茅台烧口多了。老区的渡船泊在屋前不远的堤上，孤零零地，上面缀上一层白皑皑的雪。此刻的潘河，像一条被囚的银蛇僵卧湖村中，漫天大雪夹着啸冷的风袭向雪地里奔跑的人和狗，可作家全然不顾，伙着一群半大的毛孩子在雪地上爬着打滚，逗那白狗来旺。到鼻头淌着清涕，老区已站在青砖屋前大喊：哎，进屋吃酒喽。

　　老区的灶头远远地腾着热气冒着香气。作家进门时，老区捅了捅灶上红红的炉火，用地锹把火拨到饭桌下的炭盆上。又指了指灶上的冒气的锅对说：野椒熏腊兔炖萝卜条，咱哥俩好好抿两口。

　　作家揉了揉被雪风抹得通红的鼻子，搓搓手坐上桌。老区提起酒壶，拿起一只旧酒碗，斟好后端到身旁的白狗来旺嘴边，白狗来旺舔完酒，老区夹了块上好的腊兔，放在白狗来旺的脚底。在作家目瞪口呆中，又提起酒壶给作家斟酒，边给作家斟酒边说：来旺这小子，有情有义，每个月都会从山下抓几只麻野兔子回来给我下酒。

　　两人的杯子在半空中"咣当"轻撞过后，老区一口见了底，啪嗒啪嗒地嗞了嗞嘴巴，呵呵笑着，看作家皱着眉把酒一小口一小口倒进胃里。那股辛辣呛入喉结，作家忍不着咳起来，白狗来旺把前腿架在他的膝上，不安地摇着尾巴。作家心一暖，摸着白狗来旺的头，端起杯，一饮而尽。晚谷酒在胃里腾江倒海地闹得欢，只须片刻，又从头发梢到脚趾又都撩得暖暖的，老区哈哈大笑说，自家酿的，进口呛，不过后味足，冬里喝好哩。

　　酒过，作家唰唰地挥笔疾书，到返城时，背兜中多了一叠手稿，一叠乡村系列趣事其后被数家报刊连载。

　　偶尔有湖村人进城，捎了份报，看到他的相片放在报上，就问：嘿，这人是你不？这字是你写的吧？

　　他打着酒嗝：呃，那谁，长得跟我真有点像……

　　作家在城里文学界的名气越来越响，连同笔下的村庄。城里人一个劲地赞：嘿，这就是你常去的那个村？好美！邻里那么和谐，鸡啊狗啊都跟人崽子一般。

读你二十年来写的字，就数这个系列最精彩，也最感人。作家啊！大作家哪！

他微笑不语。

只是人家走后，作家耷拉着脑袋一声长叹：唉！什么大作家，那不过是人家过的日子啊。

橘子熟了

徐建英

村子不大，山连着山，连绵逶迤，到村边沿陡地平缓下来，孤零零地伏卧着一个很大的湖。湖边靠南的坡地上，长着麦河家的两亩橘子林。

每到秋日，麦河家的橘子树上挂满了果，一个个翠绿的橘子，沉沉的，把枝条压得都翻卷过来。一阵风吹过，大老远都能闻到一股橘子的清香，馋得一村的娃儿，口水在喉咙里一上一下直打转，但也只能干瞧着馋，跛子麦河一入秋就会在橘子林外搭棚守着，哪个也近不得。

要说偷，法子也不是没有，潜水渡过湖去，悄悄爬上坡边的橘子林中，能管饱。可家中大人硬是不让，偶尔一次冒险幸运潜过湖去偷吃，若是给大人闻到了嘴里的橘子味，定免不了挨上一顿"竹笋炒肉"。

但椿子不怕，椿子爹娘走得早，跟着奶奶芸婆一起过。芸婆的眼睛不济，鼻子也不灵，瞧不仔细，也闻不出啥味来。

椿子运气好。别家孩子刚靠近橘子林边的湖，对面的麦河就像幽灵一样一瘸一瘸地拐了过来，手里拐棍在地上嚓啪点个不停，嘴里连珠炮般咋呼起来：猴崽儿，干啥嘞？吓得那孩子赶紧回了家。

椿子聪明，她会选在中午麦河打盹儿时偷偷潜水过湖，当麦河一阵接一阵的鼾声奏起时，椿子捂着撑得圆嘟嘟的小肚子溜出橘子林，直接从坡地上跑回家。芸婆眼睛不好，鼻子不灵，对橘子看不见闻不着。但芸婆眯着眼睛吃橘子的样子，让椿子感觉自己一下子就长大了。

有时椿子看着麦河倒在窝棚边的模样——一大一小两条腿支在架子上，那条萎缩的左腿瘦瘦小小，像极了一根细小的竹棍子。椿子听奶奶说，麦河这腿，是小时候患小儿麻痹症落下的，因为这腿，麦河一直说不上媳妇。有时椿子也很不忍，可是对橘子的诱惑，她太难抗拒。她在心中很多次地埋怨麦河怎就那么贪睡！甚至有时候，她很希望麦河会突然醒来，对着她咋咋呼呼地大吼一通，那么，她一定不敢再来偷橘子了，可麦河偏偏就那么贪睡，鼾声一阵接一阵地奏乐似的。

椿子想到这里，手不知不觉动了起来。

她学着麦河的样子，轻轻地把刚垂下来的橘子用竹竿支起来，麦河腿不好，她瞧见过麦河搭支架时摔倒过；她悄悄地把林子里的杂草拔干净，麦河的腿不好，杂草这么高，要是有人像她一样也悄悄钻进橘子林，麦河一定很难发现；她又轻轻地把林边的沟壑用小石头细心地铺起来，麦河的腿不好，走这样的路，一定很容易摔跤……

中秋节到了，泉眼村的习俗，八月十五烘大饼。

椿子一大早起床帮芸婆揉了面，和了糖丝的橘皮子，撒了脆芝麻粒，在灶上开始烘起中秋饼。烤好饼，芸婆让椿子帮忙找一摞看相好的，打包捆好，给麦河家送去。

椿子红着脸接过芝麻饼，转身要出门，却一头撞中了一瘸一瘸走进来的麦河。麦河手中的袋子滚落，橘子撒满了椿子家的小院，椿子怔怔地望着麦河，一脸不解。

椿子，干啥嘞？帮叔捡啊，今年收成好，卖了不少钱哩，这余下的，给你这个小园丁发个管理奖哩。

椿子听罢，垂下了头，小脸红到耳根。突地，她"哇"的一声，大哭了起来。

染匠家的女儿

吴　晓

姥爷油坊的生意兴盛时期我还很小，逢集，姥姥扯着我的手，我挑着两个小油瓶，一路走，一路吆喝：卖香油啰——卖香油啰——直走到染匠家门前，我就再走不动了。不是累的，是染匠家的布出锅了。

染匠家门前是晒场，偌大一片空地上扯着密密麻麻的晒绳。几株老槐树围绕着晒场，大都枝繁叶茂。值盛花期时，蜜蜂嘤嘤嗡嗡地唱着，花香浓郁得让人不忍呼吸。晒场上有时是蓝布，满晒场的蓝，风吹，海浪似的，一涌一涌地鼓动；有时是红布，满晒场的红，和着槐花的缤纷落英，那红就有了灵性，如雨后的虹，或晚天的霞。染匠的女儿踩着厚厚的槐花，一跃一跃地往晒绳上搭布。她白皙的脖颈，以及脖颈里那条黑地红花的假领子，曾引起了我对美的无限遐想。

我躲在姥姥身后，偷偷打量她。她把臂弯里的布晾好，回头冲我莞尔一笑。笑时露出嘴角处的两个酒窝，在我眼里简直美若天仙。

我看得痴痴呆呆，姥姥便使劲地拽住我的手臂往前拉，如同牵着个提线木偶。走是走了的，眼睛却还不停地往回看。我想着她的手，被蓝的、红的、紫的颜料浸染过，还有她弯曲的，被火钳烫过的刘海，都那么的好看。

走远了，姥姥这才朝我屁股上轻轻拍一下，嗔道：你小丫头长大后可不能学她。我瞪着一双无辜的眼睛，久久不能从姥姥的情绪里出来。后来知道，染匠家的女儿收了人家彩礼钱却迟迟不跟人结婚，被告到了法院，要求退彩礼。法院的传票下到染坊那刻起，染匠家女儿的名声就臭了整个西街。

再后来我上学了，每每路过染坊，发现晒布场上的布越来越少了，总是寂寥的三两匹。而染匠家隔壁的屠宰场，生意却越做越大。雨天里，血水和牛粪漫得到处都是。

这样的日子持续了一段时间后，忽然有一天染匠死了。我去看时，尸体就躺在他家的门板上。染匠女儿趴在老父亲身上哭得不行，我也跟着哀哀地哭。一直哭到天黑了，姥姥提着马灯来寻我。我坐在染匠家门前的栓马桩上，一把鼻涕一把泪的，都抹在了那白麻石上。夜里，我发起了高烧。姥姥说我撞上什么不干净的东西了，她和姥爷抱着我去染匠家门口给我叫魂。我听见染匠女儿在院子里撕心裂肺地哭。一边哭，一边说，她会守住祖上传下来的家业和手艺，请老父亲放心之类的话。

我永远记得那个夜晚，月明星稀，青石路面映出斑驳的影子。染匠女儿的哭声就像是从另外一个世界传来的，悠远，凄厉。

此后，断断续续听大人们说染匠是自杀的，染坊没生意了，他想卖了祖业另做些别的小生意，跟买家签了合同后他却反悔了。

染匠的死，让小小的我多了一些心事，我害怕姥爷和姥姥也会死。最终，姥姥和姥爷还是去世了。我到城里跟爸爸妈妈生活后，西街就慢慢淡出了我的生活。

年后突然接到一个电话，问我可是在文管所工作的那谁谁？好熟悉的声音，我努力分辨着，是来自西街的。

数日后，我带着同事，回到阔别已久的西街。

染匠女儿早早在车站候着了。看到她的一瞬间，我愣怔住了——她垂在胸前的两根白花花的麻花辫上，各系着一根鲜艳得扎眼的红头绳。这么奇异的装扮到底有什么讲究？正当我疑惑不解时，我身边的老同事像看到了什么稀罕物件似的，凑近我的耳朵很是惊讶地说，老姑娘！

他的那声惊叹一下子把我拉回到了那个月明星稀的夜晚。在老物件日渐消失的今天，我陡然间对这个老姑娘多了几分敬意。

拍照，测量，记录，做完这些我们准备回去上报材料。临走，染匠家的女儿扯住我，小声说，癌症，日子不多了，隔壁一直想把老宅买去拆了扩建屠宰场……

我知道她要说什么。我望一眼染坊门口的拴马桩和屋脊上的瓦松、蹲兽，很自信地拍拍包里的材料对她说，你等着啊。

数月过去了，当我再次带着批下来的材料去染坊时，发现染坊的大门锁着。去隔壁屠宰场打听，伙计说，这女的真狠，自己在院子里挖了个坑，等发现时她已经死在坑里好多天了。我眼里的泪光突然一闪。

此后的很多日子，我常想，屠宰场的伙计们有没有在月明星稀的夜晚听到过悲怆的哭声？反正我，总是能听到。

项　　链

吴　晓

我是这家酒店客房部的服务生，在整理 408 房间时发现了一条男式铂金项链。住在 408 的那个香港女人刚走，我把她的行李运送到门口，她上出租车时亲了一下我的额头说，乖！谢谢你这几天的照顾。

——我不知道该怎么处置这条项链，我把它攥在手心里，我的手心在冒汗。我想，她给我的小费有些贵重了吧。经理就在楼下，我花了平常两三倍的时间整理 408。楼道里响起脚步声时，我决定挪开床头柜，把项链放在墙角处。

回到租住地时，梁姜正跟房东几个人在院子里搓麻将。我从她们身边经过时，梁姜狐疑地看了看我的脖子。我有些不自在，下意识地摸了一把，光溜溜的，什么都没有嘛。

我没有立马进屋，而是靠着门框，站着抽了一支烟。我是穿着酒店工作服回来的，西装裤很挺，衬衫很白，绛紫色的小马夹很贴身。我侧对着梁姜，我知道我脸部的线条够硬朗。

"黄阿姨，我提前给你讲哦，我要搬走了。"梁姜突然对房东说。

我把半截烟按灭在房东家的铁树盆里，双手迅速插裤袋里，正过身子很威严地对着她。

"要嫁人了？！"房东是个喜欢开玩笑的老太太。

"瞎说什么呀！"她从桌子下踢了一下房东的腿，接着说道，"一个人住不合算，你又不给我减房租，再这样下去我怕连饭团也吃不起了。"

"那开大奔的是谁呀？"房东继续开玩笑。

梁姜这下重重地踢了房东一脚。房东哟哟地叫着拿麻将抛梁姜，笑说："你这个丫头老坏了！"

院子里溢着一种奇异的味道，估计是隔壁院子里的桂花开了。我突然觉得很荒凉。我把那半截香烟从花盆里捡起来，重新叼在嘴上。

我睡得迷迷糊糊时，梁姜在我门口叫："姚如意，用不用帮你洗衣服？"她说话时拖着长长的尾音，这尾音一波三折，像极了她家乡的地貌——大概她老祖宗喊山时都是这个模样——只是相同的话从她嘴里说出来，那味道就变得甜糯撩人。

"听见了没？猪——"她继续叫。我铁了心不打算理她。过了一会儿，我听见她在院子里窸窸窣窣地洗衣服，而我又迷迷瞪瞪睡着了。

后来，她用身份证捅我的门。这方法是我教她的。她捅了很久也捅不开。随后，我听见她喊房东。房东嘟嘟囔囔从楼上下来，说："不好开人家门的，万一丢了东西怎么办？"

梁姜说："打他电话他不接，发信息也不回，我怕……他屋里有煤气罐。"

房东噔噔噔地上楼，估计是拿钥匙去了。我只好把门打开，努力装出睡眼惺忪的样子，微眯着眼吊儿郎当地看她。梁姜凶巴巴地回了我一眼后，对着楼上喊："黄阿姨，没事了，他开门了。"说完，扭头就走。

我很奇怪，她今天倒班，这个点应该在酒店，今天怎么没去？

我睡不着了。肚子很饿，我把室友的方便面拿来干吃。窗帘拉着，没有开灯，黑暗放大了那种"咔嚓咔嚓"的响声。这声音像贴着水面飞行的燕子，一只、两只、三只……很快，一大群燕子密密麻麻地挤在水面上。我压抑得快疯了，我把方便面扔在对面床上，我想着，我那脾气不太好的室友回来看见肯定要骂我，然后，我俩会打起来，然后，梁姜会来劝架……我在想什么呢？为什么总是绕不过她？

我懊恼地把自己摔在床上。

我想，昨天晚上梁姜我俩还一块儿下班来着，路上她说："去超市吧，我去晃可乐，你去捣米缸，然后，再到楼上，我掰德芙你捏方便面。"

我说："你丫是有暴力倾向的狐狸精吧？"她装出很惊讶的样子，一脸正经地说："我刚从《聊斋》上下来，你咋知道的？"

我这次没被她逗笑，因为我心里烦着呢，我想偷偷给她买项链，可是我的钱总是不够。我说："还是去老码头喝酒去吧！"她答应了。我俩肩并肩走在河堤上，空气里充斥着水草的味道。

不记得喝了多少，我隐约看见老码头往日的热闹：拉曲儿卖艺的、骑大马逛窑子的、打赤脚卖鱼的、坐轿子看戏的……我搂着一棵香樟树，吐得一塌糊涂。

我说："梁姜，我是爷们儿不？"

梁姜说："是！"

我说："那为什么我就买不起一条铂金项链呢？"

梁姜不理我，她抛下我自个儿走了。我看着她进了超市，后来……我想不起来了，似乎做了一个梦，梦里有谁给我戴上了一条项链……

项链？！莫非，那条项链是梁姜买给我的？我在408整理房间时它从我脖子里滑了出来？

我明白了！

我一个鲤鱼打挺起床去找我的项链。开门时，我看见一辆大奔载着梁姜出院儿了。

我突然觉得我的脖子很凉。

抉　择

衣　袂

过了十三岁生日，杨柳就该上初中了。

初中在山那边，要翻好几道山梁，只有周末才能回来，不像小学，站在家门口就可以看到操场。那几天爹总是唉声叹气地说，柳儿你还是进城上吧。我们老把你霸在身边，不是个事，也对不起你秀姑。

说秀姑，秀姑就来了。也是为着杨柳上学这件事。秀姑说，大哥大嫂，你们辛辛苦苦养大了柳儿，她对你们感情也很深，这些我们都知道。但这次她再不随我走，那我以后再也不会介入她的生活，今后一切全凭你们做主。爹慌忙摆手说，这咋行呢万万不行，柳儿是你亲生的娃，我们可不能昧着良心不给啊。娘也抹着眼泪说，当初如果听你的，劝柳儿进城上小学，这数学咋说也不会才考三十八分吧？都是我们不好，惯野了她。

旁边的杨柳，一脚踢开了碍事的小黄狗，"砰"的一声都把自己关进了里屋。当秀姑离开时，她还是背起书包跟了上去。

在很小的时候，杨柳就知道秀姑才是亲妈。也知道自己从出生就寄养在爹娘家，秀姑付出了经济代价。可是不知道为什么，每次见到她，她都想同她怄气。

秀姑常拎着大包小包来山里看她。衣物有她的就有两位哥哥的。但杨柳偏要哥哥们当着秀姑的面试穿，还说，不合身就让她换去。又打开吃的，往爹嘴里塞一点，问香不？往娘嘴里塞一点，问甜不？爹娘看不过眼，就说柳儿乖，也拿点给秀姑尝尝。杨柳把眼一横，生气地说，人家一个城里人，吃啥没有？难道还会在乎咱们这些小东西吗？秀姑也附和说，只要柳儿高兴，我咋样都行。

因着这层关系，逢年过节或者寒暑假，杨柳也会去城里小住。姑父工作很忙，寻常家里只有秀姑和昊哥吃饭。昊哥长得像他妈，高高大大的，白齿红唇卷睫毛，非常好看。杨柳站在昊哥面前，又黑又瘦活像丑小鸭。杨柳特别嫉妒昊哥。同样的零食，她总偷吃昊哥的那份。她还偷开昊哥的抽屉，有次竟然把他的游戏卡偷走了。惹得昊哥像防贼似的防着她，还直冲他妈嚷，都怨你，谁让你捡个死妮子回来？杨柳听了，也冲秀姑发脾气，都怨你，谁让你把我扔在山里的？

不过现在好了，昊哥考上大学滚到大城市去了，以后这个家里，就剩下自己了。想到这里，杨柳咧开嘴巴笑了。

秀姑说，老鸹岭这地方好吧？

杨柳点了点头。

秀姑又说，你爹你娘爱你吧？

杨柳使劲点了点头。

当初选了五六户，只有这家最实诚，心最细，把你当自家孩子养。秀姑说，生恩没有养恩大。你以后要好好学习，有出息了好报他们的养育之恩。

杨柳说，是不是就因为我是女孩，你才不要我的？

秀姑说，那时你昊哥已经上小学了。有你纯属意外。如果被人发现了，我跟你姑父都要被单位开除。没有工作，我们拿什么来养活你和昊哥？即便现在，对外也只能说你是亲戚来城里借读。否则，我跟你姑父的工作还是保不住。

晚上，杨柳就住在昊哥的屋子里。

秀姑把屋子换成粉色系列，还说柳儿是咱家的还珠格格，以后也要像格格那样生活，别再像个假小子似的。

杨柳打量了一番，满意地说，昊哥以后回来，住在哪里？

以后把这间屋子改成两个单间，可以支两张床，挤是挤点，也够住了。

你们为什么不买大房子呢？

秀姑摸了摸杨柳的小脑袋，笑了。当初在要你和买房之间，我们选择了你。钱花完了，后来就再也没有能力去想房子的事了。

很久以后，杨柳方才知道秀姑也不是自己的亲妈。

杨柳的女儿好奇地问，那谁才是你的亲妈呢？

杨柳说，我的亲妈，只是一个化肥袋子。下夜班的秀姑听到了孩子啼哭，打开麻袋看到一个豁嘴女婴，于是就领了回去。

说这话的时候，姑妈秋明秀已经去世好几年了。

那时杨柳也不叫杨柳，她给自己换了名字，叫念秋。

麻 婶

衣 袂

麻婶不姓麻，水豆腐似的鹅蛋脸上也找不到一粒麻子。可是在她跟二叔结婚的那天，四婶却让我们喊她麻婶。四婶说，按理是得喊二娘，改喊麻婶也是有缘故的。一来给她提个醒，让她时时记得她爹是谁。她爹是谁？她爹外号麻条，那可是个赌输了拿姑娘抵债的没脸人。二来是给你们的二叔壮威。你们想啊，像二叔那样的人，能拿捏得住她吗？咱们得让她知道，可别以为当上教师就麻雀变凤凰，不拿驹子当正经老爷们敬重。四婶边说边喂我们糖块，糖块带着水果味，沾着唾沫就顺嗓子淌甜水。四婶还举着糖块说，你们谁先跑到新娘子面前喊"麻婶"，就奖励谁。于是我们就一窝蜂地跑去喊"麻婶"，然后又一窝蜂地跑回来争奖励。不一会儿，二叔就追了过来，一把抄起案板上的菜刀，众人正要劝解，他却倒地抽搐起来，胸前佩戴的大红花也被碾得稀碎。

二叔被麻婶搀走以后，四婶吓得埋头帮厨，再也不敢吭声。旁边的人却嘀咕着："看不出来，驹子这家伙，还怪心疼小媳妇唻！"

我也是第一次见到二叔如此血性。二叔胎带哮喘，一旦受凉或者受到刺激，就憋得紫皮凸眼，扯着脖子抽搐，几十岁的人了，还被我们老鸹岭人喊作驹子，好像没有正经名字似的。爷奶去世得早，三婶四婶过门后分家单过，只剩下二叔跟着我们生活。自我记事，二叔就跟家里的老猫形影不离，不是窝在墙旮晒太阳，就是蜷在灶后打呼噜。这样的二叔，原本吓得媒人绕路，四婶歪打正着，竟然给他领回个俊俏的小媳妇。

那年，四婶也不知道从哪里探得村小缺一名代课老师，于是就磨缠我妈动员在城里工作的我爸，想法设法弄来这个名额。山那边的麻条闻讯找到我妈，说只要把这个名额让给他家三妮，再帮他还清外欠的赌债，他就把三妮嫁给驹子。我妈一口就答应了。到手的工作被人抢走，四婶的不满，蓄势待发。

因为教书，麻婶婚前就住进了新房，上一年级的我刚好跟她同路。麻婶很喜欢我，早上牵着我的手去学校，放学了再把我牵回来，遇到刮风下雨，就背着我走。我却很不喜欢她，因为四婶告诉我说，你看你妈对她那么好，天天做饭给她吃，还给她洗衣服，她呢，却霸着你家的瓦屋当新房，狠心把你们挤到旧茅屋去住，要多歹毒就有多歹毒。我想，是啊，你当了教师戴着手表咋还不满足？难怪四婶看到你就"呸呸呸"呢。

麻婶有了身孕以后，我妈才给二叔和麻婶办酒席。也就在这天，我们被四婶唆使着，把她喊成了麻婶。晚上闹房前，我妈把我塞在麻婶面前，让我寸步莫离，还叮嘱道，千万不能让人碰到她肚里的小弟弟……

随后我们全家就搬离老鸹岭村，随我爸生活在城里。远离了故乡，往事也越来越模糊。四婶打来的电话，唤醒了我的童年记忆，和麻婶有关的片段，栩栩如昨。

几年前，四婶遭遇车祸瘫痪在床。孩子们在外打工，无暇分身，四叔照顾不过来，同院的麻婶就伸出援助之手。现在的四婶，已经能拄着拐杖走路了。在电话里，四婶高兴地说，后天是二娘的六十周岁，你们这些晚辈，无论如何都要赶回来替她祝寿。

这个二娘，就是我们昔日的麻婶。

陪　钓

满　园

办公室常一阳突然喜欢钓起鱼来，同志们觉着有点不可思议。然而随着时光前行，小常的行为却令人惊叹：啧啧，如今的小年轻了不得啊，他咋晓得新来的江局长爱好垂钓的？

江局很快要去钓鱼，白花花的太阳底下，到白龙江里钓天然草鱼。常一阳当然首当其冲，陪同江局。江局钓鱼，虽然醉翁之意不在酒，一条鱼钓不上来，必定有些尴尬。好在小常会乘江局溜达、拍照或者方便之际，把自己钓来的鱼偷着挂在江局的钩上。

江局长，上钩了！

小常也会咋呼，一次差点把江局吓得掉进江里去。

归来，同志们都会紧密团结在小常周围，看他唾沫四溅，听他信口雌黄。这事，别人没有发言权，只有洗耳恭听。

接着，江局对单位上大大小小的事情，还没听过汇报，已经了如指掌了，看法和倾向里，明显着有着小常的好恶。大家不敢马虎小常了，人人对他高看一眼，厚爱一分。

几次，江局出差，办公室刘主任遇事还向小常讨教，照江局长的意思，这事如何是好？刘主任原想调侃一下小常，小常却毫不客气，应当如此如此，这般这般，反倒弄得刘主任一脸尴尬。

听到局机关竞争上岗的消息，同志们当面背后就喊常一阳常主任了。这事江局得知后，心头一震，这个小常不可小觑，他想弄啥，别有用心吧。

随后，江局依旧带着常一阳去江畔钓鱼。不过，再看到小常偷偷把钓上来的鱼，悄悄绑在自己钓钩上时，江局就觉着天上那轮太阳，咋那么刺眼呢？自己好像就是一条鱼，一条被蒙骗的傻鱼。

满满一个冬天过去，江局没有再去江边垂钓。

江局把工作摆上位抓上手，取得了新突破。来年春满花开，同志们渴望已久的竞争上岗，终于提上了议事日程。竞争十分激烈，光办公室副主任一个岗位，就有4人竞争。4个人里，当然有常一阳。不过哪怕再刷掉两个，小常的对手张立依旧强势，市里还有个领导给张立打了招呼。

一天，江局长主动邀请小常去江边钓鱼，他甚至想好了，得当面揭穿常一阳一直蒙骗自己的行为，叫他主动退出竞争。

这天风和日丽，坐在白龙江边，江局十分惬意。他放好钓竿，下好鱼饵，便超乎事外，沉浸到一种对春天的热爱和享受里去了。这天的鱼儿真乖，成群结对，组团来咬江局的钓钩，不上一个时辰，江局长竟然钓到了20多条草鱼，江局乐得孩子似的，手舞足蹈。

相反，一心想着竞争上岗的常一阳，却心神不宁，一条鱼儿也没有钓上来。

回到家里，江局还是兴奋不已，反复给老伴炫耀，亲自钓的，咋样？老伴一听：以往那些大鱼小鱼，不都你亲自钓的吗？这一句，警醒了江局：哎哟，忘了谈正事了。第二天，江局再次邀请小常，直奔江边。这回，江局继续满载而归，心里一高兴，对常一阳啥话都没说。

一周过后，局里的竞争结果出来，跟常一阳比拼激烈的张立，意外淘汰出局，常一阳稳稳当当成为办公室副主任。常一阳捏了一把汗，他始终没弄明白，江局究竟为啥让自己胜出。

再天，江局又去垂钓，却连一条鱼儿也钓不上来了。太阳也似乎在故意捉弄自己，江局一脸迷茫，什么时间鱼儿来咬钩的，他根本看不见。常一阳出手就多半筐，奇了怪了。

私下，常一阳单独一回也没去钓过鱼，一来工作忙，顾不上。二来他暗暗觉着这鱼乃万物之精灵，神圣不可侵犯，绝对不能随意乱钓，钓鱼，即骗鱼。

当然，江局长要去，他还得陪同，无条件陪同。去了，常一阳却不敢故伎重演，那些游来荡去的鱼们，也似乎看透了那点心机，横竖不上钩。

后来听说张立也学会了钓鱼，钓得还挺见功夫。有两回，江局没有叫自己，叫的张立。想起这事儿，常一阳多少有点恍惚，做梦都希望江局尽快转变兴趣。这样，张立学会钓鱼，也就白学了。

真 会 折 腾

满　园

端午节过后，德顺老汉就开始闹心起来。至今，都快过年了，还鼻子不是鼻子，脸不是脸的，看谁都不顺眼。这号狗肉不上台板的事儿，他咋对人张嘴说呀，只能窝在心里。

大儿媳彩兰越加不像话了，弄啥事脸面都不遮一下。老头子跟两儿媳一个孙子，都在一个大院里住着，大门一关，鸟都飞不进来。但好事也有坏的一面，媳妇孙子说的啥话，闹的啥事，德顺都听得清清楚楚，明明白白。

眼不见心静，听了见了，反倒添堵。两儿媳早想出门打工，都怪大牛二狗死死留下人家，强捉的母鸡不抱窝，我一个死老头子，吃多少喝多少。

那天，彩兰请了村上几个年轻人锄地，一个叫大有的，白天在地头跟彩兰眉来眼去。当天夜里，彩兰屋里就弄出了很大的响动。第二天，彩兰有意无意地说了声，谁家的大黄狗，夜里到处乱跑，吓死人了。

其实，有这么句半真半假的话，德顺老汉也能知足。

七八月里过来，小儿媳桂芳房里也闹起了黑猫的故事。说小媳妇桂芳也耐不住寂寞了，跟她的老相好黑娃有来往。这事被彩兰描述出来，活灵活现。啥时黑娃学的猫叫，啥时桂芳去开的院门。看着老头子无动于衷，彩兰更加胆大妄为起来，夜里尿开了，弄得哗啦啦山响，就像在故意挑衅一样。

德顺老汉明白，这么些年，儿子大牛挣的钱，全都填了大家的穷坑，小儿子念书娶亲，花的都是人家的钱，彩兰心里肯定不情愿。其实，彩兰压根就没有想这事，她私下对桂芳说过自己的理由。

彩兰说自己嫁给大牛的时候，公公还在当支书，本来她不愿意这桩婚姻，可爹不愿得罪支书，就逼着她嫁了过来。前两年大牛出门在外，公公晚晚把那院门锁得早早儿的，跟防贼一样。这事一直没有报仇雪恨呢，为此才故意弄出些声响、捡老头子最敏感的地方，捅捅，出口恶气。

好在小儿媳桂芳稳得住，没有火上浇油。从嫂子彩兰拿她说事之后，她就再也没有弄出啥动静，她也不跟彩兰计较，只是三天两头回娘家，回去一待就是一月半月。不是二狗天天电话逼她，她才懒得回来。二狗说了，过年一定领她到三亚去。

彩兰多次当着公公的面，高声大气地跟桂芳开玩笑，德顺也只当耳旁风，装作没听见，可心里腾腾腾冒着无名之火。就这样，德顺老汉叫两儿媳折腾得不得安宁，慢慢就生了病。

好容易盼星星盼月亮，盼到年头岁末，指望着儿子回家，缓解紧张的家庭气氛。可是两小子说啥都不回来，不打算回家过年，老头子急眼了：那就赶紧把你们媳妇带去！大牛和二狗都说，逢年过节正是挣钱的时候……

德顺老汉这回真的一病不起了，过了腊月八就没有下过床，天天打吊针吃中药，周围的大夫都请遍了，不见一点好转。万不得已，两儿媳只有给大牛二狗打电话，催他们十万火急回家，准备为老爹办后事。话到这个地步，大牛和二狗只得急急忙忙往回赶。

可两儿子前脚进门，德顺老汉的病后脚就好了，下地笑嘻嘻地活动起筋骨来。

两小子气得直搓手，公然责怪老爹装病误事。德顺一听就气不打一处来，两手拍着桌子，大声吼叫：还有比挣钱更重要的事，告诉你们，明年谁要是再出门，我打断他的腿！

可是一家人欢欢乐乐过了正月十五，大牛二狗就坐不住了，天天唠叨着要出门。大牛说关键是去年的活儿还没干利落，工钱也没有结清，这回出去，等工程收了尾结清了工钱就回来，还能赶上三四月里锄玉米，种黄豆。二狗说他在三亚给老板带工，老板都催几次了。

德顺老汉犟不过他们，就说：那你们必须带上媳妇，这事不用商量。

带着媳妇，出门咋挣钱？两儿子还偷偷给爹使眼色，她们走了，爹您咋办？看着自己的男人这么不情愿，彩兰立马转过弯来：给我听着，这回再不答应就一个字：离！这，这……

德顺老汉历来说话板上钉钉，加上媳妇们心里乐意，大牛、二狗还说啥。

二月二龙抬头那天，大牛、二狗带着媳妇出门去了，德顺老汉长长舒了一口气。

晚上，大牛突然转回家来，带回一条黄狗，一只黑猫。一问才知道，是两个媳妇想着，家里只剩下公爹一个人了，孤单，得弄两个活物养着，帮着守门做伴儿。德顺老汉一听，差点背过气去。

德顺老汉心里明白，这样的馊主意，只有彩兰想得出来。

德顺本想对大牛说，你那媳妇可不是省油的灯，真会折腾啊。她编造出黄狗、黑猫的故事来，就是想闹着跟你们出门啊。可话到嘴边，却没有说出来。

我的大学

孙　楚

当工长瞥见我铺上乱扔着的那本书时，嘴角里就只剩下了耻笑。

没错，问题就出在这里。而且我可以现在就向你坦白，这里要讲的其实不是我上大学的故事，而是一本叫做《我的大学》的小说。

严格意义上来说，整个事情与小说的内容也没有什么关系，有关的仅仅是这个书名。

鸟蛋！工长说，上大学有啥出息？刚来的那几个大学生，工资比你还低，屌毛！

我觉得这人不但粗野，而且不可理喻。有些事情是不能用钱来衡量的，尤其是当钱越来越不值钱的时候。

但我懒得和他说，因为我打不过他。

工长的力气，在我们之中是数一数二的，所以他赚的钱最多身份也最被看重。

就是因为看到了力气和钱数成正比，这才让我深感绝望，对这份工作失去了信心。

你还小，再长长身子板就硬了，下铺的老郑安慰我说。

对此我不置可否，只好胡乱地翻我的小说。

但是小说里没有答案，小说里讲的发生在国外的事情离我太远了，并且情节和书名毫不匹配。我又开始为我的三块钱不值。

我曾试着和摆摊儿那老头商量，拿2元5角重新把这本书收回去，但老头用一种你以为我是白痴的眼光瞪着我。最后我终于懂了，这书就算白送给他，可能也嫌占地方。

现在好卖的是这种，老头好心指点我——的确很合工长他们的脾气——什么言情悬疑、重重黑幕、情仇厮杀、八卦算命、彩票中奖……我不知道这个单子要排到什么时候才能排到我手里的这本书。

　　而且就如同这本书一样，立在街头的我觉得和这个城市也一样的格格不入，似乎只有凌乱的工地才能给我真正的亲切感。

　　所以这书就和我铺盖上的那个破洞一样，给卷到墙角，要不是半夜总硌得我脚疼，甚至可能就此把它给彻底忘掉了。

　　没想到后来被工长无意中看到，所以就有了开头的那声嗤笑。

　　但我并不怪他，我也知道他烦，他供儿子供了四年，好不容易毕业了，找到的竟然是一个才一千多块钱的工。说是坐写字楼办公室的，其实干的都是一些打杂的事情。

　　一年要花老子一万块钱，工长的脖子都被喝红了，喷着酒气说，毕业了他妈的才一千来块，老子干的是赔钱的买卖！

　　我觉得事情不能这样看，一切都要以长远眼光来考量。何况，人的满足感不只是来自于钱。

　　问题是被工长揪着脖子的味道，实在是不好受，我也才知道自己有多嫩，怪不得大家刚才溜得一个比一个快。

　　你说，工长喘着粗气，这样的学你上不上？！

　　我当然想上，问题是我更想明天能够完完整整地去上工，所以我拼命摇头。

　　可能是我摇得不够好吧！工长给了我一巴掌，我那个气啊！一个酒瓶就抄到了他头上。

　　看着不省人事的工长，我头皮发麻，赶紧给几个伙计打电话，喊道工长喝醉酒和人干架了，被人敲了一瓶子，正躺在地上，赶紧过来。

　　等几个五大三粗的同伴气势汹汹地杀回来时，我顺手往黑的地方一指，说往那儿跑了，俩人，一高一矮一胖一瘦，估计是来偷东西的！

　　奶奶的！轰隆隆像几只蛮牛一样，冲了过去不见了。喂！我张大了嘴愣在那儿。他们不是至少应该留下来一个协助救人吗？！感情就是我了？

　　工长的头还在流血，因为那么一点愧疚，我把车钱和包扎上药的费用都掏了。

　　我时不时闲的时候还是会去翻翻我的那本小说，虽然我知道从那里找不到我想要的东西。翻着翻着，后来，甚至连书皮也没有了。

　　对了，我忘了告诉你那本小说的作者。不过说不说又有什么关键？请问又有谁真的在乎。

赞美一棵树

孙　楚

"一棵树有什么值得赞美的"！

如果你这样想，只能说你是真的还没有亲眼见过这棵树。

只要你住得足够近、或者有一天你住得足够近吧，一打开窗子，你就一定能瞅见它。即便你因为各种原因暂时住得稍远，哪怕是此刻并不在这个城市，你也能从各种连篇累牍的新闻播报中一窥它的影子。

实际上全世界都在讨论它，各地有关无关的专家都一窝儿蜂挤到现场，好做第一手的观察研究。

它真的是太特别啦！完全就是一夜间出现在了这个城市的正中央，耸立在交通的大动脉上，那垂下的枝条把整座大立交桥给掩盖了起来。这立交桥规模据说是这个星球上数一数二的，内部结构错综复杂，刚建成那阵儿曾经有个不知天高地厚的银行劫匪，逃窜时飞车闯入，最后因为迷路差点饿死在里面。

后来即便每天都有三位数的交警在立交桥里执勤，依然还时不时会发生走失甚至是失踪事件。

但是现在，所有的入口出口都被盘根错节的枝丫给封堵住了，整个城市原本流淌的节奏为之一顿，人们发现自己的生活突然被定格了。

城市管理者们紧急研讨应对方法，但是会议的效率极为低下，因为交通不畅——或者直接说"中断"——的原因，很多人始终无法赶到开会现场，而远程会议的低效就不用多说了。平时他们开会就爱吵，这会儿隔着屏幕争执起来一上火，更是打开家里的电视躺沙发上看娱乐秀去了。

这边儿始终拿不出主意，那边儿大家的生活却无法真正停顿下来。

可是男人们现在都上不成班了，怎么办？老婆们开始行使大权嘛，毕竟家里是她们的天然领地吗。从门前摆放的那块儿迎宾地毯开始，一直到阳台边儿的犄角旮儿，下自灰尘上至无意闯入的蚊子，全归她们管。

要搁以前，男人们还可以说"我要上班"、"我有个聚会"、"我……"，但是现在这些统统都不灵了。所有的借口都塞到喉咙里，憋成一句"老婆我爱你"的颤音。这颤抖的幅度是随着钱包干瘪的程度增加的。但女人们的回答通常好像似乎就是：你说什么呀？我没听清。

更高兴的是小孩子，耶！可以安心看电视玩游戏了，作业没做完的也不用害怕了，因为大人们都说了，就算是整个城市里每个人都变成一把锯，要把那树给锯掉也得一年两年。

每个小孩子心中曾经有的梦想，竟然一下子成真了。这个世界真的可能迎来第一代不用上学而整天放假的孩子。

问题是因为大家整天都待在家中，所以整个城市的小偷都失业了，生活很凄惨，甚至他们前一阵儿还试图提起诉讼，抗议失业保险救济里没有把"盗窃从业者"纳入救济范围。虽然同情的人不在少数，可是这个大家真的是爱莫能助吗。因此当有人面黄肌瘦地在路上拦住你，说自己是一个小偷时，你就尽量地翻一翻口袋吧，哪怕只找出一片废纸，也分给对方一半。因为他们实在是太可怜了现在。

受影响的还不止是这个城市，整个星球的人都参与到了这个大讨论中来。甚至在某个战场上，抓到俘虏后，因为就这个问题争执不下，押送的士兵要求这些"第三方"来"公正地"评判他们的观点谁对谁错。然后获胜方一高兴竟然把俘虏们给放了。而失败方因为恼气竟然没有心情去阻止。

乱了乱了！大家也没心情打仗了，世界难得地安静了下来。罢工游行抗议什么的也都暂时偃旗息鼓，现在所有人整天盯的不再是手机，而是重新回归到了电视前面，毕竟那小屏幕盯着太费劲儿了。人与人之间的交流重新被广泛地建立了起来。邻居们之间也更相知友爱了。

问题是，始终没人知道这究竟是怎么样一棵树，它没品没种，也不见结果子。它的突然出现本来就是一个很奇怪的事，而研究来研究去，除了大家一眼看去都知道那就是一棵树之外，其它的什么也分析不出来。

也许……有的人说，它就是为了给我们某个"预示"而来的！

整个星球的人都为这个"顿悟"而兴奋，大家觉得这一定会是一个新时代的到来。

所以，收拾好行李，我们也出发吧，兄弟！让我们也去看看那究竟是怎样的一棵树吧。

枪 口

陆 梦

这件事说起来真难为情，从我开始写小说，就抱定一个信念，不能轻易把人写死，我知道不管是真实的生命还是虚构的，他总归是生命，不能轻易判人家死刑。这次这人一定要死，你别以为是我杀的，和我没关系，一毛钱的关系也没有。

牛马年好种田，赵武信这个，特意赶牛年包了一百亩地种棉花。

春天的沙尘暴刮一场，赵武的心就抽一次。抽到第三次时，沙尘暴终于小了，重播了三次的棉田也保住了。看着白花花随风起舞的地膜，赵武黑黝黝的脸更绷了。听说，十三团两口子抵押贷款承包了两千亩地种棉花，第三次沙尘暴刮走地膜，两口子喝药死了，临死把两个孩子也捎上了。赵武默默地为那两口子惋惜，如果不是三年一换地方领导，怎么能引来沙尘暴。地方领导都忙着捞钱升迁。地方上没有工厂，没有企业，该卖的土地都卖完了，大树一转眼也绝迹了。没有遮掩的戈壁，大风还不是想野哪儿就野哪儿。

不信年头就是不行。补了三次棉种，赵武的棉花还是丰收了。打发走拾花工，还掉银行贷款，他捏着手里的五张红票不知所措。赊欠的农资尚有两万五没还。那个姓张的老太婆左一个电话又一个电话催了不下百遍，上门都来了十八趟，要不是害怕银行贷款还不上，下年不给贷款，赵武早就把钱甩到她脸上，要要要，要人命啊！

姓张的老太婆又打来电话让赵武去一趟，赵武开上小四轮就走了，老婆在后头喊："武子，你喝多了，不能开车，明天去吧！"

赵武回头嚷道："你以为开的是宝马，这也能叫车。一天到晚就知道叨叨，少人家钱不还，想赖账啊！"

赶到姓张老太婆店时，天已经黑了。赵武害怕小四轮摇把给人顺走，就拎在了手里。

姓张老太婆一见赵武，脸就阴了下来开始数落他："我好心帮你，棉花也卖完了，钱也到手了，该把账结了。……拿来，我把你的账划掉。"

赵武赔着笑说："我没有钱，想给您商量一下，今年的行情您也知道，棉花收购受到了限制，我们都是拿着身份证到指定的收购点卖棉花，一公斤卖不到6块，给人拾花费就去了2块多，后期拾花费涨到3块多一公斤，才卖4块多一公斤。去掉杂七杂八的费用，没有了。今年棉农都不行，谁种得多，赔得就多。我想请您通融一下，等政府补贴下来，或者贷款下来，我还您行吗？对了，我还可以适当给您点利息。我这人讲信誉，从来不赖账，说给您还就给您还。"

"好啊，你个赵武，等政府补贴，亏你想得出，等到猴年马月了，政府哪年能给你补贴？银行是你家开的？没钱你大黑天跑来干啥，看我孤老婆子想抢劫吗？"

赵武哆嗦了一下："我可没那个意思，你不能冤枉好人，是你打电话让我来的，我开的小四轮，天黑也不怨我，我要是不来，晚上，你不把电话打爆了！"

姓张老太婆翻着账本，牢骚叽叽像机关枪，射得赵武身心滴血，千疮百孔。

从小到大他何曾受这鸟气，他猛然想到了十三团自杀的两口子，妈的，不就是个死吗？看着老太婆连连翻着账本，嘴里还在滔滔不绝射着子弹，他上前一步，把老太婆拨拉到一边，刺啦一声，把自己的那张欠条撕下来，三两下撕得粉碎，把碎片装进口袋，掰掉老太婆抓胳膊的老手，向门外走去。老太婆忽然大喊起来："快来人啊，抢劫啦！杀人啦！……"

跑出门的赵武慌忙进屋，紧张地去捂老太婆的嘴。老太婆抓住赵武的胳膊，更大声地喊起来："快来人啊，杀人啦，抢劫啦，救命啊！……"

赵武举起了小四轮摇把，向老太婆头上敲了一下。老太婆马上闭嘴，连气也没了。赵武的摇把哐当砸在地板上，不知道自己干了坏事，稳稳地躺在那儿。赵武呢，鬼知道他此刻想些什么。

事情不可思议地发生了，信不信由你，我其实也不相信。听完事情的发生经过我很惋惜，身为作家，我想我有义务记录下来，警醒自己不要冲动。

在婚姻中想念爱情

陆 梦

小孟真是个幸福的女人，每天捧着茶杯，打扮得光鲜照人，兜里装着钱，逛完服装店再进美容院。茶喝完回家装热水，男人都要说，赶快出去玩啊，中午记得回来吃饭。

小孟啥也不用干，裤头、胸罩、袜子都是男人洗。以前男人可不是这样的。以前小孟在家伺候男人。男人在电厂上班，男人下班回来饭菜必须端上桌，要是迟了，那饭桌就要挨掀，小孟就要挨打。有次小孟掂起菜刀反抗，追着男人跑了几圈小区，男人吓得不见了影子，小孟回家锁紧房门，抱着菜刀哆嗦到天亮。

男人下岗后，为了生计，小孟到乌鲁木齐学了两年的理发手艺，回来开店，生意异常火爆。男人给小孟当下手、当学徒，最后竟青出于蓝而胜于蓝，完全撑起了门面。小孟对冷烫精过敏了，同时得了肩周炎。男人说，下半辈子你就好好享福吧，除了吃饭你自己吃，啥活我也不让你干。男人说着，手里的剪刀还咔嚓着在顾客的脑袋上游走。小孟就在男人身边腻着，男人说去玩啊，乖，别耽误我干活，不挣钱你怎么花啊。顾客就羡慕地说，看你多享福啊，这儿的女人哪个有你这样的待遇。小孟就在别人的羡慕声中扭着宽臀出门了。

小孟在别人家待着也要不停地走来走去，走得主人眼晕。看电视喜欢看韩剧，看的模式是快进乘以二。如果看到男主角出场，会暂停，大喊着说，快看啊，我以后就要找这样的男人谈恋爱，这样的男人好看，我天天给他当奴隶都愿意，让我干啥我就干啥，带出去多长面子啊。人家说你都四十好几了，看清楚自己的岁数。小孟就说，不行过两年等女儿大学毕业我就去韩国整容，顺便再看看韩国那些帅哥，勾搭一个我就不回来了。对了我还不会说韩语，现在学也不晚。

小孟享了560天的福就换成了哭泣的面孔。男人在小孟享福倒计时的晚12点整和酒友喝完酒在火车道上散步，走到天桥上，从渗水口掉下去，再没上来。小孟抱着满身是血的男人不舍得放下，我还没享够福，你就这样撇下我走了，让我以后如何生活啊……

小孟对冷烫精不过敏了，肩周炎也不疼了，每天在店里迎来送往接待前来理发的人。

在男人离去的300天。她和一个叫王军的男人领了结婚证。王军和韩国明星一点不沾边。个子不高，牙齿发黄。小孟见到他就浑身发软，往他身上靠，仿佛得了软骨病。说话嘴巴都张不开了，娇气得像3岁的小女孩。王军是从甘肃来新疆打工的。认识小孟之后，抛弃了前妻和一儿一女，和小孟过起了日子。

王军用小孟的钱买了辆大型挖掘机，嫌赚钱少，又包了几个工程干。资金都是小孟垫资，小孟一天不停地跑东跑西，天天电话不离手，屁股不离出租车，为王军送油、送一日三餐，民工的饭也是从饭店预订送去的。

大雪封路的时候，小孟又回到了理发店，开始不停地给人理发，店门一开就有人来要账，还有一帮子民工住到了店里头。小孟借钱把那帮民工打发回去了。小孟说，等我们的钱接到手就给你还。打发着来要账的各路大仙。

王军在楼上玩电脑，不问世事。吃得不好，还要吆喝小孟几句，让她赶快到饭店去买，嘴里还说，我是人，不是猪。店里顾客多的时候，小孟喊，下来给我帮忙洗头，下来，下来。王军一声断喝，我是啥身份，给他们洗头，开什么玩笑。小孟就笑逐颜开地自己忙活去了。

快过年的时候，小孟给人告了。说是挖掘机压死了人，还少人60万高利贷。楼房给法院拍卖了也不够偿还人家的，王军还给人拘留了。小孟没想到认识王军不到一年，她就赔光了她和男人创下的家业，让自己和女儿无家可归。

小孟躲到了城市的楼群，过起了隐居生活。夜深人静的时候，她总会想起她抱着男人哭泣的场景，男人在她怀里是那么真实，真实得好像从未离开。

那时，好像才是真的很爱很爱。

初　恋

高沧海

男　人

我说我已经老了，女孩说她不在乎，她说她第一眼就爱上了我。

我说我非常爱我的妻子，我们相濡以沫一起生活了二十年，不能离婚。女孩说，离婚多麻烦，我们可以私奔。

女孩给我一个皮箱，让我装上我的家当，元宵节晚上，宙斯喷泉广场上第一束烟花升上天空，就提上皮箱出发。女孩淡淡地说，如果你不出现，我决不等第二束烟花从天空坠落，槭树上的红灯笼，会照耀我的尸体，我的身体上写满你的名字，还有你的大幅照片。女孩威胁我说，这一切将跟今晚的烟花一样，出现在第二天《幸福早报》的头版头条。

我只有提上皮箱跟女孩会合。

宙斯喷泉广场上的烟花此起彼落，女孩兴奋地说，我们离开这里，我们坐火车、坐轮船、坐飞机，天涯海角，海角天涯，我爱你！

我想起我的妻子，就在刚才，我拉着皮箱，她替我把门打开，一直把我送到电梯口，我不想走，我拥抱她，她却把我推开。打心底说，眼前这个发誓要和我私奔的美丽女孩，让我这个老家伙做她爱情的主角，很是让人意乱情迷，但是我更爱我的妻子，我只好把这事件归咎于一个孩子的恶作剧。一阵疼痛汹汹涌涌袭身而来，我痛苦地扔掉皮箱，捂着胸口倒在地上。女孩惊慌失措，你，你怎么了？我艰难地指着皮箱说，药，我的药……女孩在皮箱里摸来摸去，把我的家当扒拉得到处都是，我看到她甚至被我皮箱中那些乱七八糟的东西绊了一跤。我嘶哑着声音说，快，快，给我药。女孩哭着跑到我身边，没有，没有，一粒药片也没有……

我挣扎着，在昏迷前告诉女孩距离最近的第一人民医院明月医生的电话号码。明月医生一直是我的主治医生。

明月医生

我往男人嘴里塞了两个药丸，然后拍着他的脸说，好了，别装了，女孩走了。

男人从病床上呼地坐起来。

我说，我问她是你什么人，你的病危通知书需要亲属签字，她就摇头一直哭，哀求我一定要救救你，等我问她要不要给你临终告别，她就哭着跑走了……当然，我从窗户里一直看她上了出租车。

男人长出了一口气，阿弥陀佛！

我揪着他的耳朵说，老家伙，说实话，是不是真的想跟那女孩走？

他连连作揖说，不敢，不敢。

我，第一人民医院的明月医生，是男人的媳妇儿。这家伙哪里都好，唯一的缺点就是太帅气，像一只蝴蝶，飞到哪里都受花朵们欢迎。他还不服气，他说，媳妇儿，本尊是长得帅了些，那是没办法的事，但，我以我心向明月，遇上那些爱幻想的小姑娘，这不都是交给你来打理？

男人变戏法似的从怀里掏出一枝玫瑰，他说，媳妇儿，装死太辛苦，还容易穿帮，下次再吓唬小姑娘，咱换换样好不好？

他突然想起来，问我刚才给他吃什么药，我说，鱼肝油丸，让你长长记性呀，一大把子年纪了，还在人家小姑娘面前装酷，再有这样的事，我可不再帮你，你就提个破箱子走天涯去吧。

男人把我拥入怀里，亲爱的，对不起，我真不是故意的。

女　孩

因为绝望，还有无助，那个元宵节的晚上，我远远地逃离了他，我的爱情才刚刚开始，他却就要死去。我一直不知他的墓地在哪里，我爱过他，终有那么一天，我要在他的墓碑前，献上一枝红玫瑰，跟他说，对不起。

宙斯喷泉广场依旧在，大风车也还在，河流边的花园里，透明的暖棚里盛开着郁金香。我恰巧站在一群老年人排演的广场舞队伍一边，看他们鱼贯前行，手臂张开，迟缓地做出奇怪又单一的动作。

然后，长长的队伍里，我看到了他，是的，是他，二十年过去了，我还是一眼就认出了他，就像当年一眼爱上他，爱上他眉心那颗动人的朱砂痣。

就像是一个梦，当年龙灯花鼓夜，与君仗剑走天涯……而现在，我就站在他对面。

我从来没有想过我们会这样相逢，我一直以为，当年一别就是一生一世。我很奇怪此时此刻的自己，好像这场爱情里我早已置身事外，他还活着，这已足够。

槭树上挂满了红灯笼，很快，就会有无数的焰火升上天空，照亮河流，就像二十年前一样。我突然意识到二十年前他猝然倒下以及后来所发生的事情，是何等的漏洞百出。

熙熙攘攘的人潮中，我看着他笨拙地张开手臂，做出奇怪又单一的动作，圆滚滚的身体东摇西晃，像一只憨态可掬的小鸭子，我笑了。笑着，笑着，我却捂住了脸，当年那个顶着一头蝴蝶花，如梦如烟的小女孩，一个人，静静地哭了。

双　桥

高沧海

那夜，是周庄的夜。

丝竹声声，云板轻扣，打扮得花朵一样的唱娘斜倚在栏杆上，声声唱：君到姑苏见，人家尽枕河……

歌声里，我走上双桥。我从遥远的北方来，正赶上周庄的夜。

双桥微晕的灯光里，我看到他站在那里，对着我，微微一笑，露出白白的牙齿。

我知道，今夜，我的出场很美，头发上戴着白月季花的花环。

今夜的双桥，注定有一场爱情。

后来，他送我一袭长裙，白色的。

那条裙子一直悬挂在衣橱横杆上，和众多带着貉子毛貂毛的衣裳一并享受着目光的抚摸。这些衣裳跟我一样，为爱，留在了周庄。

当白裙成一件旧裙，落地镜前，我试着又把自己装进去。我忽然很伤心，很久，我都没有再跳起过桃花舞，窗下的流水汩汩，何时带走了我的桃花舞？

或许，他早就知道了。

他搬到另一个卧室，他说："我呼噜响，你会睡不好。"

我一个人，反而，更睡不好了。

窗外的灯还有竹影，斑驳地映在窗上。河流很喧闹，双桥上传来歌声，他的卧室，悄无声息。我不明白，他为何也会失眠。

我扎起围裙，用大半天的时间做水煎包，那是妈妈教我的。我希望他回家后，夸张地把我抱起来转圈，我举着都是白面的手，怕弄污他的衣服，他却把我的手紧紧捂在他发热的脸颊，就像我们刚在一起时的样子。

我看着他。他只吃了几口。

难道你不知道放盐吗？他说这句话时，门在他身后轻轻关上，斩断了我的目光。坍塌在盘子里的半只包子，像我一样，欲言又止。

灯光明亮地照耀桌上的白月季，花儿是我特意放在那里的，今天是传统的七夕节。

今夜，应该有焰火的。

我来到双桥。

唱娘依旧，夜夜唱着这里长长的流水、这里夜夜亮着的灯。我经过她身边，她脸上涂着白白的脂粉，却怎么也遮不住深刻的皱纹，像歌里的悲伤。

双桥上，我看到了他。他微微一笑，露出白白的牙齿。

双桥上，有一位穿着白裙的姑娘，她的脸庞，像一朵做梦的月季，在夜色里盛开。

他跟在她身后，下了双桥。

周庄璀璨的灯光里，夜的天空，非常黑。

我迷路了。

到处是人们的欢声笑语，到处是一样挂着红灯笼的街，我顺着河流，竟然再也找不到双桥。

我泊在河流里的一条小船上，一个人过了一夜。

清晨，从汩汩的流水声里张望，我看到，双桥，就在眼前。

他不在家，一切还是我离开时的样子，白色的月季没有枯萎。

我想给妈妈打一个电话，对她说，我在周庄的旅行，即将结束。话筒里传来妈妈的声音，我把电话挂了。

我没有告诉他，我的回程，就像他从来也不知的我一个人来时的行程。

我把白月季做的花环戴在头上，像当年一样穿过双桥。只不过，此时，不是周庄的夜，是一个明媚的清晨，太阳像一滴露珠那般清新。

如果，他在一个清晨或者黄昏，想起来真的爱我，他会别了双桥，天涯海角地找我。既然不爱，那就别了，我的双桥。

一切如初相见，多好，君到姑苏见，人家尽枕河……

这一场爱情里，我来过周庄，我来过双桥。

裱 画 徐

马 犇

裱画是一门传统手艺，淮城自古多文人墨客，裱画的地儿也就不缺乏了。说是裱画，其实字也裱。

本土出产的画，外地的画，还有那些需要修缮的旧藏，淮城的装裱市场比较兴盛。但后来，有些作坊后继无人，有些作坊不再经营这老手艺，还有些作坊改成了机裱。

不管别人怎样，淮城南门大街东边的一条巷子里，有个徐姓的裱画师，一直坚持手工装裱。

徐家的裱画史不短。他家祖上学裱画时，认识了淮城人边寿民，后也常给边氏裱画，与其交流，向其取经，渐渐地，他的祖上善裱、能画、工篆刻。这几样，裱画徐全盘承继了。

边寿民，工诗书画，与郑板桥、金农等人齐名，尤善画芦雁，人称"边芦雁"。他居于淮城天妃宫的芦苇畔，号苇间居士。裱画徐的祖上当时就给裱画铺起名为"念芦斋"，以纪念徐家与边氏的友谊。

常言道"三分书画七分裱"，不难看出，装裱之于书画作品的意义。裱画的程序复杂烦琐，讲究颇多，对裱画师傅的综合素养要求极高。徐家裱画有三规，不丢画，不作伪，按工艺收钱、不因作者高低调价。

有些不太识货的人，巧得名画抑或祖上有旧藏，是最易受骗的群体。有一回，南门靠西的一户人家，带着画作，慕名而来。裱画徐仔细看了画，不动声色，又看了看来人，议好价钱，即送走来人。

此画竟是徐渭的画，裱画徐亦善写意，尤以花卉见长。他能模仿个九分像，不懂行的人根本看不出差别。但裱画徐除了欣赏时间稍长一些，像裱普通的画作一样，平静地按工艺走。裱完后，他在卷轴旁不起眼的地方钤印，此印极小，表明是裱画徐裱的，以防日后起争议纠纷。在约定好的日子，画主交完钱取走了画。此事成了行业里的段子，用来形容裱画的人诚实。

裱画有原裱和揭裱之分。原裱是裱初次待裱的画；揭裱是重裱已经裱过的画，揭裱最难，很少有人敢接这个活。但揭裱也给部分技艺高超却无良的人有了作伪的机会。一张宣纸可揭出几层，裱画人如存贪念，就会将老旧的名画揭成几幅，这些作品的色彩较原作淡很多，裱画人就上手补救，然后再做旧。一幅变多幅，倒卖给黑市。

淮城藏家多，很多古画因年代久远，受潮被虫蛀在所难免，对于这些作品而言，每年的梅雨季节更是火上浇油。淮城几乎所有的揭裱都会送到念芦斋，光揭裱一项，经裱画徐手的，少说也有千幅，但他没弄坏过一幅画，也从未借机作伪。就是把顾恺之、展子虔的画送到念芦斋，画主也可安心回家，按日子去取，不会出意外。

可惜的是，裱画徐后继无人，孩子们都已迁居国外。晚年，裱画徐独自生活，雇了个人做饭，他仍坚持对外裱画。他不想在有生之年放下祖传的手艺。

本想平静地过完一生，哪知晚年并不平静。改革开放后，淮城有几个去南方下海的人，禁不起物质诱惑，垂涎于逐渐兴盛的书画市场，而且看中了倒卖赝品这行。他们第一时间想起家乡的裱画徐，他们知道徐老爹裱画、绘画的技艺都很高超。他们或者通过私密渠道搞来原作，请裱画徐借揭裱制假；或者直接报上画名，逼着裱画徐画。

裱画徐不从，这些人就动粗，见裱画徐想寻死，这些人就留下狠话，"不老实做，我们迟早去海外找你孩子的麻烦。"

与他们纠缠不起，裱画徐按照要求，完成了一批赝品。这些人拿着这批赝品再次南下。没有不透风的墙，很多人知道了这件事，他们骂裱画徐早年清高不做假，晚年糊涂，晚节不保。

不久，裱画徐生了场大病去世了。不久，这几个倒卖赝品的人被抓获。淮城人惊叹不已。

警察通过地方报纸透露了案情。原来，裱画徐临死前给公安局寄了封信，写明事情经过，并说他的仿作在画轴夹层里都盖了一长条印，"身不由己，赝品而已"，还附上了那几个人的肖像，是裱画徐凭印象用毛笔勾画的。

莲 花 布 鞋

马　犇

落了一场雨，平添了几分凉意，尤其是近几日。更准确地说，此时用"凉"已不妥帖，应改为"寒"，是平添了几分寒意。

我正打理着窗台上的秋菊，暗想，晚上弄几盅老酒，边饮边赏，岂不是件雅事。正思忖间，一阵电话铃声把我从遐想中拖拽出来。

尾号：9654。是老友徐东南。

东南是苏北人，用他们当地方言念这几个数字，谐音是"酒足误事"。

东南自打认识我，就没换过号，他总说"小酒怡情，大酒伤身，酒足误事"。从某种程度上讲，"9654"是一种善意的提醒与告诫。他还和我约定，见了这个号码就意味着想和兄弟小酌一杯。

而这次不同，他让我去他家，我觉得奇怪。

不容多想，我端了一盆秋菊直奔徐家。

东南的娘在他十几岁时就病逝了，而东南的妻子在怀孕 6 个月的时候遭遇了车祸，两条命都没有保住。东南和他那耳朵有点儿背的爹相依为命也有 20 年了。说白了，这是一个由两个光棍组成的家。这也是他让我来家里吃饭，我感到奇怪的原因。

一踏入他家门，我的注意力就被鞋架最上层规规矩矩摆放的一双手工女式布鞋吸引住了——鞋面绣有粉色的莲花，针法细密。这个家里有了新的女人！

我情不自禁地向几个房间环视。

"贤弟，快来，昨天一个同乡带来了无肠公子，所以特邀你来寒舍品尝。"东南故意文绉绉的，以此彰显他来自南方的"公子才情"。

我没多说话，只是举了举手里的秋菊。

卧室的门半掩着，老爷子坐在床边，腿上摊放着一本旧相册，静静地翻着，偶尔凑近，小心地轻轻地抚摸着。

我刚想打招呼，东南却向我摆摆手，示意我在客厅里坐下。

东南进了厨房，打开蒲包，里面有十只蟹，公母各半。他在水池里放了些水，把蟹倒出来，那些螃蟹立刻张牙舞爪来回横行。

"重阳过后，螃蟹无论公母，无不肥大，味道一个赛一个。"

东南话音未落，出来方便的老爷子一眼看见了螃蟹，抬手指点着说："你娘从来不吃螃蟹，你忘了？咱们吃蟹，你娘她吃什么？"

东南赶紧大声说："知道，知道。"停顿一下，又说："她爱吃阳春面，一会儿单做。"

老爷子抬起的手放下了。

我的猜测是对的，这个家有新女人了。也就是说，东南有继母了。

从卫生间出来，老爷子突然一拍脑门，讪笑着自嘲："瞧我这记性，你娘不是去哈尔滨旅游了吗？"他歉意地看了我一眼，说："咱们吃蟹，咱们吃蟹。"

老爷子回卧室了，不一会儿，卧室里传出了他可以撼动楼板的声音："喂，老伴儿啊，昨天的电话撂下也没多久，但还是忍不住想打一个。今天都去哪儿了？快给我讲讲。"

话音刚刚落，老爷子就从卧室出来，抬腿又进隔壁的另一个房间。

"啊，老头子。"竟然是细细的女声，"今天去了中央大街，你当年邮过中央大街的风光明信片给我，所以我瞅着这里什么都眼熟。"

我听出来了，是老爷子在装老太太的声音。

老爷子从隔壁的房间出来，复又进入卧室："老伴儿啊，秋天了，那边早晚凉啊，穿上那年我送你的毛衫，就是右下边有朵莲花的那件。对，对，对了，你走时忘了拿上莲花布鞋，带上它多好啊，走路轻便，和毛衫又配套……"

我完全可以想象老爷子在卧室说这番话时的表情。我的眼睛不自觉地向鞋架上望了望。

老爷子还在说着什么，东南已经端起泡好的普洱踱过来。他一脸庄重地苦笑。本来不想解释，略略沉吟，还是语气稍稍沉重地开了口："老弟，弄糊涂了吧？家里仍然只有我和我爹。"

我更为惊诧，直指那双莲花布鞋。

东南说："过去，我爹天天写信，写上我家的地址和我娘的名字，邮出去。待收到信，他会放进一个专门放我娘东西的柜子。自打我给我爹买了这部手机，他每天都会像刚才那样和我死去多年的娘'通电话'……"

那天的蟹、酒以及屋里的空气都有点儿苦涩。

回　家

梁　爽

二青没想到，在村口，遇见的第一个人竟是鲍金花。

大冷的天，鲍金花趿拉着鞋，穿着暗红色对襟儿棉袄，敞着两颗扣子，露出一大截儿白花花的脖子。

二青低头琢磨，要不要说话。再抬头，鲍金花正咧着嘴冲自己笑，眼神儿天真无邪，像个小孩儿。二青吓得一个字也没吐出来。走出两步外，鲍金花回过头说："大明要回来了，我去接大明。"说完又咧着嘴兀自笑起。二青点点头，也挤出个笑。

这是二青大学毕业后第二次回家过年，上一次是五年前。这期间每当要过年的时候，母亲都会打来电话。每次他都说要回来，每次又都没有回。对于二青来说，很多事情比回家更有吸引力，比如加班、陪女友旅游、学习充电，总之多了去啦。

刚一回来，就碰到鲍金花，晦气。全村几百口人，二青最讨厌的就是鲍金花。鲍金花怎么会冲着自己笑？虽然他和鲍金花是邻居，还有点瓜蔓亲戚，可在他的记忆里，她从没对他笑过。

小时候，二青拔了鲍金花家地里一根水萝卜，被鲍金花抄着棍子撵出半里地，世上能想到的难听话差不多骂个遍，吓得他晚上不敢回家吃饭。还有一次，鲍金花家的芦花鸡从墙头跳到了二青家，没过半个钟头，鲍金花抱走了芦花鸡，还揣走了他家一个鸡蛋。用鲍金花的话说，她家的鸡下蛋是定点的。最让二青恨得牙痒痒的是，鲍金花不知道用了什么离间计让大姐和她对象大奎分了手，又让大奎转眼间成了她女婿，以致大姐伤心地远嫁他乡，害得父母一天到晚惦念。

刚进家门，手还没热乎过来，宝根叔就急匆匆地跑了进来，大呼小叫地，问看到鲍金花没有。二青说："看到了，出村口沿着大道往西走了。"

二青娘说："你看到鲍金花怎么不把她拦住？"二青说："我为什么要把她拦住？"二青娘说："你不知道，她家大明在外面有出息了，当了大官，忙得很，几年都没回家一次，鲍金花想他儿子都想魔症了，走丢好几回。""想他去城里看不就行了。""你宝根叔不让，怕她去了影响大明工作。"二青听了娘的话，喉咙有点发紧，心里也有些堵得慌。

吃晚饭的时候，宝根叔又来了，说沿路几个村都打听了，都说没看到。说完这话，宝根叔竟蹲在地上抹起眼泪。

二青拿起手机，给在县公安局的同学打了电话，请他帮忙寻找鲍金花。宝根叔走后，二青娘对二青说："儿啊，你这么做就对了，不管她以前对我们做过什么，我们能帮还是帮她，何况她现在还病得不轻。"

二青没吭声，他想说白天他说了谎，鲍金花出了村口不是往西，而是往东走的。

第二天是大年三十，在下饺子一样的鞭炮声中，二青接到了公安局同学的电话，说葛庄有个陌生女人，昨天就在村头转悠，和他描述的鲍金花有些像。二青挂了电话，抓起衣服准备出门。

二青娘说："喊着你宝根叔一起去，找到了早点回。"二青说："好。"

二青娘又说："我包了你爱吃的羊肉馅饺子，你都几年没吃过啦，等你回来一起吃。"二青说："好。"

走到门口，二青转过身，又走到娘的跟前。破天荒地，他搂了下娘。二青说："娘，放心吧，我以后每年都回家，回来吃您包的羊肉馅饺子。"

二青娘笑了，不知怎么就把一滴泪滚到腮上。二青娘怕他看见，赶忙转过身去……

酒　痴

梁　爽

我有三个嗜好。一是好酒，二是好画，三是好打听。

有人叫我酒徒，还有酒鬼，我不爱听。我叫自己"酒龙"，因为我喜欢豪饮，用大杯，喝得快，又很少醉。唐朝有个叫陆龟蒙的诗人，有句诗就是说"酒龙"的：思量北海徐刘辈，枉向人间号酒龙。

我喝酒，只喝"康百万酒"。最初，是因为打听到的一则传闻。相传最早的"康百万酒"里有三滴血，一滴为文人之血，一滴为武士之血，一滴为痴人之血。这则传闻让我血脉贲张，因为我知道，文人的血能让人博学，武士的血能让人勇猛，痴人的血能让人真诚。带着好奇，我专程赶赴巩义的康百万庄园。

第一次品康百万酒，我便被迷住，酒色纯洁透亮，味道绵甜清香。继而，它代替了我曾喜欢过的所有的酒，一喝便是十几年。特别是在我作画的时候，一手执笔，一手执壶，仰头喝上一口，酒像一团醉人的火一样从喉管滑入胃中熊熊燃烧，烧起一腔豪情。于是，笔在手中，壮气盈胸，一幅幅满意的作品挥就而成。所以，我逢人便说，一个男人要是不喝康百万酒，将会无才无力无德。

最近，我又打听到个稀罕事儿：巩义城里新出现个传奇人物，也只喝康百万酒，被称作"酒痴"。

我想见见他，于是第二次来到巩义。

先是请朋友代为转告，酒痴却当场回绝，说他只是普通之人，实在没什么酒量。

他越是拒绝，我越是兴致盎然。几经周折，朋友做东，约我们在百年老店"西义兴"相见。见到酒痴第一眼，我心里就打了个趔趄。酒痴短发，生得白，胖脸，细眼，眼泡有点肿，和我想象中的中原汉子没有半点相似。

开席的时候，我提议用大碗，酒逢知己千杯少，今天喝个痛快。酒痴却说，他平日饮酒只用一钱的小盅。我执意用大碗，酒痴轻笑着不肯让步，后来朋友折中要了二钱的盅。

席间，我们谈了些巩义的见闻，酒场上的趣事。朋友极力地制造气氛，张罗着吃菜喝酒。可我还是觉得这餐酒喝得寡淡，无趣，如同酒痴这个人。

酒过三巡，我开始按捺不住自己那颗蠢蠢欲动的好奇之心，拐弯抹角地问他"痴"从何来。酒痴嘿嘿地笑，实不相瞒，我酒量很一般，就是喜欢康百万酒，尤其是元宝酒。我们家的两间卧室，色调都是元宝酒瓶的色调，一间"红元宝"，一间"金元宝"。说过这番话，他捏起眼前的酒盅，一饮而尽。

这是我今晚听到的最有趣的事，可惜他的脸颊已浮出两朵红晕，舌头也增大几圈儿。尽管我还没有进入状态，可我知道，这酒没法再喝下去了。朋友说找人开车送他回去。他摆手，说夫人来接，已经在楼下大堂里候着。

我们七手八脚把酒痴扶下楼，马上一个女人急急地跑了过来。看见她，我的心仿佛经历了八级以上巨大地震，瞬间摔个四仰八叉。

　　酒痴夫人小头小脸，脖子细长，上身浑圆，胯骨往下奇宽而敦厚，活脱脱一个康百万元宝酒的酒瓶！

签上你的名字

贺向花

　　同学们从学校大门流出去。王小奇看着杨一扬张腿骑上蓝色山地车，怡然自得的模样让他嫉妒得发狂。他做梦都想有这样一辆山地车。他问过杨一扬，杨一扬说，一千五百二。他的头垂下，踢着路上的石子，默然不语。

　　学校远，骑车一小时才能到，王小奇只能坐公交车上学，只有周末，或者平时下学之后，才有机会骑山地车出去玩。当他又一次无限向往地对父亲说他梦到骑山地车和同学们一起出去玩了，父亲咬咬牙，竟答应周日就和他一起去买。

　　怕父亲变卦，王小奇说，我怎么相信你？父亲神秘着表情从柜里小心翼翼取出一千五百二十元，让他打开上锁的抽屉，然后把钱轻轻放进去，摁了摁。让他把抽屉锁上。父亲笑眯眯地说，钥匙在你手上，这下你的山地车可跑不了了。

　　周五中午，父亲一回来就坐在沙发上，过了一会儿，身子一点一点向下滑。他笑了，他说，爸，瞌睡成这了。他还想说爸，要睡睡床上去。但他看到父亲还在匀速向下滑，屁股滑出了沙发沿。他嗅到不祥气息。他叫，妈——快来——妈。他刚刚变声，声音尖历而沙哑，他一边喊，一边冲刺过去，挟住父亲向上拖。母亲箭样从厨房弹出来，煞白了脸，抱了父亲的腿帮他把父亲轻轻放倒在沙发上。父亲仍闭着眼。如睡着了一般。

　　医院里。他看见母亲的眼睛里一片混沌，母亲好像一个迷路的孩子，站在茫茫原野，茫然无措。他叫，妈。母亲扭过头盯住他。他看母亲还不接医生递过来的手术同意书。就替母亲接了，搁到母亲手里。母亲的手臂颤抖着，看着钻颅手术同意书，很久了也没动。

　　父亲命若悬丝，钻开头颅，清出血淤，才有望苏醒。手术都有风险，何况是脑溢血，何况是开颅。他就急出了眼泪。他说，妈，签字啊。母亲突然软软地倒在地上。母亲很快苏醒了，他扶母亲坐椅子上。

　　医生转向他说，你考虑下，如果手术，签上你的名字。他惊愕地说，我？然后他转过头看着母亲说，妈，我签了？母亲看着他，没说好，也没说不好。他捡起随母亲一起飘落地上的钻颅手术同意书，写他的名字。一笔一画，他写得战战兢兢，但终于写完。他站回母亲身边时，突然觉得自己变得又高又大，母亲变得又瘦又小。

做完手术，父亲并未苏醒，在医院住了四十六天，终，父亲没能活着走出医院。

他和母亲离开医院的时候，同房病友的老伴叹息着小声说，一个好好的家，就这样完了。他听见了，心里很难过。他看一眼母亲，母亲也转过脸看他，他看见母亲递给他一个鼓励的眼神，当下就放心了。

一个月后，是他十六岁生日。他对母亲说，我要去买山地车。母亲说，给你爸看病钱花没了。他说，我有钱。爸说把钱放我抽屉，就等于山地车已放咱家了。母亲就别过头去，不说话，然后去厨房洗菜了。

他和杨一扬一起来到了卖山地车的店，他站在闪着铀光的蓝色山地车旁，摸摸车把，摸摸车轱辘，摸摸斜梁，他坐上车座，他对杨一扬说，用你的手机给我照张相。杨一扬掏出手机，把他和山地车定格在手机上。杨一扬说，看你笑得，像开了花。

那天，母亲站在门口等他回来，远远看见他骑车回来。他看见了母亲，抬起手，开心地朝母亲挥挥。他骑到近前，从座上下来。母亲皱着眉头，打量他骑回来的一辆蓝色的旧得不能再旧的 26 型轻便自行车。

母亲问，多少钱？王小奇说，五十元。王小奇扎好 26 轻便，把余钱放母亲手里，拍打着黑色车座说，以后我上下学，全靠它了。母亲说，不行，上学一天骑四趟得四小时，坐公交车的钱不能省。他说，我中午不回来。行不行？妈。

周日，母亲一边包鸡蛋韭菜饺子一边和王小奇拉闲话。母亲问，骑车上学累不累？王小奇说，你看我现在多强壮。王小奇展开双臂，握紧拳头，双臂弯曲，于是瘦弱的胳膊上隆起隐约可见的肌肉。

寻找最好的腿

贺向花

老师对姚子由说，你有最好的双腿。

老师说这话时，姚子由的双腿骨折了。他正躺在病床上，身上盖着薄薄的被。他拒绝手术。老师坐在病床边，看着他的脸。蓝色的床头柜上，放着一个花瓶，花瓶里盛开着老师刚刚送来的鲜花。

老师说，你深呼吸。对，就这样。闻到没有？花很香呢！

姚子由没有说话，他的眼神很空寂。

老师说，最好的腿，到哪里去了呢？怎么找不到它了。

姚子由看了老师一眼，心里很是迷惑。

姚子由是在上学路上摔倒的。他躺在柏油马路上，裤子破裂了。他看见浅蓝色的天幕，打着卷儿的白云朵。疼，他感觉到骨头成了碎片，扎进肉，刺出血。一动也不能动。他对自己呢喃低语，完了，全完了，再也回不到课堂了。

病房里安静极了，时间仿佛凝固。这安静和课堂的安静不同。课堂的安静孕育未来。这安静带给他绝望。

他曾经在课堂对老师说过豪迈雄壮的话，我可以成为最棒的。老师说，对，你有最好的腿。那时的激情已经成为过去时。姚子由什么未来也不敢再想了，什么梦也不敢再做了。每轻轻想一下，腿就钻心地疼。

第二次，老师来到病房。老师似乎格外青睐当初那个充满豪情彰显张狂的他。老师说，又不是没住过病房，病好了就可以回到课堂。

姚子由闭上眼睛，他不想和老师争辩，他认为没有争辩的必要。闭上眼，就有泪点儿顺眼角向下淌。他有先天性脆骨病，轻微的损伤，就可引起骨折。六岁多时，妈妈扯着他的手走在街上，走着走着，双腿就突然骨折了，那次骨折后，便不能走路，从小学一年级坐轮椅，一直到高二。是的，病房是他熟悉的地方，但这次不同。大战在即，争分夺秒，他却从课堂坠落病房，仿佛战士从前线退入后方，一落千丈。况且，这次住院，不是一天两天的事，三个月，五个月，八个月，也许至生命的尽头，一直就这样。

老师说，尽快手术吧？姚子由不语。他的眼睛里呈现出死灰色。他对治疗失去信心，谁都不能说服他进手术室。

老师像对姚子由说，又像自言自语，我来，寻找最好的腿，最好的腿哪里去了？

姚子由心里微微一动。他曾拥有的，此后，可能永远消失了，怎么办呢？

第三次，老师来到病房，这次，老师抱着一个绿色的塑料箱，是他的课本以及辅导资料。他的眼睛在触到箱子时亮一下，立马又暗淡无光。

箱子，在姚子由床边放下，老师取出课本，放在床头，老师说，病房依然可以是课堂。

姚子由终于开口说话了。他说，怎么会呢？病房就是病房。

老师似乎有些心疼。老师避开姚子由的眼睛，走到窗前。病房在十楼，姚子由知道下面是小花园，他不知道老师看到了什么，他觉得老师的背影很单薄，他觉得老师和他一样的迷茫。

姚子由听到老师说，最好的腿，你有的，你怎么就看不见了呢？

他看到，老师肩膀上，有一架飞机，很小，贴着淡蓝色的天幕，朝着东方使劲飞。飞呀飞。

他突然忆起，在教室，他坐着，老师站着。刚发了试卷，数学模拟考，147分，年级第一名。那一刻，太阳在窗玻璃上映射出七色光，熠熠生辉。老师站在他身边，温和地笑。他语气铿锵，说，看到了吧，我可以成为最棒的。老师说，对。他激昂地说，最坏的失去就是最好的得到。当然，老师明白，他是指虽然他只能坐在轮椅上，但也因此，促使他变得如此优秀。

姚子由突然喊，老师。他的声音因激动而抖动。

老师回过头。姚子由说，老师，我看见了，我有一双最好的腿。

手术很成功，病房里散发着阵阵花香。有花香的病房成了姚子由的新课堂。他看到，他向往的大学向他招手微笑。

最好的腿，真的找回来了。

地球上最后的两个人

金长宝

寂静的森林里忽然传来一声捷报。随后，兽类奔走相告：地球上最后仅存的两个人被捕获了。霎时，整个森林沸腾了。

第二天，兽类们排着长长的队购票，准备观赏地球上最后的两个人。早已经把赏人、玩人、吃人当作了家常便饭的兽类，为什么会突然又对它们早已司空见惯的人类产生了如此浓厚的兴趣呢？这还得从三年以前说起。

三年前，地球上所有的人，大概不是被兽类给吃掉了就是被兽类给玩弄死了。在兽类看来，人类天生就是它们的食物和玩偶，兽类天生的锋利牙齿就是专门用来嚼人的骨头的。随着地球上兽类数量的日益增加，它们把人吃的吃，玩的玩，致使人类濒临灭绝了。兽类已经有好多年没有人可吃，也没有人可玩了。

所幸的是，有一群兽类在寻找新的食物时，在一片森林里无意中发现了两个类似人类的动物。或许是适应了长期逃避被兽类捕食，这两个人非常谨慎，动作也极其敏捷。虽然一群兽类发现了他们，并很快采取了行动，但是很快，这两个人就消失得无影无踪了。直到后来，兽类采用了先进的工具，动用了大量的兽力，才侥幸捕捉到这两个人。

这件事情很快在兽类中产生了轰动。对于早已经没有人类可吃的兽类来说，现在要是弄两个人来尝尝，那是何等的享受啊。即使吃不着，弄两个人来看看玩玩，那也是很不错的回味啊。所以这次"人展"几乎吸引了所有兽类家族前来观看。而且，据捕获到这两个人的"捕人突击队"说，它们捉到的这两个人几乎完全改变了人的模样，如果不仔细辨认根本无法认出来。这两个人或许是由于长期的逃亡，已经出现了严重的营养不良：体型瘦小，皮肤黝黑，长发缭乱。看他们的样子倒像是两只黑猩猩。但这两个人保留着兽类所喜爱的某些特点，比如能唱歌跳舞，给兽类们带来欢乐。因此，稀奇古怪，空前绝后，成了这次"人展"的最大卖点，此刻的公园里是兽满为患。

最终，通过一次大规模的巡展，大多数的兽类饱了眼福，目睹了地球上最后两个人的模样。通过这次巡展，几乎所有的兽类都发自内心地感慨道：不能把这最后两个人给吃了，否则它们将永远见不到真正的人这种物种了。有些"人类保护组织"更是组织游行示威，抗议兽类吃人、玩人，还要求制定有关制度给偷吃人类的兽类们以严厉惩罚。还有一些人类研究专家提议要培育新人种，以充分满足兽类自身需求。

尽管兽类们做出了巨大的努力，创造了最好的条件，以期望这两个人能够繁衍，但是这最后的两个人还是由于担惊受怕，一起病死在关押他们的大笼子里了。他们死的时候，旁边还留着给他们准备的丰富的食物、衣服等。他们就这样死了，或许在人类看来，他们是无法生活在笼子里的，应该有自己舒适自由的家。

这两个人死后，兽类们感到很可惜，它们把那两个人制成了标本，依然放在公园里供兽类们观赏，一些研究人类的纪念书籍也相继出版，一些先前保护人类的组织依然相信在地球上的某个地方肯定还有人类的生存，因此它们经常组织一些探险小组前去一些地方，希望能发现人类的痕迹；更有一些专门研究人类的科学家们，正在研究克隆技术，希望克隆人早日出生。

经过兽类的努力，地球上还真的产生了许多复制人、仿造人……这大大满足了兽类的需求。但最近的一则消息却有点儿让兽类感到后怕。因为有一位兽类考古工作者，在人类的遗体中发现了一封遗书，遗书写道：先前我们人类兴盛的时代，你们兽类是我们的食物，是我们的玩偶。但随着环境的变化，你们兽类竟然兴盛起来了，我们人类成了你们的食物和玩偶。人类竟然落得如此田地。但我们相信有一天人类会再一次兴盛起来，你们等着，会有那一天的！这封遗书让兽类们感到十分恐惧，但强烈的兽性依然驱使着它们我行我素。

阳光灿烂的早晨

金长宝

　　在一个阳光灿烂的早晨，李小小被一阵清脆的闹铃声惊醒了。他揉揉眼睛，清楚地看到闹钟上显示的时间——2012年12月7日星期五，这一周的工作就要熬过去了。周末，他要好好地睡一觉，自己已经很长时间没有睡过畅快觉了；然后再陪儿子去公园玩，许诺儿子好几年了，一直都没有兑现；再就是陪老婆去逛街，要不老婆的口水就要将他淹死了；还要回一趟老家，他已经好几年没有回去了……好，赶快起床上班，这一周就剩下这一天了。哦，对了，等上班的时候，抓紧时间处理好手头的事情，抽空出去一下，这个月的按揭又要交了。

　　他像往常一样，拎起公文包，在坐上拥挤的公交车之前，他要买一份煎饼。可就在这一刻，他似乎感觉到什么异常。买了一份煎饼，原来两元的，店主要收他二十，他准备丢掉那份比平日分量还轻了点儿的煎饼，可他发现，几乎每个挤到摊前的，都迫不及待地掏出二十元，然后自然地包起煎饼，头也不回地走了。车子快来了，肚子咕咕叫，他只好丢下二十元，半信半疑地走了。

　　上了公交车，他费力地摸出了藏在裤角的两元硬币，丢进了售票箱。司机瞪着他，那只挂挡位的手停在半空，然后站立起来，又起腰，怒目相向——李小小正纳闷的时候，后来挤上车的人一个个将五十元大钞毫不犹豫地塞进了售票箱，仿佛随手丢掉一枚一角钱的硬币。李小小明白了，从皮夹里掏出一张崭新的五十元钞票，塞进去，又准备伸手掏出原本投进去的两枚硬币，但够不着。此时，车子启动了。

　　到了单位，并没有迟到。走进办公室，大伙儿都齐刷刷地看着他。老板也疑惑地走过来，朝他伸过手来，李老，你怎么来了？你的合同已经到期了，上个星期，你不是已经回家休息了吗？李小小恍惚了，怎么，自己老了吗？该享享福了，回家清静清静吧！同事们几乎不约而同地说。见李小小仍旧疑惑着，老板从一只破旧的纸盒里翻出了一份文件。打开后，李小小睁大眼睛发现那是一份合同，合同期为2012至2042……李小小思忖了片刻，又看到了单位打卡器上的时间，上面清楚地面显示着：2042年12月7日。于是李小小迅速得出一个结论：自己已经穿越时空来到三十年后了。

　　顿时，原本耷拉着脑袋的李小小立马欢呼雀跃——自己终于可以松口气了，终于可以陪陪家人了，可以尽情享受属于自己的时间了。三十年，三十年终于过来了，更重要的是，自己的房款终于付到期，再也不为每月的按揭费用发愁了。

他觉得自己现在该做的事情，就是赶快回到那套真正属于自己的房子，然后好好睡一觉，再陪儿子，陪老婆……过上真正属于自己的生活。

他飞快地赶到家，掏出钥匙准备开门时，已经有人将门打开了。一个陌生人从自己的房子里走了出来。那人先是一惊，然后诧异地望着李小小，老李，你怎么来了？我回自己的家啊！李小小焦急地说。你家？老李你怎么这么糊涂啊，你的房子十年前不就卖给我了吗？那时，你下岗了，老婆又跟你离了婚。后来，你父母又去世了。就在你儿子要结婚那年，你等着钱为儿子买房子结婚，所以你把房子卖给了我啦！

听陌生人这么一说，李小小霎时如坠落深渊。万般无奈，他只得攥着那把钥匙转身离开。

离开自家的房子后，李小小赶紧上了公交车。上班应该不会迟到吧，今天等公交车花的时间太长了。他看了看手机——2012年12月7日星期五，早晨六时三十二分。现在出发，再转地铁，八点之前应该能赶到。他找了个位子坐下。将那串2042年才会真正属于自己的房子的钥匙庄重地塞进了包里，然后小憩一会儿。车子晃晃悠悠地在城市的街道上穿梭……

老 炊 烟

孙如静

农历八月十五中秋节是常乐镇闹花灯的日子。那天晚上，孩子们手提花灯，排成花灯队，绕着全镇的六条街道游行，最后回到老商会门前展览。老百姓们赏灯、投票，选出自己心目中的"灯王"。

镇上有个叫"老炊烟"的。他制作的花灯造型美观，新颖别致，每年的花灯赛都荣获"灯王"的称号。

"老炊烟"是镇上合作工厂的编织工人，平日里就是编织竹篮、竹篓、簸箕、筛子等生活用具。"老炊烟"其实并不老，只是他整天抽水烟，又是个罗锅，四十多岁的样子看上去像个六十多岁的老头，所以镇上的人都叫他"老炊烟"。

在我们小孩的眼里，"老炊烟"就是一个神奇的魔术师，看他制作花灯就像欣赏一场精彩的魔术表演。一根长长的竹子，用刀咔嚓咔嚓几下，竹子一下子就开成几瓣，变成又细又长的竹条，厚薄有序，几根竹条交织在一起翩翩起舞，半天功夫就变成了各种花灯的架子。然后糊上五颜六色的彩纸，在上面寥寥数笔，或花鸟虫鱼，或河流山川，一眨眼的功夫，"六角宫灯"、"猴子织布"、"孔雀开屏"、"鲤鱼跳龙门"、"猪八戒背媳妇"等各种花灯就活灵活现地呈现在你眼前，每一盏灯都各具特色，栩栩如生。

"老炊烟"的花灯就像一个个色彩斑斓的万花筒，让我童年的生活多了一抹亮丽的色彩。

天有不测风云，厄运来袭有如排山倒海之势。一日，"老炊烟"下班回家，路过焊接组时无意中发现乙炔气瓶子漏气，看看周围没有一个人，他赶紧过去处理，气瓶子突然发生爆炸，那场突如其来的事故夺走了"老炊烟"的双眼。眼睛是工匠的第二双手，失去了双眼，"老炊烟"赖以生存的饭碗丢失了。

"老炊烟"的家和我家一墙之隔。之后的日子里，我常常听到摔东西的声音，有时沉闷，有时清脆，听的最多的是最多的是香云婶哭闹的声音。过了一段时间，这些声音都消失了。听邻居们议论，香云婶扔下"老炊烟"自己一个人走了。好多时候，我每次路过老炊烟家门口，都见大门紧闭，谁也不知道里面是个什么情形。

大人们说，"老炊烟"失去了眼睛，生活一下子掉进了黑窟窿里，看来"灯王"这个称呼要改朝换代了。

我想，以后"老炊烟"做不成花灯了，中秋节的花灯赛一定会无趣许多。

又过了两年，中秋节来临的日子，我放学回家，看到"老炊烟"家门口挤满了人。我从人群中挤进去，看见"老炊烟"正在制作一盏花灯。那些细长的竹条在他粗糙的手指间来回穿梭，那些竹条乖巧听话，没有哪根割破他的手指，没有哪根编错位置。围观的人群先是窃窃私语，最后一言不发，个个睁大眼睛屏息凝视，生怕一眨眼就漏掉一个动作，一个细节，一个精彩瞬间。

当夜色渐渐暗下来的时候，一朵巨大的莲花灯终于呈现在我们面前。这时候，"老炊烟"发出了声音，"妹头在吗？"我愣了一下，连忙答应，"在！""你给莲花灯点上蜡烛吧。"我接过"老炊烟"递过来的莲花灯，发现他的手粗糙了许多，手上一条疤盖过一条，真是触目惊心。

蜡烛点上，烛光散开，一朵粉红的莲花绽放在我们面前。莲花的花瓣有三层，一层比一层大，很有层次感。外面的一层向四面展开，像穿一个穿着裙子的小姑娘在伸展腰肢，翩翩起舞。

如果不是亲眼所见，谁能相信这盏美丽的莲花灯是一个双目失明的人做出来的呢？

那天晚上，我提着莲花灯站在队伍的最前面，吸引了无数赞誉的目光。那年中秋节，莲花灯摘取了"灯王"的桂冠。

一夜间，"老炊烟"名声大震，连县城的商家都来收购他的花灯。

后来，我曾经问过"老炊烟"，为什么看不见了还能做出那么美丽的花灯。他说，傻丫头，因为我心里有一盏灯啊。人啊，心里只要有一盏灯，就不会迷失方向了。

那时候，年幼的我自然不明白这些话里的深刻含义，现在回想起来，一盏花灯照亮了"老炊烟"的世界，也照亮了他的人生。也许，这就是这么多年来"灯王"的名号在常乐镇屹立不倒的原因吧。

手　艺

孙如静

天已经大亮，老罗头站在繁荣街口，深深吸一口气，好亲切，好熟悉的味道啊。那是常乐镇的味道，家乡的味道。他真想大喊一声，我老罗头回来了！

老罗头是从县城回来的。前些日子，他总觉得日子过得不太顺心，像是缺少些什么东西。按理来说，儿子当上了副县长，儿媳妇刚生了一个大胖小子，日子一天天好过了，一家人其乐融融，可自己为什么总是乐不起来呢？

一天，他无意中看到家里有一个漏水的盆子，他举起盘子，一线阳光透过小孔落在他昏暗的眼睛里，多么熟悉的动作，多么熟悉的感觉啊。老罗头终于明白自己为什么总是乐不起来了，他怀念在自己的手艺——补锅。

晚上，老罗头连夜收拾包袱，似乎这套住了五年多的大房子瞬间变成了牢笼，他恨不得长出翅膀飞回老家。

终于回到老房子，看到这些老物件还在，老罗头简单的收拾一下，中午时分，就在门口架起了火炉，抽起大风箱，清清嗓子大声喊，"补锅啰——，补锅啰——"。这两嗓子把隔壁的长河老爷子喊出来了，老爷子一看到老罗头，顿时脸上乐开了花。来到老罗头的小摊前，咣当一声，好家伙，几个盘子，一个水壶，两口铝锅，全撂了下来。老爷子笑着说，老伙计，你不在的这几年，我把家里漏水的锅碗瓢盆都攒起来了，就等着你的大风箱又抽气了。一声老伙计，让老罗头听着心里暖暖的，心想，还是这个乡音听得亲切。

老罗头使劲地抽了抽大风箱，火炉伸出长长的舌头，火舌欢快地舔着黑黑的锅底，老罗头将碎的铁锅片放进一只小小的坩埚，再把坩埚埋进火炉中间，等了许久，铁锅片熔化成红通通的铁水，他迅速舀出铁水，倒在一块柔软圆圆的毡子上，晃了几圈，铁水就变成了一粒圆圆的金属球，然后把金属球对准盘子的漏洞，轻轻一挤，用力一压，漏洞瞬间消失了。接下来是进一步验证，用补好的盘子舀上半勺水，高高举起，"看，滴水不漏！"老罗头得意地说。长河老爷子说，老罗头，几年不见，看来你的手艺还够火候哦。老罗头拍拍胸脯说，"功夫在这里，老祖宗传下来的手艺，不能丢啊！"

接下来几天，除了长河老爷子、"香蕉婆"、"炊烟二叔公"，这几个老伙计偶尔来陪他说说话以外。几乎没有几个人在他小摊上停留过。

老罗头每天大清早坐到傍晚散圩，眼看着叫卖声一声比一声高，脚步一阵比一阵密集，路人就像一阵风一样从他眼前飘过。当年老罗头的手艺可是个绝活啊，多少人想拜师学艺呢。

看着满脸愁容的老罗头，长河老爷子叹了口气说，现在人家都用电饭锅了，高压锅了，电磁炉了，那些家用电器五花八门的，哪还用得着我们那个年代的大铁锅啊。哎，也只有我们这些老家伙们喜欢那股烟火味了。这番感慨让老罗头心里有了郁结，没两天，竟然病倒了。

这下可把他的儿子急坏了。心想，老头子不跟着自己好好享福，却一个人跑回老家瞎折腾，把自己折腾到医院来了，住了几天医院，找不到病因，却也不见好转。

最后，还是长河老爷子说了一句，你爸这是心病，心病还要心药医啊。儿子吩咐一声，手下人立刻到镇上各家各户去，到废品收购站去搜索，去大量收购，很快给老罗头找来了活。

听说有人找他补锅，老罗头腾的一下从病床上坐起来，病全好了。一只小火炉，一个大风箱，老罗头的补锅小摊又开张了。

原以为一切又恢复风平浪静的日子了。没想到有好事者在闲聊中提到，老罗头补的锅都是他儿子高价收购来的。偏偏这些闲聊又被老罗头听到了。这消息如同晴天霹雳，一阵急火攻心，老罗彻底倒下了。老罗头临终前，给儿子留下一句话，不要把我放到那些坛子罐子里，要把我放到补好的锅里，那里暖和。

送别的时候，长河老爷子、"香蕉婆"、"炊烟二叔公"几个老伙计恭恭敬敬地朝着一口锅三鞠躬，准确地说，是朝着锅里的老罗头恭恭敬敬地三鞠躬。

跟　　踪

李俊辉

火车刚过潼关，蔡福堂端着茶杯，准备去车厢连接处打点开水。起身没走几步，蔡福堂发现与他的座位相距五六排的靠窗位置，坐着同村的赵栓宝。

蔡福堂刚准备打招呼，却见赵栓宝将脑袋扭向车窗，貌似欣赏窗外的风景。难道我认错人了？蔡福堂有点纳闷。不对，就是赵栓宝。我怎么能认错人呢？在丁李村生活了六十多年，当了二十年支书，谁隔着墙打个喷嚏，我就能判断出他是谁。我怎么能认错人！

难道他在跟踪我？这个念头让蔡福堂的心微微一颤，随即他咧开嘴笑了笑，小样，连这招都使上了。肯定是跟踪我，想弄清楚我从哪里购买菜种子。没错，肯定是这样。

蔡福堂回想起几年前，赵栓宝的父亲赵老二，不知从哪买了一种微量元素肥料，施用后庄稼长势非常好。蔡福堂向赵老二打听肥料的情况，结果赵老二支支吾吾，就是不肯透漏实情。哼！你们爷俩都藏着掖着，还想知道我的白菜新品种从哪儿买的？没门！

打完水往回走，蔡福堂瞥了赵栓宝一眼，赵栓宝依旧在看风景。不行，到西安下车后，得把他给甩掉，他要是知道了我在哪进货，以后我怎么赚钱？

蔡福堂生活的丁李村位于晋中。改革开放后包产到户，粮食够吃了，但是村民们口袋里没票子。支书蔡福堂带领大家种白菜，这一种就是二十多年，把丁李村三分之二的土地变成了白菜地。大白菜远销到东北、北京，甚至江浙一带。村民们的口袋也逐渐鼓了起来。

问题出在蔡福堂卸任村支书后，他也种了三亩大白菜，结果发现：固有的施肥模式导致白菜的品质大不如以前，还有种植时间的问题——立秋后一周内如果不下种，大白菜的产量绝对会减半，菜的口感也会大打折扣。

蔡福堂寻思了很久，他认为问题出在了白菜品种上。上哪儿进购良种呢？蔡福堂先找到乡上农技站，农技站的人说他们没有新品种；之后他又到种子公司，种子公司说他们都快倒闭了，谁还有心思进购良种？

一筹莫展的蔡福堂从报纸上看到陕西杨凌召开"农高会"的消息，他眼前一亮，去杨凌。听说那地方是国家级的农业示范区，主要研究北方农业；几千年前，农业始祖后稷就是在杨凌教老百姓种庄稼，去杨凌肯定没错。

那年十一月，蔡福堂坐火车到西安，再转乘汽车到杨凌。在第十四届杨凌"农高会"百名专家咨询区，西农大的蔬菜专家解答了蔡福堂的疑惑——丁李村的大白菜品种老化，是导致产量和品质难以提升的主要原因。那年从杨凌回来，蔡福堂的兜里装了三亩地的白菜种子。次年立秋后，别人的大白菜都下种了，唯独蔡福堂的地还没动静。立秋一周后，许多人忍不住跑来问蔡福堂，老书记，今年为啥还不种白菜？蔡福堂端着小茶壶，吸溜了一口茶，不慌不忙地说，种呀！为什么不种？！当然，蔡福堂不可能告诉村里人，他手里有新品种，他是想打破传统的种植规律。

当年白菜收获时，蔡福堂的白菜地成了村里人关注的焦点。村里人都傻眼了！蔡福堂的脸乐成了花！

"好家伙，你看这白菜长得，太招人喜欢了！"

"是呀！个头比咱的大多了，产量比去年肯定要翻番。"

"老书记的白菜比咱种的晚，结果还早熟了半个月！这是咋回事呢？"

蔡福堂乐呵呵地享受着村里人的赞誉。面对询问，他一个劲地打哈哈，就是不透漏实情。因为精明的蔡福堂发现了商机。

收完白菜不久，蔡福堂失踪了好几天。等他再次出现在村里，带回了大量没有包装的白菜种子。蔡福堂说这叫"小杂十三"，就是他试验过的白菜新品种。要是西农大的专家知道他们研发的品种被一位农民改了名字，说不定要找蔡福堂打官司。蔡福堂却不管这些，那一年，他倒卖白菜种子比他的三亩白菜赚得还要多。

从那以后，每年种白菜的前一个月，蔡福堂都要失踪几天，回来后就开始售卖"小杂十三"。短短两年时间，丁李村的大白菜品种全部升级换代。

蔡福堂这次出门，还是去杨凌进购种子，结果碰到了赵栓宝。

蔡福堂猜的没错，赵栓宝是受村里菜农的委托，偷偷跟踪蔡福堂，他们想弄清楚蔡福堂去哪里进购菜种子，没想到被他发现了。怎样才能不跟丢？赵栓宝一路绞尽脑汁。

到底要不要甩掉他呢？蔡福堂端着茶杯，冥思苦想。

狼 出 没

李俊辉

榆沟有狼出没！

保长派人端着枪到榆沟巡查好几圈，只找到了几坨狼粪，却没见着狼的影子。

张旺财得知这消息时，正在家里喂牲口，他对长工何二说，狼是有灵性的，你别去招惹它，就没啥可怕的。何二哈着腰，咧开嘴笑了笑，东家的说法他不敢苟同。

张旺财年近五十，上一辈也是庄户人家。他年少时上过几年私塾，再到城里读了几天洋学堂，之后被他爹拽回家种地。毕竟见过世面，头脑灵光，张旺财帮助他爹把家里的三十多亩地打理得井井有条。到了张旺财手里时，原有的三十多亩变成了一百多亩，还在镇上开起了油坊和染坊，光干活的伙计就有好几十。

富裕后张旺财一直保留着庄稼人的本色，他和长工一口锅里吃饭，一起下地干活；还经常救济揭不开锅的乡里乡亲；遇上灾荒年，他搭棚施粥。因此得了一个"张善人"的美名，并传遍十里八乡。

张旺财行善却不忌口，好吃肉，特别是菊村街道的炒锅肉。菊村是距离张旺财家最近的一个集镇，农历单日逢集。

九月初五这天，张旺财坐在了炒锅肉的摊位前。一碗蒜苗炒拌的炒锅肉，两片浸满肉汁的馒头片，二两西凤酒，张旺财吃得有滋有味。吃饱喝足，张旺财一抹油嘴，对卖肉的屠户王六说："吃饱咧，喝胀咧，和皇上他二爸一样咧！ —— 王六，再打上五斤后臀，包好带走。"王六麻利地打好肉，包好，笑盈盈地递到张旺财手中。

此时已过晌午，张旺财拎着肉往家里走去。官道上几乎没有行人，张旺财哼着秦腔，漫步走着。突然，他感觉后面好像有人跟着他，转身看时，却不见踪影。反复了几次，张旺财脑子嗡的一下，顿时汗毛乍起。他看见了一匹狼！

那是一匹母狼，一排奶子被狼崽子嗫得鲜红。它显得很疲惫，但目光凶狼，盯着张旺财不放。

张旺财定了定神儿，对狼说："是不是饿了？我把肉给你吃，不要伤人。"狼像是明白了他的意思，向前挪动了两步，目光柔和了许多。张旺财把手里的五斤肉扔了过去，狼眼冒绿光，腾空跃起，将肉叼在嘴里，转身离去。走了几步，狼回头看了张旺财一眼。张旺财又说：只要你不伤人，我跟集上会都给你买肉吃。狼又看了他一眼，消失在榆沟里。

张旺财长长地舒了一口气，后背和额头上竟然渗出了不少汗，微风吹过，后背冰凉冰凉的。

九月初七，张旺财到屠户王六的肉摊，照例吃了炒锅肉，没忘记给狼割了五斤。回家途中，狼果然在榆沟的坡头等着他。张旺财微微一笑，心想：这畜生还能听懂人话。他把肉扔了过去，对狼说，你可要信守承诺！狼依然一声不吭，照旧看了他一眼，叼起肉走了。

日子就像榆沟的泉水，缓缓流淌着。张旺财兑现着他的承诺。而狼的毛色开始发亮，壮实了许多。张旺财心里高兴，因为他没听说狼伤人或叼了谁家牲畜。再见到狼时，他夸了狼一句：真是一个好畜生。

张旺财买肉喂狼的事，没多久就传了出去。也传到了匪首黑秃子的耳朵里。

"狗日的张旺财，钱多得没处花咧？给狼买肉吃？！"黑秃子在他的老巢破口大骂。"派两个兄弟下山，绑了狗日的，让他家里人拿一千块大洋来赎人。"两匪兵怀揣短枪首，领命下山，守候在张旺财赶集回家的必经之路。

当日张旺财在街上碰到了熟人，一起谝闲传，吃炒锅肉，多喝了两杯，有了几分醉意，可他没有忘记给狼买肉。回家途中，张旺财哼着秦腔，摇摇晃晃。到老地方，却不见狼的踪影。"老伙计，你今儿咋回事？"张旺财冲着榆沟喊了一声。

"老伙计在这呢！"两名匪兵突然现身，亮出短枪，眼看就要到跟前。张旺财立即明白是咋回事，酒被吓醒。他一扬手，将肉扔到榆沟，撒腿向坡头跑去。

坡头有一座破庙，名曰太白庙。张旺财撩起袍子，三步并作两步，一口气跑进了太白庙，"扑通"一声跪在香案前，双手合十，虔心祈祷。两名匪兵眼看就要追进来。张旺财的心一下子提到了嗓子眼，整个身子都在发抖。他把心一横：听天由命吧。

"嗷……嗷……"就在匪兵跨进大殿的那一瞬间，一声狼嚎犹如惊雷，紧接着又有几匹狼跟着嚎叫起来。"我的妈呀！"匪兵吓得屁滚尿流，落荒而逃。

张旺财热泪长流，跪拜不起。

回　家

王　溱

咱的主人公猫儿，真的是一只猫。

那天，猫儿正偷偷咬扯着老人新栽的桃花，有几朵刚爆了蕾，很是招摇。忽然间那婴啼般的叫唤声就来了，一声接一声，声声勾人魂。猫儿偷瞄了老人一眼，悄悄从窗户跃下，循着声出了小巷，过了老街，绕过一栋废弃的老屋，终于寻着那哑了嗓子的母猫。可母猫并不曼妙，它旁边还有一个把脸藏在鸭舌帽下的男人。等猫儿明白过来，已被网在兜里了。猫儿把自己拱成个刺猬，呲牙张爪，可无济于事，那鸭舌帽熟练地把它扔笼子里，布头一盖，麻溜蹬走了小四轮。

小四轮嘎吱嘎吱穿街过巷，颠得猫儿心肝脾肺一锅炖。它从没盖好的一角窥探着外边的情形：

看，街口的鱼档开门了，往日这个点，老人会唤一声猫儿走咧，它便跳进篮子里，随老人买鱼去。老人天天都买鱼，自己只吃几口，全数便宜了猫儿。那天猫儿把鱼头咬得嘎嘣响时，老人还特意叮嘱说猫儿啊，最近猫贩子多，你可别乱跑。这才几天，猫儿就上了当了，且还是这么羞人的当，按老人的话说，这叫"贼心当",当初老人的儿子就是这么被勾去当了上门女婿的。这会儿不见猫儿,老人该多着急呀?猫儿伸出爪,狠狠划着铁笼子。

老人把猫儿当人养,这事整条老街都知道。这一人一猫凑成个感叹号,愣是让死水般的老街鲜活起来。不成,一定得回家!感叹号若没了那一点,可不真剩孤零零一条杠?

小四轮终于停了下来,猫儿被赶进一个更大的笼子,里边已有不少猫,各种姿势摊着。猫儿大声叫唤,只有一只抬起眼皮扫了猫儿一眼,伸个懒腰又躺下了。

看来只能靠自己了。

猫儿仔细打量笼子,喵地蹦了起来——这大笼子压根没锁,只用一根布条扎着。解布条这种事,别的猫没辙,猫儿却是轻车熟路。每次老人买完菜回家,猫儿都会用牙半撕半扯地帮着把购物袋解开,老人眼神不好使了,解个活结都要老半天的。

可这布条打的是死结,猫儿撕咬许久才算松了些。它侧着头喘着大气,隐约听见有人说:等这批交了货,就能回家过个肥年了。还说,要给他爹买瓶好酒,给他娘买件新棉袄。

是呢,快过年了呢。猫儿想起了老人的儿子。老人的儿子过年也会来看老人的,有时那个咯噔咯噔踩着高跟鞋的女人也会来,叫了声妈就捏着鼻子不说话了,她总嫌屋里有股猫味。他们今年会给老人带什么呢?猫儿想提醒他,老人牙口差,以后像牛轧糖这种费牙的就甭带了,一吃全黏假牙上,可老人不舍得扔,长毛了还撺掇猫儿吃,哼,猫哪能吃甜食?

这一恼火,猫儿竟一下把布条扯开了。它竖起耳朵听了听动静,缓缓顶开笼子门,嗖地窜了出去。

这是哪儿呢?周遭很眼生,静悄悄的,只有一老一小在门口晒着太阳。说起来,老人也有个孙子的,活在儿子的手机相册里。孩子大得快,一年一个样,老人每次看过后,都很难在脑中拼凑出孙子完整的模样。

猫儿东张西望,终于发现了三个字——咫尺站。

你甭惊讶,这三个字咱猫儿是识得的,老人闲来无事,最喜欢在纸上写这三个字。一边写一边跟猫儿念叨说,这是镇里唯一的车站了,他儿子一家就住那附近。老人又说,从儿子家到自己家,得先搭7站公车,再走过一座小桥,拐进老街,进了胡同就到了。

猫儿搭不了公车,它决定跟在公车后边跑,反正追不上了就歇歇,总会有下一辆。

就这样,猫儿风尘仆仆地追着公车,一站又一站,发现错了又换一辆,饿了就在垃圾堆里翻点吃的，也不知道过了几天，猫儿终于来到熟悉的老街，熟悉的家门。猫儿精疲力尽了，它摊在门口，想象着老人出来时看见它，满脸惊喜。

可是，老人并没有出来。屋里传来老人儿子的声音。

咦？这还没过年呢，他怎么来了？猫儿警觉地竖起耳朵。

老人的儿子说，妈，你别太难过了，我知道猫儿对你来说就跟亲人似的，我已经尽力在找了。

他又说，妈，你就吃点吧，不吃病怎么好呀？

他还说，妈，我知道你没了猫儿一个人不好过，我以后尽量多找机会过来看你，好不好？要不，我给你再买只猫？

买猫？猫儿急得一声喵——

病床上的老人条件反射般弹坐了起来。

猫儿，你终于回来了啊！老人一把抱住猫儿老泪纵横。老人抱得很紧很紧，也太紧了，像故意要把猫儿给勒死。

儿子松了口气说，太好了，猫儿回来了，那我放心了。

儿子走了。猫儿把自己舔洗干净后，又凑到老人冰冷的脚边，毛绒绒，暖烘烘。

影　子

王　溱

老倌八十有余，牙好胃口好，裸眼能看报，儿孙都说怕是要活成老妖精。老倌眼一瞪：胡说，把老婆子伺候到头我就走了。

这话明摆着找事，果然事就来了。

这天他拄着拐杖弓着背，正要出门，却瞅见自己的影子笔挺挺的，抖袖翻袖，又腿下蹲，身一斜，就势就卧倒了，好个贵妃醉酒！

他吓坏了，揉揉眼再看，这下影子又成穆桂英扮相，锵锵锵舞得靠旗飞扬，好个英姿飒爽！

是影子出了问题还是眼睛出了问题？老倌本能地躲，白天躲太阳，晚上躲灯光，最难的是要躲老伴狐疑的目光——她一定是觉察到什么了，连紧打紧凑着十三幺，还不忘腾出心来扫他一眼。

这眼神老倌记得，当年他在院子里喂鸡的时候，总要咯咯咯趁机练上几嗓子，有一回刚扭头，就被她这眼神扎了一下，手上的簸箕掉落在地，惊起的鸡满院子扑腾鼠窜，乱了阵脚。

别误会，老倌可不是怕老婆。他老伴原是富家小姐，十指不沾阳春水的，家人不同意她嫁个戏子，把她锁在二楼闺房内。她倒烈性子，直接往下跳，拖着腿横竖到他那去了。

这腿怕是废了，你得养我！她说。

他点头如捣葱，养，当然养。

可是，拿什么养？正闹天灾，谁有闲工夫听戏？戏班子白菜帮子番薯粥地苦苦支撑，原先唱穆桂英的靠旗一脱上山劈柴，唱杨贵妃的酒杯一扔跑去织布，角儿都走了，他这个跑龙套的竟一晃成了正印花旦。

他兴冲冲地包大头，贴片子，戚眉，刚唱了两场戏班子就决定散伙了——开场时还算稀稀拉拉有些观众，还没打赏就溜了，种地的种地，绣花的绣花，谁家不是几张嘴等着呢？

也罢，熬过天灾再说。老倌仗着这些年练的功底，一声开腔背起大筐，迈起台步进了山。

山里草药多，世道再不济，药还是要抓的，靠着它，老倌好歹填饱了两张嘴，哦不，很快变成三张。

天灾一过，又有戏班子开张了，他看了一眼嗷嗷待哺的娃，心想，等娃大点我再去吧。

眨眼娃就上学堂了，老倌一得意，不觉就翘起兰花指，老伴一筷子打下来，像个男人行吗，儿子学着呢，吓得老倌再也不敢在家练身段，寻思着，还是等娃长成再说吧。

再一眨眼娃就娶媳妇了，老倌那个喜呀，缝缝洗洗忙开了。晾床单时拎着两个角一抖，披上身就成了戏服。

可是从床单下伸出的，却不是青葱玉手，那疙疙瘩瘩的枯枝，还带着洗洁精的味儿。他怔住了，半晌，规规整整地把床单晾好，走了。

老倌没再练声，也不练身段了，安安分分做起药材生意来。

儿子生了孙子，孙子又生了曾孙。老来倒也安生，喝个茶，逗逗曾孙，偶尔心血来潮还会临摹几个名伶图。孙子见了问，画美女呀？老倌说，是名角，男的。孙子不屑，不男不女的。你懂个屁！老倌刚要发作，瞥见老伴正在客厅看电视呢，狠狠瞪了孙子一眼作罢。

日子也就这样了，只等着另外半截身子入土，可偏偏这会儿，影子闹起来了。

老倌不敢再看戏剧节目了，电视被固定在了新闻频道。可影子不理睬，噔噔噔就走了个圆台。

　　他也不敢再画名伶了，之前画的被压到了箱底。可影子手持团扇半掩嘴，腰一扭又走起俏步来。

　　吃不好，睡不香，熬上几个睁眼夜后，老倌投降了。他从床底下的木箱子里取出一个蓝布包着的包裹，层层解开，那是他偷偷藏了六十年的头套，当年戏班子散伙时，给他留个念想的。

　　果然，就是这念想撺掇影子来着。头套一扔，影子就恢复正常了，一个苍老的身影在灯光下摇摇欲坠，颤颤巍巍，很快就倒下了。这一倒，他明白自己不会再起来了，对老婆子是万般的不放心。

　　你身体寒，水果要记得泡泡热水再吃。他说。

　　喘喘气，他又说，糖尿病的药丸在第二个抽屉里，饭前记得吃一颗，别吃多了……

　　话没说完，他又瞪大了眼睛。昏黄的灯光把他的影子扯得七零八落，有踢腿的有拗腰的，有起单脚的有卧鱼的，有散发的有哭相思的，乱糟糟一台戏，全是男旦。

　　出殡时，他老伴找来戏班，足足在灵前唱了七天七夜。

春　天　里

窦俊彦

　　在一个春意浓浓的午后，我正在老家的院子里晒太阳。

　　张海来了，张海是我初中的同学，自我在省文联工作后，就很少和他来往。

　　他打着哈哈说，我今天想请老同学看一样东西。

　　说实在话，我从心眼里就瞧不起张海。听母亲说，张海初中毕业后，前几年在外头，东奔西跑，没有啥结果。后来，回到家里，也不好好务农，整天把自己关在屋子里，据说，在捣鼓什么车，村里人都将其视为怪人。

　　面对这样的一个人，我还能说啥。我说，还是不看了吧。但张海硬拉着我的手，将我拽出了院子，来到他家里。我看到了张海制造的怪物，是一辆木制汽车，从工艺上来说，无与伦比，非常精妙。

　　我敲着木制汽车的外壳说，你造这车有什么价值？

　　他歪了歪头，笑着说，老同学，你可别打击我，这可是中国农民制造的第一辆汽车。

我听了他的话，差点笑出来，但还是憋着没笑。

他盯着我说，我今天请你来，就因为老同学是文化人，我想让你给我的车起一个名字。

听他这样说，我还真的沉吟起来，给他的车起什么名字呢？

这时，我透过窗子，看到路边的柳树笼着一层薄薄的绿纱，田野里，小草都吐出来嫩嫩的黄芽。于是，我脱口而出说，就叫春天里，你看怎么样？

张海听着这个名字，眼睛一亮，他拍着手说，文化人就是不一样，名字也好，就叫春天里。

我并不看好他的汽车，只是为了摆脱他而胡诌的词语，没想到，却正中了他的下怀。

离开张海家，过了三天，我就到省城上班去了。

一个晚上，我突然接到张海的电话。

张海在电话里激动地说，老同学，请你打开电视，看咱们市的新闻，我和春天里一块上电视了。

我怀着半信半疑的心态，将电视放到本市频道，主持人正播放本市新闻。半分钟过后，主持人用字正腔圆的普通话播放本市一条特大新闻。我市青年农民科学家张海，用五年时间发明了木制汽车。接着，镜头切换到了现场，张海在一群西装革履领导的簇拥下，喜气洋洋地登上了他的木制汽车，他转动着方向盘，那木制汽车在广场上竟跑了起来，而木制汽车的正前方，刻着三个鲜红的大字，春天里。

我真的没有想到，张海这小子能够成名。如果我能预知他成名的话，我一定要给张海的汽车，好好想一个名字。

当我再一次回到家里，一直在村子里没有见到张海的影子。我问母亲张海的近况，母亲说，张海现在名气可大了，县上给他授予了"农村青年科技突击手"的称号，市上表彰他是"全市农村优秀科技工作者"。他成天忙着开会、演讲、参观，哪有时间在村子里待呀。

下午黄昏时分，我在村子里正转悠，一辆小车在我面前停了下来。

从车上走下来的张海，一身西装，头发梳得油光油光的。他疾步过来摇着我的手，眉开眼笑地说，老同学，太感谢你了。托你给我的车起的好名字，这次兄弟我真的赚大发了。说着，他又从车上拿出一份文件让我瞧。

我拿着一看，眼珠子都差点掉了出来。文件是县科协发的，准备给予张海以科技创新资金扶持。

我看了文件，还没说话。张海又将我拉上了车，让我去他家喝酒。在他家里，我看到了他获得的一系列荣誉。

喝酒时，我问他，你的春天里怎么不用？

张海说，嘿，老同学，别犯书呆子气了，那不过是玩玩而已，喝酒，喝酒。

看着他红光满面的样子，我只好举起了杯子。

喝完酒，我带着微醉走出了他家的门。

在门灯的照耀下，在他家的柴垛前，我终于看到了张海制造的春天里汽车，历经风吹日晒，早已残破不堪。

校　长

窦俊彦

镇长请校长喝酒，问："咱们中学这几年教学质量怎么样？"

校长说："这我不清楚，你得问学校教导主任。"

"有人跟我反映说咱们中学校风不太好。"

"这事儿你得找学校政教主任。"

镇长放下酒杯，"那你管啥？"

校长笑了笑，"我啥都管，又啥都不管。"

镇长伸长了脖子，"那土地的事，你管不管？"

校长眨眨眼，"你说呢？"

镇长大笑，敬了校长一杯酒。他请校长喝酒，本来就是商谈土地问题。紧挨中学西墙的那块地，镇政府计划盖商品房。那块地有点小，如果学校的西墙能缩进去几米就好了。酒足宴罢，镇长说："明天我叫人拿合同来，你签个字。"校长打着哈哈，"好啊，明天再说。"

第二天，合同送来了，校长却不肯签："土地的事属于校产，上面有明文规定，我做不了主。"

镇长十分恼火，觉得自己被耍了。他请来几名镇人大代表，细细叮嘱一番。几名人大代表俯首听命，回去以后连夜起草了一份要求罢免中学校长的议案，提交到县人大，县人大将议案转到了县政府，县政府要求教育局办理该提案。校长被免职，成为一名普通教师。尽管校长不再是校长，可学校教职工仍喜欢叫他校长。备课上课之余，校长还是爱喝酒。

新校长到任当天，镇长走进校长办公室，将学校转让土地的合同扔在办公桌上，"签字吧！"新校长害怕重蹈老校长的覆辙，提起沉甸甸的笔，就要在合同上签字。

"不能签！"随着一声大喝，门开了，老校长手里提着酒瓶，摇摇晃晃走进来。

镇长冷笑着说："你已经不是校长了，凭什么管这事？"

老校长咧着嘴说："只要是学校的事，我就管。"然后，他指着合同对新校长说："转让学校土地是违法的事，你懂不懂？"

新校长当然知道，他放下笔，默不作声。

镇长咬着牙对新校长说："你别听他瞎扯，只有签字，你才能在这个位子上坐得稳、坐得住。"

老校长将酒瓶敲碎在桌上，指着镇长说："只要你敢把他从位子上拉下来，我就非告倒你不可。不信你试试！"说完，摔门而出。

学校的地没少一分，商品房也没盖成。镇政府只好将那块地栽上树，种上花，开辟成人们休憩的场所。

吊　清　明

戴智生

老娘也要吊清明，子女没想到。记得四年前吧，她说爬不动山，便一直没再上过老头子的坟。

约好下午二点在老屋会合，老大还没来。老三有点躁动，他怎么总这样，是不是酒桌上又下不来？老二到了，细妹也到了，不多不少，每家都来了一个代表。

不知谁说，他是老大，等等吧！大家就坐了下来。虽然同在一座城，他们见面其实也有限，兄弟聊聊天，玩手机，说房价，也挺好。今天天气奇热，地面有点返潮，坐在通堂背的过道，穿堂风吹得舒坦。堂前依然是老样子，家具还是那张八仙桌，几条旧板凳。条案上永远是那架不走针的座钟，一只花瓶；老头子的瓷板像摆正中，一尘不染。

老娘歇不下来，她一遍一遍检查上坟的祭品，"三牲"不能少，米饭不能缺，酒盅筷子必须备齐。她原计划让子女带爱人孩子来吃中午饭，吃了饭再一起去扫墓。都说有事忙！她猜大家是不愿吃她弄的菜。过年全家团圆，孙子就公开叫嚷，奶奶烧的菜越来越难吃。不来就不来，正好有时间帮老头子多弄几道菜，她记得老头子特别喜欢吃她做的红烧猪蹄。

老大总算来了，是打电话进来的，说在巷子口等大家。过完年就没落过家，到了家门口也不进来？老娘一边嘀咕，一边让儿女先出去，锁上门，随后走。

外面的太阳真烈。

老大先领大家去杂货店，买花买爆竹，草纸冥币都要。算好钱，除了娘，兄妹二一添作五，这个份子钱不能垫。墓地说远不远，老大驾车，一会儿就到达山脚下。

冢场人头攒动，烟雾弥漫。

老头子的坟茔在半山腰，老三和细妹搀扶老娘爬山坡，走两步，歇一歇。老大不耐烦，老娘跟来干啥呢？我们来就行了嘛！他提着祭品，带着老二径直往上行。

老娘气喘吁吁来到坟前，祭品已经摆就位，点了蜡烛，倒了酒，坟头压了一叠草纸。坟前烧的纸钱也准备就绪，一扎一扎地堆满地，冥府又得出个大富豪。

老大点了一炷香，朝着墓碑虔诚地跪下来。他双手合掌，口里念念有词："老爷子保佑全家身体健康！保佑我们发大财！发了财，我就多给你送纸钱。"说完拜了三拜，香火插在香炉上，又是三作揖。

老二老三细妹依样画符。接下来是烧纸钱。

老娘说："前后左右的坟头也敬根香吧！"

细妹问："为啥？"

老娘说："邻里关系处好了，老头子不孤单。"

老二做了。

老娘又说："找块空地也点根香，烧点纸。"

细妹问："那又是为啥？"

老娘说："游魂野鬼可怜，也给他们一点钱。"

老三做了。

老二老三开始烧纸钱，火势猛烈，细妹也折根树枝去帮忙，个个汗流满面。老大擎起细妹的小阳伞，站在三尺外，悠然地点起一根烟。老娘也退在一旁，目不转睛地盯着坟头。

纸钱化尽，该收场了。老娘说，我也跟老头子唠两句。她走向前，手扶墓碑道：

"老头子啊，我又跟孩子们来看你。你在那边过得好不好？家里冷清我就跟你的照片聊天，你听得到还是没听到？也不托个梦给我！我也不中用了，可能以后再也上不来了。"

说着说着，老娘眼角溢出了泪。她用袖口擦了擦，接着说：

"孩子们都不错，还会经常给你送点钱，你该用的用，该花的花，不要省。孩子们对我也不错，给我的钱也用不完。他们个个都很忙，你可要保佑他们顺顺利利……"

"好了好了！"老大打断娘的话，还差最后一件事，放鞭炮。老二细妹牵着老娘离开墓地，没有走几步，爆竹已经炸响。

噼里啪啦，噼里啪啦！

一片枯叶

戴智生

琵琶洲是个小镇，且偏僻，年年岁岁景致没有多少改变。

小镇三面环水，沿河有一凉亭，常聚一班退休老人，他们也总说些不变的话题。

童老爹是无日不来的。

有人也好，无人也罢，总是他来得最早，去得最晚，风雨无阻。他不多言语，只看河街闲逛的男女，抑或看河面的涟漪，听亭后泡桐树上的喜鹊叫。

而说起子女，童老爹也有话，并每每让人景仰。

他家三代单传，世袭铁匠。轮到他的儿子，却鲤鱼跳龙门，去了省城，大小还当上个干部，光宗耀祖。说起他的儿子，大家便会看他手上的紫砂壶。童老爹从不肯轻易松手，这是儿子的孝敬，他亲自捧到别人面前，能换到几声叫好声。童老爹回话：

"没啥好！儿子工作地方远，竖起来天般高，回家不方便。"口气自是夸耀，倒也带几份实情。

儿子本就回得不多，成家之后，更是屈指可数。孙子是在老家带大的，现看看也艰难，童老爹是无奈，只有惦挂的份儿。偶尔接到一次儿子的电话，他会高兴好几日；如果听到孙子在电话里亲昵地叫爷爷，他更是喜不自胜，拿着孙子的照片，要相识的认认真真地看，等听到夸赞的话，脸上便露出灿烂的笑。

这两日童老爹心情更佳，逢人便说："我儿子要带孙子来看我！"街坊老章搭话："孙子多大了？"童老爹颇为自豪："七岁。要启蒙了，特意回来看看我。""你老好福气！"老章赞一句，童老爹呷口水，一股甜意便也流进了他的心里头。

这天，儿子带媳妇儿子回了家，门口围满了左邻右舍。童老爹欢天喜地地分糖递烟，一脸光泽。

第二日，童老爹还是一早来到了凉亭。老章问："怎么不陪儿子聊聊？"他笑笑："儿子累了！"自己一边打瞌睡。

又一日，童老爹还是一早来了。老章见了又问："不陪儿子？"他笑笑："他同学请走了！"

日日，童老爹照常来得最早，只是也回得早，神情确乎恢复了原样。儿子同学请了朋友请，在家待不长。

却有一日，童老爹来得晚，带着孙子。孙子泪挂眼角，他一副急相。见了老章便问："你晓得哪里有网吧？"老章说："县城有吧！"童老爹愤愤地说："该死的镇上怎么就没有一家？"说完就走了。

之后几日，凉亭不见童老爹的踪迹。

这一日，童老爹又第一个来了。老章随后到，说："听说老王的儿子在装网吧！"童老爹迟迟才开口，一脸惆怅："晚了，走了！"老章说："不是说假期有二十天吗？"

童老爹若有所思，不愿再搭腔。看河街，仍有匆匆的过客，闲逛的男女；河面，漂着一片落叶。

镜　子

陈小庆

位于小城繁华地段的一个小饭馆，两间的门面，菜很精致，屋子收拾得干干净净，如小家碧玉一样，长得精致，但一直缺乏一种豪气，和那些大家闺秀似的大酒店没法比，这大概就是老板在此经营近三十年一直没有发大财的缘故吧。

这天，还没有到饭点儿，进来一个人，让小饭馆忽然一亮，这难道就是传说中的蓬荜生辉？来的是一个绝对称得上贵客的人物。

这是个大概五十岁的男人，他慢慢踱到一张饭桌边，坐下，老板迎上来，问他吃什么，他要了一份饭店久负盛名的烩面。

那充满了香油香菜香喷喷热腾腾的汤，那爽滑劲道的面片儿，咬下一口超级满足。

贵客吃完面，付了账，并不走，直盯着饭馆墙上的一面镜子。

镜子上红漆隶书写着的"开业大吉"的字已经很模糊了，镜子隐约可见水银暗花，是喜鹊登梅，实在是一面很普通的老物件儿了，但老板一直保留着，还常常为它拂去灰尘。

"……老板，你这镜子卖给我吧。"贵客沉吟了一下开口道。此时饭馆没有别的食客，他的荒唐请求没有造成太大的波澜。

老板正在收拾桌子，忽然就愣住了，似乎耳朵听错了？自从股市大牛大熊之后，他还从未听说过有什么好事和自己有关，这块镜子，几年前儿子们就想让扔掉，他也没有当回事儿，一直忙着，一直还保持着，现在，却有人，有这么个贵客，指明要买。

难道现在是个旧东西就值得收藏？老板心里嘀咕，他早听说有人收藏就桌椅板凳、砖头瓦块儿，就连破床单枕套都有人收藏，然后毫不掩饰自己对收藏略知一二，他说："收藏？我懂，这镜子可是三十年的老货了。"

"你想要多少钱？"贵客一笑。

看来没错，这么有钱有身份的贵客是不会看走眼的，这镜子一定有不可告人的好处。老板越发不知如何是好了，不卖吧，实在也不知能有什么好处，卖吧，开什么价呢？要多了，比如要三千五千，让人家笑话，万一要少了，亏了呢？

"嗯，我想和孩子们商量商量……"老板犹豫着。

"好，我等着。"贵客没有走到意思，一副立等可取的样子。

"不好意思，孩子们都不在，明天，明天给您回话怎样？您留个电话……"

那贵客递上来烫金名片，老板收好。

晚上，孩子们被他叫过来，很隆重地开了个会。商量来商量去，大家都把镜子看了好几回，没发现异常，甚至老二说，他们单位仓库里好像也有一面这样的镜子。老板还回忆了当初几个朋友送镜子来时代场面，那几个抠门的家伙，别的都没带，就凑了十块钱，买了这面镜子，混了好几顿酒喝呢！

"最好的办法，是我们找几个收藏家来看看，看人家能出多少钱。"大儿子在市里开服装店，算是最精明的了。

几个有点名气的收藏家听说有面宝镜要卖，陆续赶来过来。但看到镜子，纷纷一笑了之，老板让出价，都"嗤"了一声，只有一个最后说："瞎耽误工夫，这镜子，我有你要吗？收破烂都不要。"

第二天一早，心里疑惑不已的饭馆老板打通了那个贵客的电话。

贵客马上来了，老板咬牙要了两千块，那贵客笑了笑，没有犹豫，让司机把钱如数付了。

老板拿着钱，坠入五里雾了：是不是自己要少了？

贵客将镜子镶嵌在自己别墅书房东墙上，他坐在藤椅上，凝望着这面旧镜子——巧珍出现了，二十多年未见，她还是那么年轻，只见她轻咬着筷子，伸手拢了拢长长的头发，面前的烩面冒着热气，那时他俩爱去这家饭馆小坐，合吃一碗烩面……

有　人

陈小庆

快餐店里，我端了一份食物找位子。人不多，但没有一张桌子是空的，我便向一个漂亮女孩那里走去。

"请问，这里可以坐吗？"我很帅气地一手托餐盘，一手擦滴在衣襟上的果汁——总是这样，我一看到漂亮女孩就莫名其妙地手抖，可谓端汤汤洒、端饭饭歪。

漂亮女孩从长长的黑发里抬起眼睛，气氛便诡异起来。

她仿佛没有张嘴，却发出冷得让人起鸡皮疙瘩的声音："难道你没看见，这里已经'有人'了吗？"

我说："不是还有一个空座吗？"我指指她对面那个座位。

"我说的就是那儿，已经有人了。"她仍用那种冷冰冰的口气说道。她一身洁白的衣服，就连嘴唇都几乎没有血色，整个人都是冷色调。

我相信这世上有我解释不了的东西，有我需敬畏的一些神秘事物。于是我轻轻退了下来，还好，一个桌子刚刚空出，我忙占了上去。

我没敢再看那神秘的女孩，胆战心惊地吃过饭，匆匆上电影院去了。作为单身汉，一个人看电影，难免有些自艾自怜，但总不能因为单身就有了不支持自己喜欢的导演的电影的理由吧？！何况票是打了折的。

电影还未开始，我走了进去，光线不明不暗。我喜欢靠前的位置，便来到第一排的一个空座前，正要落座，旁边一个哥们儿马上提醒我道："你没看见这儿已经有人了吗？"

今天，是怎么了？我头皮发麻，为什么我一直看不见一些存在的东西？我揉了揉眼睛——幸好我没坐下来，幸好那哥们儿提醒了我，不然我一屁股坐下去，会不会立刻有一声令人毛骨悚然的尖叫？

我走向第二排空座，一位女士提醒我：空座上已经"有人"了。

我知道我需要感谢她，我便直奔后面无人区，坐在那儿，发着抖看完了一场喜剧片。

夜里的末班车等了很久才来，这是冬日的晚上，冷。我拥了大衣上车，人不多不少。我向后面走去，在一个柯南模样的少年旁边有个座位，我正要坐下，他说："那儿——有人。"声音是很不经意，却自然让你产生出一种寒意。

我想一定是我眼睛出了问题，看不到那些存在。更可怕的，也许是我头脑出了问题。当然，最可怕的还是：这个世界的确存在着看不见摸不着的那些"人"，而我竟一天之中遇到过好几回。

一夜一夜我睡不着觉，一到白天就头晕。我觉得我病了——我开始看到一些不确定的东西：那些影影绰绰的人，那些令人不寒而栗的画面。我仍然单身，仍然去黑暗的电影院，我渐渐适应了自己的状况——也许我不是病了，我是拥有了一种超能力，这其实值得庆幸。

那天我早早进入影院，坐在自己喜欢的第一排。然后我看到人们纷纷到来，三个一群两个一对地坐下，然后就一定中间隔着一个空座，当然我左右两旁的座位也是空着，但是，我很快发现，有两个看不见的人，轻轻地、轻轻地坐在了我旁边，他俩面目不清，身世可疑，他俩不是在看电影，而是一直在盯着我看。

一个中年人走了过来，正要不打招呼坐在我右边，我立刻对他说："不好意思，这儿有人！"他便走了。他看不到，但我看到了，我不得不提醒他。于是我身边那两个面目不清，身世可疑的人，便对我投来赞许的目光。我知道我做对了。

出了电影院，我马上感到身后有人跟着。末班车来得挺快，我快步上去，当我坐在三连座的中间时，我发现那两个面目不清、身世可疑的家伙也坐了下来，一左一右，看来，我是被他俩绑架了。

于是——图书馆、地铁上、网吧里……他们始终不离我左右，让我随时提醒别人：对不起，这儿有人！

猴　王

白　秋

那一年，人事局劳资科传出一件蹊跷事，有人把事业单位工资的最高档给涨破了，这是谁呀？

拿出档案一看，五龄童"羊猴子"，办事的人哈哈一笑而过。这事要摊在别人身上，大伙肯定津津乐道好长时间，可是搁在羊猴子身上就不足为奇了。为什么？他身上出奇事太多了。

羊猴子三岁学戏，五岁登台。北海郡解放那年，就以他所在的那个戏班为班底组建了京剧团，顺理成章他五岁就算工龄了。上世纪八十年代，事业单位职称试点，全省就三个正高名额，也有他。那事业单位工资档工龄上限五十年，不可谓不长，可他正常退休就五十五年工龄呢，何况作为特殊贡献人才，他又延期服役三年多，涨破档就是当然的事了。

羊猴子出道早，成名也快。那次，他演大闹天宫的孙悟空。一出场，原地不动来了十多个"小翻"，把在北海郡混了多年见过大世面的票友们惊得目瞪口呆。收尾那个跟头，他故意向后跨了一大步，轻飘飘如空中降落的齐天大圣，稳稳地钉在舞台九龙口位置上。然后抓嘴挠腮，手搭凉棚，小圆眼一瞪，眼珠子滴溜溜乱转，满戏园子全是他的光彩。

那叫好声啊，差一点把顶棚给掀喽。羊猴子一举成名，羊德高的大名倒是被人们渐渐忘了。

许是练功过度，许是先天不足，羊猴子没有跟他兄弟们一样，长一个高大魁伟的身材，自始至终也就一米五多一点，还罗圈腿，长躯身，走起路来歪歪扭扭的，一身的猴相。当时剧团小学员有句流行语：蹊蹊跷跷蹊蹊跷，羊猴子站着坐着一样高。他也不恼，只是学着猴子的模样呲牙，挠腮，瞪眼吓唬孩子们。

过去年代的人们好像都特好看戏，剧团也多，每个县里除了京剧团，还有吕剧、茂腔，轴姑子戏等其他地方戏，特别红火。逢年过节的好日子，都要搞优秀剧目汇演。那年，省里不知道那位大神出了个主意，要举办一个猴王大赛，要求各地剧团都演同一个剧目《大闹天宫》。

结果可想而知，这好像专门为了给羊猴子准备似的。一出戏下来，惟妙惟肖的猴戏表演不说，光不同的跟头他就翻了十五种。最酷那一个动作，居然在一米见方的桌子上连翻了三十六个"小翻"，然后一个"台蛮子"下来，还面不改色心不跳。他成齐鲁大地的第一猴王，名声如雷贯耳。

演而优则导，这似乎是演艺圈不成文的规矩。羊猴子年事渐长，退出舞台在幕后干了导演，大家才发现他另外一个喜好。喜欢往女人堆里扎，不但好说一些荤话，好像是也干一些不太清白的事。

有人估摸了一下，假如组建一个猴群，那些猴妃子们会是大大的两位数。当然，这只是传说和臆想，没有任何一个人去追究过。人家正宫娘娘都不过问，还有谁会操心呢？

那年离休后，他闲不起，平时跟几个票友飙戏也不过瘾，就去另外一个省份的戏校干了兼职教师，这一去就近十年的时间，杳无音信。倒是时常听说有他的猴子猴孙不断从那旮旯里走向舞台、银屏和各种表演的场所，直到去年有人把他送回家里。

回来时，羊猴子已经是病入膏肓。他妻子一脸不屑，吩咐两个儿子直接把他送到医院里，不几天就咽气了。告别仪式上，除了生前好友、多年的戏迷和他的弟子们，竟然没有一位亲人到场，只有一个五十多岁，眉毛弯弯如画，被猴子猴孙们叫做师母的净面女人在张罗着。

据说，这就是在外面照顾了他近十年的二夫人。羊猴子给她写下了十万元的保姆费欠条，还被他家大夫人一把撕了。另有一个说法，羊猴子年轻时查过，因为小时候练功受伤，早就丧失了生育能力，两个儿子怎么来的也是一个谜。

在猴群当中，猴王的下场是最悲惨的，这羊猴子比它们可是强多了。现场一位长者望着忙前忙后的二夫人，意味深长地说。

鸟 语

白 秋

"公冶长，公冶长，南山顶上死只羊，你吃肉来我吃肠。"站在城顶山那两棵银杏树下，曹卫民旷古思幽，感慨万千，耳边似乎响起两千年前那鸟的声音。

恰在这时，龙泉寺的门"咿呀"开了，了空大师缓步走来，双手合什，道了声："阿弥陀佛！"紧接着，身后又传来一个声音："你好，你是开车来的？"

在曹卫民好奇的目光下，小和尚把一鸟笼挂在树枝上，就见那小鹩哥黄嘴赤脚绿翎，脑袋摆来摆去晃个不停，不时蹦出两句刚学话孩子般的话语，让人忍俊不禁。

记不清多少回了，他每次来，了空大师都像事先知道似的，恰到火候出门迎着。迈步禅房，醉人的檀香又把他五脏六腑浸透了，半天也没说一句话。他不说，了空也不言语，一副胸有成竹的样子。

两人慢慢品着茶，远远听小和尚逗鹩哥说话。

你说："恭喜发财！"鹩哥把头一歪，不理。说："欢迎光临！"鹩哥眼睛往曹卫民身上一掠，喊了声："欢迎光临，你不走了！"

"咦，它怎知道我不走了呢？"曹卫民满脸惊诧。

"阿弥陀佛，这儿的鸟都有灵气，未卜先知呢。"

"善哉，善哉，这次我还真不想走了。您觉得可行吗？大师。"

"该来的来，该去的去，佛家讲究缘分。"了空的话深沉，把曹卫民的思绪扯得很长。

当年，原本推荐上大学的他，被家人生生留下来。那时候，龙泉寺还是村办小学所在地，一待就是八年。以后，从民办教师到重点中学的校长，他经历了太多，太多……

"这次来，我还想整理一下公冶长的传说，准备申报国家非遗项目，您手头还有一些别人未知的资料吧。"

"公冶长的事，你比我清楚得多。不过最近来打听这事的还真不少，不会是其他地儿也抢着申报吧？"

了空目光凝重，看看旁边年久欠修的公冶长书院，再望着门前两个银杏树，说："我倒是觉得这两棵树，是别地儿没有的。"

那两棵相依相偎的银杏树，传说是孔子看望女儿带来的。雄树巍峨挺拔，叶细瘦长略尖；雌树浑厚敦实，叶片圆润丰满，树身略微微向雄树倾了一点。两树相映成趣，每年结的果子就逾千斤，实属罕见。

两人正有一搭没一搭唠叨着。忽听门口一阵骚乱，一辆宝马 X 6 戛然停到门前。那鹦哥一个劲地叫着："你好，欢迎光临，你开宝马来的？"

小和尚忙不迭往里跑，一边跑一边吆喝："师父，师父，那捐款修寺的施主来了。"

了空赶紧起身迎了出去。

来人身材略显臃肿，走得飞快，风一般卷进禅房。对了空念了一声佛，就奔着曹卫民过来。

"老师，你不在医院治疗，跑这里来干什么？"

"三个多月，老不见好，看来是前缘未了，我回来看看。"

"那您说一声啊，我找人送，这么远的山路。"

"山里长大的，习惯了。这不，跟大师聊得好好的，被你打乱了。"

"对不起呀，大师。"那人满怀歉意地对了空说。"老师身体不好，想着回来看看，我没让。这一不留神，他自己跑来了。"他着急地眨巴着眼睛。

"我这次来，不走了，就在这里办个小学。你有钱建庙，也有钱建学校吧，董事长？"

"说什么呢，老师。您马上就退休了，在城里享清福多好，这操心受累的活还没干够？"看起来他真有点急。

"城里，我这样的人多一个不多，少一个不少。咱这里缺呀，看看你用过的那个教室，当年你罚站那个的地儿，还是那个样子啊。"

从山顶望去，不远处有一不大的院落，那是重修龙泉寺以后，学校搬过去的地方。刚刚粉刷的墙壁看似鲜艳，却像是八十的老太擦了一层粉，盖不住满脸的窘相。"山穷路远，没人愿意来，我来正好。"

那人瞥了了空一眼。"这里还有多少学生？"

"十几个吧？"曹卫民接口说，"乡里让他们出山上学，可是路太远了，孩子小，有几人就不上了。"

"可是，您的身体……您确定要回来吗？老师。"那人有点动情。

"为啥不呢？"曹卫民喃喃地说，"当年公冶长在这里设书院，不光是为了学鸟语，接地气，天人合一，也是为了方便施教平民百姓呀。若不然，孔子能把唯一的女儿许给他。"

半年后，焕然一新的城顶山小学建成了。遥相呼应的公冶长书院也修葺一新，里面重塑的公冶长造像，目光深邃长远，像极了曹卫民生前的模样。